美文不厌读千回

——韩柳欧苏的散文世界——

阮忠◎著

海南出版社

·海口·

引　言

能把三代两汉之书读出滋味，也把自己的文章写出滋味，在东汉以后，要数中唐的韩愈；能坚执儒学，对儒学的道统作一番梳理，而让人觉得他是儒学道统的继承者和捍卫者的，也是韩愈。韩愈在中唐时推崇散行单句的古文，反对讲究骈偶的时文，使古文盛行一时。这使他不仅在唐代文坛上是一面鲜艳的旗帜，在古代散文史上也是一面鲜艳的旗帜，让后人仰慕、感佩。

当时，韩愈有个好文的朋友，这个朋友命运不好，因参与王叔文的永贞革新失败，先被贬邵州（今湖南邵阳）、永州，后又被贬柳州，47岁时病逝在柳州。韩愈十分悲痛，先后为他写了三篇纪念文章，表达自己内心的哀痛。这在韩愈的人生中是独有的，在当时文坛也是少见的现象。这个人就是柳宗元。他在散文创作上的成就与韩愈比肩，人称“韩柳”。后来有人说他们在中唐摒弃时文，掀起了一场“古文运动”。

从唐入宋，出现了一位“韩迷”，他年少时读韩愈的文章就喜欢得不得了，后来再读，还写过一篇《记旧本韩文后》，说自己是怎样倾心于韩文。读的时间长了，他不仅悟出了文章之道，还像韩愈一样坚持文以载道、平易畅达，反对险怪的“太学体”之文。久而久之，他成了北宋文坛力主诗文革新的领袖人物。他中年时自号“醉翁”，晚年又号“六一居士”，致仕后居安徽颍州

（今安徽阜阳），在颍州西湖悠闲度日。这人就是欧阳修。

欧阳修有个门生叫苏轼，苏轼21岁时和弟弟苏辙跟随父亲苏洵走出故乡眉山，兄弟二人一起参加科举考试，同时金榜题名，名动京师。苏洵感慨自己登科如登天，两个儿子登科怎么像拾草一样容易。主考官欧阳修喜不自胜，说自己当避开一条路让苏轼出人头地。苏轼果然以卓越的文才为时人钦羡。他终生师事欧阳修，还写过一篇《潮州韩文公庙碑》，对韩愈多有夸赞。文中说韩愈“文起八代之衰，而道济天下之溺；忠犯人主之怒，而勇夺三军之帅”，成为后世论韩愈的名言。他晚年在海南，想起平生遭遇，感慨道“吾平生遭口语无数，盖生时与韩退之相似”[①]。“退之”，是韩愈的字。

韩愈生于768年，比生于773年的柳宗元大5岁，比生于1007年的欧阳修大239岁，而欧阳修比1037年来到人间的苏轼大30岁；韩柳处在中唐，欧苏居于北宋；韩愈是河南孟州人，柳宗元是山西运城人，欧阳修是江西吉安人，苏轼是四川眉山人。不同的地域可以产生同样非凡的人才，而时空的距离可以因文章传播而消解，不能阻隔他们之间的关联。明代古文家茅坤倡“唐宋八大家”一说，但在八大家中，人们提及最多的还是韩愈、柳宗元、欧阳修和苏轼，简称“韩柳欧苏”。

韩柳欧苏各以文章著称于世。韩愈说，为文当务去陈言，词必己出。在这一写作原则之下，求新求异是创作的必经之路。韩愈是这样，柳欧苏何尝不是这样？他们为文论事、论人、论理，少不了异于他人的独立思考，我行我素，在不合流俗中自为一格。苏轼说，他为文随物赋形，行于所当行，止于不可不止，这是文思泉涌的最高境界。苏轼是这样，韩柳欧何尝不是这样？言为心

① 苏轼:《书谤》。

声，不平则鸣。或严谨而周密，或平易而畅达，或激越而犀利，或诙谐而幽默，每篇文章都打着各自的印记，柳不同于韩、苏不同于欧，实在是很难得的风景。

更难得的是，韩柳欧苏都不是出自真正的名门贵族。尤其是韩愈和欧阳修。韩愈年少即失了双亲，多亏嫂子郑夫人的抚育；欧阳修自幼丧父，得力于母亲的谆谆教诲。苏轼的父亲苏洵在北宋也算文章大家，但苏洵醒悟甚晚，他自号"老泉"，《三字经》至今还在吟唱"苏老泉，二十七，始发愤，读书籍"。苏洵出外游学时，苏轼受教于母亲程夫人。柳宗元倒是少年英才。大家都通过科举而入仕途。韩柳欧苏并非没有政治才能，但他们的政治才能没有得到很好的施展。且不说柳宗元、苏轼遭遇长期流贬，远离京城，远离了政治中心，想有大的作为而不可能；就是官至御史大夫的韩愈、官至参知政事的欧阳修，在政坛上也没有多大的影响，成就他们青史留名的主要还是诗文。

曹丕《典论·论文》的一些话让人们记取至今，他曾说："盖文章，经国之大业，不朽之盛事。"韩柳欧苏的文章有"经国"的思考，遗憾的是他们借文章表现出的政治方略，在当时没有得到真正的实施，最终以文章传世，也因文章而不朽。他们都有春风得意的时候和被流贬的经历，得意之时，认认真真地做官，老老实实地进言，欲为圣明除弊事，结果官虽还在做，但往往从京城被流贬到了偏僻荒远的地方，受些活罪。韩愈做监察御史时，因说天旱人饥是因为当权者未能尽责，就此冒犯权贵，被贬为阳山县令；后又因反对唐宪宗迎佛骨供奉宫中，被贬为潮州刺史。柳宗元因助王叔文的永贞革新，被贬永州司马，后又被贬到柳州做刺史。欧阳修先是由于为范仲淹说话被流贬夷陵（今湖北宜昌），后又因参与范仲淹的政治革新，被诬为朋党，被流贬滁州。最可怜的是苏轼，因对王安石变法持不同意见，遭“乌台诗案”构陷，被贬黄州（今湖北黄冈）团练副使，从此被打上了旧党的烙印，后来被贬建昌军司马，安置在惠州，随之又被贬至儋州做琼州别驾。他们中唯有苏轼被流贬时所任的全是虚职，在任上不能有所作为，但苏轼的达观至今让人感动。一蓑烟雨任平生，是呀，被流贬算得了什么。六十多岁的苏轼本以为自己会苦死在海南，但北归时说的却是“我本海南民，寄生西蜀州。忽然跨海去，譬如事远游”。这是一般人做不到的。而被贬后最有乞怜之状的是去潮州的韩愈，但他短暂的潮州行，又最为人念想。潮州的江被称为“韩江”，潮州的山被称为“韩山”，真让人唏嘘不已。不过，无论在怎样的境遇里，他们都持之以恒地勤奋写作，颠沛必如是，造次必如是。他们是否受曹丕论文或者春秋时“三不朽”立言不朽论的影响，我们不得而知。但韩愈说过，柳宗元得意于仕途，是不及他遭遇流贬艰难时为文而取誉于后世的。

曹丕还说过：“年寿有时而尽，荣乐止乎其身，二者必至之常期，未若文章之无穷。”[①] 但这能够“无穷”的文章不是人人可以造就的。他当时就有点感喟，说有些人因富贵贪图逸乐而不能为文，有些人因害怕饥寒而不能为文，结果“日月逝于上，体貌衰于下”，最终一无所成，何谈以文章垂名后世呢？就此而言，我们不能不赞赏韩柳欧苏，为文是可以执着不渝的，得意时为之，失意时亦为之。荀子说，“玉在山而草木润，渊生珠而崖不枯”[②]。他指的是人的道德修养需要不断积累和提升，只要这样做了，自然会有人知道。其实世间千事万事多是如此，唯有坚持点滴积累，

① 曹丕：《典论·论文》。

② 《荀子·劝学》。

方能水到渠成，广为人知。韩柳欧苏能取得杰出的文学成就，也足够说明这一点。

关于修养，韩愈说得很生动，“养其根而俟其实，加其膏而希其光。根之茂者其实遂，膏之沃者其光晔”[①]，这是他对门生李翊的教诲。他告诫李翊要达到古代立言者的境界，不要想速成，不要为势利所诱惑，要踏踏实实地学，学多了，学养就深厚了。韩愈自己之于学，旁搜远绍，含英咀华，提要钩玄，刮垢磨光，正是年轻人的榜样。苏轼在海南教子，让儿子苏过以抄书的方法读书，说抄得一部《唐书》，乞儿即可暴富，这也是在说点滴积累的道理。时移世异，古今不可等而视之，但人之于学，总需沉潜含蕴，自我修炼，问题在于人们有没有这样的信念，有没有这样的意志，积跬步以致千里，积细流以成江海。

人生真是难料，韩柳欧苏无论处于同一时代还是不同时代，都不妨碍他们各有性情，不为时俗所动。这无须坊间传闻，那一篇篇文章就是他们性情的透视镜。庄子曾在《渔父》篇里说：“真者，精诚之至也。不精不诚，不能动人。”真诚是文章的核心、文章的生命，没有它，文章就没有灵魂、没有生命力。韩柳欧苏都有生命的本真，不为人生的坎坷所屈服，在他们的文章中，常有自我性情的彰显。韩愈《祭十二郎文》的痛哭、柳宗元《吊屈原文》的悲愤、欧阳修《醉翁亭记》的悠然、苏轼《到昌化军谢表》的哀苦，都让人看到了男子汉大丈夫的本真形象。韩愈《师说》的为师之道，柳宗元《种树郭橐驼传》的为官之道，欧阳修《相州昼锦堂记》的传名之道，苏轼《前赤壁赋》的游世之道，凡此等等，都能看到人生智慧的结晶。韩柳欧苏每篇文章中都有一个鲜活的自我，不

① 韩愈:《答李翊书》。

做作，不矫饰；每篇文章都是一个切入点，让人看到简单后面的复杂或丰富。韩柳欧苏文章的魅力正在于这种复杂性或者说是丰富性，这使他们的文章很值得细细品味，能让读者穿越他们性情的长廊，看到那时代特有的风貌。

我有幸去过韩柳欧苏的出生地：孟州、西安、绵阳、眉山，站在那片土地上，会自然想象他们呱呱坠地的模样，那传出的一定是普通男婴的哭声；我去过他们为官的西安和开封，从两地今日的繁华，想象那时节的繁华；我去过韩愈的流贬地阳山、潮州，柳宗元的流贬地永州、柳州，欧阳修的流贬地夷陵、滁州，苏轼的流贬地黄州、惠州、儋州，每到一地，脑海中都会浮现他们曾经失落的背影或面对艰难的坦然；我读过他们的每一篇文章、每一首诗，从那些诗文的字里行间了解他们的人生历程，有过许多叹息和感动。

喜爱韩柳欧苏的文章，然后细细品味，我称之为解读。希望这解读能贴近他们所处的时代，以及他们各自为人为文的本色；希望这解读能有自己的个性，与过往的解读有所不同。这二者都是困难的。我知难而为之，是想促进自我对他们的认知，虽然这认知仍不免浅薄、粗疏，但我在努力做得更好，以期从每篇文章与作者、与他人及他文相互关联的探讨里，呈现出这些散文名篇的深厚意蕴，以帮助读者有更多的认知和感悟。

话说回来，可谓古文四大家的韩柳欧苏，最年轻的苏轼逝于1101年7月，距今已是九百多年。九百多年来，他们因文章的魅力而活在人们心中，接受人们林林总总的评说。如果韩柳欧苏九泉下有灵，不知会对我们这些评说者说点什么。也许他们什么都不会说，或抿嘴面带笑容地微微点头，或掩卷失声哈哈大笑，笑得前仰后合。

2018年6月18日端午节

目　录

第一章

韩愈的散文世界

【韩愈小传】

韩愈（768—824），字退之，河阳（今河南孟州）人。自谓郡望昌黎，故人称韩昌黎。出生后丧母，3 岁时曾为武昌令的父亲去世，故随堂兄韩会生活。7 岁始读书；12 岁时韩会死去，嫂子郑夫人养育他成人；18 岁时赴京城长安（今陕西西安）应试，历时六年方中进士；此后三次参加吏部的博学宏词科考试，均名落孙山。贞元九年（793），嫂卒，后作《祭郑夫人文》，自叹“微嫂之力，化为夷蛮”。贞元十一年（795），三上宰相书，诉穷求官，无果。贞元十二年（796），任宣武军节度使董晋的观察推官，始入仕途。稍晚，与张籍、冯宿论文，力倡古文古道，开有唐一代的古文风气。

贞元十五年（799），依武宁节度使张建封，仍为推官，操行坚正，鲠言无忌。贞元十八年（802），调任四门博士，作《师说》，不顾流俗，抗颜而为人师。次年迁监察御史，因进言论宫市之弊及天旱人饥，冒犯权贵，被德宗贬为连州阳山（今广东阳山）县令。同年，侄十二郎韩老成卒于江南，作《祭十二郎文》，表达了无尽的人生哀痛。宪宗元和元年（806），召拜国子博士，后任过河南县令、职方员外郎、太学博士等职，曾自嘲“暂为御史，遂窜南夷。三年博士，冗不见治。命与仇谋，取败几时。冬暖而儿号寒，年丰而妻啼饥。头童齿豁，竟死何裨”[①]。继而任史馆修

① 韩愈:《进学解》。

撰、知制诰、中书舍人等职。

元和十一年（816），上《论淮西事宜状》，言平淮西之策，次年随裴度平淮西，功成，授刑部侍郎。元和十四年（819），上《论佛骨表》，反对唐宪宗迎佛骨到宫中供奉，说“事佛求福，乃更得祸”，唐宪宗怒将韩愈贬为潮州刺史。愈在潮州兴利除害，潮人感念，名江为“韩江”，名山为“韩山”。同年十月，量移为袁州（今江西宜春）刺史。

元和十五年（820），悼柳宗元，作《柳子厚墓志铭》；被征召为国子祭酒。唐穆宗长庆元年（821）后，担任过兵部侍郎、吏部侍郎、京兆尹等职。长庆四年（824）十二月，病卒，享年57岁。追封为礼部尚书，谥号“文”，世称韩文公。葬河南孟州。门人皇甫湜撰《韩文公神道碑》《韩文公墓志铭》，婿李汉辑其诗文为《昌黎先生集》传世。

北宋欧阳修作《记旧本韩文后》，道“韩氏之文之道，万世所共尊，天下所共传而有也”；苏轼作《潮州韩文公庙碑》，言其“文起八代之衰，而道济天下之溺；忠犯人主之怒，而勇夺三军之帅”，为人共称。

一、足以引为自鉴的平凡人物传记

——《圬者王承福传》解读

韩愈的散文常好议论，如《讳辩》《师说》《原毁》《进学解》都是尚议论的名篇。同时，他还在散文里讲故事，在叙事时寄托某一道理，或者是借叙事发议论，直接阐发道理。韩愈的《圬者王承福传》就是一篇借叙事发议论的散文，所叙之事和所议之理都很有意味，令人读后不禁掩卷思之。

《圬者王承福传》讲的是粉刷工匠王承福的故事，虽题为“王承福传”，但和一般的人物传记很是不同。在韩愈之前，人们说到人物传记，会在先秦的历史散文中找到源头，如“春秋三传”（《左传》《公羊传》《谷梁传》）和《国语》《战国策》里，都有一些人物传记，尽管它们通常不以人物传记的面目出现。随后有了司马迁撰写的纪传体通史——《史记》。读《史记》的人物纪传，很容易总结出司马迁为人物立传的基本模式：姓甚名谁，哪儿人，祖辈、父亲是谁，他生下来怎样，一生做了什么事、说了什么话，最后的结局怎样。如有儿孙，还会交代一下儿孙的简况。这一模式以叙事手法完成，而作者对人物的评价主要通过传尾的“太史公曰”来引出，类似于《左传》叙事后的“君子曰”。这种叙事模式最终成为中国历史上正史的叙事传统，影响深远。

先秦历史散文叙事的方法在诸子散文里也可以看到，诸子散文里对人物的讲述更多是片段式的，不追求完整的叙事表达。如孟子、韩非子在散文中讲的历史故事或民间故事，常常有议论相随，作者的叙事表达与思想表达相关联，重心在于思想。而好谬悠之说、荒唐之言、无端崖之辞的庄子，散文以寓言见长，讲人物的故事，更是把叙事和议论融在一起，边叙边议成为常格。这种不标明为传记的散文流传后世，渐渐也有了传记之名，如东晋陶渊明的《五柳先生传》、初唐王绩的《五斗先生传》就是如此。《五柳先生传》的开头说："先生不知何许人也，亦不详其姓字，宅边有五柳树，因以为号焉。闲静少言，不慕荣利。好读书，不求甚解；每有会意，便欣然忘食。"这和《史记》的记叙方式完全不一样。如《史记·老子列传》开头写道："老子者，楚苦县厉乡曲仁里人也，姓李氏，名耳，字聃，周守藏室之史也。"仅此就可见一斑。而韩愈为王承福立传，用的就是《五柳先生传》的模式，不用常格而洒脱自然。

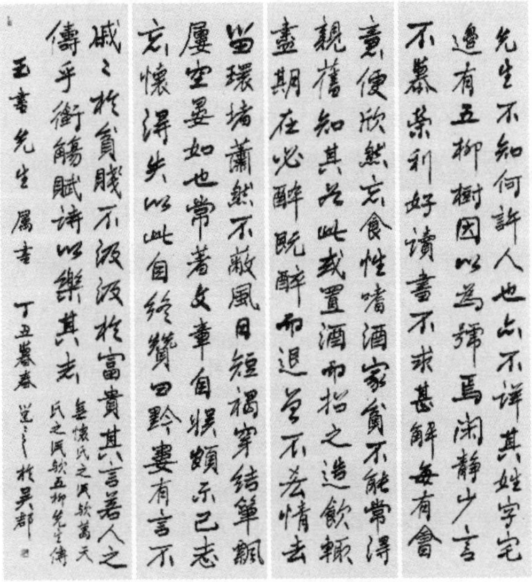
清·高邕行书《五柳先生传》

有人依据传中的王承福"世为京兆长安农夫。天宝之乱，发人为兵。持弓矢十三年，有官勋，弃之来归。丧其土田，手镘衣食，余三十年"推论，"天宝之乱"即"安史之乱"，发生在天宝十四年（755），这一年京城长安募兵，本为长安农夫的王承福应征入伍，十三年后退伍还乡，还乡三十年后有了韩愈这篇文章，这样算起来它应当写于贞元十四年（798）后。韩愈贞元十四年在汴州（今河南开封），贞元十六年冬到长安，十八年被授予四门博士，据此可以推断《圬者王承福传》写于贞元十七年至贞元十九年间，因为他在贞元十九年十二月被免去监察御史，贬到了广东阳山。

韩愈这篇文章以议论开头，有意味地说粉刷墙壁这种工作低贱辛苦，居然“有业之，其色若自得者”，这引起他的好奇，于是听王承福讲述他的人生经历和感悟。就人物传记而言，韩愈在第一段中似乎把王承福写尽了。王承福说了自己的家世和个人经历，他从农夫到战士，立了战功后回乡做了粉刷墙壁的工匠。他在别人家做工，以工钱抵房租和伙食费，如果还有多余的钱，就施舍给流浪在道路两旁的残疾人、病人和饥饿的人。王承福一生走过的路就这样简单，难怪韩愈说“听其言，约而尽”。然而，这番话在述说中蕴含了相当丰富的内容，王承福当兵前的生活怎样？当兵建立功勋的十三年怎样？在别人家做工也只说他怎样用工钱抵了房租和伙食费，其他概莫能知。韩愈并不在意读者还想了解王承福的什么情况，只是给了人们两个基本的印象：一是王承福淡泊功勋，他本在战场上立了功可以论功行赏，却“弃之来归”，将许多人求之难得的“官勋”轻易就舍弃了；二是王承福淡泊利益，他本想回乡种田，但因为丧失了田地，不得已做了粉刷墙壁的工匠，所得除了满足基本的生活需求之外，其余都施舍给了贫困者。为什么会如此？韩愈在这里以粗线条的叙说作铺垫，让人们知道王承福是一个怎样的人以及他淡泊名利的原因所在。

韩愈没有说，而是让王承福自己说，于是文章有了下面三段很沉重的文字，让人们就此进入王承福的内心世界。首先他说：

粟，稼而生者也；若布与帛，必蚕绩而后成者也；其他所以养生之具，皆待人力而后完也，吾皆赖之。然人不可遍为，宜乎各致其能以相生也。故君者，理我所以生者也；而百官者，承君之化者也。任有小大，惟其所能，若器皿焉。食焉而怠其事，必有天殃，故吾不敢一日舍镘以嬉。夫镘易能可力焉，又诚有功；取其直，虽劳无愧，吾心安焉。夫力易强而有功也，心难强而有智也。用力者使于人，用心者使人，亦其宜也。吾特择其易为无愧者取焉。

王承福这番话讲了普通而深刻的道理。有意思的是，他从粮食和布帛说起，粮食因种植而生，布帛因蚕织而生，这是人们熟知的。然后他进一步说所有的“养生之具”即用来维持生活的各种物资和用品，都是“人力”的结果，肯定了人的劳作和努力。他显然是一位智者，提出人在社会生活中，因为个人能力与精力都相当有限，不是所有的生活物资和用品都能自给自足的。战国孟子曾和农家学派许行对话。许行种粟而后食，却不能自织而后冠，需以粟易冠；许行用铁器耕种，这些铁器也不是他自己制造的，而是用粮食换来的。孟子依据许行说的“百工之事，固不可耕且为也”，推导出治理天下，有大人之事，有小人之事，有劳心者，有劳力者，并有了他的名言：“劳心者治人，劳力者治于人。治于人者食人，治人者食于人。”[①] 孟子这话有偏见，但他说的劳心者如尧、禹、后稷等人，都在治理社会时自身也努力劳作，不过是一时间不能忙于耕种。所以他说起尧让禹治水：“当是时也，禹八年于外，三过其门而不入，虽欲耕，得乎？”后稷让契为司

① 《孟子・滕文公上》。

徒，教育百姓懂得人伦道德，“父子有亲，君臣有义，夫妇有别，长幼有叙，朋友有信……圣人之忧民如此，而暇耕乎”。孟子强调的是社会分工不同，不同的人有不同的职责，不像农家许行主张平等，平等之下“贤者与民并耕而食，饔飧而治”。

王承福这里表达的思想，是孟子思想的延续，他也肯定社会分工不同，因为人不可能独自生产出生活需要的所有用品。所以他说“宜乎各致其能以相生也”，各人尽己所能，然后在交换中得到自己所不能生产的生活物资或用品，或者说相互协作，共同维系生活。王承福从最根本的衣食需求推导出的“人不可遍为，宜乎各致其能以相生也”，表达了社会分工应有不同的观点。他还从普通百姓的生活一下跨到君臣，说“君者，理我所以生者也；而百官者，承君之化者也”。君治民，臣承君意而对民施行教化。君臣的身份不同，在王承福看来不过是“任有小大，惟其所能，若器皿焉”，各尽其用而已。他赞同孟子的劳心与劳力说，转述为“用力者使于人，用心者使人，亦其宜也”，甚至说“夫力易强而有功也，心难强而有智也”。劳力者易，劳心者难。他甘愿做一个粉刷墙壁的劳力者，并说：“夫镘易能可力焉，又诚有功；取其直，虽劳无愧，吾心安焉。”这就是他的人生取向和基本的处世态度。王承福明确表达的“食焉而怠其事，必有天殃”，无疑是人生警语、世俗真理，他谨记此而说自己“不敢一日舍镘以嬉”，这正是他赖以生存的前提，且与韩愈在《进学解》中说的“业精于勤，荒于嬉；行成于思，毁于随”是同样的道理。这番话虽然说得很平淡，却有非常深刻的意义。

王承福随后又讲了下面的故事：

吾操镘以入富贵之家有年矣。有一至者焉，又往过之，则为墟矣；有再至三至者焉，而往过之，则为墟矣。问之其邻，或曰："噫！刑戮也。"或曰："身既死，而其子孙不能有也。"或曰："死而归之官也。"

这故事讲得很简略，却让人听后感到毛骨悚然。他说自己曾为富贵人家粉刷墙壁，有的去过一次，有的去过两三次，等下次再去的时候，虽然相隔的时间有长有短，但结果居然高度统一——"则为墟矣"。这"则为墟矣"不禁让人想起古来多少富贵之家，都沦为废墟，身死家亡。之所以如此，必然有各不相同的缘由。而王承福在这里探寻到富贵之家成为废墟的缘由是"刑戮"，即因罪而遭诛杀。当事者死后财富不能由子孙继承，而是没收入官，曾经的富贵都成为过眼烟云。

王承福的话还没有说完，"刑戮"的背后是什么？他说："吾以是观之，非所谓食焉怠其事，而得天殃者邪？"这只顾享受而不认真干活招致的灾祸，具体说来降临在四种人身上："非强心以智而不足，不择其才之称否，而冒之者邪？非多行可愧，知其不可，而强为之者邪？将贵富难守，薄功而厚飨之者邪？抑丰悴有时，一去一来，而不可常者邪？"这话说白了，这四种人：一是心智和才能不足，冒充自己有才智有能力的；二是明知做多了亏心事，还勉强去做的；三是功劳小而享受多，想守富贵守不住的；四是贫富有时，不能常保有的。韩愈这种表现方式，用的是庄子的铺陈笔法和反诘语调。《至乐》有一则庄子到楚国时路见一个干枯头骨的故事。其中写道，庄子见了干枯头骨，用马鞭敲着说："夫子贪生失理，而为此乎？将子有亡国之事，斧钺之诛，而为此乎？将子有不善之行，愧遗父母妻子之丑，而为此乎？将子有冻馁之患，而为此乎？将子之春秋故及此乎？"相较之下，王承福探寻富贵者失去富贵、家为废墟的原因和庄子拷问头骨的死因相一致，只是庄子意在借这干枯的头骨托梦以陈述生不如死的道理，说出“死，无君于上，无臣于下，亦无四时之事，纵然以天地为春秋，虽南面王乐，不能过也”，不愿重新为人。这是庄子式的超然人生，韩愈运用庄子的笔法和语调，让王承福说出很现实的话来。王承福与普通人一样，喜欢别人富贵而怜悯别人贫穷，在看到曾经富贵者的高屋华堂沦为废墟之后，内心涌起怜悯之情，同时还有对人生的深刻反思和自我人生道路的选择：“吾之心悯焉，是故择其力之可能者行焉。”这是很可理解的。富贵固然是人之所愿，但超出自身的能力所得到的富贵最终不仅会失去，还会丢了自己的性命，人生如斯，富贵还可求吗？说到这里，王承福最初“食焉而怠其事，必有天殃”的命题悄然改变，说的是择其力不能行者，亦必有天殃。

当然，人享有富贵又失去富贵甚至生命的情况是相当复杂的，远远超出了他说的四种情况，难以具言。而王承福自言选择做一个自食其力的勤劳的粉刷工匠，是不愿意因怠于事或力不能行招致天殃。他说到富贵时，心态平和，并不是不想富贵，而是力不能及。接着他还有话：“功大者，其所以自奉也博。妻与子，皆养于我者也。吾能薄而功小，不有之可也。又吾所谓劳力者，若立吾家而力不足，则心又劳也。”从这里来看，王承福原来是单身汉，他对社会生活清醒的认识也表现在自我的立家之上。他没有成家，是因为自己不能像功大者那样，一方面能够满足自己较多的生活需求，另一方面还能够养育妻子儿女。他能力小，能建的功业也小，可以没有妻子儿女。如果成家而没有能力养育妻子儿女，则会让他这个劳力者劳心，于是他说了一句“一身而二任焉，虽圣者不可能也”。王承福表示他的能力只能养活自己而养不活妻子儿女，不愿成家是可以理解的，他只想生活上无愧心安，行有余力则接济道路上那些因疾病而饥饿的人。王承福原本是一个有官勋的人，弃官勋而还乡，自食其力，让他在平凡中显得很不平凡。

韩愈也在想王承福是个怎样的人，“盖贤者也，盖所谓‘独善其身’者也”。是呀，听王承福所言，他真的算是一个很明智的人，他从富贵者的浮沉中看透人生，人生可以无所谓富贵，关键在于自己是不是一个择其所能且勤于劳作的人，是不是一个不贪得而能行善的人，是不是一个劳而无愧、获而心安的人。韩愈曾在《杂说》里感慨千里马常有而伯乐不常有，是希望能够以才学兼济天下。他说王承福大概是“独善其身”的人，而他自己不想独善其身，因此才会有被流贬阳山和潮州的命运。这是后话，姑且不论。但基于他意在兼济天下，所以很自然会批评王承福，即所谓“吾有讥焉”。

韩愈对王承福的批评有两点。一是说他“其自为也过多，其为人也过少。其学杨朱之道者邪？杨之道，不肯拔我一毛而利天下”。韩愈这样说，让人感到有些不尽然。他说王承福学杨朱之道，杨朱是战国时百家争鸣中的一家，主张为我而不为人，孟子评价他“拔一毛而利天下，不为也”[1]。他在战国中期的社会影响很大，孟子曾奋起捍卫孔子的学说，因为当时天下之言不归杨则归墨，这杨是杨朱，墨是墨翟。有人把杨朱归于道家学派，他又与道家的老庄不尽相同，这自当别论。但王承福显然不是不肯利天下的，他“视时屋食之贵贱，而上下其圬之佣以偿之；有余，则以与道路之废疾饿者焉”，这不是利天下又是什么？他自述能力弱，能

---

① 《孟子·尽心上》。

够如此也是了不起的。韩愈说他自为过多，难免有些苛责。二是韩愈说他“以有家为劳心，不肯一动其心以蓄其妻子，其肯劳其心以为人乎哉”。这话听起来似乎有点道理，是呀，以养家为劳心，认为劳心与劳力只能做其一，而不能兼顾，那么连妻子儿女都不肯养育的人，怎么会劳心为天下人呢？就人生而言，每个人都有不同的生活态度。韩愈所在的时代，人们往往追求多子多福，而无儿女被上升到不孝的伦理高度。王承福居然说只养得起自己而养不起妻子儿女，按此推论，“其肯劳其心以为人乎哉”不就是真的吗？

韩愈对王承福的批评有很大的局限性，因为他不能否定王承福真有为人的一面。这样贬他，却意在褒扬。韩愈最后说：“虽然，其贤于世者之患不得之，而患失之者，以济其生之欲，贪邪而亡道以丧其身者，其亦远矣！”这话有很重的分量，他说王承福比那些忧虑得不到富贵、得到了又害怕失去的人强多了；比那些只为满足自己的人生欲望、贪邪无道甚至丢弃了生命的人强多了。这样说来，韩愈对王承福的批评，是真批评王承福本人还是批评那些贪图富贵的人呢？韩愈长于婉转含蓄地批评，在《送孟东野序》中，他希望落第的孟郊能够做一个善鸣者，以诗鸣国家之盛，却绕了一个很大的圈子，铺陈历史上的鸣者和善鸣者；在《送董邵南序》中，他希望落第的董邵南不要去燕赵之地建功立业，而应在京城报效朝廷，却一边说董邵南去燕赵之地多多努力吧，一边说你去了燕赵之地，帮我凭吊一下望诸君乐毅的坟墓，看一看集市上是不是还有隐居的志士，让他们出来做官，即“明天子在上，可以出而仕矣”。而他为王承福作传，究其根本是想批评世上贪图富贵者，彰显了他性情中淡泊富贵的一面。难怪他会说王承福的话“可以警余”，他为王承福作传是求自鉴，让人们看到了韩愈的人生境界和该传的警世意义。

二吴曾说这篇文章："前略叙一段，后略断数语，中间都是借他自家说话，点成无限烟波，机局绝高，而规世之意，已极切至。"① 这话说得很好，韩愈为王承福作传，真正具有"传"意味的只有开篇的第一段，随后的王承福语，固然是传的组成部分，但其内容重理轻事，重论轻述，并不符合人物传记通行的原则。而这又是这篇传记的重要特点，韩愈是要以王承福的人生感悟告诫世人，做人至少应该做一个王承福这样的人，不汲汲于富贵而尽己所能，无愧心安。

韩愈笔下的王承福，也许并不在现实生活中存在，这个人物极有可能是韩愈虚构的，是韩愈思想的传声筒，他说的"警余""自鉴"，是希望世人都能如此。一个平凡人的小故事，能在一波三折中引人入胜；一个平淡的开头，能在收束时让人陷于沉思；一个生活中的小道理，能蕴含社会的大道理，是十分难得的。

【原文】

圬者王承福传

圬之为技，贱且劳者也。有业之，其色若自得者。听其言，约而尽。问之，王其姓，承福其名，世为京兆长安农夫。天宝之乱，发人为兵。持弓矢十三年，有官勋，弃之来归。丧其土田，手镘衣食，余三十年。舍于市之主人，而归其屋食之当焉。视时屋食之贵贱，而上下其圬之佣以偿之；有余，则以与道路之废疾饿者焉。

① 吴楚材、吴调侯：《古文观止》。

又曰："粟，稼而生者也；若布与帛，必蚕绩而后成者也；其他所以养生之具，皆待人力而后完也，吾皆赖之。然人不可遍为，宜乎各致其能以相生也。故君者，理我所以生者也；而百官者，承君之化者也。任有小大，惟其所能，若器皿焉。食焉而怠其事，必有天殃，故吾不敢一日舍镘以嬉。夫镘易能可力焉，又诚有功；取其直，虽劳无愧，吾心安焉。夫力易强而有功也，心难强而有智也。用力者使于人，用心者使人，亦其宜也。吾特择其易为无愧者取焉。"

"嘻！吾操镘以入富贵之家有年矣。有一至者焉，又往过之，则为墟矣；有再至三至者焉，而往过之，则为墟矣。问之其邻，或曰：'噫！刑戮也。'或曰：'身既死，而其子孙不能有也。'或曰：'死而归之官也。'吾以是观之，非所谓食焉怠其事，而得天殃者邪？非强心以智而不足，不择其才之称否，而冒之者邪？非多行可愧，知其不可，而强为之者邪？将贵富难守，薄功而厚飨之者邪？抑丰悴有时，一去一来，而不可常者邪？吾之心悯焉，是故择其力之可能者行焉。乐富贵而悲贫贱，我岂异于人哉？"

又曰："功大者，其所以自奉也博。妻与子，皆养于我者也。吾能薄而功小，不有之可也。又吾所谓劳力者，若立吾家而力不足，则心又劳也。"一身而二任焉，虽圣者不可能也。

愈始闻而惑之，又从而思之，盖贤者也，盖所谓"独善其身"者也。然吾有讥焉，谓其自为也过多，其为人也过少。其学杨朱之道者邪？杨之道，不肯拔我一毛而利天下。而夫人以有家为劳心，不肯一动其心以蓄其妻子，其肯劳其心以为人乎哉？虽然，其贤于世者之患不得之，而患失之者，以济其生之欲，贪邪而亡道以丧其身者，其亦远矣！又其言有可以警余者，故余为之传而自鉴焉。

二、理宜择其善鸣者而鸣

——《送孟东野序》解读

中唐文坛有“孟诗韩笔”之说，“孟”是孟郊，“韩”是韩愈，意思是孟郊的诗写得很好，韩愈的古文写得很好。其实诗坛还有“韩孟诗派”的说法，说明他们的诗歌创作带动了一帮人，也可见韩愈崇尚的奇壮诗风并不在孟郊的苦涩诗风之下。有人说韩愈开了中唐诗坛的生面，但没有人这样评价孟郊写得苦涩、难以卒读的诗。

孟郊（751—814），字东野，湖州武康（今浙江德清）人，早年隐于嵩山，家境贫寒。唐德宗贞元八年（792）与韩愈、李观等人同时参加进士考试，榜上无名。第二年继续应考，这年参加科考的还有柳宗元、刘禹锡等人，孟郊仍然落第。他含着感伤写了《再下第》诗，有点凄苦地说：“一夕九起嗟，梦短不到家。两度长安陌，空将泪见花。”短短的20个字，充满了强烈的人生挫败感和悲观失望的情绪。这一年，韩愈写了《孟生诗》，称“孟生江海士，古貌又古心”，感叹他的命运而说“异质忌处群，孤芳难寄林”，并用楚卞和三

孟郊像

献和氏璧的故事，鼓励他再应考。贞元十二年（796），46 岁的孟郊终于金榜题名，梦想成真，于是激动地写了《登科后》，表达自己的万般喜悦：

昔日龌龊不足夸，今朝放荡思无涯。
春风得意马蹄疾，一日看尽长安花。

这时，孟郊前两次落第自感的羞辱不复存在，“春风得意马蹄疾”似乎昭示了他未来的光明，飞黄腾达指日可待了。然而，五年后的贞元十七年（801），孟郊才被任命为溧阳县尉，官小位卑，他十分不快，韩愈为了安慰他，在贞元十八年（802）孟郊赴任溧阳的时候，为他写了《送孟东野序》赠别。

韩愈小孟郊 17 岁，却与孟郊是“忘形交”。这“忘形”说出自《庄子・让王》的“养志者忘形”，也就是《庄子・逍遥游》说的“无己”，忘却形骸，足见韩愈和孟郊神交或心交之深。他们在诗歌创作上有共同的趣味，均好“苦吟”，即诗歌的琢磨锻炼，故“韩孟诗派”又被后人称为“苦吟诗派”。但韩愈同时是古文家，倡导自由而平易的古文，排斥时文即骈文的写作，而善诗的孟郊没有进入韩愈古文写作的圈子。在写《送孟东野序》的前一年，韩愈给孟郊写过一封信，即《与孟东野书》，他在信中说自己与孟郊分别之后，没有快乐，因为“吾言之而听者谁欤？吾唱之而和者谁欤？言无听也，唱无和也，独行而无徒也，是非无所与同也”。这话很动情，他视孟郊为可以交心的知己，难怪还说了，“以吾心之思足下，知足下悬悬于吾也”。

《送孟东野序》的“序”是一种文体，这种文体有两种基本的用途：一是书序，为典籍而作，说明该典籍的写作缘由、基本内容和体例等；二是赠序，是送别亲友之作，叙说离别之事，抒发离别之情，也有离别赠人以言之意。《送孟东野序》属于后者。

《送孟东野序》开篇并没有说送别之事，而是说："大凡物不得其平则鸣。草木之无声，风挠之鸣。水之无声，风荡之鸣。其跃也或激之，其趋也或梗之，其沸也或炙之。金石之无声，或击之鸣。人之于言也亦然，有不得已者而后言，其歌也有思，其哭也有怀。凡出乎口而为声者，其皆有弗平者乎！"从"大凡物不得其平则鸣"开始，这篇文章共用了 38 个"鸣"字，可谓是语言运用上的独特之景。而"大凡物不得其平则鸣"被人简称为"不平则鸣"，在反映社会常态的同时，成为韩愈著名的文学观，人们往往把它和西汉司马迁的"发愤著书"说、其后欧阳修的"穷者易工"说相提并论，不过韩愈的本意不是要作文学的表达。

"大凡物不得其平则鸣"的着眼点是物之鸣，所以他先说的是自然之物。物平则静，物鸣的情状则各不相同。如草木本无声，风吹草木而有声。水无风而流淌可以有声，韩愈不说其流而有声，而说风吹水而有声，水之跃、激、趋、梗、沸、炙，虽然都有外力的作用，但其"鸣"是真的，都是"不得其平"的自然结果。金石之鸣亦然。说物的不平则鸣，韩愈只举了点滴的例证作为引子，然后过渡到人，却又不是泛泛说人，而是归结为人之言，人歌之思、人哭之怀，以致大凡出之于口的声音，都是不平则鸣的具体表现。韩愈视之为"大凡物不得其平则鸣"的普遍现象，是在一般意义上说的。他进而表达的人要善鸣，或者说是人应择其善者而鸣，就别有意味了。

韩愈以"乐"为例，说："乐也者，郁于中而泄于外者也，择其善鸣者而假之鸣。金、石、丝、竹、匏、土、革、木八者，物之善鸣者也。"这看似不经意说的"乐"，是传统礼乐教化的重要组成部分，战国晚期荀子曾作《乐论》，说："乐者，乐也，人情之所必不免也。故人不能无乐；乐则必发于声音，形于动静；而人之道，声音动静，性术之变尽是矣。"他的意思是"乐"彰显出来的声音动静，能够完全表现出人的性情。而韩愈的"乐也者，郁于中而泄于外者也"，正在于乐足以表现人情人性，不平则鸣的根本正在于此。至于"择其善鸣者而假之鸣"是必然的，于是有了金、石、丝、竹、匏、土、革、木八种乐器演奏的音乐，表达人的内心情感。他曾写过一首《听颖师弹琴》，诗中说："昵昵儿女语，恩怨相尔汝。划然变轩昂，勇士赴敌场。浮云柳絮无根蒂，天地阔远随飞扬。喧啾百鸟群，忽见孤凤凰。跻攀分寸不可上，失势一落千丈强。"这可谓是音乐足以表现人情人性的形象印证。韩愈说，不仅是人欲鸣之时会选择能鸣之物而鸣，就是自然风物也会如此，不然怎么会出现"以鸟鸣春，以雷鸣夏，以虫鸣秋，以风鸣冬"的现象呢？韩愈的基本观点没有变，春夏秋冬四时的推移，所鸣各应其时，鸣者一定是"有不得其平者"。

说到这儿，韩愈仍然放着孟郊不表，继续说着不得其平则鸣之下的人之鸣，或者是一个时代怎样"择其善鸣者而假之鸣"。至此，读者会发现韩愈的"物不得其平则鸣"只是提出了一个带有普遍性的问题，他最想要表达的思想是因这一问题产生的"择其善鸣者而假之鸣"。一个"择"字，透出主体行为的自觉。不过，作为文人他又往前走了一步，说"人声之精者为言，文辞之于言，又其精也，尤择其善鸣者而假之鸣"。他这样说有悖于传统的诗学理念，譬如《毛诗序》中说："诗者，志之所之也。在心为志，发言为诗。情动于中而形于言，言之不足故嗟叹之，嗟叹之不足故咏歌之，咏歌之不足，不知手之舞之，足之蹈之也。"这里强调的是人心志的外在表现形式，从言语、嗟叹到咏歌、舞蹈，并没有视文辞为语言的精华。还有，庄子在《天道》篇里讲过一则“轮扁斫轮”的寓言，借所谓轮扁批评齐桓公所读的书是古人的糟粕，说明意不可言传，也就是思想的精华是不能够用语言来表达的。而韩愈说语言的精华是文辞，是写成的散文和诗歌。这既为下文泛论人往往“择其善鸣者而假之鸣”张本，又暗暗为最后过渡到说孟郊之鸣埋下伏笔。因为孟郊不善营生，不善为官，只是钟情于诗歌创作，不断在诗歌中鸣说自己的不平，这是韩愈深知的。

在这一段数说古人“择其善鸣者而假之鸣”的时候，韩愈提到许多善鸣的名人，涉及先秦、秦、汉、魏晋和唐五个时期或朝代。先秦唐尧、虞舜时代的咎陶、禹和善音乐的夔；夏之时的五子，即夏启的五个儿子太康、元康、伯康、仲康、武观，《尚书·夏书》中有《五子之歌》；夏末商初的伊尹，《尚书·商书》里收录有《伊训》；商末周初的周公旦，其言论见于《尚书》诸篇。韩愈认为他们都是各自时代的善鸣者，只说在夏之前（含夏），这些所谓的善鸣者充满了传奇色彩，在《史记·五帝本纪》里有零星的记载。基于他们的以文辞鸣，韩愈作了小结，说道：“凡载于《诗》《书》六艺，皆鸣之善者也。”《诗》是《诗三百》，西汉后称《诗经》；《书》是《尚书》，西汉后称《书经》；涉及“六艺”，则是《诗》《书》外还有《礼》《乐》《易》《春秋》。这些典籍无一不是思想的精华、文辞的精华。不过六艺产生的年代并不一样，像韩愈这里说的《诗》，是西周初年至春秋中叶五百年间的诗歌总集；《书》有《虞书》《夏书》《商书》《周书》四个部分，其《周书》的《秦誓》是秦军与晋军血战于崤山，秦军兵败后秦穆公的悔过之辞。韩愈粗略的表达不过是说明《诗》《书》等六艺是善鸣者，就他的立场来看是不错的。

接着，韩愈说："周之衰，孔子之徒鸣之，其声大而远。"西周衰微是以平王东迁为标志的，随之进入东周也就是春秋战国时期。相传孔子有弟子三千，其中有贤人七十二，他五十六岁时失意于鲁国，从此率众徒周游列国十四年，宣扬儒学的仁爱礼义，在当时"声大而远"，《论语·八佾》里有"天将以夫子为木铎"的记载。尽管孔子主张仁爱礼义是最好的治理社会的方法，但在诸侯间战争不休的年代却不合时宜。其后"庄周以其荒唐之辞鸣"，庄周即庄子，在道家学派里是仅次于老子的思想领袖。"荒唐之辞"出自《庄子·天下》篇，说的是庄子"以谬悠之说，荒唐之言，无端崖之辞，时恣纵而不傥，不以觭见之也"。"荒唐之言"不是现在理解的不合常理之言，而是广大无边的语言，这正是庄子思想的奇妙表现方式。庄子主张自然无为，返璞归真，也与社会不合，故不得其用。到战国末期楚国之亡"以屈原鸣"，屈原在楚怀王当政时，做过三闾大夫，处理楚国的内政外交事务，很受信任，后因上官大夫的谗言，被疏远、流放，著有《离骚》《九歌》《九章》《天问》等。其后，韩愈还说到了两类人，一是"以道鸣者"，一是"以术鸣者"。

所谓"以道鸣者"是以思想主张鸣于世的，"臧孙辰、孟轲、荀卿，以道鸣者也"。这里的臧孙辰，又称臧文仲，春秋时鲁国的大夫，在公元前683至公元前617年曾帮助鲁僖公以礼维护国家；孟轲（即孟子）和荀卿（即荀子）分别继承孔子的仁义、礼治思想，于是有了孟子宣扬的仁政王道和荀子宣扬的礼治天下。

关于"以术鸣者"韩愈提到了许多人，这里按他说的顺序，简单地梳理一下：杨朱是"拔一毛而利天下，不为也"的杨朱学派首领，或说宜归于道家学派；墨翟是墨家学派的领袖，力主兼爱非攻；管夷吾即管仲，是春秋时齐国的贤相，曾助齐桓公称霸于诸侯；晏婴又称晏子，齐国大夫，因齐景公忧虑孔子的“君君、臣臣、父父、子子”之术使鲁国强大，巧施美人计让孔子离开鲁国，游说诸侯；老聃即李耳，人称老子，道家学派的创始人，主张清静自然、无为而无不为，以小国寡民为社会理想；申不害，重术，战国时在韩国为相15年，辅佐韩昭侯“内修政教，外应诸侯”；韩非，战国时韩国公子，主张严刑峻法，是战国末年法家的集大成者；慎到，战国时赵国邯郸（今河北邯郸）人，在齐国稷下学宫讲过学，重“势”，主张君权和法治；田骈，战国时齐国人，道家学派代表人物之一，能言善辩，有“天口骈”之称，也曾在稷下学宫讲学；邹衍，人称邹子，战国时齐国人，阴阳学派的代表人物，主张五行学说等；尸佼，一称尸子，战国时魏国人（亦有齐人、鲁人、楚人诸说），主张以民为邦本，用贤使能；孙武，春秋时齐国人，人称孙子，著名军事家，或称兵圣；张仪，战国时魏国人，和河南洛阳人苏秦同为纵横家，他主张连横，助秦远交近攻以灭诸侯，而苏秦主张合纵，联合诸侯以攻秦，均名震天下。从这些来看，韩愈言及“以术鸣者”时，涉及春秋、战国两个时代，鸣者则相当庞杂，大体为儒家之外的道家、墨家、法家、阴阳家、兵家、纵横家。他在这里提到这些人物，主要还是为了说明那个时代的善鸣者之多。

韩愈的话还没说完，他说到秦汉时期：“秦之兴，李斯鸣之。汉之时，司马迁、相如、扬雄，最其善鸣者也。”李斯以《谏逐客书》鸣，司马迁以《史记》鸣，相如即司马相如以《子虚赋》《上林赋》鸣，扬雄以《甘泉赋》《河东赋》《羽猎赋》鸣，并且各以所鸣留名于后世。按照历史的脉络往下走，汉以后是魏晋，韩愈对魏晋时期不平者之鸣不太满意，说这一时期的“鸣者不及于古，然亦未尝绝也”。其实就文辞论，魏晋以后文学创作渐盛，文人辈出，如建安三曹七子、正始竹林七贤、西晋二十四友、南齐竟陵八友，难以尽述。而魏曹丕说“盖文章，经国之大业，不朽之盛事”，更意味着文章的自觉，好文学者也说是文学的自觉。其弟曹植被认为是天才文人，为山水诗开宗立派的谢灵运曾说：“天下才共有一石，子建独得八斗，我得一斗，自古及今同用一斗，奇才博敏，安有继之。”[①]这话流传甚广，谢灵运借夸曹植而自夸且不论，此后“才高八斗”成为人们的常用语。还有田园诗鼻祖陶渊明，以朴实静穆的诗歌给东晋诗坛带来了清新的风气。五言诗、七言诗、散文、骈体文都得到应有的发展，但都入不了韩愈的法眼。韩愈说：“就其善者，其声清以浮，其节数以急，其辞淫以哀，其志弛以肆，其为言也，乱杂而无章。将天丑其德莫之顾邪？何为乎不鸣其善鸣者也！”韩愈的意思是，这一时期的文辞声音轻浮、节奏急迫、辞藻艳丽、情调感伤、志向松懈、意趣放肆，简直是杂乱无章。这大概是老天爷认为他们的德行丑陋而不眷顾吧。为什么就不选择善鸣者为这个时代而鸣呢？韩愈这样严厉地批评魏晋至南北朝时期的文辞，只是他的仁智之见。固然这一时期存在他批评的文辞和文风，却不宜以偏概全，因他一己的好恶而否定了那一时期所有的文人和文学成就。就此，他仍然说的是鸣和择善者而鸣的问题，扣着他的主题。

韩愈纵观历史，畅谈不平则鸣及择善而鸣，终于说到了唐代。唐代以文辞鸣者灿若星辰，但他只说“陈子昂、苏源明、元结、李白、杜甫、李观，皆以其所能鸣”。陈子昂是初唐武则天时代以风骨兴寄倡导诗文革新的旗手，以感遇诗和怀古诗称誉一时；苏源明，名预，字弱夫，唐代长安人，元结、杜甫之友，善诗文；

---

① 李瀚：《蒙求集注》卷下。

元结，字次山，号漫郎，河南洛阳人，亦善诗文，杜甫曾称他的《舂陵行》《贼退示官吏》是“比兴体制，微婉顿挫之词”；李白和杜甫不用多说，是唐代诗歌创作最高成就的代表者，人称“诗仙”和“诗圣”；李观，字元宾，陇西人，二十九岁时早逝于长安，韩愈曾在《李元宾墓铭》中说他“才高乎当世，而行出乎古人”，有诗文传世。李观之后，善鸣者就是孟郊了。

韩愈对孟郊多有赞赏，说他的诗“其高出魏晋，不懈而及于古，其他浸淫乎汉氏矣”。这话虽然说得有些模糊，却是在肯定孟郊的勤奋向学，所作之诗或达到先秦诗歌的水平，或超过魏晋诗歌，或受汉代诗文的濡染而有汉氏之风。他这时忽地提到自己门下的李翱和张籍。李翱，字习之，陇西成纪（今甘肃秦安）人，好古文，是韩愈倡导古文的积极响应者，有《李文公集》。张籍，字文昌，排行十八，有张十八之称，祖籍吴郡（今江苏苏州），迁居和州乌江（今安徽和县乌江镇），与王建同游于韩愈门下，因曾任水部员外郎、国子司业，人称张水部、张司业，有《张司业集》。韩愈称他俩和孟郊一样都是善鸣者，称道他们的诗文创作才能。然后，韩愈说了一句很有深意的话：“三子者之鸣信善矣。抑不知天将和其声，而使鸣国家之盛邪？抑将穷饿其身，思愁其心肠，而使自鸣其不幸邪？”三人都面临“鸣”什么的选择，韩愈说这三人，主要针对的还是孟郊，是希望孟郊有正确的选择，鸣国家之盛而不是鸣自己的不幸。再说人生的命运不是自己可以左右的，“其在上也奚以喜，其在下也奚以悲”，命运无常，一切听从命运的安排，好也不喜，坏也不悲。这话说起来当然轻松，真正去践行并不是容易的事。

韩愈的文章写到这里，才告诉人们他想说的是什么，为此而绕了很大的圈子，由古而及唐。这似乎给读者过度铺垫的感觉，在“不平则鸣”的大前提下，择其善者而鸣是时代使然，又是鸣者自我的主体作用。所谓“天和鸣者”也只是一种张扬，很难有所体现。或认为韩愈的饶舌有炫博的意味，因为他思想的落点只有三言两语。

原来，韩愈一个劲地铺排鸣者与善鸣者，是希望孟郊能懂他的心，他真正要说的是：“东野之役于江南也，有若不释然者，故吾道其命于天者以解之。”孟郊好不容易中了进士，好不容易才得到溧阳县尉一职，既然是天命，就没有什么好说的。不过，他把孟郊很不高兴去溧阳做县尉说得有点委婉——“有若不释然者”。孟郊的不高兴可以理解，他巴望中了进士后做一个还说得过去的官，不意做小小的溧阳县尉。他不能不到任，到任后却无心做官，在任上懒散闲逸，常在山林水泽之畔饮酒赋诗，县令只好请一“假尉”即代理县尉承担他的工作，把孟郊的俸禄一分为二。这样，孟郊又不高兴了，最终辞官回乡。而他的诗主要“鸣”的不是国家之盛，而是自己人生不得志和贫困的悲愁，以“苦涩”成就了自己诗歌的独特风格，为后人记取。这应该是孟郊不幸中的大幸吧，但并不是韩愈所希望的。所谓的“不平则鸣”，韩愈之意与后人的理解是很有差异的。

【原文】

送孟东野序

大凡物不得其平则鸣。草木之无声，风挠之鸣。水之无声，风荡之鸣。其跃也或激之，其趋也或梗之，其沸也或炙之。金石之无声，或击之鸣。人之于言也亦然，有不得已者而后言，其歌也有思，其哭也有怀。凡出乎口而为声者，其皆有弗平者乎！

乐也者，郁于中而泄于外者也，择其善鸣者而假之鸣。金、石、丝、竹、匏、土、革、木八者，物之善鸣者也。维天之于时也亦然，择其善鸣者而假之鸣。是故以鸟鸣春，以雷鸣夏，以虫鸣秋，以风鸣冬。四时之相推夺，其必有不得其平者乎？

其于人也亦然。人声之精者为言，文辞之于言，又其精也，尤择其善鸣者而假之鸣。其在唐、虞，咎陶、禹，其善鸣者也，而假以鸣。夔弗能以文辞鸣，又自假于《韶》以鸣。夏之时，五子以其歌鸣。伊尹鸣殷，周公鸣周。凡载于《诗》《书》六艺，皆鸣之善者也。周之衰，孔子之徒鸣之，其声大而远。传曰："天将以夫子为木铎。"其弗信矣乎！其末也，庄周以其荒唐之辞鸣。楚，大国也，其亡也，以屈原鸣。臧孙辰、孟轲、荀卿，以道鸣者也。杨朱、墨翟、管夷吾、晏婴、老聃、申不害、韩非、慎到、田骈、邹衍、尸佼、孙武、张仪、苏秦之属，皆以其术鸣。秦之兴，李斯鸣之。汉之时，司马迁、相如、扬雄，最其善鸣者也。其下魏晋氏，鸣者不及于古，然亦未尝绝也。就其善者，其声清以浮，其节数以急，其辞淫以哀，其志弛以肆，其为言也，乱杂而无章。将天丑其德莫之顾邪？何为乎不鸣其善鸣者也！

唐之有天下，陈子昂、苏源明、元结、李白、杜甫、李观，皆以其所能鸣。其存而在下者，孟郊东野始以其诗鸣。其高出魏晋，不懈而及于古，其他浸淫乎汉氏矣。从吾游者，李翱、张籍其尤也。三子者之鸣信善矣。抑不知天将和其声，而使鸣国家之盛邪？抑将穷饿其身，思愁其心肠，而使自鸣其不幸邪？三子者之命，则悬乎天矣。其在上也奚以喜，其在下也奚以悲！东野之役于江南也，有若不释然者，故吾道其命于天者以解之。

三、归隐之乐蕴含的人生悲凉

——《送李愿归盘谷序》解读

苏轼有一篇跋文，题为《跋退之送李愿序》，“退之”是韩愈的字。跋文不长，可以引在这里：

> 欧阳文忠公尝谓晋无文章，惟陶渊明《归去来》一篇而已。余亦以谓唐无文章，惟韩退之《送李愿归盘谷》一篇而已。平生愿效此作一篇，每执笔辄罢，因自笑曰：“不若且放教退之独步。”

欧阳修和苏轼的话有个人的偏好，尽管他们在北宋都以诗词文名满天下，但后人不宜将他们的喜好当作一个时代文章优劣的定评。且不说欧阳修评陶渊明的《归去来兮辞》，就苏轼评韩愈的《送李愿归盘谷序》为唐文和韩文之首，也只算是一己之见。相当自负的苏轼，他欲仿效《送李愿归盘谷序》而有作，最终却放弃了，说声“放教退之独步”，也只当是一时的笑谈。

李愿，生平不详，据说号盘谷子，是韩愈的朋友，喜隐居，人称之为隐士。《送李愿归盘谷序》开篇也告诉我们这一点。他隐居的地方是太行山的南面，盘谷因盘绕两山之间而得名，盘谷泉水甘甜，土地肥沃，草木繁茂，人烟稀少，幽静闭塞，适合隐居，故李愿隐于此。

社会纷扰，名利相搏，是世俗常态。自古以来，仕与隐是两条截然不同的道路。有早看破红尘，不仕而唯隐的。庄子《逍遥游》说唐尧想让天下给隐士许由，许由不愿意，说你尧治天下，已经把天下治理得很好了，我许由要天下干什么？他还说了一句很有名的话：“鹪鹩巢于深林，不过一枝；偃鼠饮河，不过满腹。归休乎君，予无所用天下为！庖人虽不治庖，尸祝不越樽俎而代之矣！”许由极端自我自足，要的只是一己能够生活，不顾及他人，更不用说治理天下了。有欲仕而先隐的。姜太公垂钓于渭水之滨，据说用直钩垂钓，号称愿者上钩，巧遇打猎的周文王倾心相待，随即成了文王太师，后辅佐周武王灭商，建立了周王朝。这条欲仕先隐之路，被后人称为“终南捷径”。还有先仕而后隐的。春秋时越国范蠡帮助越王勾践灭吴，功成后辞官归隐，靠做买卖成为名商巨贾，人称陶朱公。隐士林林总总，或隐于山林，或隐于朝市，难以尽言。李愿是隐居山林者，但这篇文章主要由他的言说构成，就他所说来看，身为隐士的李愿并不简单，或者说曾经不简单，主要体现在他对世事的洞察和认知上。他评说了三种人：大丈夫、隐士和求官者。韩愈在这时做了记录员。

一是大丈夫，李愿说：

> 人之称大丈夫者，我知之矣。利泽施于人，名声昭于时。坐于庙朝，进退百官而佐天子出令；其在外，则树旗旄，罗弓矢，武夫前呵，从者塞途，供给之人，各执其物，夹道而疾驰。喜有赏，怒有刑。才俊满前，道古今而誉盛德，入耳而不烦。曲眉丰颊，清声而便体，秀外而惠中，飘轻裾，翳长袖，粉白黛绿者，列屋而闲居，妒宠而负恃，争妍而取怜。大丈夫之遇知于天子、用力于当世者之所为也。吾非恶此而

逃之，是有命焉，不可幸而致也。

关于“大丈夫”，不同的人自然理解不一。举两个典型的例子。一是战国孟子的学生景春问他：公孙衍、张仪一怒而诸侯惧，安居而天下熄，他们是不是大丈夫呢？孟子说他们所行的不过是听命于人的妇人之道，大丈夫应该是“居天下之广居，立天下之正位，行天下之大道。得志，与民由之；不得志，独行其道。富贵不能淫，贫贱不能移，威武不能屈”[①]。这“富贵不能淫，贫贱不能移，威武不能屈”的大丈夫为后人信服。二是司马迁《史记·高祖本纪》里汉高祖刘邦在观看秦始皇巡游时说：“嗟乎，大丈夫当如是也！”那时候刘邦还是一介布衣，满心羡慕帝王的排场和气势，没承想他后来在秦灭后打败西楚霸王项羽，做了西汉的第一个皇帝，被后人称为“汉高祖”，成了自己心目中的“大丈夫”。和刘邦同时在咸阳观看了秦始皇巡游的项羽就不这样看，迸出一句“彼可取而代也”[②]，把他叔父项梁吓出了一身冷汗，一把捂住项羽的嘴说“会灭族的”。这当然是题外话。

李愿这里说的“大丈夫”是人生得志的政客，不是一般的政客。所谓“利泽施于人，名声昭于时”，前者可用北宋范仲淹的名言“先天下之忧而忧，后天下之乐而乐”来解释。有趣的是，韩愈曾在《送穷文》中委婉地说自己“利居众后，责在人先”，也是利泽施于人的意思，因此方能享有显扬于当世的名声，即“时名”。这种“大丈夫”并非一般人能够做的，在朝廷之上能够辅佐天子发号施令，掌管百官的进退，也就是常说的一人之下、万

① 《孟子·滕文公下》。

② 司马迁：《史记·项羽本纪》。

人之上，这倒也符合常态。但随后的“大丈夫”作为却让人感受到一个拥有权势者的极度张扬：那出行时的“树旗旄，罗弓矢，武夫前呵，从者塞途，供给之人，各执其物，夹道而疾驰”，好一副耀武扬威、志得意满、忘乎所以的样子，不言而自威。以至于“喜有赏，怒有刑”，换言之是欲赏则赏，欲刑则刑。

刑赏，是社会治理的基本法则。战国韩非曾说：“明主之治国也，明赏则民劝功，严刑则民亲法，劝功则公事不犯，亲法则奸无所萌。”[①]他是主张以法治国的人，重刑赏的严明。而国家君主最要把握好赏与刑或者说赏与罚，不要为人利用而失控。功当其事，事当其言，做的和说的一样，做事有成效，就应行赏；功不当事，事不当言，做的和说的不一样，做事没有成效，就应行罚。而且他还提出了非常重要的原则：“诚有功，则虽疏贱必赏；诚有过，则虽近爱必诛。”[②]赏罚不论亲疏，不因喜而滥赏，不因怒而滥刑，赏罚不受情绪左右。但李愿说的“大丈夫”居然是“喜有赏，怒有刑”，个人情绪可以超越社会法律，实在是很要不得的。在这种状态下来看“才俊满前，道古今而誉盛德，入耳而不烦”，不仅是“大丈夫”好人奉承，沾沾自喜，就连才华超群的青年才俊道古今誉美德，让人感到的也是谄媚之态，令人不齿，何况还想要弯眉柔丽、秀外慧中、轻裾长袖、粉白黛绿的美女列屋闲居供他享用呢！这些漂亮姑娘的“妒宠而负恃，争妍而取怜”又是“大丈夫”不可一世的写照。李愿称之为遇知于天子、用力于当世的“大丈夫”，如是的“大丈夫”真能“利泽施于人”而“先天下之忧而忧，后天下之乐而乐”吗？他说自己并非不想做这样的“大丈夫”，只

---

① 《韩非子·心度》。

② 《韩非子·主道》。

是没有做这种“大丈夫”的命，这倒也罢了。看似平和的李愿，话语间有讥刺的锋芒，他其实是不愿意做这样的“大丈夫”的。

第二种人是隐士，李愿想做的、正在做的就是隐士。他说这种人的生活是：

> 穷居而野处，升高而望远，坐茂树以终日，濯清泉以自洁。采于山，美可茹；钓于水，鲜可食。起居无时，惟适之安。

古代隐于山林的隐士，大体都是这样的生活模式。穷居野处，自给自足而任性逍遥。东汉文学家、科学家张衡写过一篇《归田赋》，被后人誉为两汉散体大赋风格转变的扛鼎之作。他在赋中描述或陈说的，也是隐士生活的图景。那时的张衡也感人生失意，表示要与世事长辞，隐居山林江湖过自己的小日子。于是他说要在春天万物繁茂的时节，任性逍遥，“仰飞纤缴，俯钓长流；触矢而毙，贪饵吞钩；落云间之逸禽，悬渊沉之鲨鰡”。随之，“极般游之至乐，虽日夕而忘劬。感老氏之遗诫，将回驾乎蓬庐。弹五弦之妙指，咏周孔之图书。挥翰墨以奋藻，陈三皇之轨模”。这正是以适为安的生活：想钓鱼就钓鱼，想打猎就打猎，想读书就读书，想弹琴就弹琴，一切为己心支使，为所欲为。纵心物外，不知荣辱。也不论是在思想观念和行为上归道还是归儒，始终保持着高度的自我或者说个性的自由。

同样是追求“惟适之安”，张衡以此为生活理想，但终生未能走出宦海，东晋陶渊明则是弃官还乡而真正拥有了这种生活。他选择田园，或“采菊东篱下，悠然见南山”；或读书自娱，不求甚解而忘怀得失。这同样是“惟适之安”的适性之乐，甚至现实是“环堵萧然，不蔽风日，短褐穿结，箪瓢屡空”，穷困到了极点也无妨。

李愿还说，这种隐士“与其有誉于前，孰若无毁于其后；与其有乐于身，孰若无忧于其心”。誉与毁、乐与忧有生活的辩证法，韩愈在《原毁》中说过一句很经典的话：“事修而谤兴，德高而毁来。”世事往往如此，有誉则好遭毁，有乐则易生忧。隐士不求有誉是想无毁，不求有乐是想无忧。更要紧的是，这种隐士“车服不维，刀锯不加，理乱不知，黜陟不闻”。这说的是没有车马服饰的约束，没有刀锯相加的刑罚，不知道社会是太平还是混乱，也不知道朝廷官员的贬谪和升迁。如是的生活类似于陶渊明想象的桃花源。桃花源里的人“不知有汉，无论魏晋”，老老少少都“怡然自乐”。不过，这终只是想象中的乌托邦，在现实生活中并不存在。李愿说他描述的隐士生活是“大丈夫不遇于时者之所为也，我则行之”，表示他也是不遇于时而隐的隐士。其中蕴含了他曾经想遇于时或说得志于世，也许是经历坎坷之后放弃了，彻底走了穷则独善的道路，以隐诀别仕途。同时也表明他不愿意做第三种人。

清·黄慎《桃花源图》局部

第三种人是求官者，李愿说：

伺候于公卿之门，奔走于形势之途，足将进而趑趄，口将言而嗫嚅，处污秽而不羞，触刑辟而诛戮，侥幸于万一，老死而后止者，其于为人，贤不肖何如也？

社会生活中总有这种人，唐代诗人杜甫就曾说自己为“致君尧舜上，再使风俗淳”，一度在长安谋生，“骑驴十三载，旅食京华春。朝扣富儿门，暮随肥马尘。残杯与冷炙，到处潜悲辛”[①]。杜甫把自己的这段经历写出来了，而与他经历相同的大有人在，不足为奇。在走向仕途的时候，许多人放下身段，希望有人引荐，就连狂傲的诗人李白也是如此。他曾给当朝重臣、以荐人知名的韩朝宗写信，请他帮忙引荐。韩愈中了进士之后在京城谋官，一度也是如此，三次上书宰相求官。李愿说得很形象，这些求官的人脚向前迈时犹豫不决，口想说时动动嘴唇又发不出声音，胆怯畏惧的心态活灵活现。因为求官，身处污秽不觉羞耻，触犯刑罚而遭杀戮的事也是有的，万一侥幸活了下来，得终天年，这些人是贤能还是不贤能呢？李愿说这些话的时候，对求官者的趋炎附势充满了鄙夷。他做不了“大丈夫”，也不屑于做这种人，做一介隐士便成为必然的追求。

李愿说这三种人，是在告诉人们社会生活中有三条道路。这三条道路是对有兼济之志的文人们说的，平民百姓的生活道路不在其中。而这三条道路第一条是得志者之路，第二条是不得志者之路，第三条是欲得志还在努力者之路。李愿不想涉足宦海，以对第一条和第三条的批判表明了自己的操守。当他再度归隐的时候，韩愈写了这篇文章为他送行，时为唐德宗贞元十七年（801）。

---

① 杜甫：《奉赠韦左丞丈二十二韵》。

而在此前两年，韩愈刚摆脱汴州宣武军节度使董晋死后的兵乱，在“连屋累栋烧成灰”[①]的惨状中有幸逃生，再到长安求官。他曾在贞元十六年（800）对友人卫中行说：我们相识之初，生活非常贫寒；后到徐州、汴州做了董晋的观察推官，饮食衣服好了许多，但“仆之心，或不为此汲汲也。其所不忘于仕进者，亦将小行乎其志耳”[②]。然韩愈求官不顺，直到贞元十八年（802），才得了国子四门博士，次年又做了监察御史，但好景不长，他随后得罪权贵被贬为阳山县令。这是后话。当时，他在听了李愿说的话之后，击节称好，为他敬酒，并唱道：

> 盘之中，维子之宫；盘之土，维子之稼；盘之泉，可濯可沿；盘之阻，谁争子所？窈而深，廓其有容；缭而曲，如往而复。嗟盘之乐兮，乐且无央；虎豹远迹兮，蛟龙遁藏；鬼神守护兮，呵禁不祥。饮且食兮寿而康，无不足兮奚所望！

这是一首隐士之歌，也是李愿的颂歌。这首歌所说的内容和李愿说的隐士生活相类似，不同的是李愿说得很平和，韩愈则说得兴高采烈。他说盘谷好哇，是你李愿的安宅之地；盘谷的土地，你想种什么就种什么；盘谷的泉水，你想喝就喝，想观赏就观赏；盘谷这样险阻，没有人与你争夺。盘谷宽敞，弯曲环复，虎豹远行没了踪迹，蛟龙逃走躲了起来，鬼神守护着这块宝地，生活其间，饮食可以健康长寿，快乐真是无穷。说得兴起的韩愈，最后干脆表达了：“膏吾车兮秣吾马，从子于盘兮，终吾生以徜徉！”

---

① 韩愈：《汴州乱二首》其一。

② 韩愈：《与卫中行书》。

他也要跟随李愿，去盘谷隐居，在盘谷快乐地了此一生。

这是对李愿隐居的激励，又是对自我生活道路的新选择，他好像真的要去隐居了。孔子曾说："道不行，乘桴浮于海。"[①] 意思是不能得志于天下，就漂泊海上过隐居生活。不过他最终也只是说说而已，56 岁出走鲁国游说诸侯 14 年，失败以后也没有真去隐居。韩愈在这篇文章中表达自己的意愿，附和李愿的隐居，与他深受儒学道统的影响、坚执儒学而求用世并不相符。说说隐居可以，践行隐居不行。他不仅自己不隐居，而且也劝人不要隐居，从他随后在贞元十九年（803）写的一篇《送董邵南序》就可以看出来。这篇文章不长，全文如下：

> 燕赵古称多感慨悲歌之士。董生举进士，连不得志于有司，怀抱利器，郁郁适兹土，吾知其必有合也。董生勉乎哉！夫以子之不遇时，苟慕义强仁者，皆爱惜焉，矧燕赵之士出乎其性者哉？然吾尝闻风俗与化移易，吾恶知其今不异于古所云邪？聊以吾子之行卜之也。董生勉乎哉！吾因之有所感矣。为我吊望诸君之墓，而观于其市，复有昔时屠狗者乎？为我谢曰："明天子在上，可以出而仕矣。"

董邵南是安徽寿县人，韩愈的朋友。韩愈在贞元十五年（799）写过一首《嗟哉董生行》，感叹他多行孝慈，却仕途滞涩，"刺史不能荐，天子不闻名声，爵禄不及门"，官吏催租倒是急迫得很。过了三年，董邵南仕途仍然不畅，离开长安要去河北。韩愈以这篇文章为他送行，怜惜他有才学而"连不得志于有司"，即没中

① 《论语·公冶长》。

进士而想去燕赵之地谋生。韩愈说你在长安不得意，也许去了燕赵之地就得意了，那你努力前行吧。这样的话听来分明是韩愈鼓励董邵南去河北。可河北当时的藩镇割据正闹得厉害，董邵南前去真的能有所遇合吗？于是韩愈对董邵南说，仰慕仁义并切实践行的人会怜惜你的遭遇，燕赵的感慨悲歌之士出于本性也会如此。但世易时移，古代是这样，现在也会是这样吗？我不知道是不是，那就以你董生去河北测试一下吧。你努力前行吧。话说到这里，送董之意其实已悄然转变为留董之意，他真正要表达的是河北的风俗已经变化，你董邵南别去了。最后他让董邵南到河北之后，为他去凭吊战国时赵国的望诸君乐毅的坟墓。乐毅曾是燕国的将军，辅佐燕昭王攻齐，战功卓著。燕昭王死后，他受人猜忌，逃到赵国避难全身。还让董邵南看看河北的集市上有没有像从前那样隐居在宰狗行当里的隐士，说你替我告诉他们一下：天子圣明，还是别隐居了，赶紧出来做官，报效朝廷吧。这就更加明显地暗示董邵南不必去河北，你没见我都在劝河北的隐士出来做官吗？

《送董邵南序》因一波三折、婉转蕴藉一向为人欣赏，与《送李愿归盘谷序》直陈其事、直抒其情的酣畅淋漓显然是不同的风格。在为文的主旨上也背道而驰，送李愿是劝人归隐，而送董邵南是劝人出仕。这里之所以要引《送董邵南序》，只是想印证韩愈为李愿归隐唱颂歌，甚至说自己要随之归隐，并不是真的要归隐，而是借李愿归隐发一点人生不得志的牢骚，心底里出仕以行己志还是人生的大事，并孜孜以求，初贬阳山县令无悔，后贬潮州刺史也无悔。所以韩愈才能得到苏轼很高的评价，说他“文起八代之衰，而道济天下之溺；忠犯人主之怒，而勇夺三军之帅”[①]。

① 苏轼：《潮州韩文公庙碑》。

而这都是他入仕而兼济天下所致。

《送李愿归盘谷序》说归隐看似充满了快乐，可这快乐却蕴含了人生失意的难言悲凉。

【原文】

送李愿归盘谷序

太行之阳有盘谷。盘谷之间，泉甘而土肥，草木丛茂，居民鲜少。或曰："谓其环两山之间，故曰'盘'。"或曰："是谷也，宅幽而势阻，隐者之所盘旋。"友人李愿居之。

愿之言曰："人之称大丈夫者，我知之矣。利泽施于人，名声昭于时。坐于庙朝，进退百官而佐天子出令；其在外，则树旗旄，罗弓矢，武夫前呵，从者塞途，供给之人，各执其物，夹道而疾驰。喜有赏，怒有刑。才俊满前，道古今而誉盛德，入耳而不烦。曲眉丰颊，清声而便体，秀外而惠中，飘轻裾，翳长袖，粉白黛绿者，列屋而闲居，妒宠而负恃，争妍而取怜。大丈夫之遇知于天子、用力于当世者之所为也。吾非恶此而逃之，是有命焉，不可幸而致也。

"穷居而野处，升高而望远，坐茂树以终日，濯清泉以自洁。采于山，美可茹；钓于水，鲜可食。起居无时，惟适之安。与其有誉于前，孰若无毁于其后；与其有乐于身，孰若无忧于其心。车服不维，刀锯不加，理乱不知，黜陟不闻。大丈夫不遇于时者之所为也，我则行之。

"伺候于公卿之门，奔走于形势之途，足将进而趑趄，口将言而嗫嚅，处污秽而不羞，触刑辟而诛戮，侥幸于万一，老死而后止者，其于为人，贤不肖何如也？"

昌黎韩愈闻其言而壮之，与之酒而为之歌曰：“盘之中，维子之宫；盘之土，维子之稼；盘之泉，可濯可沿；盘之阻，谁争子所？窈而深，廓其有容；缭而曲，如往而复。嗟盘之乐兮，乐且无央；虎豹远迹兮，蛟龙遁藏；鬼神守护兮，呵禁不祥。饮且食兮寿而康，无不足兮奚所望！膏吾车兮秣吾马，从子于盘兮，终吾生以徜徉！”

四、不惮时俗的为师宣言书

——《师说》解读

战国时孟子说过一句话：“人之患，在好为人师。”① 不知道这是他对谁的批评。其实被后人称为儒学亚圣的孟子自己就好为人师，还常离开家乡邹国去齐国都城临淄（今山东淄博）、魏国都城大梁（今河南开封），俨然以多知多能者教训齐宣王、梁惠王，指导他们怎样以仁爱治理国家，并称之为“王道”。孟子当然没有想到，在一千多年后的中唐，他有一个虔诚的崇拜者，这就是古文家韩愈。韩愈曾说：“孟轲师子思，子思之学盖出曾子。自孔子没，群弟子莫不有书，独孟轲氏之传得其宗，故吾少而乐观焉。”② 这“曾子”是曾参，是孔子的入室弟子。曾参传子思，子思传孟子，韩愈说孟子正是通过这条道路获得孔子之道的。他少时乐观孟子，固然是出于好孔子之道，但毕竟不能回避他受孟子的影响很深。何况他还说了：“始吾读孟轲书，然后知孔子之道尊，圣人之道易行，王易王，霸易霸也。以为孔子之徒没，尊圣人者，孟氏而已。晚得扬雄书，益尊信孟氏。”③ 他甚至在《与孟尚书书》一文中，将排斥佛、老的自己比拟为排斥杨、墨的孟子，说如果

① 《孟子·离娄上》。

② 韩愈：《送王秀才序》。

③ 韩愈：《读荀》。

不是孟子，我们这些人至今都可能被服左衽，孟子的功劳是不在大禹之下的。言外之意，如果在中唐，不是他弘扬孔孟的儒学，那儒学是会被佛、老之学遮蔽的。

孟子“人之患，在好为人师”这句话，与韩愈同时的柳宗元引用过，就是为了说韩愈。柳宗元说：“孟子称‘人之患，在好为人师’。由魏晋氏以下，人益不事师。今之世，不闻有师，有辄哗笑之，以为狂人。独韩愈奋不顾流俗，犯笑侮，收召后学，作《师说》，因抗颜而为师。”[①] 柳宗元的话透露出魏晋以来人们的“师心自是”，这在相当长的时期内形成了“人不事师”的社会风气，影响了世人正常的受教育生活。他随之说到自己所处的中唐，社会上仍然弥漫着“人不事师”而自是的风气，为师者遭人嘲笑，独有韩愈不惧嘲笑，不仅逆世俗而行，“抗颜而为师”，居然还以《师说》亮出就是要为人师的旗帜。素有革新精神的柳宗元对韦中立说，韩愈自以为蜀之日，我不可为越之雪，蜀少日、越少雪，蜀日之出与越雪之落，都会因怪异而招致犬吠，而我平日遭人非议已经不少，只缺为人师了，故师不可为。并称自己的才能勇敢都不及韩愈，自以为不为人师的原因有二：“自视以为不足为，一也；世久无师弟子，决为之，且见非，且见罪，惧而不为，二也。”[②] 当时，他被贬永州已有九年，此时实在是不想为此而遭人非议。

柳宗元是韩愈的挚友，柳宗元 47 岁时死在柳州，韩愈为他写了《柳子厚墓志铭》《祭柳子厚文》和《柳州罗池庙碑》，以为纪念，可见情感之深。柳宗元说他“抗颜而为师”是很实诚的评价，《师说》就是明证。不过，柳宗元说韩愈因为人师被世俗视

---

① 柳宗元：《答韦中立论师道书》。

② 柳宗元：《报袁君陈秀才避师名书》。

为“狂人”，韩愈何止是狂于为师，他在朝廷上也是以狂狷驰名，故有劝谏唐宪宗不要在宫中供奉佛骨而被贬潮州的事发生，并为皇甫镈等人所恶。这些是题外话。

人们认为《师说》作于唐贞元十八年（802），当时韩愈在京城担任四门博士、监察御史，有年方十七而好古文的李蟠来求教他，给了他写作《师说》的契机。值得注意的是，韩愈在贞元十四年（798）身处汴州董晋幕府时写了《进士策问十三首》，即府试的试题。其第十二篇写道：“古之学者必有师，所以通其业，成就其道德者也。由汉氏已来，师道日微，然犹时有授经传业者；及于今，则无闻矣。德行若颜回，言语若子贡，政事若子路，文学若子游，犹且有师。非独如此，虽孔子亦有师，问《礼》于老聃，问《乐》于苌弘是也。今之人不及孔子、颜回远矣，而且无师；然其不闻有业不通而道德不成者，何也？”这里谈到“古之学者必有师”“孔子亦有师”等，显然是《师说》的雏形，为《师说》的撰述奠定了基础。《师说》开宗明义，成就了“为师者”及“为师之道”的基本准则。他说：

> 古之学者必有师。师者，所以传道、受业、解惑也。人非生而知之者，孰能无惑？惑而不从师，其为惑也，终不解矣。生乎吾前，其闻道也固先乎吾，吾从而师之；生乎吾后，其闻道也亦先乎吾，吾从而师之。吾师道也，夫庸知其年之先后生于吾乎？是故无贵无贱，无长无少，道之所存，师之所存也。

他说的“古之学者必有师”是客观存在的。古有官学，又有私学，为师者大有人在。孟子曾说，为政者应当规定百姓的产业，使民衣食无忧，然后“谨庠序之教，申之以孝悌之义”[①]，让百姓具备基本的人伦道德和操守。这“庠序”就是学校，周代称学校为庠，殷代称学校为序。孟子在《滕文公上》中还说到，夏代的学校被称为“校”。这是官学，到西汉官学复兴，那时“立大学以教于国，设庠序以化于邑”[②]，并在“罢黜百家，独尊儒术”之后，专门设了博士之官，从事经学教育。而私学在春秋时兴起，故孔、孟、庄、墨都是弟子芸芸。孔子的一些弟子甚至入了史册，在司马迁《史记》里就有《仲尼弟子列传》。在社会生活中，为师者的存在是必然的，“人非生而知之者，孰能无惑”，这话出自孔子。孔子曾把人分为四等：“生而知之者，上也；学而知之者，次也；困而学之，又其次也；困而不学，民斯为下矣。”[③]并认为自己并非生而知之者，而是学而知之者。他也是拜师的。历史上传得最广的是孔子曾到洛阳向老子即李耳学习礼，老子教诲他：“君子得其时则驾，不得其时则蓬累而行。吾闻之，良贾深藏若虚，君子盛德容貌若愚。去子之骄气

明·文徵明《老子像》

① 《孟子·梁惠王上》。

② 班固：《汉书·董仲舒传》。

③ 《论语·季氏》。

与多欲，态色与淫志，是皆无益于子之身。”[①] 这让孔子感慨不已地说：我能知鸟飞，知鱼游，知兽跑，但我不知道龙是怎样乘风云而行于长空的，今天我见到老子，他就像一条龙呀！

孔子一生好学，晚年读《易》“韦编三绝”成为佳话。而在他的一生中，以人为师是常事，故有名言“见贤思齐焉，见不贤而内自省也”[②]；“三人行，必有我师焉；择其善者而从之，其不善者而改之”[③]。这些都在于人有所不知，有所困惑。所谓“困而不学”，不就是“惑而不从师，其为惑也，终不解矣”？当然他不仅是要解惑，而且要在解惑中使自己成为一个良善的、具有仁义道德的好人。韩愈给“为师者”职责的定义是“传道、受业、解惑”，这成为师道最简洁的表述。不过，这里最值得注意的是这“传道”之“道”是什么？孔子曾说：“君子食无求饱，居无求安，敏于事而慎于言，就有道而正焉，可谓好学也已。”[④] 对于孔子所为之“道”，南宋理学家朱熹有一个中肯的说法：“凡言道者，皆谓事物当然之理，人之所共由者也。”[⑤] 即人们共同认知的事物之理。而韩愈所说之“道”是《答陈生书》中说的“古道”：“愈之志在古道，又甚好其言辞。”这“古道”不是别的，是孔子主张并传播的儒学之道。韩愈在《原道》里这样说：“斯吾所谓道也，非向所谓老与佛之道也。尧以是传之舜，舜以是传之禹，禹以是传之汤，汤以是传之文、武、周公，文、武、周公传之孔子，孔

---

① 司马迁：《史记·老子列传》。

② 《论语·里仁》。

③ 《论语·述而》。

④ 《论语·学而》。

⑤ 朱熹：《论语集注·学而》。

子传之孟轲，轲之死，不得其传焉。”这一番梳理，让人们看到儒学的“道统”，经历了战国晚年荀子和西汉末扬雄的传承，虽然他们遭到韩愈“择焉不精，语焉不详”的批评，但毕竟还是在传承，并影响到坚执儒学的韩愈。这样的话北宋苏洵也说过，他从孔子、孟子说到荀子和扬雄对儒学道统的继承，然后说：“扬雄之死，不得其继千有余年，而后属之韩愈氏；韩愈氏没三百年矣，不知天下之将谁与也？”[①] 这是后话。

韩愈以人为师，重在师“道”。他和主张“三人行，必有我师焉”的孔子一样，不在意为师者的年龄。只要人有所长，人有所贤，孔子就乐于以之为师，称之为“择善而从”；韩愈则是“道之所存，师之所存也”。他比孔子说得通透，说年龄大于他的或小于他的，比他富贵的或比他贫困的，都有可能先他闻道，值得他学习。同时也劝诫人们，面对“道”或“得道者”时，应取谦和的态度，好好向它（他）学习。韩愈这番话，说明了学者必有师的基本道理。但他是从“古”说起的，古之学者有师，今之学者是不是也有师呢？尽管在一般的道理上，韩愈认定求学者常有，为师者也常有，然而，他忽地扭转笔锋，长叹一句“嗟乎！师道之不传也久矣，欲人之无惑也难矣”。这感叹中大有文章。

《南史·儒林传》曾梳理过秦始皇焚书后的教育发展，说是秦以后汉武帝开设学校，立五经博士，以官禄劝学。传业者众，求学者也众。到魏正始以后，崇尚玄虚清谈，为师求学之道渐衰。随后，从晋到南朝宋齐“国学时或开置，而劝课未博，建之不能十年，盖取文具而已。是时乡里莫或开馆，公卿罕通经术，朝廷大儒，独学而弗肯养众，后生孤陋，拥经而无所讲习，大道之郁

① 苏洵：《上欧阳内翰第二书》。

也久矣乎”。这种情况到梁武帝时有所改变，他重兴国学，再置五经博士，甚至“分遣博士、祭酒，到州郡立学”“诏皇太子、宗室、王侯始就学授业”，这种风气延续到陈武帝时期。《隋书·儒林传》记载隋时高祖不好儒学，致废天下之学，只存国子监一所，隋炀帝即位以后重开学校，可隋不久就灭亡了。不过，隋兴科举，唐继之而有国子监，其仍是古代社会的最高学府。韩愈做的国子监博士就是官学的老师。这让人想到，韩愈说的师道不传，理应是民间的私学，而韩愈不惮于为人之师，也是就民间而言，他门下的弟子，也是在国子监之外的。文中的李蟠就是一例。不过，韩愈主要是就儒学教育或传播而言的，他又从这里延伸开去，进而把“古之圣人”和“今之众人”相较，说道：

> 古之圣人，其出人也远矣，犹且从师而问焉；今之众人，其下圣人也亦远矣，而耻学于师。是故圣益圣，愚益愚。圣人之所以为圣，愚人之所以为愚，其皆出于此乎！

圣人在古代因不同的思想流派和行业而有不同的推崇，儒家以孔子为圣人，道家以老子为圣人，兵家以孙武为圣人，谋士以张良为圣人，商人以范蠡为圣人，木匠以鲁班为圣人，凡此等等，难以遍举。这些圣人或在思想上，或在品德上，或在技能上高于常人。韩愈在这里说的圣人有他的特指，即儒家的孔子。他后面在说“圣人无常师”时，就是以孔子为例的。圣人之所以为圣人，正在于他出类拔萃。这圣人依然孜孜向学，而远在圣人之下的众人为什么就不能孜孜向学，甚至“耻学于师”呢？韩愈幼时孤苦，依兄嫂得以成人，因向学改变了自己的命运，并成为当时文坛的领袖。他希望人们向学，以缩短圣人与众人或者说圣与愚的距离，但这完全不是他能左右的事，所以他感慨“圣人之所以为圣，愚人之所以为愚，其皆出于此乎”，即能不能以人为师而务学。

文章写到这里，韩愈还有话说。古人与今人不同，他借古人来说今人只是其一，其二是将今人的父与子相比较，说他们“爱其子，择师而教之；于其身也，则耻师焉”。古人择师教子，是自然的事，今人也如此。问题在于为什么爱子可以择师而教，而自己却耻于以人为师呢？韩愈说：“糊涂啊！”战国末年荀子著《劝学》，劝人诵经读礼以成为圣人，他有特别宏伟的目标，并把这一目标赋予每一个愿意读书的人。这一目标也许过高，但就一般人来说，择师教子无疑是深远之计，这是生活本身决定的。孔子曾教子读书，说“不学《诗》，无以立”，就在于《诗》是前人生活经验教训的结晶，况且人不可能事事亲历，择师而教与择师而学都是必要的。不过，韩愈在这里又推进了一步，他说父母为儿子的择师而教，教什么呢——“授之书而习其句读”。这“句读”说的是读书的停顿，“句”是句末的停顿，“读”是句中语气的停顿。韩愈这里说的是儿童阅读启蒙，学学识字，学学阅读，这些最基本的知识固然要学，但他还主张要拜师学习“古道”，对此他说得很明白：“彼童子之师，授之书而习其句读者，非吾所谓传其道解其惑者也。”

应该说，韩愈最不满意的是人们不好“古道”。在这一点上，他也是不合流俗的孤独者。他在《与孟东野书》中曾说，我与你分别以后，你知道我心里的感受吗？没有你的日子，“吾言之而听者谁欤？吾唱之而和者谁欤？言无听也，唱无和也，独行而无徒也，是非无所与同也”。他说，没有你，我心里何快乐之有？何止如此，这位《进学解》中的“国子先生”，博学多闻，勇言敢为，却“公不见信于人，私不见助于友，跋前踬后，动辄得咎”。他还在《与冯宿论文书》中说：“时时应事作俗下文字，下笔令人惭。及示人，则人以为好矣。小惭者亦蒙谓之小好，大惭者即必以为大好矣，不知古文直何用于今世也，然以俟知者知耳。”他在文坛上的孤独如斯可见。还有他在《答李翊书》中教诲李翊读书，说自己二十余年来，“始者，非三代两汉之书不敢观，非圣人之志不敢存。处若忘，行若遗，俨乎其若思，茫乎其若迷。当其取于心而注于手也，惟陈言之务去，戛戛乎其难哉！其观于人，不知其非笑之为非笑也。如是者亦有年，犹不改。然后识古书之正伪，与虽正而不至焉者，昭昭然白黑分矣，而务去之，乃徐有得也”。这一过程既是他去学之杂而求古道之醇，又是他排斥流俗，自求蹊径。这一蹊径是“行之乎仁义之途，游之乎诗书之源”，换言之就是在当时三教合一而佛、道颇兴的大环境中，许多人不好儒学“古道”。韩愈很感慨，“句读之不知，惑之不解，或师焉，或不焉，小学而大遗，吾未见其明也”。实在是无奈得很。

韩愈为文，善生曲折，他款款叙说，往往是话益深，理益明。《师说》亦然。读到这里，读者也许会认为他批评的是普遍的社会现象。殊不知他说“巫医、乐师、百工之人，不耻相师”，这些职业的技艺是师徒相传的，“不耻相师”是常态。这样，他就从自己的批评中把“巫医、乐师、百工之人”剥离开来，显露出批评的本意，直指“士大夫之族”：

士大夫之族，曰师曰弟子云者，则群聚而笑之。问之，则曰：“彼与彼年相若也，道相似也。位卑则足羞，官盛则近谀。”呜呼！师道之不复可知矣。巫医、乐师、百工之人，君子不齿，今其智乃反不能及，其可怪也欤！

以相师为耻的这些士大夫们，他们有不相师的理由：年纪相当、思想相似，既然这样，互相学什么呢？况且，向地位低的人学习让他们感到羞辱，向地位高的人学习又觉得是阿谀奉承，他们在内心给自己划了一条可以不向位卑者和官盛者学习的界线，从而自我封闭、自以为是起来，这当然是很可悲的事。何况就“士大夫之族”和“巫医、乐师、百工之人”相较，士大夫这些君子们从来就看不起巫医、乐师、百工，但巫医、乐师、百工肯相师而士大夫不肯相师，韩愈问道：“今其智乃反不能及，其可怪也欤？”这当然不是智力的问题，尽管二者有不同的知识储备和价值取向。其实，韩愈问的是二者的人生态度为什么不一样？话说回来，圣人都乐于相师，士大夫之族为什么不能上学圣人而下学巫医、乐师、百工之人呢？士大夫之族的“群聚而笑之”本是嘲笑他人，在韩愈看来，何尝不是在嘲笑自己呢？

韩愈接着说“圣人无常师”，在他之前，诗人杜甫在《戏为六绝句》里有一句告诫，“转益多师是汝师”，二者一脉相承。很多人都明白这个道理，取法多门而自成一家。韩愈说的是孔子：“孔子师郯子、苌弘、师襄、老聃。”孔子以老聃即老子为师前文已言及，而他以郯子、苌弘、师襄为师，历史上也有一些记载。如孔子师郯子，见于《左传·昭公十七年》，郯子曾到鲁国，见鲁昭公，鲁昭公和他谈到传说中的黄帝之子少皞氏，郯子谈了一通少皞氏的由来，孔子听说后，立马去拜见郯子，向他学习。后来孔子告诉别人：“吾闻之，天子失官，学在四夷，犹信。”孔子师苌弘则见于曹魏时王肃注的《孔子家语·观周》，说孔子曾“访乐于苌弘”。而孔子以师襄为师见于《史记》，司马迁曾写道：孔子向师襄学弹琴，先习其曲，再习其志，三习其人，最后孔子说："丘得其为人，黯然而黑，几然而长，眼如望羊，如王四国，非文王其谁能为此也！"[①]师襄为之所动，称此曲为"文王操"。韩愈举这些例子，是要表明"郯子之徒，其贤不及孔子"，但孔子仍然乐于向他们学习。子贡曾问孔子，卫国的大夫孔圉为什么被称为"孔文子"。孔子说，孔圉这个人"敏而好学，不耻下问"[②]。这八个字也是孔子的人生态度，正因为此，他才会说出"三人行，必有我师焉"的话来。于是，韩愈得出了"师道"最重要的行为原则："弟子不必不如师，师不必贤于弟子，闻道有先后，术业有专攻，如是而已。"

"弟子不必不如师，师不必贤于弟子"，让人想到荀子在《劝学》中说的"青，取之于蓝而青于蓝；冰，水为之而寒于水"。荀子这话成了人生格言，而韩愈这话成了为学者或者说师与生的格言。荀子的人生格言是事物的真理，人们可以从中引申出诸多的意义，韩愈的师生格言可以说是从荀子的青蓝冰水论里引申出来的。这一引申有特别的意义，即弟子的超越和老师的胸怀。在这方面，崇敬韩愈的北宋欧阳修是很典型的例子，他在嘉祐二年（1057）担任礼部进士的考官，看到苏轼写的《刑赏忠厚之至论》兴奋不已，说自己要避开路让苏轼出人头地。弟子超越老师的事或老师乐于被超越的事常有，道理就在"闻道有先后，术业有专攻"，通达的韩愈看得很明白，说得也很清楚，"道之所存，师之所存"，他勉励李蟠努力，现在他是在教诲李蟠，也许有一天，他会以李蟠为师。

---

① 司马迁：《史记·孔子世家》。

② 《论语·公冶长》。

行己立身自有法度的韩愈，不在意别人的讥讽而为人师、言师道，和他一生两次因对朝廷直言而遭贬（先贬阳山，后贬潮州），险些丧了性命一样，是性格使然。可当时没有多少人像他这样敢于为人师，敢于这样率真地表达。所以柳宗元在《答韦中立论师道书》里那样评说韩愈。而《师说》里说的“师者”直到最后我们才完全明白，不是官学的老师，不是启蒙学堂的老师，不是巫医、乐师、百工的老师，而是民间奉行并能传授儒学之道的人，耻相为师的则是“士大夫之族”。他愿意教诲李蟠，是因为李蟠“好古文，六艺经传皆通习之，不拘于时”。而韩愈则是“嘉其能行古道，作《师说》以贻之”。他的为师之道超越了士大夫教育，成为普遍的为师理念，为教育者所接受。

这篇读起来很平和的文章，在韩愈经意却不显痕迹的圣人与众人、巫医乐师百工与士大夫、孔子与士大夫的对比中，藏有锋芒。他说这些不相为师的士大夫，不及圣人孔子，不及巫医、乐师、百工，这些人何以为“士大夫”？他不惮于为师，《师说》就是旗帜鲜明的为师宣言书。柳宗元同样有感“今之世，为人师者众笑之。举世不师，故道益离”[①]，就为人师的韩愈，他对严厚舆秀才说：“仆才能勇敢不如韩退之，故又不为人师。人之所见有同异，吾子无以韩责我。”[②]柳宗元表示他愿意为人答疑解惑，但实在是不愿意打着旗号为人师，这就更彰显了韩愈在那个时代坚执儒学的不同凡响。

---

① 柳宗元：《师友箴》。

② 柳宗元：《答严厚舆秀才论为师道书》。

【原文】

师　说

古之学者必有师。师者，所以传道、受业、解惑也。人非生而知之者，孰能无惑？惑而不从师，其为惑也，终不解矣。生乎吾前，其闻道也固先乎吾，吾从而师之；生乎吾后，其闻道也亦先乎吾，吾从而师之。吾师道也，夫庸知其年之先后生于吾乎？是故无贵无贱，无长无少，道之所存，师之所存也。

嗟乎！师道之不传也久矣，欲人之无惑也难矣。古之圣人，其出人也远矣，犹且从师而问焉；今之众人，其下圣人也亦远矣，而耻学于师。是故圣益圣，愚益愚。圣人之所以为圣，愚人之所以为愚，其皆出于此乎！

爱其子，择师而教之；于其身也，则耻师焉，惑矣。彼童子之师，授之书而习其句读者，非吾所谓传其道解其惑者也。句读之不知，惑之不解，或师焉，或不焉，小学而大遗，吾未见其明也。

巫医、乐师、百工之人，不耻相师。士大夫之族，曰师曰弟子云者，则群聚而笑之。问之，则曰："彼与彼年相若也，道相似也。位卑则足羞，官盛则近谀。"呜呼！师道之不复可知矣。巫医、乐师、百工之人，君子不齿，今其智乃反不能及，其可怪也欤！

圣人无常师。孔子师郯子、苌弘、师襄、老聃。郯子之徒，其贤不及孔子。孔子曰：三人行，则必有我师。是故弟子不必不如师，师不必贤于弟子，闻道有先后，术业有专攻，如是而已。

李氏子蟠，年十七，好古文，六艺经传皆通习之，不拘于时，学于余。余嘉其能行古道，作《师说》以贻之。

五、以进学为喻自问自答的乞怜之辞

——《进学解》解读

韩愈任监察御史时因上疏直言冒犯权臣，被贬为阳山县令后，又遭遇过两次贬谪，一次被贬为江陵（今湖北荆州）法曹参军，另一次被贬为河南县令。他在唐宪宗元和七年（812）第三次任国子监博士时，想起自己的经历，有些人生感愤郁积在胸。据《旧唐书·韩愈传》说“愈自以才高，累被摈黜，作《进学解》以自喻”。关于这一点，《新唐书·韩愈传》中也有类似的记载。自视才高、不得其用且屡遭贬谪，最易引发人内心的不平，古往今来多是如此。韩愈曾说，物不得其平则鸣，他列举自然界和社会生活中的种种例子，说明这一现象普遍存在，别人如此，他亦如此。他最具影响力的不平则鸣之文除《送穷文》《论佛骨表》《马说》等之外，恐怕就要算这篇《进学解》。这些文章各具风格和旨趣，展示出韩文的不同面貌，不平情绪的表达也是不同的。

《进学解》作于韩愈回京重进国子监之后，它的问对体是一种传统的行文模式。它源于战国时策士游说诸侯的问对，孟子、庄子以人物问答成文渐成问对体。随后有了宋玉的《对楚王问》、枚乘的《七发》，问对体文章在体式上趋于成熟。《七发》之体后来走向了赋之“七体”及散体大赋如《子虚赋》《上林赋》等，而西汉武帝时东方朔在问对的传统上创作了《答客难》，以自嘲自解别为一格，并为后人仿效。

司马迁的《史记》有《滑稽列传》，为西汉前的滑稽之士淳于髡、优孟、优旃等人立传。他死以后，《史记》有十篇存目无文，略晚于司马迁的儒学博士褚少孙作了补写。除此之外，褚少孙对《史记》其他篇章也有补写，如他在《滑稽列传》中就补写了战国时的西门豹传，西汉武帝时的郭舍人传、东方朔传等。东方朔博学多才，说古人避世于深山之中，而自己以张狂避世于朝廷。并在饮酒兴起时放歌“陆沉于俗，避世金马门。宫殿中可以避世全身，何必深山之中、蒿庐之下”。虽是如此，东方朔也觉得自己的人生很不如意，于是写下了《答客难》，借客的责难作答，诉说自己是怎样的怀才不遇。《答客难》开篇写道：

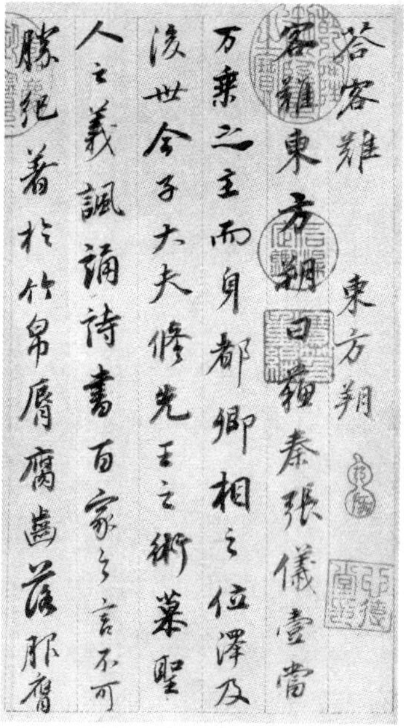

明·董其昌行书《答客难》局部

客难东方朔曰：“苏秦、张仪一当万乘之主，而身都卿相之位，泽及后世。今子大夫修先王之术，慕圣人之义，讽诵诗书百家之言，不可胜记，著于竹帛；唇腐齿落，服膺而不可释，好学乐道之效，明白甚矣。自以为智能海内无双，则可谓博闻辩智矣。然悉力尽忠，以事圣帝，旷日持久，积数十年，官不过侍郎，位不过执戟。意者尚有遗行邪？同胞之徒，无所容居，其何故也？”

这里，东方朔以“客难”张扬自己的才能以及嘲笑他在这样天下一家的太平时代，“官不过侍郎，位不过执戟”。在纵论古今中，他说自己已经很不错了，如果战国时的苏秦、张仪生活在今天这个时代，恐怕连侍郎都做不了，算是自宽自解了。

其后，辞赋家扬雄在汉哀帝时作《解嘲》，一开头也是借客问展开，说你扬雄生逢盛世，口若悬河，为什么不能为君王出谋划策，“位不过侍郎”。扬雄同样是纵论古今，说在这样的太平盛世，庸夫高枕而有余，他“位不过侍郎”不是很正常吗？再说位高者身危，何不居低位以自全呢？

此后，东汉班固作《答宾戏》，张衡作《应间》，都用东方朔《答客难》的模式，韩愈也是如此。《进学解》说读书事，不像《答客难》《解嘲》直接以“客”的责问开头，而是以“国子先生”的教诲引人入胜。这里，“国子先生”召诸生于馆下的“训辞”有点意味深长：

> 业精于勤，荒于嬉；行成于思，毁于随。方今圣贤相逢，治具毕张，拔去凶邪，登崇俊良。占小善者率以录，名一艺者无不庸。爬罗剔抉，刮垢磨光。盖有幸而获选，孰云多而不扬？诸生业患不能精，无患有司之不明；行患不能成，无患有司之不公。

这番教诲有两层很重要的意思：

其一说学业，所谓的“业精于勤，荒于嬉；行成于思，毁于随”，对求学者来说就是真理。古往今来，勤奋才能使学业精进，缜密深沉地思考方能有所成。相应地，学业荒废在于嬉戏不专注于学，事业的败坏出自随意而不守规则。韩愈这样说，是对孔子

"学而不厌"及"学而不思则罔，思而不学则殆"等教诲的继承和提炼，而他自己就是这样走过来的。韩愈出生不久母亲便去世了，3 岁时父亲也告别了人世，他依傍哥嫂，可他 12 岁时哥哥韩会又死去，他是靠自己勤奋多思才得中进士，入仕途，成为那个时代的古文大家，并因推崇儒学，而被北宋欧阳修认为是继承儒学道统的第一人。他学养深厚，对国子监的诸生说出这样的话来，也算是难得的人生经验之谈。

其二说朝廷的选拔任用。应该说，这比前者更有深沉的意味。韩愈说诸生处在当今的时代好哇，"圣贤相逢"的君圣臣贤，这相逢也是生逢其时。在这样大好的时候，"治具毕张"，所有的法令都得到了施行，社会井然有序，天下太平。人才的选拔做得相当好：贤人得用，奸邪被摒弃。这些贤人，只要有一点优长或者说能够治一部经书都能被录用。何况人才的选拔是"爬罗剔抉，刮垢磨光"，尽最大的可能去搜罗人的长处，精心去除人身上的污浊让他放射光芒。在这样的时代，才能不足的人都可能被任用，决不会出现有才能、才能高的人没有得到选拔的情况。韩愈的话说得很感人，真能够激励所有向学并有志为国家效力的人努力学习。然而，他接着说出"诸生业患不能精，无患有司之不明；行患不能成，无患有司之不公"，用平和的语言，道出人生的诸多不平。作为古文大家的韩愈，如此叙说论理，不过是先扬而后抑，因为这番对社会充满赞美之词的教诲，只是为了引出下面假借弟子的口吻说出的另一番话。

接下来弟子"反唇相讥"，说韩先生的教诲有假，哪里是业精行成就能够为朝廷所用呢？更不用说"爬罗剔抉，刮垢磨光"了。于是弟子分几个层次来评析先生：

其一是"先生"的勤奋读书。"弟子"展示在我们面前的是这样一幅画面："先生口不绝吟于六艺之文，手不停披于百家之编。纪事者必提其要，纂言者必钩其玄。贪多务得，细大不捐。焚膏油以继晷，恒兀兀以穷年。"韩愈一生博学，如是说涉及韩愈博学的几个基本点：

一是求学的精神，这"口不绝吟"与"手不停披"的手口相应以及终年"焚膏油以继晷"表现出他读书"夜以继日"，真可谓勤奋的极致。在这一过程中，韩愈说自己"贪多务得，细大不捐"，他正是这样走向文坛的制高点的，不仅博学多识，而且他古文和诗歌的写作，都在中唐开了新的风气。

二是求学的内容。"六艺之文""百家之编"，包括了下文说的"先生之于文，可谓闳其中而肆其外矣"，提到《尚书》里的周《诰》、殷《盘》，还有《春秋》《左氏》《易》《诗》《庄》《骚》《史记》，以及没有明言的扬子云（即扬雄）和司马相如的辞赋。他曾在《上兵部李侍郎书》里说自己"究穷于经传、史记、百家之说"，"凡自唐虞以来，编简所存，大之为河海，高之为山岳，明之为日月，幽之为鬼神，纤之为珠玑华实，变之为雷霆风雨，奇辞奥旨，靡不通达"。韩愈的博学淹通也在于此。

三是求学的方法，即"纪事者必提其要，纂言者必钩其玄"（由此产生了成语"提要钩玄"）。叙事者取其要旨，论理者取其精妙，这当是善读书者常用的方法。读者宜动脑多思，动笔多写，知道所读之书的要旨或精妙在哪儿，方有助于记忆的阐发。

其二是"先生"对儒学的贡献。韩愈崇儒，可他所处的中唐时期，佛、道兴盛，儒学受到一定的打压。他早年在《上宰相书》中自述："所读皆圣人之书，杨、墨、释、老之学，无所入于其心。"又在《答李翊书》中谈所读之书："始者，非三代两汉之书不敢观，非圣人之志不敢存……行之乎仁义之途，游之乎诗书之源，无迷其途，无绝其源。”二者均表现出他所持的鲜明的儒学立场。这里有一句话值得注意，“杨、墨、释、老之学无所入于其心”，表明他也读杨朱、墨翟、佛教、老子的书，但不接受这些著作的思想观念，而是“攘斥佛、老”。他在《原道》中推究，“吾所谓道也，非向所谓老与佛之道也”，而是尧传舜，舜传禹，禹传汤，汤传周文王、周武王及周公，周文王、周武王及周公传孔子，孔子传孟子的儒学之道。然后，韩愈针对佛、老之学说道：“不塞不流，不止不行。人其人，火其书，庐其居。明先王之道以道之，鳏寡孤独废疾者有养也。其亦庶乎其可也。”他坚定地捍卫孔孟的儒学，居然认为当从根本上铲除佛、老，令佛教徒、道教徒统统还俗，把佛经、道经都烧了，把佛家的寺庙、道家的道观改造成民房，然后用儒学的先王之道教育百姓，使鳏夫、寡妇、孤儿、独老及残疾人都能得到抚养。

韩愈护儒，他提出的灭佛、老之学的办法，无疑是把思想问题的解决简单化了，这也是他思想的狭隘所在。本来自魏晋以来玄学兴而儒、佛、道合一为用，至唐更有三教融合之势，三者可以相互为用。但韩愈深感佛、老对孔儒的危害，觉得天下人不入于老则入于佛，那么“后之人其欲闻仁义道德之说，孰从而求之”[①]？这和孟子在战国中期有感于天下人不归于杨朱学派，就归于墨翟学派，因而奋起痛斥杨朱、墨翟之学以捍卫孔子之道学一样。难怪“弟子”说他“抵排异端，攘斥佛、老，补苴罅漏，张皇幽眇。寻坠绪之茫茫，独旁搜而远绍；障百川而东之，回狂澜于既倒。先生之于儒，可谓有劳矣”。

其三是“先生”的文章深厚而恣肆。这里说到韩愈“沉浸醲

---

① 韩愈：《原道》。

郁，含英咀华”，他的确是沉浸在先秦两汉之文中，他的品位、思考、探究，把他导向孔孟的儒学并使他成为儒学的忠实信徒。所以，他力排佛、老，意欲挽救衰退的孔孟之学。韩愈在学习“六艺之文”“百家之编”时，各有体会。他说《尚书》中《虞书》《夏书》写得浑厚广大，而《周书》的《大诰》《康诰》《召诰》等篇以及《商书》的《盘庚》篇晦涩，他用“佶屈聱牙”以示其艰深难读；《春秋》这部春秋时鲁国的编年史记事的语言“谨严”，包括在字里行间的褒贬也是这样，以致被后人誉为“春秋笔法”；《左氏》即相传为左丘明撰写的《春秋左氏传》“浮夸”，它在还原《春秋》的历史事件和历史人物时，有夸张的倾向，语言也比《春秋》华美；《易》即《周易》，在为人卜卦时，充满神奇却又伴随着生活的法则；《诗》即《诗三百》（后称《诗经》）思想纯正，孔子曾说“诗三百，一言以蔽之，思无邪”，而且《诗》的语言华美。他还提到了庄周的《庄子》、屈原的《离骚》、太史公司马迁的《史记》，以及扬雄、司马相如“同工异曲”的辞赋。所有这些，可见韩愈阅读与所受影响的广泛。他的文章之所以能够“闳其中而肆其外”，这是重要的原因。同时，他在自己的文章中自然吸纳了前人文章的表现风格，《进学解》就是一个很好的例子。它运用的主客问答的结构形式，铺排比拟的表现手法，有诸子散文和汉代辞赋的影子。

上述“弟子”所说，都是“先生”韩愈的勤学和业绩，实际上又是韩愈另一种形式的自白或者说自我夸耀。这夸耀越厉害，越能见出他自视才能很高与对际遇不合的不平。况且，“弟子”还稍带说到了韩愈的为人，虽只有“少始知学，勇于敢为；长通于方，左右具宜”这一句评价，已可见他是一个怎样的人。他少时的知学、勇敢姑且不论，成人以后懂得处事的方法，“左右具宜”

在语义上颇有左右逢源的意味。但真的是“左右具宜”吗？如果真的“左右具宜”，那“弟子”怎么会说“先生欺余哉”？“弟子”并没有在叙说了“先生”的学业后打住，而是毫不客气地下了一个结论，与“先生”的学业和成就有很大的反差。“弟子”说“先生”：“公不见信于人，私不见助于友，跋前踬后，动辄得咎。暂为御史，遂窜南夷。三年博士，冗不见治。命与仇谋，取败几时。”这其实是韩愈有感于人生坎坷的肺腑之言。

韩愈在贞元十一年（795）三次上书宰相赵憬、贾耽等人求用。他在《上宰相书》中说自己“遑遑乎四海无所归，恤恤乎饥不得食，寒不得衣，滨于死而益固，得其所者争笑之”。这一年他 28 岁。过了 19 天他又上书宰相，说自己仿佛是溺于水中、烧于火中，宰相有救我的办法为什么不救我呢？你们还算得上仁爱之人吗？三次上书均未得到回复，他不得已去了藩镇汴州，在宣武节度使董晋麾下谋了一个观察推官的职位。永贞元年（805）十二月，他在《上兵部李侍郎书》中说自己二十几年来，“薄命不幸，动遭谗谤，进寸退尺，卒无所成”。而在写《进学解》的前两年即元和六年（811），他写了《送穷文》，说智穷、学穷、文穷、命穷、交穷，欲送穷远去，最终以“穷”为知己，延请于上座。而“弟子”说“先生”的“跋前踬后，动辄得咎”，是指贞元十九年（803），韩愈身为监察御史，见天旱人饥，百姓或弃子逐妻以求有口饭吃，或拆房屋砍树木以缴纳赋税，写下了《御史台上论天旱人饥状》，结果被贬为阳山县令，也就是这儿说的“遂窜南夷”。元和元年（806）韩愈回京，又做了三年国子监博士，但无所事事，也没有治理社会的业绩。他于是说了一句很沉痛的话：“命与仇谋，取败几时。”加上家里“冬暖而儿号寒，年丰而妻啼饥”，自己身体也不好，“头童齿豁”，头发脱落了，牙齿也掉了。这一点他在贞元十九年（803）的《祭十二郎文》里就说过“吾年未四十，而视茫茫，而发苍苍”，这是在他写《进学解》的十年前，而韩愈死的时候57岁，可以想见他当时的身体状况。这使“竟死何裨”所说的到老死也难有补于社会显得相当实在。所以“弟子”说“先生”，“不知虑此，而反教人为”。

韩愈对弟子之问，作了一番解答。在这番解答中，他先打了两个比方，一是工匠之喻，二是医师之喻。他在工匠之喻中说，大木做屋梁，小木做屋椽，壁柱、斗拱、门臼、门闩之类各由相应的木材做成，各得其宜，最后建成房屋，是工匠的本事；在医师之喻中说，地榆、丹砂、天麻、青芝、车前草、马勃、破烂的鼓皮，俱收并蓄，等待使用的时候无一遗漏，这是医师的本事。这两个比喻说的是同一个意思，物得其用，关键是用物之人。如果有善用的人，物会各得其宜，各尽其用。人也是如此，这就过渡到他想说的“宰相之方”。他说得很明白：“登明选公，杂进巧拙，纡余为妍，卓荦为杰，校短量长，惟器是适者，宰相之方也。”从语言表面上看，这话很好理解，人才选拔公开公正，灵巧的和笨拙的夹杂录用，性情舒缓的、才能卓著的，比较权衡，量才为用，各展其才，这是宰相用人的方法。宰相这样用人，看上去很不错，但却更反衬了现实中不仅是人才选拔不明不公，而且做不到“惟器是适”，不然的话，在“弟子”眼中这样有学识、有能耐的“先生”韩愈怎么没有得到应有的任用呢？这顺势而下的流畅表达暗有波折，他似乎又在说：“诸生业患不能精，无患有司之不明；行患不能成，无患有司之不公。”本来，韩愈在这里可直接过渡到自己身上，却又把笔宕开，不说自己而说孟子和荀子。

孟子、荀子是孔子之后儒学的重要继承者。孟子名孟轲，战国中期邹国人，把孔子仁的思想发展成“仁政”。孟子善辩且好辩，他游说诸侯，宣扬孔子的学说，与社会时兴的杨朱之学和墨翟之学相抗衡，成为孔子学说最坚定的弘扬者，被人誉为儒家的亚圣。当时，“天下方务于合从连衡，以攻伐为贤，而孟轲乃述唐、虞、三代之德，是以所如者不合”[①]。而在这一过程中他渐渐老去，晚年回到家乡，和弟子万章等人写了《孟子》七篇。荀子名荀卿，赵国人，他在百家争鸣中坚持儒家思想，把孔子“礼”的思想发展成“礼制”，他最后成为战国晚期儒家思想集大成者。他曾在齐国的稷下学宫三为祭酒，遭人毁谤后逃到楚国，战国四公子之一的春申君任命他为兰陵令，他终老于兰陵。韩愈说：“是二儒者，吐辞为经，举足为法，绝类离伦，优入圣域，其遇于世何如也？”孟子、荀子都是韩愈的儒学前辈，论儒学二人的确是“吐辞为经，举足为法”，好儒者几乎没有人能够和他们相提并论。但他们的人生际遇怎样呢？韩愈想说，像孟子、荀子这样的大儒，一生都不得其用，那自己仕途坎坷，有什么奇怪的呢？

韩愈说这些，都只是对“弟子”之问的委婉回答。他从工匠、医师说到宰相、孟子和荀子，表明人生的命运并不由自己主宰，这与他上面说的有司公正明察有内在的矛盾。再说，“弟子”对“先生”的看法，在“先生”自己看来却不尽然，他说自己：

> 今先生学虽勤而不由其统，言虽多而不要其中，文虽奇而不济于用，行虽修而不显于众。犹且月费俸钱，岁靡廪粟；子不知耕，妇不知织；乘马从徒，安坐而食。踵常途之役役，窥陈编以盗窃。然而圣主不加诛，宰臣不见斥，兹非其幸欤？动而得谤，名亦随之。投闲置散，乃分之宜。

---

① 司马迁：《史记·孟子列传》。

韩愈在这里化“弟子”的傲然为卑谦，说：“我学习虽然勤奋，但没有守儒学的道统，话虽然说得很多但都不得要领，文章虽然写得奇妙但没有什么作用，行为虽然有修养但和众人一样。再说我每月浪费朝廷的俸禄，每年消耗粮仓的粮食，儿子不知道怎么种田，妻子不知道怎么纺织，出门有车马，安坐有饭吃，急匆匆地走着常人的道路，看看旧书窃取一些陈言旧事，圣明的陛下不处罚我，朝廷的权臣不批评我，这难道不是我的大幸吗？动辄得谤，名声随之受到影响，因此担任闲职，不也是本分应得的吗？”韩愈这些话让人听起来好像心平气和，其实相较于所谓“弟子”批评中的张扬，这自我的反思内蕴更多更大的牢骚。他不断地说穷叫苦且不说，他何尝真的是“学虽勤而不由其统，言虽多而不要其中”呢？何尝真的是“踵常途之役役，窥陈编以盗窃”呢？前面提到他在《原道》里宣称自己所守的儒学道统，正是勤而由其统的表征；而上书说天旱民饥，撰文说师者传道、受业、解惑，都是切中要害之言；而文坛的常途是骈文（时文）盛兴，他却兴古文而反骈文；读书写作，他力主务去陈言，人笑之以为喜，人誉之以为忧。韩愈说了这么多反话，驳“弟子”之言以掩饰自己的不平，倒是他文章中常用的以抑为扬的写作方法和自我情绪的表达技巧。

最后韩愈对“弟子”说：如果要计算俸禄的有无，考量官职的高低，而忘了权衡自己的才华能否达到相应的标准，指摘位高者的毛病，那相当于责问工匠为什么不用小木桩做柱子，责问医师为什么要用菖蒲来延年益寿，想要他用猪苓来代替。韩愈这样说，是又一次的自我反思，反思的结果是自己的才能不合世用，是不能说有司不明、任用不公的。如是的反批评照应了“弟子”的批评，全文至此也就浑然为一了。

《进学解》在韩愈的作品中以骈文化倾向不同于其他散文，虽然他在文章中谈及的进学态度、内容和方法，对后学有一定的指导意义，但他的本义并不在这里。客观地说，韩愈是很坦荡的人，他常直率表达对社会的看法，并不计较是否会因此带来不幸。他在监察御史任上被贬阳山，在刑部侍郎任上被贬潮州刺史都是如此。在这篇文章中，他委婉地表达了自己的思想，通过“弟子”对他的批评，揭示了他的内心世界、彰显了他的才能。北宋的苏轼曾说他“文起八代之衰，而道济天下之溺；忠犯人主之怒，而勇夺三军之帅”[①]，都在于他的忠勇和才干。也因为此，他不惮于诉说自己的愁苦和才华，这在他的许多散文中都有表现，尤其是《潮州刺史谢上表》这篇。

在这篇谢皇上“不杀之恩”的文章里，他依然是坦诚地流露真性情。他说潮州飓风恶水，毒雾瘴气，实在不是人待的地方。而自己从小多病，年刚五十，头发也白了，牙齿也掉了；在这蛮夷之地，孤身一人，与魑魅为伍，不知道什么时候会死去。陛下不可怜他，还有谁会可怜他呢？他这个人愚蠢，不通人事，但他的学问文章是同时代的人都称赞的。随后韩愈说：“臣于当时之文，亦未有过人者。至于论述陛下功德，与《诗》《书》相表里；作为歌诗，荐之郊庙；纪泰山之封，镂白玉之牒；铺张对天之闳休，扬厉无前之伟绩；编之乎《诗》《书》之策而无愧，措之乎天地之间而无亏，虽使古人复生，臣亦未肯多让。”他说这些话，固然是自视甚高，但根本的想法是希望宪宗陛下“哀而怜之”，让他回京城以效薄技。《进学解》的一吐为快，其根本也是乞怜，希望有司能够知人善任。不过，他这篇乞怜辞在“弟子”与“先生”

① 苏轼:《潮州韩文公庙碑》。

二体一身的自问自答中写得慷慨洒脱，从容淡定，不说苦涩而相当苦涩。好在他的目的至少部分达到了，《旧唐书 · 韩愈传》记载：“执政览其文而怜之，以其有史才，改比部郎中、史馆修撰。”

【原文】

进学解

国子先生晨入太学，招诸生立馆下，诲之曰：“业精于勤，荒于嬉；行成于思，毁于随。方今圣贤相逢，治具毕张，拔去凶邪，登崇俊良。占小善者率以录，名一艺者无不庸。爬罗剔抉，刮垢磨光。盖有幸而获选，孰云多而不扬？诸生业患不能精，无患有司之不明；行患不能成，无患有司之不公。”

言未既，有笑于列者曰：“先生欺余哉！弟子事先生，于兹有年矣。先生口不绝吟于六艺之文，手不停披于百家之编。纪事者必提其要，纂言者必钩其玄。贪多务得，细大不捐。焚膏油以继晷，恒兀兀以穷年。先生之业，可谓勤矣。抵排异端，攘斥佛、老，补苴罅漏，张皇幽眇。寻坠绪之茫茫，独旁搜而远绍；障百川而东之，回狂澜于既倒。先生之于儒，可谓有劳矣。沉浸醲郁，含英咀华，作为文章，其书满家。上规姚姒，浑浑无涯；周《诰》、殷《盘》，佶屈聱牙；《春秋》谨严，《左氏》浮夸；《易》奇而法，《诗》正而葩；下逮《庄》《骚》，太史所录；子云、相如，同工异曲。先生之于文，可谓闳其中而肆其外矣。少始知学，勇于敢为；长通于方，左右具宜。先生之于为人，可谓成矣。然而公不见信于人，私不见助于友，跋前踬后，动辄得咎。暂为御史，遂窜南夷。三年博士，冗不见治。命与仇谋，取败几时。冬暖而儿号寒，年丰而妻啼饥。头童齿豁，竟死何裨。不知虑此，而反教人为？”

先生曰："吁，子来前！夫大木为宲，细木为桷，欂栌、侏儒，椳、闑、扂、楔，各得其宜，施以成室者，匠氏之工也。玉札、丹砂、赤箭、青芝、牛溲、马勃、败鼓之皮，俱收并蓄，待用无遗者，医师之良也。登明选公，杂进巧拙，纡余为妍，卓荦为杰，校短量长，惟器是适者，宰相之方也。昔者孟轲好辩，孔道以明，辙环天下，卒老于行。荀卿守正，大论是弘，逃谗于楚，废死兰陵。是二儒者，吐辞为经，举足为法，绝类离伦，优入圣域，其遇于世何如也？今先生学虽勤而不由其统，言虽多而不要其中，文虽奇而不济于用，行虽修而不显于众。犹且月费俸钱，岁靡廪粟；子不知耕，妇不知织；乘马从徒，安坐而食。踵常途之役役，窥陈编以盗窃。然而圣主不加诛，宰臣不见斥，兹非其幸欤？动而得谤，名亦随之。投闲置散，乃分之宜。若夫商财贿之有亡，计班资之崇庳，忘己量之所称，指前人之瑕疵，是所谓诘匠氏之不以杙为楹，而訾医师以昌阳引年，欲进其豨苓也。"

六、为文者当养根俟实、加膏希光

——《答李翊书》解读

古来文章之道流行，实在是因为人们生活少不得文章。人们往往议论文章应当写成什么样子，于是说文体，说文风，说文辞，自然也少不了会说到文章的作者和他的创作，有了品评，即评议者的说长道短。不过，最早说文章，文体的界限并不分明，魏曹丕《典论·论文》的文章八体论，指明书、论、奏、议、铭、诔是文章，诗与赋也被归于文章之列。其后西晋挚虞撰有《文章流别论》，说“文章者，所以宣上下之象，明人伦之叙，穷理尽性，以究万物之宜者也”，告诉人们文章与社会生活密不可分。他说的文章同样包括了诗歌，其后文章与诗歌渐渐地各有畛域。

提到挚虞，西晋的陆机也需要提一下。陆机与挚虞同为贾谧门下的“二十四友”，他写了《文赋》论文章的构思和辞采，不意引领了华美的骈文之风，至南梁、南陈两朝演为高潮，名家有刘勰、庾信、徐陵。以后骈文多用于朝章，上了正席，风靡朝野，盛行一时，且被人称为“时文”。不好骈文而好骈文产生前之古文的人也有，尤其是在中唐时有许多，韩愈便是其中最前卫的一个。韩愈和柳宗元等人兴古文，一时热闹，后人甚至把它称为“古文运动”，称韩愈是“古文运动”的领袖，这不免夸大了古文在当时的影响和韩愈在古文发展中的地位。但韩愈好古文是真的，他的《答李翊书》就是一封彰显自己古文兴趣和主张的信。

《答李翊书》写于唐宪宗贞元十七年（801），李翊因向韩愈求教过古文写作，而被人视为韩门弟子，贞元十八年（802）中进士。李翊向韩愈请教读书写作之道，韩愈在回信中先夸奖李翊，说他的“书辞”写得很好。“书辞”为书信，西汉司马迁在《报任安书》中回复任安信时说过“书辞宜答”。韩愈在这里说李翊的文章写得很好，求学的态度又很谦恭，像他这样的人，向谁求教，谁都乐意教诲。这样，李翊以后不仅文章会写得很好，而且道德水平也会达到最高的境界。韩愈这番很客气的话出自人之常情，却又是很实在的，“三人行，必有我师焉”，做人谦恭、以人为师，正是上进的必由之路。但这只是开场白，继而韩愈说自己是一个怎样的人呢？是一个“望孔子之门墙而不入于其宫者”。

这让我们想起《论语·子张》中孔子弟子子贡的一番话。有人说子贡比老师孔子还有德行，子贡打了个比方。他说就好像是宫墙，自己家的宫墙只有肩膀高，很容易看到里面的陈设；孔老师家的宫墙几丈高，找不到门进去，就不知道里面有多美，而世上能够得孔老师宫门而入者是很少的。子贡是孔子的弟子，姓端木，名赐，字子贡，小孔子31岁，能言善辩，长于外交，曾游说于鲁、齐、吴、越、晋各国间，有“子贡一出，存鲁、乱齐、破吴、强晋而霸越；子贡一使，使势相破，十年之中，五国各有变”[①]之说。韩愈所

子贡像

① 司马迁:《史记·仲尼弟子列传》。

说，正是从这儿来的，说自己仰慕孔子但自己所学并没有得到孔子学说的精华，还只是在他宫墙外徘徊呢！韩愈这也是自谦的话，他在《原道》里数说儒学的道统，从尧传舜开始，舜传禹，禹传汤，汤传文王、武王、周公，而孔子上承周文王、周武王和周公旦，下传给了孟子，孟子之后就没有继承者了，战国晚年的荀子、西汉成帝时的扬雄好像还可以，但对孔子传下来的儒学之道，都择焉不精，语焉不详。如果依此来考量韩愈说的这番话，似乎有点道理。不过韩愈是坚执儒学的人，北宋欧阳修很崇拜他，说在唐代继承了儒学道统的唯有韩愈。这话说得有点远了。此处韩愈的意思是，他在孔老先生面前是没有登堂入室的人，怎么知道什么为是、什么为非呢？不明白是非而说是非，是为李翊的好学和谦恭所感动，“不可不为生言之”，勉强尽力跟李翊说一说吧。

在这里，韩愈据李翊提出希望达到古人“立言”的境界而说“立言”的问题，这“立言”是许多人终身追求的目标。司马迁曾在《报任安书》中谈到修身、爱施、取予、耻辱和立名，说读书人具备这五条就可以依托于世，能够堂堂正正在人世上生活。而“立名者，行之极也”，即人最高的行为准则。这“立名”有三条途径，春秋时就为人道。那时鲁国的大夫叔孙豹曾解说什么是“死而不朽”：“大上有立德，其次有立功，其次有立言，虽久不废，此之谓不朽。”[①] 立德、立功、立言，本质上可归结为“立名”，司马迁作为一介文人，要以《史记》“成一家之言”，建立自己的名誉死而不朽；后来曹丕在《典论·论文》里干脆说白了，“盖文章，经国之大业，不朽之盛事。年寿有时而尽，荣乐止乎其身，二者必至之常期，未若文章之无穷”。这当是李翊希望作

① 《左传·襄公二十四年》。

文能达到古代“立言”者境界的根本意义所在。为此，韩愈提出了一个深富意味且值得为学者高度警醒的问题：

> 将蕲至于古之立言者，则无望其速成，无诱于势利，养其根而俟其实，加其膏而希其光。根之茂者其实遂，膏之沃者其光晔。

这话仿佛隐含了对李翊急于求成的委婉批评。他反问李翊的志向是什么，是希望自己的文章超过别人而为别人取用呢？还是想达到古代“立言”者的境界呢？如果是前者，那你李翊不必再努力了，因为你的文章已经超过别人，可以为别人取用了；如果是后者，那你别急，你还得加把劲读书，得不断积累学识。他所说的“无望其速成”，意指为文难以速成；而“无诱于势利”，暗示了人常为势利所诱。刚提到的曹丕就说人们常常在写文章上不太努力，“贫贱则慑于饥寒，富贵则流于逸乐”，只因人的性情容易动摇，难以长期持守。所以老子《道德经》劝人说“千里之行，始于足下”；孔子劝人说“譬如为山，未成一篑，止，吾止也。譬如平地，虽覆一篑，进，吾往也”[①]；荀子《劝学》劝人说“不积跬步，无以至千里；不积小流，无以成江海。骐骥一跃，不能十步；驽马十驾，功在不舍”。这些都是在说人之为学与修养难以速成。而韩愈的养根俟实、加膏希光论虽然说得形象生动，但在积累上还是和前人的思想一脉相承，并无新意。同时，韩愈坚信根茂实遂、膏沃光晔是很有道理的，不论古今，这都是一些人获得成功的秘诀。

韩愈接着说自己的求学经历。他说自己为学二十余年，至今

① 《论语·子罕》。

不敢说是不是达到了古代“立言”者的境界。但他为学自有取向，写作自有原则，面对批评自有态度，从而彰显出他走过的道路。

“非三代两汉之书不敢观，非圣人之志不敢存”，看似一句很明白很简单的话，内涵却相当的丰富。韩愈曾在《进学解》里谈到自己所读的“三代两汉”之书，大体上说，“口不绝吟于六艺之文，手不停披于百家之编。纪事者必提其要，纂言者必钩其玄。贪多务得，细大不捐。焚膏油以继晷，恒兀兀以穷年”。还具体提到《尚书》《春秋》《左传》《周易》《诗经》《庄子》《离骚》，以及西汉的司马迁、司马相如、扬雄之作。这些著作在他所观之书中有一定的代表性，但不能尽括“六艺之文”“百家之编”。韩愈对两汉以后的著述不太看得上，与他好古贱近、好古文轻骈文有关。他博览三代两汉之文，尤其钟情于儒学以存“圣人之志”，难怪他在《进学解》里借弟子之口表白：“抵排异端，攘斥佛、老，补苴罅漏，张皇幽眇。寻坠绪之茫茫，独旁搜而远绍；障百川而东之，回狂澜于既倒。”真的是“先生之于儒，可谓有劳矣”。从这里来看，韩愈夸谦恭好学的李翊“道德之归也有日矣”，其中所说的“道德”无疑是儒家道德。韩愈自述痴迷于儒学，“处若忘，行若遗，俨乎其若思，茫乎其若迷”，是读书人心无旁骛的生动描绘。他坚执儒学，所以在《原道》里说对佛、道的处置应当是“人其人，火其书，庐其居”，在《与孟尚书书》里说“释老之害过于杨墨，韩愈之贤不及孟子，孟子不能救之于未亡之前，而韩愈乃欲全之于已坏之后。呜呼！其亦不量其力，且见其身之危，莫之救以死也。虽然，使其道由愈而粗传，虽灭死万万无恨”。韩愈说得这样果决，与他痴迷儒学、信奉孔孟之道相吻合。

在博学广读的基础上，韩愈说了写作的事，他提出一个很有影响的原则：陈言务去。他是这样说的：

> 当其取于心而注于手也，惟陈言之务去，戛戛乎其难哉！其观于人，不知其非笑之为非笑也。如是者亦有年，犹不改。然后识古书之正伪，与虽正而不至焉者，昭昭然白黑分矣，而务去之，乃徐有得也。

在这里尤当注意，他写作时惟陈言务去的前提是“取于心而注于手”，是言为心声的再现。这观念并不新奇，《毛诗序》谈诗歌创作时，就比较系统地说了言为心声。不过它不是这样表述的，而是说：“诗者，志之所之也。在心为志，发言为诗。”之所以会如此，都是因为“情动于中而形于言”。韩愈这样说，是强调写文章应该出自真情实感，这样才有可能感动自己，也感动别人。正因为是“取于心而注于手”，所以他有文思泉涌、止不住往外流淌的时候，这就是他说的“汩汩然来矣”。而这真情实感之言，一定不是别人说过的话，不是“陈言”。而他权衡是否是“陈言”有一个自认的标准：品评者的态度。韩愈有一个说法：“其观于人也，笑之则以为喜，誉之则以为忧，以其犹有人之说者存也。”这话听起来轻松，实则不然。当时李翊希望得到韩愈的指教，因为韩愈文名甚著，其文笑之者有，誉之者也有。凡有誉之者，则认为是与前人或他人之说相同，在忧虑之下激发自己再努力，其中一个根本的原因还是不合俗。韩愈不愿附合流俗，他好为人师是逆流俗而动，为文愿人“笑之”也是逆流俗而动的。他曾和朋友冯宿论文，写下了很有影响的《与冯宿论文书》，说自己觉得写得很好的文章，别人一定认为写得很不好。自己“小称意，人亦小怪之；大称意，即人必大怪之也”。而“时时应事作俗下文字，下笔令人惭。及示人，则人以为好矣。小惭者亦蒙谓之小好，大惭者即必以为大好矣”。就此可以看出韩愈的“陈言务去”究竟是想干什么。

韩愈的话还没说完，他说自己这样做了几年以后，文思澎湃起来，即“浩乎其沛然矣”。话说到这份上，韩愈还是有点小得意的。但他所求的不单是文思的敏捷，还有道德思想的纯正。说自己有意不让文思流得太快，要静下心来看一看那从心里流出来的文字是不是很纯正。他以儒家道德为准则，俨然是自己思想和文字的审查官，让不纯正的杂念消解，回到纯正的思想上来，然后才放手把流淌不息的文思用语言表达出来。韩愈说着自己走过的历程，无形中把自己的求学分成了不同的层次，而这里的去杂求醇是最高的境界。尽管如此，他说仍然要以“行”养德，以“学”养德，“行之乎仁义之途，游之乎诗书之源”，在儒家推崇的“仁义”道路上前进，在《诗经》《尚书》等儒学源泉中遨游。他强调坚定方向、终身学习、不断提升修养，是很值得称道的。而且，他为了保持自己思想的纯正，“无迷其途，无绝其源”，崇儒而重以儒术修身，也是自然的。荀子曾经在《劝学》里说过“积土成山，风雨兴焉；积水成渊，蛟龙生焉；积善成德，而神明自得，圣心备焉”的话，希望人们通过诵经读礼成为“圣人”。韩愈没有表示要成为圣人，而是强调对儒学的弘扬。他曾说自己“性本好文学，因困厄悲愁无所告语，遂得究穷于经传、史记、百家之说，沉潜乎训义，反复乎句读，砻磨乎事业，而奋发乎文章”[①]。这“文学”当是孔门四教之一的“文”，即文章博学，所以他“究穷于经传、史记、百家之说”，并在反复研习后“奋发乎文章”。李翊有志于“立言”，所以他教导李翊养儒德以立言之后，又说了“气盛言宜”的问题。这番话同样深富意味：

---

① 韩愈:《上兵部李侍郎书》。

气，水也；言，浮物也。水大而物之浮者大小毕浮，气之与言犹是也，气盛则言之短长与声之高下者皆宜。虽如是，其敢自谓几于成乎？虽几于成，其用于人也奚取焉？

韩愈说“气”犹如“水”，“言”犹如“物”，这是何意呢？有人说“气”是气势，有人说是思想修养，也有人说是道德修养。结合上文来看，这“气”应该更倾向于道德修养，诚如孟子说的“吾善养吾浩然之气”，这“浩然之气”与“道义”一体，韩愈主张为文当加强儒家道德的修养在根本上与孟子相一致。但结合下文的“言”来看，这“气”是前人曹丕说过的“文气”。曹丕的话是“文以气为主，气之清浊有体，不可力强而致”[①]，重的是人自身的才性。其实文章的写作既少不了道德修养，也少不了作家的才性，韩愈对李翊谈文章之道，关乎的这二者都是具体的。在他养根俟实、加膏希光的理念中，渗透了自己这两方面的修炼，他把二者完美地结合起来，气盛言宜，所以能在言之短长与声之高下上左右逢源。“水大而物之浮者大小毕浮”，喻示文辞的表现形式取决于“气”，或者说取决于作家的道德修养和才性。即使是这样，韩愈说还不敢自认为成功。可见说李翊谦虚的韩愈，也是相当低调、相当谦虚的。

韩愈的话还没说完，一个人等待为人所用，那是不是像人们所用的器物一样呢？器物当然与人不同，“用与舍属诸人”正是器物被动为人所用的基本属性，而“君子则不然。处心有道，行己有方，用则施诸人，舍则传诸其徒，垂诸文而为后世法”。这一思想源自孔子，孔子曾对最得意的弟子颜渊说：“用之则行，舍

---

① 曹丕:《典论·论文》。

之则藏，惟我与尔有是夫。”[1]孔子一生希望为人所用，56岁前在鲁国时是如此，56岁后出走游说诸侯时也是如此。他还有一句名言：“吾岂匏瓜也哉？焉能系而不食？”[2]孔子以匏瓜为喻，说明自己的内在追求，果真也是“用之则行”。而他的“舍之则藏”却并非不为世用就归隐，而是设私学教授弟子，正是韩愈说的“舍则传诸其徒”，所以孔子自从出走鲁国、游说诸侯之后，“传诸其徒”就是他重要的生活内容，晚年回到鲁国也仍然如此。韩愈的人生理念追随孔子，孔子乐此不疲，韩愈似乎也乐此不疲。孔子晚年修订《春秋》，欲“垂诸文而为后世法”，后有“知我者其惟《春秋》乎，罪我者其惟《春秋》乎”的说法。韩愈也有这样的用心。“如是者，其亦足乐乎？其无足乐也？”他以反问的方式，表明这样做正是人生的快乐。后来，北宋苏轼人生失意，在离京赴密州（治所在今山东诸城）途中写了一首《沁园春·孤馆灯青》给弟弟苏辙，词的下阕说：“当时共客长安，似二陆初来俱少年。有笔头千字，胸中万卷，致君尧舜，此事何难？用舍由时，行藏在我，袖手何妨闲处看。身长健，但优游卒岁，且斗尊前。”同样用了孔子的典故，却比韩愈旷达洒脱了许多。

韩愈和李翊论文，他自称“仁义之人，其言蔼如也”，在温情与真切中，说理极富有气势和自信，言辞铿锵有力，波澜起伏。但最后他的语调忽地有些低沉，说了句：“有志乎古者希矣！志乎古必遗乎今，吾诚乐而悲之。”他说的“志乎古者希矣”，是因为当时儒、释、道并行，好儒学者少；骈文与古文并行，好古文者少。他这个既好儒学又好古文的人，是很不满意的。所谓“志乎古必

---

① 《论语·述而》。

② 《论语·阳货》。

遗乎今”，是因为其志不合于“今”而为“今”所遗，社会生活的通则如此。

当时韩愈刚参加完吏部考试，即将被任命为国子博士，多少有点志得意满，敢说乐于有人“志乎古”，却又不免有“志乎古必遗乎今”的悲哀。他说自己不敢表扬该表扬的，不敢批评当批评的，只称道那些仁爱之人，正在于彼此的意气相投；他赞赏李翊，因为李翊有志于古而不求当今之利，这也是韩愈的志向所在。为此，执着于儒学之道的韩愈，两年后在监察御史任上被贬阳山；十八年后在刑部侍郎的任上被贬潮州。

韩愈稍晚还给李翊写过一封信，即《重答翊书》，表白自己之所以愿意告诉他写作古文以立言之道，是出于“君子之于人，无不欲其入于善，宁有不可告而告之，孰有可进而不进也”。他希望李翊入善而能进步，告诫李翊：“生其急乎其所自立，而无患乎人不己知。未尝闻有响大而声微者也，况愈之于生恳恳邪！”他这话与本文所说的“将蕲至于古之立言者，则无望其速成，无诱于势利，养其根而俟其实，加其膏而希其光。根之茂者其实遂，膏之沃者其光晔”相吻合，希望李翊不要急于求名，而应让自己的道德与才学修养抵达水到渠成的境界，这是很有意味的。

【原文】

答李翊书

六月二十六日，愈白。李生足下：

生之书辞甚高，而其问何下而恭也。能如是，谁不欲告生以其道？道德之归也有日矣，况其外之文乎？抑愈所谓望孔子之门墙而不入于其宫者，焉足以知是且非邪？虽然，不可不为生言之。

生所谓立言者，是也。生所为者与所期者，甚似而几矣。抑不知生之志蕲胜于人而取于人邪？将蕲至于古之立言者邪？蕲胜于人而取于人，则固胜于人而可取于人矣！将蕲至于古之立言者，则无望其速成，无诱于势利，养其根而俟其实，加其膏而希其光。根之茂者其实遂，膏之沃者其光晔。仁义之人，其言蔼如也。

抑又有难者。愈之所为，不自知其至犹未也。虽然，学之二十余年矣。始者，非三代两汉之书不敢观，非圣人之志不敢存。处若忘，行若遗，俨乎其若思，茫乎其若迷。当其取于心而注于手也，惟陈言之务去，戛戛乎其难哉！其观于人，不知其非笑之为非笑也。如是者亦有年，犹不改。然后识古书之正伪，与虽正而不至焉者，昭昭然白黑分矣，而务去之，乃徐有得也。

当其取于心而注于手也，汩汩然来矣。其观于人也，笑之则以为喜，誉之则以为忧，以其犹有人之说者存也。如是者亦有年，然后浩乎其沛然矣。吾又惧其杂也，迎而距之，平心而察之，其皆醇也，然后肆焉。虽然，不可以不养也，行之乎仁义之途，游之乎诗书之源，无迷其途，无绝其源，终吾身而已矣。

气，水也；言，浮物也。水大而物之浮者大小毕浮，气之与言犹是也，气盛则言之短长与声之高下者皆宜。虽如是，其敢自谓几于成乎？虽几于成，其用于人也奚取焉？虽然，待用于人者，其肖于器邪？用与舍属诸人。君子则不然。处心有道，行己有方，用则施诸人，舍则传诸其徒，垂诸文而为后世法。如是者，其亦足乐乎？其无足乐也？

有志乎古者希矣！志乎古必遗乎今，吾诚乐而悲之。亟称其人，所以劝之，非敢褒其可褒而贬其可贬也。问于愈者多矣，念生之言不志乎利，聊相为言之。愈白。

七、言有穷情难终的生命哀痛

——《祭十二郎文》解读

唐德宗贞元十八年（802），韩愈调任国子监四门博士，开始在京城做官。他想在仕途上有一番成就，但这总是坎坎坷坷。同时，他在弘扬儒学之道和倡导古文上特别用心，因文章的传播而广有影响。他曾在贞元十四年（798）写了《与冯宿论文书》，谈自己不合时俗的古文观；又在贞元十七年（801）写了《答李翊书》《重答翊书》，明确宣示自己的古文修养和主张，可见到这时候他的古文思想已相当成熟。这影响了他许多文章的写作，包括祭文，其中就有颇为人称道的《祭十二郎文》。

贞元十九年（803），韩愈的侄儿即哥哥韩会的儿子韩老成因病死去，他悲痛欲绝。韩老成在堂兄弟之中排行十二，故人称十二郎，原本是韩愈二堂兄韩介所生，因韩愈大堂兄韩会无子，韩老成便被过继给韩会。文中“使建中远具时羞之奠”和“今吾使建中祭汝”提到的“建中”，当是韩愈家的仆人，他和韩愈在十二郎死后的第七天共行致祭之事，韩愈为十二郎写下了这篇感人肺腑的祭文。

明代吴讷编写的《文章辨体序说》里有“祭文”一体，他说：“古者祀享，史有册祝，载其所以祀之之意，考之经可见。若《文选》所载谢惠连之《祭古冢文》、王僧达之《祭颜光禄文一首》，则亦不过叙其所祭及悼惜之情而已。迨后韩柳欧苏，与夫宋世道学诸君子，或因水旱而祷于神，或因丧葬而祭亲旧，真情实意，溢出言辞之表，诚学者所当取法者也。”《祭十二郎文》就是祭亲旧之文，果真是“真情实意，溢出言辞之表”。这里不同于前人的是，前人祭文用骈体、用韵，而好古文的韩愈用散体，且不用韵，所以清人沈德潜在推崇韩愈用情时，说《祭十二郎文》是祭文中的变体，意为韩愈离开传统的表现形式，另辟蹊径。

韩愈对韩老成之死的悲切哀痛固然出自他们的叔侄亲情，但这番叔侄亲情实在非同一般。他是这样哀伤地叙说：

> 呜呼！吾少孤，及长，不省所怙，惟兄嫂是依。中年，兄殁南方，吾与汝俱幼，从嫂归葬河阳。既又与汝就食江南。零丁孤苦，未尝一日相离也。吾上有三兄，皆不幸早世。承先人后者，在孙惟汝，在子惟吾。两世一身，形单影只。嫂尝抚汝指吾而言曰：“韩氏两世，惟此而已！”汝时尤小，当不复记忆。吾时虽能记忆，亦未知其言之悲也。

韩愈以“呜呼”开头，是文学上“呼号”的修辞手法。但在这里他不是为修辞而运用，情之所至，长歌当哭，让人仿佛看到他痛不欲生、泪水潸然的模样。韩愈幼时丧母失父，依傍哥哥韩会和嫂子郑氏生活。不幸的是，哥哥韩会正值盛年却死于南方的韶州（今广东韶关）。关于这一段历史，《旧唐书·代宗本纪》有一些记载：“（大历）十二年……夏四月……起居舍人韩会等十余人，皆坐元载贬官也。”这话说得不够清楚，《旧唐书·外戚传》说：“宰臣元载弄权，招致贿赂，丑迹日彰。帝恶之，将加之法……及收载于内侍省，同列王缙，其党杨炎、王昂、韩洄、包佶、韩会等，皆当从坐籍没。凑谏数百端，言‘法宜从宽，缙等从坐，理不至死。若不降以等差，一例极刑，恐亏损圣德’。由是缙等得减死，流贬之。”从这里可知，韩会受元载贪贿案牵连，几乎命悬一线，由中书舍人被贬为韶州刺史，已经是很幸运的事了。但随后新的不幸降临，大历十四年（779）唐代宗死后唐德宗即位，42岁的韩会病死在韶州刺史任上。那时韩愈12岁，跟着嫂子郑氏扶兄柩回到河阳安葬，随后一起到江南的宣州（今安徽宣城）生活。

韩愈随嫂到宣州事出有因，韩会在江南时，曾在宣州置有别业，当中原动荡，朱泚乱起，韩愈家族“百口偕行”，相当艰难。韩愈在嫂子郑氏死后写下的《祭郑夫人文》里说到过这件事。韩愈说兄嫂过世后自己和韩老成“零丁孤苦，未尝一日相离”，这“零丁孤苦”可想而知。韩愈没有爹妈，三个哥哥先后死去，兄弟数人只留他一人。他家三代人中犹在世的，在儿子一代只有他，在孙子一代只有韩老成，因此他说“两世一身，形单影只”，这与“零丁孤苦”相照应，令人不禁悲从中来。韩老成的生卒年不详，韩愈说，当年嫂子郑氏说出“韩氏两世，惟此而已”的时候，他已能记忆，而韩老成“当不复记忆”，足见年龄甚小。韩愈说他那时不能理解嫂子郑氏之悲，是他年纪太轻，生活的阅历太浅，当时并不知道“韩氏两世，惟此而已”伴随着传宗接代的宗族责任，不知道其中有太多的酸楚和凄凉。

韩愈19岁到京城长安，这时是贞元二年（786）。这段经历他在《答崔立之书》里说过：“及年二十时，苦家贫，衣食不足，谋于所亲，然后知仕之不唯为人耳。及来京师，见有举进士者，人多贵之，仆诚乐之，就求其术。或出礼部所试赋、诗、策等以相示，仆以为可无学而能，因诣州县求举。”韩愈参加进士考试，意欲谋生，他初到京师的时候，有些张狂，居然说进士考试的赋、诗、策可“无学而能”，足以让人刮目相看。然时运不济，韩愈在京城四年，年年应进士试，直到第四年才榜上有名。他回宣州看望嫂子和侄儿老成之后又回到京城，参加吏部的铨选，可惜连续三年未能如愿。第四年回乡，恰好韩老成送母归葬河阳，两人有短暂的重逢。此后的韩愈，一心想入仕途以改变贫寒的命运，直到 29 岁时辅佐董晋，才在汴州做了宣武军节度使观察推官。生活所迫，他和韩老成各居一方，来往越来越少。韩愈在汴州时，写过《河之水二首寄子侄老成》，其一咏叹道：“河之水，去悠悠。我不如，水东流。我有孤侄在海陬，三年不见兮使我生忧。日复日，夜复夜。三年不见汝，使我鬓发未老而先化。”他以河水喻自己思念韩老成的忧思之多、忧思之长，日以继夜，夜以继日，为此黑发也花白了。后来，韩老成去看过他，在他那里待了一年，本来想回家把妻子儿女接来与韩愈同住的，没想到董晋死去，韩愈随后离开了汴州，老成未能成行；这一年韩愈到徐州协助武宁节度使张建封，仍然是做节度推官，他以为可以安定下来，派人去接韩老成一家，可派出去的人刚刚启程，张建封死了，接着韩愈遭罢免离开了徐州。这样的阴差阳错，导致二人在汴州告别之后就没有再相见。

韩愈说：“吾念汝从于东，东亦客也，不可以久；图久远者，莫如西归，将成家而致汝。”这里的“东”指的是位于河阳东面的汴州和徐州。韩愈说自己想的是居东为客，不可以久，不如西归家乡，成家后接你一家过来。然而事出意外，韩老成居然与世长辞，与韩愈阴阳两隔，再也不能相见。这让他痛心疾首，长吁一口气而直抒胸臆：“呜呼！孰谓汝遽去吾而殁乎！吾与汝俱少年，以为虽暂相别，终当久相与处。故舍汝而旅食京师，以求斗斛之禄。诚知其如此，虽万乘之公相，吾不以一日辍汝而就也。”

这话太沉痛，“吾与汝俱少年”说的是二人都很年轻，生命力旺盛，死亡是很遥远的事，所以不以一时的离别为意，选择“舍汝而旅食京师”。他说：“如果知道你要遭遇死亡，让我重新在亲情和官禄之间选择，我一定连万乘之公相都不做，会选择亲情，会和你韩老成朝夕相处，永不分离。”

韩愈的话中有话，他把自己和晚辈韩老成相比，年轻的韩老成原本身体比他强壮得多。贞元十七年（801），51岁的孟东野即孟郊前往江苏溧阳任县尉时，他曾托孟郊捎信给宜都的韩老成，催韩老成前来和他团聚，还说自己的身体状态很不好：“吾年未四十，而视茫茫，而发苍苍，而齿牙动摇。念诸父与诸兄，皆康强而早世，如吾之衰者，其能久存乎？吾不可去，汝不肯来，恐旦暮死，而汝抱无涯之戚也！”韩愈说自己眼花、发白、齿摇，对于当时只有34岁的他来说，如此状态以及父兄康强早世的悲剧，使他联想并感慨自己的生命难以久存，也是有道理的。而这话他在贞元十八年（802）也说过，同样相当哀戚：“仆无以自全活者，从一官于此，转困穷甚，思自放于伊、颍之上，当亦终得之。近者尤衰惫，左车第二牙无故动摇脱去，目视昏花，寻常间便不分人颜色，两鬓半白，头发五分亦白其一，须亦有一茎两茎白者。仆家不幸，诸父诸兄皆康强早世，如仆者又可以图于久长哉？”[①]人的生老病死本是生命运行的自然规律，可到韩老成身上，韩家的“康强早世”又重演了，本不当死的韩老成死去了。韩愈感伤“少者殁而长者存，强者夭而病者全”，强烈质疑：“其信然邪？其梦邪？其传之非其真邪？”随后韩愈自问自答：“如果相信老成之死是真，那我哥怀有盛德，其子不当夭折，你老成纯洁廉明应当

① 韩愈：《与崔群书》。

承受父亲的恩泽而不应早死。”这里暗说世俗的德报，为什么竟然不是善有善报呢?

司马迁曾感慨孤竹君二子伯夷和叔齐饿死首阳山，就人们常说的“天道无亲，常与善人”①，评说伯夷和叔齐的命运不当如此。

南宋·李唐《采薇图》局部

不仅是他俩，还有孔子的学生颜渊，安贫乐道却早早就死了。而有些在社会上肆意横行、作威作福的人享受逸乐还得寿终。这让相信天人感应的古人实在是想不通。韩愈说不愿相信韩老成死了，“少者、强者而夭殁，长者、衰者而存全乎”，这难道是真的吗?然而事实是老成真的死了，孟郊的信如是说，耿兰报告如是说。韩愈在这里复述了“吾兄之盛德而夭其嗣矣！汝之纯明宜业其家者，不克蒙其泽矣”，这虽不同于《诗经》惯用的“重章叠句”的手法，但因之产生的强烈抒情效果相近。少而强者夭殁或说少而强者不可保，就此成为全文的基本旋律。由此，滋生了他对天

① 司马迁:《史记·伯夷列传》。

意难测、人生无常的强烈感慨，即：“所谓天者诚难测，而神者诚难明矣！所谓理者不可推，而寿者不可知矣！”

韩愈不信佛教的轮回，道教的成仙，对于生死有豁达的态度。他在十二郎死之前，写过一首古风，题为《落齿》，诗中自我调侃牙齿松动、脱落，比在《祭十二郎文》里流露出的悲伤情绪平和多了。如诗开始写落齿：

> 去年落一牙，今年落一齿。
> 俄然落六七，落势殊未已。
> 余存皆动摇，尽落应始止。
> 忆初落一时，但念豁可耻。
> 及至落二三，始忧衰即死。
> 每一将落时，懔懔恒在己。
> 叉牙妨食物，颠倒怯漱水。
> 终焉舍我落，意与崩山比。
> 今来落既熟，见落空相似。
> 余存二十余，次第知落矣。

他在《祭十二郎文》中说“齿牙动摇”时流露出来的哀伤，在这首诗里一点都没有，尽管其中说了“及至落二三，始忧衰即死”，似乎知道齿落是体衰的症候，自己与死亡走得近了。他推知自己的牙齿还会不断脱落，将如山崩不可阻止，但想起一年落一枚，口里的牙齿还可以支撑 24 年，最后与人生同归于空无，也就很无所谓了。于是他发了一番议论：“人言齿之落，寿命理难恃。我言生有涯，长短俱死尔。”是呀，人生终有一死，念及此，齿落短命也无妨。对生命如是旷达的韩愈，面对十二郎之死，却一点都不淡定。

十二郎的死太震撼，韩愈的情绪因之产生起伏，这时他没有了“我言生有涯，长短俱死尔”的坦然，而是感到人生的长寿短命难以把握，从自己家人的死亡中感受到生命的无常。他在诉说自己的眼花、发白、齿摇之后，又一次说“吾自今年来，苍苍者或化而为白矣，动摇者或脱而落矣。毛血日益衰，志气日益微，几何不从汝而死也。死而有知，其几何离？其无知，悲不几时，而不悲者无穷期矣”。他这样说，是对自己生命的哀怜。当他说出自己“几何不从汝而死也”的时候，给人声泪俱下的强烈感受。十二郎死了，他随后也会死去。韩愈往前推断了一步，那将是两种情况：一是死而有知，那么自己死后可以和先走一步的十二郎团聚，悲伤的日子不长了；二是死而无知，那么自己的寿命有限，悲伤的时间也不会长了，不悲伤的日子会没有穷尽。而这“不悲者无穷期矣”的哀鸣，表达了深沉的生命死将无知之痛。现在这活着的生命之痛还在延续，他想到韩老成的儿子只有十岁，自己的儿子才五岁，“少而强者不可保，如此孩提者，又可冀其成立邪”？果真是“呜呼哀哉！呜呼哀哉”！至此，韩愈的悲痛情感到了极致。连声地“呜呼哀哉”，一切都在这样的哀叹中，无语胜过万语千言。

先于韩愈，杜甫有“人生七十古来稀”[1]的诗句，韩愈则在贞元十九年（803）写了《哭杨兵部凝陆歙州参》诗，首句是“人皆期七十”，把七十岁视为人生长寿的理想年岁。可人生竟是这样无常，年轻的十二郎死了，还算年轻的自己不知何时会死，还有老成之子和他自己的儿子，也不知他们的命运将会如何。作为

① 杜甫:《曲江》其二。

祭文，写到这里可以收束了，但韩愈情犹未尽，语犹未尽。在情感的回环抒发中，他用倒叙的手法回忆十二郎的病，说到十二郎的死因。十二郎去年有写信给他，说自己“比得软脚病，往往而剧”。这“软脚病”当是江南人因潮湿引起的下肢无力症，十二郎说患了这病症，韩愈反思自己的疏忽，以为这毛病是江南人常有的，十二郎患上了也不足为忧。没有想到十二郎居然一下子死去了，他怀疑是这“软脚病”，又觉得不致如此，是不是还有其他病置其于死地呢？远离十二郎的韩愈，并不知道详情。还有弄不清楚的是，十二郎究竟是什么时候死的呢？韩愈说十二郎是六月十七日来信，孟郊说十二郎死在六月二日，家人耿兰的禀报没有时间，这使韩愈迷惑，十二郎到底死在哪一天呢？这本不是什么大不了的事，但韩愈这样说，隐含了深深的自责，他本应该知道十二郎死的日子，可现在他居然不知道，就像他不知道十二郎因什么病而死一样。这番看似平淡的回环叙说，却蕴含了难以遏制的哀伤之情。

最后，韩愈交代了十二郎祭奠、安葬之事，完善所叙之事并作为抒情的过渡，随即又回到自己内心，继续抒情道：

> 呜呼！汝病吾不知时，汝殁吾不知日，生不能相养以共居，殁不得抚汝以尽哀，敛不凭其棺，窆不临其穴。吾行负神明，而使汝夭；不孝不慈，而不得与汝相养以生，相守以死。一在天之涯，一在地之角，生而影不与吾形相依，死而魂不与吾梦相接。吾实为之，其又何尤！彼苍者天，曷其有极！

这与本文前面说到的他和十二郎少时形影相守的岁月形成相反的两极，那一极两人“未尝一日相离也”，这一极“一在天之涯，一在地之角，生而影不与吾形相依，死而魂不与吾梦相接”。简言之，后者当是“未尝一日相依也”。韩愈此时深刻地自我批评，说自己“行负神明”，说自己“不孝不慈”，对于十二郎来说俨然是一个“罪人”，既罪在生未相养、死未尽哀，又罪在没有相守以死、没有魂梦相接。这是怎样的痛苦呢？文中的“彼苍者天，曷其有极”，出自《诗经》的《秦风·黄鸟》和《唐风·鸨羽》。前者有“彼苍者天，歼我良人”，叹秦三良不当死而死；后者有“父母何食？悠悠苍天，曷其有极”，说差役之事无穷，没有时间种庄稼靠什么赡养父母呢？二者都遭遇了不幸的命运。相形之下，韩愈遭遇的十二郎之死，也是如此。

这让我们又回到他情感抒发之初，他的哀痛还是那么深厚，完全没有从十二郎之死的悲哀中走出来。这时的韩愈能够做什么呢？他这样说：“自今已往，吾其无意于人世矣！当求数顷之田于伊、颍之上，以待余年。教吾子与汝子，幸其成；长吾女与汝女，待其嫁。如此而已。”韩愈说得很诚恳，说从此无心于仕途，要用余生抚养自己的儿女和十二郎的儿女。在河南伊水、颍水之畔或说在自己的家乡，弄几亩田地，聊度晚年罢了。

韩愈的哀痛很可理解，当年的“两世一身”，如今只剩他一人了。而这哀痛的情感在文中不断回环往复，与“少者、强者而夭殁，长者、衰者而存全乎”的内在旋律相伴，渴望形影相守的情绪一而再、再而三得到表达。但终究是纸短情长，“言有穷而情不可终”。话虽这么说，但现实生活中的韩愈这时仍身在宦海，即使他想还乡种田养亲也不可能。第二年末，官拜监察御史的韩愈因上《御史台上论天旱人饥状》，控告长安周边的几县干旱，导致百姓“弃子逐妻以求口食，坼屋伐树以纳税钱，寒馁道途，毙踣沟壑”，结果得罪权臣而被贬为阳山县令。其后还有被贬潮州刺史的经历，直到长庆四年（824）病死在吏部侍郎任上，他何曾离开了官场，何曾种田教子安度晚年？

韩愈长于写祭文，传世的还有《祭田横墓文》《祭柳子厚文》《祭鳄鱼文》等。这些祭文各有所悲，各见光彩，但都不及《祭十二郎文》情感悲切。而且文中叙事与抒情的融合，使其所叙之事亦情，所抒之情亦事，都是韩愈发自肺腑的哀痛所致。二吴评述《祭十二郎文》，说它“情之至者，自然流为至文。读此等文，须想其一面哭，一面写，字字是血，字字是泪。未尝有意为文，而文无不工，祭文中千年绝调”[①]。细细品读，真是如此。韩愈最后表白自己“言有穷而情不可终”，全然可作结语，却又生出对十二郎的最后一问：“汝其知也邪？其不知也邪？”韩愈多么希望十二郎知道他的悲痛，但十二郎哪里能够知道，这在语义与情感上又不觉回到“生而影不与吾形相依，死而魂不与吾梦相接”的哀伤中。

【原文】

祭十二郎文

年月日，季父愈闻汝丧之七日，乃能衔哀致诚，使建中远具时羞之奠，告汝十二郎之灵：

呜呼！吾少孤，及长，不省所怙，惟兄嫂是依。中年，兄殁南方，吾与汝俱幼，从嫂归葬河阳。既又与汝就食江南。零丁孤苦，未尝一日相离也。吾上有三兄，皆不幸早世。承先人后者，在孙惟汝，在子惟吾。两世一身，形单影只。嫂尝抚汝指吾而言

---

① 吴楚材、吴调侯：《古文观止》。

曰："韩氏两世，惟此而已！"汝时尤小，当不复记忆。吾时虽能记忆，亦未知其言之悲也。

吾年十九，始来京城。其后四年，而归视汝。又四年，吾往河阳省坟墓，遇汝从嫂丧来葬。又二年，吾佐董丞相于汴州，汝来省吾。止一岁，请归取其孥。明年，丞相薨。吾去汴州，汝不果来。是年，吾佐戎徐州，使取汝者始行，吾又罢去，汝又不果来。吾念汝从于东，东亦客也，不可以久；图久远者，莫如西归，将成家而致汝。呜呼！孰谓汝遽去吾而殁乎！吾与汝俱少年，以为虽暂相别，终当久相与处。故舍汝而旅食京师，以求斗斛之禄。诚知其如此，虽万乘之公相，吾不以一日辍汝而就也。

去年，孟东野往。吾书与汝曰："吾年未四十，而视茫茫，而发苍苍，而齿牙动摇。念诸父与诸兄，皆康强而早世，如吾之衰者，其能久存乎？吾不可去，汝不肯来，恐旦暮死，而汝抱无涯之戚也！"孰谓少者殁而长者存，强者夭而病者全乎！

呜呼！其信然邪？其梦邪？其传之非其真邪？信也，吾兄之盛德而夭其嗣乎？汝之纯明而不克蒙其泽乎？少者、强者而夭殁，长者、衰者而存全乎？未可以为信也。梦也，传之非其真也，东野之书，耿兰之报，何为而在吾侧也？呜呼！其信然矣！吾兄之盛德而夭其嗣矣！汝之纯明宜业其家者，不克蒙其泽矣！所谓天者诚难测，而神者诚难明矣！所谓理者不可推，而寿者不可知矣！

虽然，吾自今年来，苍苍者或化而为白矣，动摇者或脱而落矣。毛血日益衰，志气日益微，几何不从汝而死也。死而有知，其几何离？其无知，悲不几时，而不悲者无穷期矣。

汝之子始十岁，吾之子始五岁。少而强者不可保，如此孩提者，又可冀其成立邪？呜呼哀哉！呜呼哀哉！

汝去年书云：“比得软脚病，往往而剧。”吾曰：“是疾也，江南之人常常有之。”未始以为忧也。呜呼！其竟以此而殒其生乎？抑别有疾而致斯极乎？

汝之书，六月十七日也；东野云，汝殁以六月二日；耿兰之报无月日。盖东野之使者，不知问家人以月日；如耿兰之报，不知当言月日；东野与吾书，乃问使者，使者妄称以应之耳。其然乎？其不然乎？

今吾使建中祭汝，吊汝之孤与汝之乳母。彼有食，可守以待终丧，则待终丧而取以来；如不能守以终丧，则遂取以来。其余奴婢，并令守汝丧。吾力能改葬，终葬汝于先人之兆，然后惟其所愿。

呜呼！汝病吾不知时，汝殁吾不知日，生不能相养以共居，殁不得抚汝以尽哀，敛不凭其棺，窆不临其穴。吾行负神明，而使汝夭；不孝不慈，而不能与汝相养以生，相守以死。一在天之涯，一在地之角，生而影不与吾形相依，死而魂不与吾梦相接。吾实为之，其又何尤！彼苍者天，曷其有极！自今已往，吾其无意于人世矣！当求数顷之田于伊、颍之上，以待余年。教吾子与汝子，幸其成；长吾女与汝女，待其嫁。如此而已。

呜呼，言有穷而情不可终，汝其知也邪？其不知也邪？呜呼哀哉！尚飨！

八、让人有点欣然的悲哀之辞

——《柳子厚墓志铭》解读

后晋刘昫编纂《唐书》(后称《旧唐书》),其中有柳宗元传。这篇传记文字不多,记载了他的先祖、他青少年时的不凡,以及他参与唐顺宗时王叔文领导的“永贞革新”,失败后被贬为永州司马,一起被贬为各地司马的共有八人,历史上称之为“八司马”事件;还有后来柳宗元改任柳州刺史,他请求与被贬播州(今贵州遵义)刺史的挚友刘禹锡交换被贬地,他治柳被人号为“柳柳州”等事。文虽短小,但至为感人。后来北宋的欧阳修也修唐史,成《新唐书》,其中的柳宗元传,袭用了《旧唐书》这篇,表明他对刘昫所作的高度认可。而这两篇传记都深受韩愈《柳子厚墓志铭》的影响。

柳宗元像

柳宗元字子厚,关于他,同时代的韩愈说过许多话。韩愈生于唐代宗大历三年(768),年长生于大历八年(773)的柳宗元 5 岁。韩愈为河南河阳人,唐德宗贞元八年(792)中进士,而柳宗元是河东(今山西运城)人,贞元九年(793)名登科第。在韩愈 28 岁得到董晋幕府观察推官一职两年后，26 岁的柳宗元中博学宏词科，为集贤殿书院正字。虽然柳宗元在《先君石表阴先友记》一文中提及父亲柳镇的朋友、韩愈的堂兄韩会，人或说韩、柳为世交，但从韩、柳的长期交往中，并感受不到二人的“世交”味。

说起来，韩愈在贞元十八年（802）迁任国子监四门博士时，柳宗元正被外放为蓝田尉。贞元十九年（803），韩愈任监察御史，柳宗元在这年的十月任监察御史里行，韩、柳的相处相知，这当是一个关键时期。当时，刘禹锡随淮南节度使杜佑入朝，杜佑为宰相，刘禹锡为监察御史。韩、柳、刘为同僚，尽一时之欢。刘禹锡在《祭韩吏部文》中有一段很有意味的往事回顾，他说：“昔遇夫子，聪明勇奋。常操利刃，开我混沌。子长在笔，予长在论。持矛举盾，卒不能困。时惟子厚，窜言其间。赞词愉愉，固非颜颜。磅礴上下，羲农以还。会于有极，服之无言。”刘禹锡为大历七年（772）生人，年龄小于韩愈而长于柳宗元，三人都长于论辩。当韩、刘互辩的时候，柳宗元悠游在他们中间，无论论辩的是非曲直，棋逢对手都是人生的快事。

随后，韩愈因关中大旱、百姓饥毙而有《御史台上论天旱人饥状》，斥责权臣蒙上欺下，可怜一片忠心不被理解，反遭贬为阳山县令。当元和元年（806）韩愈回到长安重为国子监博士的时候，柳宗元早已在永贞元年（805）因参与王叔文的政治革新被贬永州，元和十年（815）又被贬柳州，直到元和十四年（819）冬在柳州病逝，柳宗元没能再回到京城，果然应了朝制的“逢恩不原”[①]之训。那一年，柳宗元 47 岁，而韩愈因力谏唐宪宗不要迎佛骨到宫中供奉，触怒了唐宪宗，险些丢了性命，所幸是以被

① 刘昫等：《旧唐书·刘禹锡传》。

贬广东潮州收场。他和柳宗元走着不同的流贬之路，没有去过柳宗元先后被贬的湖南永州和广西柳州。

柳宗元死后，身为文坛领袖特别是在中唐以古文名震天下的韩愈，写了《祭柳子厚文》《柳州罗池庙碑》和《柳子厚墓志铭》，寄托自己的哀思。柳宗元曾说“儒者韩退之与余善”[①]，在回复友人韦珩的信中说“退之之才，过仆数等”，还说韩愈的文章和西汉司马迁的文章不相上下，但比西汉的扬雄写得好多了：“若雄者，如《太玄》《法言》及《四愁赋》，退之独未作耳。决作之，加恢奇，至他文过扬雄远甚。雄之遣言措意，颇短局滞涩，不若退之猖狂恣睢，肆意有所作。”[②]韩愈给韦珩书今已不传，不知韩愈推荐柳宗元所为的文墨事究竟是怎么回事，但从柳宗元的信中可以知道他对韩愈的推重。

韩愈和柳宗元的政见不同，韩愈政治上趋于保守，不赞同王叔文的激进变革，而柳宗元积极参与王叔文的变革。二人的思想意趣也很有差异，如韩愈排佛，恨不得把佛教徒的书烧了，把寺庙改建为民居，让佛教徒统统还俗；而柳宗元不排佛，且好与佛教徒做朋友。这种性情差异似乎没有妨碍他们彼此的情感，依旧友善。柳宗元壮年而逝，韩愈很伤感，他作《柳子厚墓志铭》，大体梳理了柳宗元的一生。

说到墓志铭，明代徐师曾就“墓志铭”有过一番说明：“志者，记也；铭者，名也。古之人有德善功烈可名于世，殁则后人为之铸器以铭，而俾传于无穷，若《蔡中郎集》所载《朱公叔鼎铭》是已。至汉，杜子夏始勒文埋墓侧，遂有墓志，后人因之。盖

---

① 柳宗元:《送僧浩初序》。

② 柳宗元:《答韦珩示韩愈相推以文墨事书》。

于葬时述其人世系、名字、爵里、行治、寿年、卒葬年月，与其子孙之大略，勒石加盖，埋于圹前三尺之地，以为异时陵谷变迁之防。”[①] 这番话是对墓志铭历史演变及写法的总结，是根据前人墓志铭而作的归纳，其中未必没有韩愈的《柳子厚墓志铭》。反过来说，这番说明能够让人们迅速弄清楚墓志铭的基本写法，韩愈的这篇文章，正是依从“其人世系、名字、爵里、行治、寿年、卒葬年月，与其子孙之大略”这样的顺序写的。不过，并非只有墓志铭这样写，最早的人物传记就是这样的写法，西汉司马迁撰写的《史记》，变《春秋》及《左传》的编年体、《国语》的国别体为纪传体，其本纪、世家、列传中的人物传记就是如此写的。只是墓志铭尚简，不能像人物传记那样以铺陈展开传主的一生。

韩愈的《柳子厚墓志铭》从柳宗元的世系说起，说到他的七世祖柳庆、曾伯祖柳奭和父亲柳镇。显然这世系相当不完备，仅仅上溯到七世祖柳庆。《周书 · 柳庆传》记载，柳庆的五世祖柳恭曾做过后赵的河东郡守，北魏孝武帝时，柳庆任过散骑侍郎、车骑大将军等。其子柳旦，据《隋书 · 柳机传》记载，在北周做过太常少卿。柳宗元在《先侍御史府君神道表》里说，柳庆为六代祖，封平齐公；柳旦为五代祖，封济阴公。后人多认为韩愈所记有误。从柳庆下来，韩愈只提到两人，他们都在朝廷做过一官半职，虽说曾伯祖柳奭官高权重，但最后被高宗朝的同僚许敬宗控告与褚遂良等人结党谋反而遭处死。这对柳氏家族来说并不是光彩事，只是他毕竟曾官至宰相，所以韩愈提到了他。在世系中，唯有柳宗元的父亲柳镇是不能不交代的：“皇考讳镇，以事母弃

① 徐师曾:《文体明辨序说》。

太常博士，求为县令江南。其后以不能媚权贵，失御史。权贵人死，乃复拜侍御史。号为刚直，所与游皆当世名人。”这里有三点值得注意：一为柳镇是孝子，为侍奉母亲宁愿到江南做县令而不在朝廷任太常博士；二是他性情刚直，不取媚权贵，以致一度丢了侍御史的乌纱帽，这一点柳家有传统，七世祖柳庆就是如此；三是他“所与游皆当世名人”，物以类聚，人以群分，如此看来，柳镇自然为人不俗。对于柳宗元的墓志铭来说，柳家世系的交代是文体的需要，也是为说柳宗元作必要的铺垫。然后韩愈写道：

> 子厚少精敏，无不通达。逮其父时，虽少年，已自成人，能取进士第，崭然见头角。众谓柳氏有子矣。其后以博学宏词，授集贤殿正字。俊杰廉悍，议论证据今古，出入经史百子，踔厉风发，率常屈其座人。名声大振，一时皆慕与之交。诸公要人，争欲令出我门下，交口荐誉之。

这是全文中最为耀眼的一番叙说，如是的柳宗元也很让韩愈羡慕。韩愈家世和柳宗元很不一样，柳宗元自己在《先侍御史府君神道表》里说从六代祖柳庆以下，五代祖柳旦、高祖柳楷、曾祖柳子夏、祖父柳从裕、父亲柳镇，代代为官。而韩愈死后，学生李翱为他作“行状”，只数到他的曾祖韩仁泰做过曹州（今山东菏泽）司马、祖父韩叡素做过桂州（今广西桂林）长史、父亲韩仲卿做过秘书郎，远不及柳家显赫。柳宗元父亲柳镇平生遍交天下善士，柳宗元的《先君石表阴先友记》一文中记载的就有 67 人之多，且都不是平庸之辈。而韩愈自幼丧失双亲，孤苦伶仃，家境贫寒。不过，韩愈并没有在柳宗元的家世上做文章，说其世系，不过是墓志铭的通则。他的关注点还是柳宗元自身。

韩愈就“精敏”“通达”而言，早年不及柳宗元。刘禹锡也说柳宗元“聪明绝人”[①]。柳宗元曾在贞元五年（789）17 岁时参加进士考试，可惜榜上无名；贞元九年（793）得中进士，晚韩愈一年，但他中进士时 21 岁，算是很年轻的，在众人中的确是才华出众。这一年柳宗元的父亲在长安病逝，享年 57 岁。过了三年，他又中了博学宏词科，而韩愈考了三次都没能中榜。当时柳宗元被授予集贤殿正字，在集贤殿做校刊文字的工作。那时的他年轻气盛，韩愈说他“俊杰廉悍，议论证据今古，出入经史百子，踔厉风发，率常屈其座人”。这一点柳宗元自己的说法可为印证。他说人们称他为“狂疏人”，认为他为人轻薄，“日思摧其形，锄其气”[②]；又说自己性情纵放傲慢，不能屈服于人，以致“名益恶，势益险”[③]。柳宗元的自我反思，与韩愈的揄扬相为表里，可以看出他年轻时的模样。而这些，刘禹锡在《唐故柳州刺史柳君集纪》里也说到过，说他在贞元初年“以童子有奇名”。难怪《旧唐书·柳宗元传》说“宗元少聪警绝众”，果然不同一般。难怪“一时皆慕与之交。诸公要人，争欲令出我门下，交口荐誉之”。

柳宗元的仕途不算一帆风顺，但他的意气风发、不合流俗，使他一时间社会影响很大。贞元十七年（801），他由集贤殿正字调蓝田尉；贞元十九年（803），由蓝田尉升任监察御史里行（一说为监察御史），同为监察御史的还有刘禹锡。韩愈也在这一年做过监察御史，但时间甚短，因上书说天下干旱事冒犯权贵被贬阳山县令。贞元二十一年（805）唐德宗驾崩，唐顺宗即位，柳

---

① 刘禹锡：《祭柳员外文》。

② 柳宗元：《与杨诲之第二书》。

③ 柳宗元：《与裴埙书》。

宗元转任礼部员外郎，时年33岁。也就是这一年，唐顺宗责令王叔文、王伾施行社会改革即史称的“永贞革新”，反藩镇割据、打击宦官和贪官，但最后以失败告终。与二王同时被贬的有柳宗元、刘禹锡、韩泰、陈谏、韩晔、凌准、程异和韦执谊，这八人先后被贬为边远八州的司马，开启了“二王八司马”的人生悲剧，柳宗元深陷其中。他在给许孟容的信中写道：“宗元早岁，与负罪者亲善，始奇其能，谓可与共立仁义，裨教化。过不自料，勤勤勉励，唯以中正信义为志，以兴尧、舜、孔子之道，利安元元为务。不知愚陋，不可力强，其素意如此也……年少气锐，不识几微，不知当否，但欲一心直遂，果陷刑法，皆自所求取得之，又何怪也？”他甚至说自己“于众党人中，罪状最甚”[①]。他本当被贬为邵州刺史，这年十一月，未到邵州又被改贬为永州司马。这就是韩愈在文中说的“顺宗即位，拜礼部员外郎。遇用事者得罪，例出为刺史。未至，又例贬永州司马”。这司马是分管当地治安的副职，有职无权，让年富力强的柳宗元去做司马，实际上是将他弃用而赋闲了。

柳宗元到永州之初，写过一篇《吊屈原文》，伤悼屈原从道遭谗，他说屈原“穷与达固不渝兮，夫唯服道以守义”，这也是他自我内心世界的写照。正当盛年的柳宗元，在永州的十一年，是他一生创作最辉煌的十一年，有大量的诗文问世。韩愈说他“居闲，益自刻苦，务记览，为词章，泛滥停蓄，为深博无涯涘，而自肆于山水间”。这是真的，笔耕不辍的柳宗元“自肆于山水间”，有著名的“永州八记”等山水游记作证明。柳宗元的文学成就，连对他多有批评的后唐史臣刘昫都说，唐贞元、太和年间，“以

---

① 柳宗元：《寄许京兆孟容书》。

文学耸动搢绅之伍者，宗元、禹锡而已。其巧丽渊博，属辞比事，诚一代之宏才”[①]。这是另外的话题。

韩愈说柳宗元“元和中，尝例召至京师”，这是说的元和十年（815）正月，唐宪宗召柳宗元回长安，他有两首诗表达了当时愉悦的心情。其一是《朗州窦常员外寄刘二十八诗见促行骑走笔酬赠》，其中写道自己闻诏之后“疑比庄周梦，情如苏武归”，说自己流贬永州近一纪即十二年了，有幸收到宪宗皇帝的赦免返京诏令，一时惊喜疑惑不知是真是假，就像《齐物论》里庄周梦蝶一样，是蝴蝶变成了庄周呢，还是庄周变成了蝴蝶呢？他说自己想回京之情就像出使匈奴被扣押了十九年的苏武一样，相当急切。其二是七绝《诏追赴都二月至灞亭上》：“十一年前南渡客，四千里外北归人。诏书许逐阳和至，驿路开花处处新。”后两句让人想到孟郊的“春风得意马蹄疾，一日看尽长安花”[②]。没想到，柳宗元二月才到长安，却不让他在长安多待一会，席不暇暖，三月又让他去做柳州刺史，同命运的刘禹锡被弄到播州做刺史。在这里，韩愈用了倒叙的方法，先说柳宗元到柳州治柳之事，然后说发生在前面的、他欲以柳州与刘禹锡的播州交换之事。按照事件发生的时间顺序不妨先看后者。韩愈是这样写的：

其召至京师而复为刺史也，中山刘梦得禹锡亦在遣中，当诣播州。子厚泣曰：“播州非人所居，而梦得亲在堂，吾不忍梦得之穷，无辞以白其大人，且万无母子俱往理。”请于朝，将拜疏，愿以柳易播，虽重得罪，死不恨。遇有以梦得事白

---

① 刘昫等：《旧唐书》卷一百六十。

② 孟郊：《登科后》。

上者，梦得于是改刺连州。

刘禹锡是柳宗元的挚友，两人一同参加永贞革新，一样遭遇了贬谪及再任。再任从司马到刺史，看似升迁，但任职于偏远地，仍有贬谪之意。两人同行至衡阳，以诗相赠别。柳宗元有《衡阳与梦得分路赠别》，刘禹锡则回应《再授连州至衡州酬柳柳州赠别》。柳宗元又有《重别梦得》，他写道："二十年来万事同，今朝歧路忽西东。皇恩若许归田去，晚岁当为邻舍翁。"刘禹锡则答复："弱冠同怀长者忧，临歧回想尽悠悠。耦耕若便遗身世，黄发相看万事休。"人生无奈，两人赴任刺史都相当凄恻，想归田也不能归田。在同样陷于人生艰难的时候，柳宗元想到的是播州生存环境不如柳州，而刘禹锡有老母随行。他感到刘禹锡不好对自己的母亲说，也没有母子同到播州这艰难之地的道理，提出让刘禹锡到柳州，而他自己去播州。为此罪过加重也在所不惜，"虽重得罪，死不恨"。当时，宰相裴度对唐宪宗说刘禹锡有老母，唐宪宗没好气地说要让他去一恶郡，哪里管他老母。裴度不示弱，说陛下也在侍奉太后，不应当这样说。唐宪宗想想也是，顿时面有愧色，听取裴度的意见，将刘禹锡派到环境稍好些的连州当刺史。柳宗元死后，刘禹锡异常伤感，他在《祭柳员外文》里说"忽承讣书。惊号大叫，如得狂病。良久问故，百哀攻中。涕洟迸落，魂魄震越"。后来，他又写了《重祭柳员外文》文，说不意柳宗元先与世长辞，"既不可赎，翻哀独生"，可悲哀的不是柳宗元之死，而是自己还活在这世上。因为柳宗元欲以柳州换刘禹锡须去的播州，韩愈有感于此，发了一通议论：

呜呼！士穷乃见节义。今夫平居里巷相慕悦，酒食游戏相征逐，诩诩强笑语以相取下，握手出肺肝相示，指天日涕泣，誓生死不相背负，真若可信。一旦临小利害，仅如毛发比，反眼若不相识。落陷阱，不一引手救，反挤之，又下石焉者，皆是也。此宜禽兽夷狄所不忍为，而其人自视以为得计。闻子厚之风，亦可以少愧矣。

他说的“士穷乃见节义”是至理名言，人往往在失意落难的时候，更容易看出人间真情。柳宗元待刘禹锡正是如此，何况柳宗元在永州时患有痞疾，胸腹常为气阻隔不畅。韩愈进而想到平日里一些人看起来相互仰慕、亲近，以酒食、游戏相取悦，故作笑颜，好像肝胆相照，死不相负，但这是在没有利害之争的时候，如果有利害之争，情况就截然相反了。韩愈说得很真切，说这利害即使仅像毛发那样细微，这些人都彼此不相让，翻脸不认人，甚至落井下石。他很鄙薄这样的行为，说是禽兽都不忍心做的事，这些人怎么做得出来呢？在这一点上，韩愈和柳宗元有相近的性格，韩愈敢于违逆世俗为李贺因避讳不能参加进士考试辩解，就是突出的例子。所以他说世俗那些为利害背信弃义的人，“闻子厚之风，亦可以少愧矣”。后来，欧阳修在《朋党论》一文里斥责小人之朋，说“小人所好者禄位也，所贪者财货也。当其同利之时，暂相党引以为朋者，伪也；及其见利而争先，或利尽而交疏，则反相贼害，虽其兄弟亲戚，不能相保”。这话多少有点韩愈批评世俗之人的影子。

再说柳宗元治柳州之事。柳宗元 43 岁赴柳州，那是元和十年（815）三月，元和十四年（819）十一月 47 岁时死于柳州，他在柳州待了四年多，经历的事情自然不会少。韩愈只记叙了三件事。一是“因其土俗，为设教禁”，即施行教化和制定地方法令。

二是当地穷人以子女做抵押借钱，如不按时赎回，当“子本相侔”即本钱和利息相当的时候，这些子女就被有钱人没收当奴隶丫鬟。柳宗元想办法让穷人都能赎回自己的子女，对于特别穷困的，就让他们在有钱人家当雇工，当工钱与借的钱相当时，就让债主放这些子女回家。三是衡山、湘水以南的求学者都以柳宗元为师。就此，韩愈写道：“衡、湘以南为进士者，皆以子厚为师，其经承子厚口讲指画为文词者，悉有法度可观。”韩愈很称道柳宗元为人师之举。

韩愈好为人师曾引起世人非议，为此他写了《师说》批评社会偏见而为自己辩解。有趣的是，柳宗元写了《师友箴》《答严厚舆秀才论为师道书》《报袁君陈秀才避师名书》《答贡士萧纂欲相师书》《答韦中立论师道书》等，为自己不愿为人师作辩解。柳宗元在《答韦中立论师道书》中不忌讳说韩愈敢为人师：“孟子称‘人之患，在好为人师’。由魏晋氏以下，人益不事师。今之世，不闻有师，有辄哗笑之，以为狂人。独韩愈奋不顾流俗，犯笑侮，收召后学，作《师说》，因抗颜而为师。”他不同于韩愈，不愿公开为人师，是因为清楚地看到“今之世，为人师者众笑之”①。他并不以为师为非，自己之所以不为：“自视以为不足为，一也；世久无师弟子，决为之，且见非，且见罪，惧而不为，二也。”②所谓的不足为，是在韦中立欲以他为师之际，他说我环视四周，没有看到可以为师的人，包括他自己。而他不为的原因更重要的是第二条——不敢为。这时的他被贬永州已有九年，他对韦中立说，九年来渐喜静而不喜闹，特别是平常已遭人口舌不少，就差一

① 柳宗元：《师友箴》。

② 柳宗元：《报袁君陈秀才避师名书》。

条为人师了。言外之意是大可不必又因为人师而遭世人诟病。他年轻的时候才能勇敢胜于韩愈，而这时候他说自己“才能勇敢不如韩退之”[①]。

然而，柳宗元用“犬吠”来喻世人对韩愈的哗笑，蜀少日、越少雪，蜀之日出与越之雪落即遭犬吠，他对世人哗笑的轻蔑如斯可见。只是韩愈愿为蜀之日，而他不愿为越之雪。这不愿用他的话来说，是在避为师之名，如果“言道、讲古、穷文辞以为师，则固吾属事……有来问我者，吾岂尝瞋目闭口耶”[②]？这表明他与韩愈站在同一立场上，所不同的是，韩愈不避师名而就其实，柳宗元则是避师名而就其实。同时，他在这里指示了为师的教学内容，言道、讲古与穷文辞，这与韩愈因李蟠“好古文，六艺经传皆通习之”而教之相应，与韩愈的好古文在古道上相通。况且柳宗元曾说：“举世不师，故道益离……举世无友，故道益弃。”[③]他在这样的忧心之下作《师友箴》，儆己而诫人，宣扬了无师则不成的人生道理以及世不好师致无师可从的惶惑，在根本上还是希望能够有像韩愈这样的人为师且传古道，他自己则成为避师名而为师的坚定践行者，他说被贬永州后，“无几何，以文从余者多萃焉”[④]。这表明柳宗元虽然遭贬，但文名仍盛，从其学文者多。从永州到柳州一向如此，可见柳宗元为求学者仰慕。

从上述文字可以看到，韩愈除了概言柳宗元的才华和社会影响之外，只选择了友情、为师、文学成就几件事来说他的一生，

---

① 柳宗元：《答严厚舆秀才论为师道书》。

② 柳宗元：《答严厚舆秀才论为师道书》。

③ 柳宗元：《师友箴》。

④ 柳宗元：《法华寺西亭夜饮赋诗序》。

对柳宗元作了高度的肯定。然而，对柳宗元的一生，他还有话说：

> 子厚前时少年，勇于为人，不自贵重顾藉，谓功业可立就，故坐废退。既退，又无相知有气力得位者推挽，故卒死于穷裔，材不为世用，道不行于时也。使子厚在台、省时，自持其身，已能如司马、刺史时，亦自不斥；斥时，有人力能举之，且必复用不穷。

他觉得柳宗元敢作为却不自我珍惜，自认为能够迅速建立功业，但事与愿违，不仅是改革功业未成，而且因此遭贬斥。以此为背景，这里说了三种情况：其一是柳宗元遭贬斥的时候，没有了解他且有权力地位的人拉他一把，使他能够摆脱贬斥之灾，结果才能没有施展，主张没有施行，最终死在偏远的柳州；其二是柳宗元如果在御史台做监察御史、在尚书省做礼部员外郎时，能够像在做永州司马、柳州刺史时那样，保持行为的谨慎，也就不会遭遇贬斥；三是如果柳宗元遭贬斥时，有人力荐，他就能再得任用，不致穷愁潦倒。但这三者都是假设，柳宗元终究是遭了贬斥，终究是在遭贬斥时没有人推举他，终究是“材不为世用，道不行于时”，这实在是令人遗憾而悲伤的事。韩愈与柳宗元同朝，没有力量援救他，说出这些话来，隐含了人生的无奈。但他与柳宗元政见不合，柳宗元对王叔文多有赞誉，说他“坚明直亮，有文武之用”[①]，而韩愈曾对王叔文多有贬抑，说他“任事自许，微知文义，好言事”[②]。政见不同，使得韩愈在永贞革新失败后，不

---

① 柳宗元：《故尚书户部侍郎王君先太夫人河间刘氏志文》。

② 韩愈：《顺宗实录》。

可能出面为柳宗元说话。韩愈转而表达了自己对于柳宗元最重要的评述：

> 然子厚斥不久，穷不极，虽有出于人，其文学辞章，必不能自力，以致必传于后如今，无疑也。虽使子厚得所愿，为将相于一时，以彼易此，孰得孰失，必有能辨之者。

这话充满了生活的哲理，人的遭遇和文学创作形成一种很有意思的关系，人穷而文工，几乎成为基本的生活与创作定律，为人所共认。柳宗元遵循这一定律，在文学上有卓越的成就。而这一成就为他带来不朽的名声，应了文章是不朽盛事的古训。韩愈说，柳宗元是为将相好呢？还是以文学辞章传于后世好呢？他说把二者作一下交换，“孰得孰失，必有能辨之者”。这一不明言的回答，实际上说了时名与史名，为将相可得时名，为文学辞章可得史名，相形之下还是得史名的好。他间接预言了柳宗元会有史名，后来果然如此。不过，柳宗元赴柳州刺史任、与刘禹锡在衡阳分别时写下的《衡阳与梦得分路赠别》里说“直以慵疏招物议，休将文字占时名”，让人感到他被贬的牢骚及其文章也是有时名的。

按照墓志铭的基本程式，韩愈在最后叙说了柳宗元之死、安葬与子女的情况，作为墓志铭来说，这是必要的交代，从而让人们知道关于柳宗元的一些情况。这对韩愈来说，是完成基本程式，就他的情感来说，上面基本上说完了。不过，在这些交代中，有些叙说还是很有意味的，如说安葬费用“皆出观察使河东裴君行立。行立有节概，重然诺，与子厚结交，子厚亦为之尽，竟赖其力”；又如“葬子厚于万年之墓者，舅弟卢遵。遵，涿人，性谨慎，学问不厌。自子厚之斥，遵从而家焉，逮其死不去。既往葬子厚，又将经纪其家，庶几有始终者”。与为毛发般的利害奋而相争的世风比较起来，裴行立、卢遵都是值得赞颂的，也照应了前文以及他们与柳宗元的声气相通。而最后的铭文“是惟子厚之室，既固既安，以利其嗣人”，是墓志铭的通则，他希望柳宗元安息，并保佑后人。

明代吴纳说：墓志铭这类文章，“古今作者，惟昌黎最高。行文叙事，面目首尾，不再蹈袭”[1]。韩愈为文重气，认为气盛则言宜。这篇本当以哀婉为基调的墓志铭，在起伏跌宕中，让人感受到他对柳宗元为人和才华的褒扬，对柳宗元命运的同情，在哀伤中又以柳宗元文学名声将传于后扬起，柳宗元遭贬斥固然不幸，但不幸中有人生的大幸，于是让人有点欣然。

【原文】

柳子厚墓志铭

子厚，讳宗元。七世祖庆，为拓跋魏侍中，封济阴公。曾伯祖奭，为唐宰相，与褚遂良、韩瑗俱得罪武后，死高宗朝。皇考讳镇，以事母弃太常博士，求为县令江南。其后以不能媚权贵，失御史。权贵人死，乃复拜侍御史。号为刚直，所与游皆当世名人。

子厚少精敏，无不通达。逮其父时，虽少年，已自成人，能取进士第，崭然见头角。众谓柳氏有子矣。其后以博学宏词，授集贤殿正字。俊杰廉悍，议论证据今古，出入经史百子，踔厉风发，率常屈其座人。名声大振，一时皆慕与之交。诸公要人，争

① 吴纳：《文章辨体序说》。

欲令出我门下，交口荐誉之。

贞元十九年，由蓝田尉拜监察御史。顺宗即位，拜礼部员外郎。遇用事者得罪，例出为刺史。未至，又例贬永州司马。居闲，益自刻苦，务记览，为词章，泛滥停蓄，为深博无涯涘，而自肆于山水间。

元和中，尝例召至京师，又偕出为刺史，而子厚得柳州。既至，叹曰："是岂不足为政邪？"因其土俗，为设教禁，州人顺赖。其俗以男女质钱，约不时赎，子本相侔，则没为奴婢。子厚与设方计，悉令赎归。其尤贫力不能者，令书其佣，足相当，则使归其质。观察使下其法于他州，比一岁，免而归者且千人。衡、湘以南为进士者，皆以子厚为师，其经承子厚口讲指画为文词者，悉有法度可观。

其召至京师而复为刺史也，中山刘梦得禹锡亦在遣中，当诣播州。子厚泣曰："播州非人所居，而梦得亲在堂，吾不忍梦得之穷，无辞以白其大人，且万无母子俱往理。"请于朝，将拜疏，愿以柳易播，虽重得罪，死不恨。遇有以梦得事白上者，梦得于是改刺连州。呜呼！士穷乃见节义。今夫平居里巷相慕悦，酒食游戏相征逐，诩诩强笑语以相取下，握手出肺肝相示，指天日涕泣，誓生死不相背负，真若可信。一旦临小利害，仅如毛发比，反眼若不相识。落陷阱，不一引手救，反挤之，又下石焉者，皆是也。此宜禽兽夷狄所不忍为，而其人自视以为得计。闻子厚之风，亦可以少愧矣。

子厚前时少年，勇于为人，不自贵重顾藉，谓功业可立就，故坐废退。既退，又无相知有气力得位者推挽，故卒死于穷裔，材不为世用，道不行于时也。使子厚在台、省时，自持其身，已能如司马、刺史时，亦自不斥；斥时，有人力能举之，且必复用不穷。然子厚斥不久，穷不极，虽有出于人，其文学辞章，必不能自力，以致必传于后如今，无疑也。虽使子厚得所愿，为将相于一时，以彼易此，孰得孰失，必有能辨之者。

子厚以元和十四年十一月八日卒，年四十七。以十五年七月十日，归葬万年先人墓侧。子厚有子男二人：长曰周六，始四岁；季曰周七，子厚卒乃生。女子二人，皆幼。其得归葬也，费皆出观察使河东裴君行立。行立有节概，重然诺，与子厚结交，子厚亦为之尽，竟赖其力。葬子厚于万年之墓者，舅弟卢遵。遵，涿人，性谨慎，学问不厌。自子厚之斥，遵从而家焉，逮其死不去。既往葬子厚，又将经纪其家，庶几有始终者。

铭曰："是惟子厚之室，既固既安，以利其嗣人。"

九、“送穷”寄寓的达观人生

——《送穷文》解读

唐宪宗元和二年（807），韩愈写过一篇《毛颖传》，把毛笔拟为人，为它写了一篇传记，戏说它在秦时封诸管城，号管城子，后拜中书令，称“中书君”，因善随人意、好文而不喜武，为众人宠爱。老秃，“摹画不能称上意”之后，被讥讽“中书君”不中书，后死在管城。这篇文章的结尾深富意味地写道：“秦之灭诸侯，颖与有功，赏不酬劳，以老见疏，秦真少恩哉！”这一年，40 岁的韩愈为国子博士。

《毛颖传》问世以后，引起强烈的反响，韩愈的朋友张籍给韩愈写了《上韩昌黎书》，他在信里说：“比见执事多尚驳杂无实之说，使人陈之于前以为欢，此有以累于令德。”这话说得很尖锐，意思是：“你韩愈怎么能写这样‘驳杂无实’的文章呢？你韩愈的文章、道德一向得人好评，这下可好，别人会批评你的文章、道德有瑕疵的。你应该做的是继承战国孟子、西汉扬雄的传统，在当下弘扬孔子之道才对。”还批评他以文为戏，有伤中正，是戏弄人而不是示人以道义。韩愈的另一个朋友裴度在《寄李翱书》里也忍不住批评他，说自己这么敬爱的、这么有才的韩愈怎么能够恃绝足而奔放，不以文立制，而以文为戏呢？这实在是不可以的。

文学有缘于游戏说，以文为戏也不是韩愈才有的。《诗经》

中有游戏之诗、楚辞中有游戏之辞、汉赋中有游戏之赋，逐渐就有了以文为戏的传统。正因为以文为戏，所以西汉辞赋家枚皋才会在晚年想起自己一生的作赋经历，不禁“自悔类倡”。“倡”古时又称倡优，用现在的话来说是“戏子”。同时司马迁也在《报任安书》中总结自己从事的史官工作，有感于地位卑微，说了“文史星历”“倡优畜之”。也因为那时的“倡优”社会地位很低，这对于心气很高的枚皋和司马迁来说，当然是不惬意的事。

后来，被贬湖南永州的柳宗元读到了《毛颖传》，他居然很感动，说是：“读之，若捕龙蛇、搏虎豹，急与之角而力不敢暇，信韩子之怪于文也。世之模拟窜窃，取青媲白，肥皮厚肉，柔筋脆骨，而以为辞者之读之也，其大笑固宜。”对这篇被世人所笑的奇文击节叹赏，想与韩愈较量一把又有点不敢，转念一想：“仆甚奇其书，恐世人非之，今作数百言，知前圣不必罪俳也。”[1]他写的“数百言”即《读韩愈所著毛颖传后题》，为韩愈辩解，说以文为戏并没有什么不可以的。韩愈对张籍等人的批评进行了反驳，韩愈给张籍回信说：“昔者夫子犹有所戏，《诗》不云乎：‘善戏谑兮，不为虐兮。’《记》曰：‘张而不弛，文武不能也。’恶害于道哉？吾子其未之思乎！”[2]韩愈的“夫子犹有所戏”指的是孔子去武城闻弦歌之声、跟学生开的“杀鸡焉用牛刀”的玩笑，孔子能够开玩笑，难道自己就不能吗？何况写文章应该有张有弛呢？

韩愈的《毛颖传》遭了这么强烈的批评，他自己并不认错，反而在元和六年（811）又写了另一篇游戏之文即《送穷文》，似乎是在给批评者一个回答。

---

① 柳宗元：《与杨诲之书》。

② 韩愈：《重答张籍书》。

溥儒《一棍打出穷鬼去》

《送穷文》有摹本，这就是西汉扬雄的《逐贫赋》。扬雄在《逐贫赋》里，拟“贫”为人，让离俗独处的自己和“贫”对话，以诉贫之名，行“惆怅失志”之实。韩愈的《送穷文》也别有深意，但他又不是纯粹地走扬雄的逐贫之路，因为唐代“送穷”之风很盛。而“送穷”倒是有点渊源，相传，五帝之一的颛顼有一个儿子，不爱穿完好的衣服，人们喊他为“穷子”。“穷子”死于农历正月晦日即正月的最后一天，为“穷子”送葬最后演化为“送穷”或者是“送穷鬼”。

这一说法在司马迁的《史记·五帝本纪》中没有记载，只说颛顼有个儿子叫“穷蝉”。人生贫穷富贵是常态，贫穷者逐贫送穷是常见的事儿，寄托了人们对生活的良好愿望。《逐贫赋》可能也有“送穷”风俗的影响。“送穷”人同此心，这一风俗在中唐很盛。韩愈的老乡、稍小于他的陕州（今河南三门峡）人姚合（775—854？）写过《晦日送穷》五绝三首，其一道：“年年到此日，沥酒拜街中。万户千门看，无人不送穷。”不过愿望归愿望，往往贫困仍与穷人长相厮守，所以姚合这组诗的第三首说：“古人皆恨别，此别恨消魂。只是空相送，年年不出门。”这也让送穷者很无奈。

韩愈的《送穷文》看似应俗而生，一仍是晦日送穷，但他把传统的送“穷”专指送贫穷演绎为送智穷、学穷、文穷、命穷及交穷，并将五穷统称为“穷鬼”，这就别开生面，视野也更开阔了。文章虚构了主人、星奴和穷鬼，运用传统的主客问答方式，让主人（实际上是韩愈的代言人）和穷鬼对话，而星奴只是过渡性的人物。文章开头交代时间，元和六年（811）的送穷日，主人令星奴用柳条编织了车子，让牛驾好了轭头；用草编织了船，船帆已在桅杆上升起，干粮已经备好。然后要送穷的主人向穷鬼作了三揖，从而有了主人和穷鬼之间的对话。

主人对穷鬼说：“我听说您要出发了，我不敢冒昧地问您将去哪儿，但我为您准备了车船和干粮，今天又是吉日良辰，利于远行，无论是往南往北，还是往东往西，都是合适的。您再吃一碗饭，喝一盅汤，带着朋友伙伴，车驾尘船乘风，离开这儿去新的地方。您久留在我这儿没有过失，我有资助送您远行的感恩之情，你们是不是有意远行呢？”这一番话很有“送穷”的仪式感或者说是“送穷”的基本套路。宋吕原明的《岁时杂记》记载：“人日前一日扫聚粪帚，人未行时，以煎饼七枚覆其上，弃之通衢，以送穷。”这也是仪式。韩愈所说的，显然是从人之常情出发的，他这个很随性的人，并没有在意民俗的送穷仪式而刻意进行再现，只是讲这番话作为引子，要引出下面的人鬼对话。

韩愈老于文笔，在读者急盼穷鬼当怎样应对的时候，忽地按下不表，写道：“屏息潜听，如闻音声，若啸若啼，砉欻嘎嘤，毛发尽竖，竦肩缩颈，疑有而无，久乃可明。”他说自己屏住呼吸，悄悄听那穷鬼会说些什么。传来的一丝丝喃喃细语，好像是悠远的呼啸声，又好像是娇柔的哭泣声，让他毛骨悚然，头发竖起，脖子缩进了双肩，慢慢地才听清穷鬼说了些什么。世上本无鬼，但鬼的故事并不少见。《庄子·至乐》讲庄子到楚国去，途中遇一头骨，于是他和那头骨有一番对话，谈人生之劳和人死之乐，是典型的人与鬼的对话。说鬼，更为集中的有志怪书《山海经》、文言小说《聊斋志异》。只是人们真不知道鬼是什么样子，世人想象鬼的模样，无论凶神恶煞还是俊俏靓丽，都是以人为原型来虚构的。韩愈的描写，让人感受到了鬼的恐怖，也勾勒出人遇到鬼怪时的惊恐万状。他怀着这样的忐忑害怕，似乎听到穷鬼在说：

> 吾与子居，四十年余，子在孩提，吾不子愚，子学子耕，求官与名，惟子是从，不变于初。门神户灵，我叱我呵，包羞诡随，志不在他。子迁南荒，热烁湿蒸，我非其乡，百鬼欺陵。太学四年，朝齑暮盐，惟我保汝，人皆汝嫌。自初及终，未始背汝，心无异谋，口绝行语，于何听闻，云我当去？

说这番鬼话的穷鬼，痛彻心腑地诉说了韩愈40余年的贫困史。他自幼早失双亲，跟随兄韩会和嫂子郑氏生活。不幸韩会在韩愈12岁时死去，韩愈此后跟着嫂子郑氏，在艰难生活中发奋读书。他19岁赴长安应试，历时6年才中了进士，随后参加了3次吏部的博学宏词科考试，运途不济，榜上无名。那时，他的情绪很不好，在贞元十一年（795）正月二十七日给宰相赵憬等人上书，说自己28岁了，博学能文，求知于天下，不料仍然“遑遑乎四海无所归，恤恤乎饥不得食，寒不得衣”①。过了19天，他又给当朝宰相们写了《后十九日复上书》，抱怨宰相们不够仁厚，没有救他于水深火热之中，一副可怜巴巴的样子。果然是“子学子耕，求官与名，惟子是从，不变于初”。贫穷对于想大展宏图

---

① 韩愈：《上宰相书》。

的韩愈来说，真是如影随形。但穷鬼说："我如此忠实，但你是怎样对我的？""门神户灵，我叱我呵，包羞诡随，志不在他"，意思是你的门神呵斥我，我忍着羞辱假装顺从，不变初心。

这里提到了"子迁南荒，热烁湿蒸，我非其乡，百鬼欺陵"，说的是韩愈被贬为阳山县令的事。贞元十九年（803），做监察御史的韩愈上书指责群臣不言，皇帝不知天旱人饥而强行推行"宫市"，即朝廷根据自身所需，直接征用百姓财物，以致民怨鼎沸。他说："上恩虽弘，下困犹甚。至闻有弃子逐妻以求口食，坼屋伐树以纳税钱，寒馁道途，毙踣沟壑。有者皆已输纳，无者徒被追征。"[1] 这话看似把德宗皇帝撇清了，但对众臣的严厉批评实际上也影射了德宗皇帝用人失察。这给韩愈带来了很严重的后果，德宗皇帝不乐意了，在当年十二月把他贬为阳山县令。在阳山，韩愈写过一篇赋说自己"侣虫蛇于海陬"[2]，生活相当艰苦；又在《答窦秀才书》中说自己："学成而道益穷，年老而智愈困。今又以罪黜于朝廷，远宰蛮县，愁忧无聊，瘴疠侵加，惴惴焉无以冀朝夕。"这种朝难保夕的情绪他在同一时期写的《同冠峡》诗中也流露过，那时韩愈正在前往阳山的路上，他写道："潺湲泪久迸，诘曲思增绕。行矣且无然，盖棺事乃了。"因为遭贬，他哀伤、悲观透了。而穷鬼说那时在阳山，他身处异乡，受百鬼欺凌，但他心不变呀！

再往下说，就是"太学四年"。元和元年（806）至元和四年（809），韩愈做太学博士时写过一篇很有名的《进学解》，也用主客问答的方式，诉说自己的人生经历和内心世界，除了说自己学

---

① 韩愈：《御史台上论天旱人饥状》。

② 韩愈：《别知赋》。

有所成而才无所用之外，还借学生的口说他“冬暖而儿号寒，年丰而妻啼饥”，归结为一个“穷”字。而他在这里也说自己“朝齑暮盐”，即早上吃一点切碎的青菜，晚上用一点盐下饭，生活清苦得很。穷鬼说：“那时候别人都嫌弃你，可是我养着你呀！”穷鬼说得很恳切，说：“我从开始到现在，心里想的、实际做的都没有背叛过你，我没想离开你，你从哪儿听说我要走的？”这番反驳主人的话，说自己不抛弃主人，主人为什么要抛弃他呢？却又是韩愈始终与贫穷相伴的另一种表白，他实在是贫穷久了，没有办法能够摆脱。韩愈的艺术表达还没完，他诙谐地让穷鬼说：“是主人听信了谗言，遭人离间而要赶我走，我是鬼而不是人，用不着你为我准备车船；用鼻子闻闻味道就行了，用不着什么干粮；孤独一身，哪有什么朋友伙伴？如果你知道，那你就一一告诉我。你这样聪明有智慧的人，把情况说清楚了，我就走人。”韩愈写得很客气，“敢不回避”。穷鬼的申辩就文章写法来说，是为文的有意过渡，穷鬼本为答话者，正是通过申辩的反问，从而引起主人的回答，构成问答体的两环相扣。

主人就穷鬼说的“单独一身，谁为朋俦？子苟备知，可数已不”作解答，他在这里不直接说穷鬼的伙伴有五位，而说“子之朋俦，非六非四，在十去五，满七除二”，很有文字游戏的味道；继而说它们“各有主张，私立名字”，暗示随后的文章会涉及这五位朋辈，构成文章的基本条理。而这些穷鬼的伙伴与穷鬼之志相同，导致韩愈“捩手覆羹，转喉触讳”，“使吾面目可憎、语言无味”。这话深有意味：所谓一转手就把汤打翻了，一说话就犯了忌讳。前者的比喻和后者的直陈用得上他在《进学解》说的“跋前疐后，动辄得咎”来解释。这导致他至少是在权臣眼中“面目可憎、语言无味”。《送穷文》本是游戏之文，但这话说得很实在。

随之，韩愈罗列了穷鬼的五位伙伴：智穷、学穷、文穷、命穷、交穷。它们是怎样的状态呢？不妨看看韩愈的描述：

其名曰智穷：矫矫亢亢，恶圆喜方，羞为奸欺，不忍害伤；其次名曰学穷：傲数与名，摘抉杳微，高挹群言，执神之机；又其次曰文穷：不专一能，怪怪奇奇，不可时施，只以自嬉；又其次曰命穷：影与形殊，面丑心妍，利居众后，责在人先；又其次曰交穷：磨肌戛骨，吐出心肝，企足以待，置我仇冤。

这番话读起来有一点晦涩，说明白点，智穷是刚强方正，讨厌圆滑喜欢正直，不奸邪、不欺诈，不伤害他人；学穷是轻视数术、名物类的知识，喜欢探寻精微的道理，博采众说，提要钩玄，但不切实用；文穷是不专于一种技能，文章写得奇奇怪怪，不能用于社会，只能自我把玩；命穷是影子和形体不一，面目丑陋而心地美好，获利在众人之后，担责在大家之前；交穷是磨去肌肉露出骨头，掏出心肝，踮脚企盼，可自己想交往的人把他当作敌人。韩愈这番借五穷鬼的倾诉，完全是自我彰扬之词。他说自己刚强、正直、善良，学有专攻且文章写得很有技巧，有时话说得不好听，脸色不好看，但心地是很好的，待友是真诚的，尽管有人对他不友好。

韩愈这样表白的内涵很丰富，我们很容易在他的诗文中找到一些相应的说法。如智穷，他在贞元十一年（795）写的《答崔立之书》中说："仆见险不能止，动不得时，颠顿狼狈，失其所操持，困不知变，以至辱于再三。"这"困不知变"，正在于处事的正直。如同年他说学穷："仆少好学问，自五经之外，百氏之书，未有闻而不求、得而不观者。然其所志，惟在其意义所归。”[1]这“惟在其意义所归”，不就是“执神之机”吗？还有文穷，韩愈在中唐不主张写时文即骈文，而倡导写散行单句式的先秦两汉之文也就是古文，他的倡导为世俗不容，他就说自己：“仆为文久，每自测意中以为好，则人必以为恶矣。小称意，人亦小怪之；大称意，即人必大怪之也。时时应事作俗下文字，下笔令人惭。及示人，则人以为好矣。小惭者，亦蒙谓之小好；大惭者，即必以为大好矣。不知古文直何用于今世也，然以俟知者知耳。”[2]这话是他贞元十四年（798）说的，先于《送穷文》13年，可见他在这篇文章里就五位穷鬼诉说的都是自己久积于心的肺腑之言。他感叹自己的命运，而这一命运更多的是因他率直的性格所致，他总在与命运抗争，却又不能改变自己的性格。所以他有了下面的总结：“凡此五鬼，为吾五患，饥我寒我，兴讹造讪，能使我迷，人莫能间，朝悔其行，暮已复然，蝇营狗苟，驱去复还。”如是的语言表达看似有卑微的色彩，但内中透出的是他倔强的性格。饥寒如斯，痛苦如斯，但依然故我。

这样看来，韩愈对自己和世俗都有非常清醒的认识，他知道自己不合于俗的问题所在，但没有想要从此改变。最突出的是几年后的元和十四年（819），他因唐宪宗迎佛骨供于宫中而上了《论佛骨表》，猛烈抨击这一奉佛的行为，甚至说奉佛的人不是短命就是亡国，“事佛求福，乃更得祸”。弄得唐宪宗很恼火，斥责他“狂妄”，恨不得要了他的性命，最后舍不得杀多才的韩愈，把他贬到广东潮州做刺史了事。韩愈因此还写了一首《左迁至蓝

---

① 韩愈:《答侯继书》。

② 韩愈:《与冯宿论文书》。

关示侄孙湘》，可怜兮兮地诉说自己的忠诚和悲观的情绪。

话说回来，韩愈陈述完自然还有五位穷鬼的回应，它们的反响相当激烈：“五鬼相与张眼吐舌，跳踉偃仆，抵掌顿脚，失笑相顾。”这全然是五位穷鬼欢喜雀跃之图，随之是他们对主人的反批评，说主人既然知道他们还要赶他们走，实在是“小黠大痴”——小聪明大愚蠢。这话从哪儿说起呢？你听：“人生一世，其久几何，吾立子名，百世不磨。小人君子，其心不同，惟乖于时，乃与天通。”人生是短暂的，主人家穷、智穷、学穷、文穷、命穷、交穷，但这贫穷不仅仅给主人带来方方面面的磨难和痛苦，也使主人得以建立名声，“百世不磨”。古代有名节的人重名声胜于生命，认为这样才能不朽，所以有立德、立功、立名“三不朽”的说法，而立名是人生最高的追求，“人生自古谁无死，留取丹心照汗青”[①]。穷鬼这话有幸说中了，韩愈之名果然是“百世不磨”，至今为人景仰不已。而且韩愈在元和十五年（820）所写的《柳子厚墓志铭》中，说到被贬死于柳州的柳宗元，如得志在朝廷为将相，还不及他失志以文学辞章传名于后世。他对自己的人生也持这样的信念。

更有意味的是这里的“小人君子，其心不同，惟乖于时，乃与天通”。“小人君子”自春秋以来就挂在人们嘴边，世尊君子而抑小人。韩愈在北宋的忠实信徒欧阳修有一篇《朋党论》，谈到小人与君子的差异，他说小人好的是利，君子好的是道义、忠信、名节。韩愈没有明言，但他的话语让人感到君子违时而小人合俗，韩愈是一个常违时或者说不合时宜的人，这意味着他是以君子自诩的。前面提到的他倡古文是违俗，好为人师是违俗，为李贺作

---

① 文天祥：《过零丁洋》。

“讳辩”也是违俗，反对唐宪宗奉佛宫中还是违俗，他让穷鬼说这样“乃与天通”即合于自然，这实在是有老庄思想韵味的人生境界。始终秉承儒学道统的韩愈，无意中流露出受老庄思想影响的痕迹。

穷鬼的话没完，他们说主人“携持琬琰，易一羊皮，饫于肥甘，慕彼糠糜。天下知子，谁过于予？虽遭斥逐，不忍子疏。谓予不信，请质诗书”。意思是你拿着宝玉却换羊皮，你吃着美味佳肴却羡慕糠粥，这是为什么呢？贫穷是人生最宝贵的财富，为什么要舍弃贫穷而求富贵呢？我这样了解你，不忍心疏远你，你为什么要疏远我呢？这让人感到主人的忘恩背德，却又是“君子固穷”的艺术表达。说到这里，主人也被感动了，不再说“送穷”，而是垂头丧气地道歉，把原本为“送穷”扎成的车船烧了，请穷鬼做了上宾。穷鬼留下来了，意味着身为主人的韩愈会继续穷下去。

在韩愈的散文中，《送穷文》是很独特的。好有话直说、毫不避讳的他，在这篇文章中极尽曲折婉转之能事，主客问答的结构形式、主人与穷鬼的精彩对话，都隐含着韩愈真实的思想。他对人生遭遇坎坷的调侃中，满是牢骚不平的同时又彰显了处世的达观与平和。吴闿生曾说：“此篇诙诡之趣……公以游戏出之，而浑穆庄重，俨然高文典册，尤为大难。”[①]也是，文字的“诙诡之趣”也没能掩饰韩愈思想的光彩和信念的坚定，虚拟的“主人”与“穷鬼”在他身上合二为一，这篇另类的文字写照，读来让人感喟不已。

---

① 吴闿生:《古文范》卷三。

【原文】

送穷文

元和六年正月乙丑晦，主人使奴星结柳作车，缚草为船，载糗舆粻，牛系轭下，引帆上樯。三揖穷鬼而告之曰："闻子行有日矣，鄙人不敢问所途，窃具船与车，备载糗粻。日吉时良，利行四方，子饭一盂，子啜一觞，携朋挈俦，去故就新，驾尘彍风，与电争先，子无底滞之尤，我有资送之恩，子等有意于行乎？"

屏息潜听，如闻音声，若啸若啼，砉欻嚘嘤，毛发尽竖，竦肩缩颈，疑有而无，久乃可明。若有言者曰："吾与子居，四十年余，子在孩提，吾不子愚，子学子耕，求官与名，惟子是从，不变于初。门神户灵，我叱我呵，包羞诡随，志不在他。子迁南荒，热烁湿蒸，我非其乡，百鬼欺陵。太学四年，朝齑暮盐，惟我保汝，人皆汝嫌。自初及终，未始背汝，心无异谋，口绝行语，于何听闻，云我当去？是必夫子信谗，有间于予也。我鬼非人，安用车船？鼻齅臭香，糗粻可捐。单独一身，谁为朋俦？子苟备知，可数已不？子能尽言，可谓圣智，情状既露，敢不回避？"

主人应之曰："予以吾为真不知也邪！子之朋俦，非六非四，在十去五，满七除二，各有主张，私立名字，捩手覆羹，转喉触讳，凡所以使吾面目可憎、语言无味者，皆子之志也。其名曰智穷：矫矫亢亢，恶圆喜方，羞为奸欺，不忍害伤；其次名曰学穷：傲数与名，摘抉杳微，高挹群言，执神之机；又其次曰文穷：不专一能，怪怪奇奇，不可时施，只以自嬉；又其次曰命穷：影与形殊，面丑心妍，利居众后，责在人先；又其次曰交穷：磨肌戛骨，吐出心肝，企足以待，置我仇冤。凡此五鬼，为吾五患，饥我寒我，兴讹造讪，能使我迷，人莫能间，朝悔其行，暮已复然，蝇营狗苟，驱去复还。”

言未毕，五鬼相与张眼吐舌，跳踉偃仆，抵掌顿脚，失笑相顾。徐谓主人曰：“子知我名，凡我所为，驱我令去，小黠大痴。人生一世，其久几何，吾立子名，百世不磨。小人君子，其心不同，惟乖于时，乃与天通。携持琬琰，易一羊皮，饫于肥甘，慕彼糠糜。天下知子，谁过于予？虽遭斥逐，不忍子疏。谓予不信，请质诗书。”

主人于是垂头丧气，上手称谢，烧车与船，延之上座。

十、事修谤兴、德高毁来的缘由

——《原毁》解读

韩愈写过“五原”，即《原道》《原性》《原毁》《原人》《原鬼》，“五原”各有所论，广为人知，甚至有人说古代议论文有一种“原体”，就和这“五原”有关。“原”取义自《周易·系辞》的“原始反终”“原始要终”说，其后司马迁撰写《史记》，有“原始察终，见盛观衰”的名言，但这里的“原”都不具有文体的意义。传为淮南王刘安编写的《淮南子》的首篇是《原道训》，南朝梁代刘勰《文心雕龙》的《原道》也为首篇。从这些来看，以“原”名篇的确是早已有之的事，但这些都是单独的篇章，不足以说明“原体”的确立。人们认为有“原体”之文，还是得力于韩愈“五原”的声势。

“五原”中唯《原道》《原毁》流传最广。《原道》与上面提到的《原道训》等篇章没有直接的关联，主要谈儒学之道的本原，集中阐述了韩愈儒家道统的思想和前后承继的关系，彰显儒学，对佛、老之学有非常猛烈的抨击，甚至说“不塞不流，不止不行”，主张让佛教徒、道教徒还俗，把他们的经书烧了，把寺庙、道观改造成民房。韩愈说了这样严厉的话，足见他对孔孟儒学的执着及对佛、道的深恶痛绝，也让人看到了他思想上的偏执。他在《原人》《原性》里也说了一些排斥佛、老的话，不过这里想说的是《原毁》，姑且不论他排斥佛、老的言论。

“原毁”的“原”和“原道”的“原”均是探究的意思，“毁”则是诽谤，韩愈要探究社会生活中人为什么要诽谤别人，或者说，一个人为什么要无端地说别人的坏话。这是为人或者说人品的重要问题，韩愈就此表达自己的基本看法。

今人屈守元等编纂《韩愈全集校注》，为韩愈诗文作编年，“五原”被编在“疑年文”部分，意在著述的年份不详。从《原毁》关涉做人、治国来看，当是韩愈入仕之后所作。《旧唐书·韩愈传》有这样的记载：韩愈供职于徐州张建封门下时，“发言真率，无所畏避，操行坚正，拙于世务。调授四门博士，转监察御史。德宗晚年，政出多门，宰相不专机务，宫市之弊，谏官论之不听，愈尝上章数千言极论之，不听，怒贬为连州阳山令”。韩愈这段时间的表现和遭遇让人感到了他仕途的不如意。他在第三次任国子监博士时，曾用西汉东方朔《答客难》、扬雄《解嘲》的文体，写了篇《进学解》，其中虚构了弟子笑他虽博学敢为，“然而公不见信于人，私不见助于友，跋前踬后，动辄得咎。暂为御史，遂窜南夷。三年博士，冗不见治。命与仇谋，取败几时”。韩愈的《原毁》说毁谤之事、毁谤之理有可能出自这一时期。《原毁》开篇说：

> 古之君子，其责己也重以周，其待人也轻以约。重以周，故不怠；轻以约，故人乐为善。

这是全文的纲要。他说的“君子”是古时对有德行的人的通称，《周易》的“天行健，君子以自强不息。地势坤，君子以厚德载物”，《诗经·周南·关雎》的“窈窕淑女，君子好逑”，都视君子为人格完美的人。至孔子、孟子，“君子”之说亦然。韩愈这样说，落点有两个方面，一是君子“责己也重以周”，即自我批评严厉而周密，因此，方能不懈怠地修养自身的道德；二是待人的“轻以约”即宽容而简约，如是则喜欢在生活中为人多做好事。这一说法表现了韩愈基本的人生观和处世观。他是以承袭儒学道统自居的人，信守儒家的道德准则和社会理想，这样的人生观是有本源的。

明·仇英《孔子像》

《论语·卫灵公》记载了孔子对弟子们说过的一句话：“躬自厚而薄责于人，则远怨矣。”这“躬自厚”当作“躬自厚责”，是孔子的处世之道，说对自己严格，对别人宽厚，就会远离怨恨。孔子还说过“见贤思齐焉，见不贤而内自省也”[①]的话，视之为人生自我修养的重要途径。加之孔子的“非礼勿视，非礼勿听，非礼勿言，非礼勿动”[②]的“四非”说，主张每个人都应以礼高度地自我制约，不越雷池半步，力求做一个君子。孟子弘扬孔子的修身理论和政治主张，把仁爱发展成为仁政王道，让道德走向了道德政治。而在个人修养上，他说的“仁者如射：射者正己而后发；发而不中，不怨胜己者，反求诸己而已矣”[③]，其本质还是孔

① 《论语·里仁》。

② 《论语·颜渊》。

③ 《孟子·公孙丑上》。

子主张的“躬自厚而薄责于人”。孟子射箭之喻十分生动，射箭的发而不中，责己而不责人，是射箭者本能的要求和修养，古往今来，均是如此。同时，孔子以“恕”为做人终生奉行的“一字诀”，还在解说“仁”的时候，用了恭、宽、信、敏、惠五个理念，其中的“宽”与“恕”意义相近，重在处世时对人包容和理解。

韩愈说的“古之君子，其责己也重以周，其待人也轻以约。重以周，故不怠；轻以约，故人乐为善”，在孔子的待人理念上往前走了一步，其待人的“重以周，故不怠”与“轻以约，故人乐为善”，表现出做人的两种态度。前者需要不懈的努力甚至是对自我高标准的苛求，否则达不到严格而周密的程度；后者表现出来的待人宽容和简约，则会使自己成为一个仁爱的人，胸怀宽广，与人为善。他希望人人都像古之君子那样，能够责己重以周，待人轻以约。

在这样的思想前提之下，韩愈先举了虞舜的例子。他说：“闻古之人有舜者，其为人也，仁义人也。求其所以为舜者，责于己曰：‘彼人也，予人也，彼能是，而我乃不能是！’早夜以思，去其不如舜者，就其如舜者。”虞舜是传说中的五帝之一，司马迁《史记·五帝本纪》记载舜以孝闻名四方，唐尧择贤以禅让天下，于是得虞舜。尧死后三年，61岁的舜称帝，39年后巡狩南方时，死于苍梧之野，葬于九嶷山。韩愈又举了“周公”即周公旦的例子。关于周公，《尚书》中就有记载，司马迁在《史记·周本纪》里说周公旦曾辅佐周武王灭商，随之辅佐年幼的周成王兴周。韩愈这里说：“闻古之人有周公者，其为人也，多才与艺人也。求其所以为周公者，责于己曰：‘彼人也，予人也，彼能是，而我乃不能是！’早夜以思，去其不如周公者，就其如周公者。”这两番话都是韩愈借他人表达的自述之词，他以虞舜和周公为榜样，所说的“彼人也，予人也，彼能是，而我乃不能是”乃是上面提到的孔子“见贤思齐”、孟子认定的“人皆可以为尧舜”[①]之意。

韩愈的思想还没停下来，他随之说：“舜，大圣人也，后世无及焉；周公，大圣人也，后世无及焉。是人也，乃曰：‘不如舜，不如周公，吾之病也。’是不亦责于身者重以周乎！”这是对“古之君子，其责己也重以周”的具体说明。他以舜和周公为榜样，审视“责己也重以周”的人有怎样的追求。孟子曾告诉一个叫曹交的人说：“尧舜之道，孝弟而已矣。子服尧之服，诵尧之言，行尧之行，是尧而已矣。”[②]其实，人皆可以为尧舜应该没有这样简单，孟子只是比拟，说人应该怎样学、怎样做，简言之就是树立榜样，向他们学习。只是目标太高，及之不易，但不妨碍对自我提出要求，努力去做虞舜、周公那样的完人。相反地，对人就不是如此了，韩愈说：

> 其于人也，曰：“彼人也，能有是，是足为良人矣；能善是，是足为艺人矣。”取其一，不责其二；即其新，不究其旧：恐恐然惟惧其人之不得为善之利。一善易修也，一艺易能也，其于人也，乃曰：“能有是，是亦足矣。”曰：“能善是，是亦足矣。”

在这里，韩愈给人的感觉用现在的话来说就是，古之君子多看自己的缺点，多看别人的优点。他这话有两层意思。一是“一善易修也，一艺易能也”，人有一善即足，人有一艺即足。二是“取

① 《孟子·告子下》。

② 《孟子·告子下》。

其一，不责其二；即其新，不究其旧”。不求人是完人，有一方面好就可以，不要求面面都好，不求全责备；现在好就可以，不要求过去也好，既往不咎。如是待人，真是他说的“不亦待于人者轻以约乎”。韩愈说到这里，不过是作了些铺垫，他意在从古之君子看今之君子，借古说今，以见古今的变易。

韩愈看今之君子的目光不同于对古之君子，他对古代的崇敬远不止是儒学道统的作用和力量，在说到古之君子时，更多地体现了他们的道德品性、胸怀修养，他希望今之君子如同古之君子，但今之君子全然不同于古之君子。韩愈仍是从待己责人上来审视的。今之君子：“其责人也详，其待己也廉。详，故人难于为善；廉，故自取也少。”这话的意思是现在的君子对别人的要求很多，对自己的要求很少。前者导致别人很难达到要求，难做好事；后者造成自己的收获少，自然进步也小。其中的关键是过于自足而不求进步，自然会出现韩愈陈述的这种情况：“己未有善，曰：‘我善是，是亦足矣。’己未有能，曰：‘我能是，是亦足矣。’”人生的自我满足是一种心态，却也需要与现实相符。可以说，己未有善而说“我善是”与己未有能而说“我能是”，都是道德或说人品上的失诚，和上面说的满足一善、满足一艺存在根本的不同。满足一善，毕竟有一善在；满足一艺，毕竟有一艺在。而无善无能却说自己有善有能，显然是做人虚伪或自我欺骗。所以韩愈称之为“外以欺于人，内以欺于心”，这当然是不可以的。由此造成的生活状态是“未少有得而止矣”。韩愈说，这是对自己的要求太少了。

显然，韩愈是以对比的方法谈社会生活中的君子和非君子。他不齿于非君子的作为，何况这些非君子是这样的情形：“彼虽能是，其人不足称也；彼虽善是，其用不足称也。”之所以会如此，在于非君子的胸怀狭隘，没有包容，只有苛求，大异于做人当多看人的长处、少看人的短处。而非君子恰恰最关注人的短处，甚至是“举其一，不计其十；究其旧，不图其新”。韩愈对此是很反感的。他是一个很愿意奖掖后进的人，中唐文坛上的诗人贾岛、李贺，古文家李翱、李汉等人都是韩门弟子。《旧唐书·韩愈传》说他，“颇能诱厉后进，馆之者十六七，虽晨炊不给，怡然不介意”，这真的要有胸怀。韩愈在李贺因为要避父亲李晋肃讳、朝野纷议不让他参加进士考试的时候，还专门为李贺写了《讳辩》，要求当朝允许李贺参加进士考试。所以韩愈批评非君子看人不作整体观，看人没有发展的眼光，不是希望别人出人头地，而是害怕别人出人头地，他认为这是责人太详，当然是不应该的。他称之为：“夫是之谓不以众人待其身，而以圣人望于人，吾未见其尊己也。”自己做不到一般人能够做到的事，却要求别人都要像圣人一样，这样宽于待己而严于待人，在他看来，既是对别人的不尊重，也是对自己的不尊重。这有违孔孟的思想。孔子曾告诉弟子子张说，能行恭、宽、信、敏、惠这五者于天下为仁，其中的“恭则不侮”以及后来孟子说的“仁者爱人，有礼者敬人。爱人者，人恒爱之；敬人者，人恒敬之”[①]，都意在尊重他人及相互尊重，这正是君子当有的人生态度。

韩愈随之为非君子者这样的作为探源，说本原在于“怠”“忌”。“怠”是懒惰，“忌”是嫉妒。他在这里所说的“怠者不能修，而忌者畏人修”是人生的常态，他曾通过对人的称赞和批评测试过他人待人的态度，说道：

---

① 《孟子·离娄下》。

吾尝试之矣。尝试语于众曰："某良士，某良士。"其应者，必其人之与也；不然，则其所疏远不与同其利者也；不然，则其畏也。不若是，强者必怒于言，懦者必怒于色矣。又尝语于众曰："某非良士，某非良士。"其不应者，必其人之与也；不然，则其所疏远不与同其利者也；不然，则其畏也。不若是，强者必说于言，懦者必说于色矣。

如是测试，称赞"某良士"或批评"某非良士"都能够看清几种人。前者有"某良士"的同利者、不同利者、恐惧者以及不以为然的强者和懦者；后者也有"某非良士"的同利者、不同利者、恐惧者以及不以为然的强者和懦者。在这样的对比论说中，韩愈告诉人们，任何人在人群中都会遭遇认同或不认同，即使是道德良善的人。这是社会生活的常事，不足为奇。而韩愈据此得出"事修而谤兴，德高而毁来"的结论，只是针对社会上的"良士"，这在理论上是不应该的。但理论终归是理论，"事修而谤兴，德高而毁来"往往是生活现实。韩愈的话说得很含蓄，没有具体表明他所指是谁，只是借此大发感慨："呜呼！士之处此世，而望名誉之光、道德之行，难已！"这让人想到前文提及的《进学解》，韩愈有这样的牢骚，还是因为仕途的坎坷，有真率直言带来的挫折。

韩愈曾说有人传言说他信奉佛教，这完全是妄言。然后说："凡君子行己立身自有法度，圣贤事业具在方册，可效可师。仰不愧天，俯不愧人，内不愧心。"[①] 这话是对别人造谣他信佛的批评，也表达了他做人的基本态度。所谓"君子行己立身自有法度"

① 韩愈：《与孟尚书书》。

既在说“君子”，又在说自己。他坚执儒学，信守儒学的道统，被北宋欧阳修视为儒学道统在唐代的继承者。他坚定地反佛、道，不仅在与常人的交往中是如此，而且对唐宪宗要迎佛骨到宫中供奉也是如此，并因写了《论佛骨表》差点丢了性命，所幸被贬潮州，却又在《左迁至蓝关示侄孙湘》里吟咏道，“欲为圣明除弊事，肯将衰朽惜残年”，被贬也依然故我。韩愈效圣师贤的“三不愧”，至少在他内心得到了印证，所以他在57岁要离开人世的时候回顾自己一生，颇为欣慰地感慨大节无甚亏缺，可以安心赴九泉与亲人相会。

韩愈《原毁》的最后一句说：“将有作于上者，得吾说而存之，其国家可几而理欤！”他忽地把前文主要说的为人处世的两种状态和道理升华为治理国家的方略，意在治理国家应当去“怠”去“忌”，要做一个责己重以周、待人轻以约的人，这就回到了孔孟主张的修身治国的路上。孔子曾说：“为政以德，譬如北辰，居其所而众星共之。”[①]这里的德，是孝、仁、礼、义，孔子也相信用孝、仁、礼、义是可以治天下的。孟子则说天下国家：“天下之本在国，国之本在家，家之本在身。”[②]他也注重从自身做起，于是才有了后来负有盛名的“修齐治平”论。虽说孔子的主张不用于春秋，孟子的主张不用于战国，是因为受诸侯纷争、战乱频仍的时代所限。在一统天下的年代，孔孟的道德思想则有治天下的作用。所以西汉的贾谊批评秦始皇变攻天下为守天下之后，不施行仁义而亡天下。韩愈说“原毁”，落脚点在做人的道德，可见他良苦的用心。他虽在中唐算不上严格意义上的政治家，但不妨碍他这个

---

① 《论语·为政》。

② 《孟子·离娄上》。

以倡导古文领军文坛的文人，在儒学的光照之下，有这样的政治情怀。他希望以儒术治天下，又是对他《原道》宣扬儒学道统的呼应。

另外还想说的是，韩愈崇尚散行单句的古文，但这篇文章在对两种完全不同的人的说道中，多用对比的手法，语言常常两两相对，既有节奏感又有对仗美，对比之后，文中的君子和非君子形象都很鲜明，使人读之不觉有欲做君子的强烈冲动。

【原文】

原　毁

古之君子，其责己也重以周，其待人也轻以约。重以周，故不怠；轻以约，故人乐为善。

闻古之人有舜者，其为人也，仁义人也。求其所以为舜者，责于己曰："彼人也，予人也，彼能是，而我乃不能是！"早夜以思，去其不如舜者，就其如舜者。闻古之人有周公者，其为人也，多才与艺人也。求其所以为周公者，责于己曰："彼人也，予人也，彼能是，而我乃不能是！"早夜以思，去其不如周公者，就其如周公者。舜，大圣人也，后世无及焉；周公，大圣人也，后世无及焉。是人也，乃曰："不如舜，不如周公，吾之病也。"是不亦责于身者重以周乎！其于人也，曰："彼人也，能有是，是足为良人矣；能善是，是足为艺人矣。"取其一，不责其二；即其新，不究其旧：恐恐然惟惧其人之不得为善之利。一善易修也，一艺易能也，其于人也，乃曰："能有是，是亦足矣。"曰："能善是，是亦足矣。"不亦待于人者轻以约乎？

今之君子则不然。其责人也详，其待己也廉。详，故人难于为善；廉，故自取也少。己未有善，曰："我善是，是亦足矣。"己未有能，曰："我能是，是亦足矣。"外以欺于人，内以欺于心，未少有得而止矣，不亦待其身者已廉乎？其于人也，曰："彼虽能是，其人不足称也；彼虽善是，其用不足称也。"举其一，不计其十；究其旧，不图其新：恐恐然惟惧其人之有闻也。是不亦责于人者已详乎？夫是之谓不以众人待其身，而以圣人望于人，吾未见其尊己也。

虽然，为是者，有本有原，怠与忌之谓也。怠者不能修，而忌者畏人修。吾尝试之矣。尝试语于众曰："某良士，某良士。"其应者，必其人之与也；不然，则其所疏远不与同其利者也；不然，则其畏也。不若是，强者必怒于言，懦者必怒于色矣。又尝语于众曰："某非良士，某非良士。"其不应者，必其人之与也；不然，则其所疏远不与同其利者也；不然，则其畏也。不若是，强者必说于言，懦者必说于色矣。是故事修而谤兴，德高而毁来。呜呼！士之处此世，而望名誉之光、道德之行，难已！

将有作于上者，得吾说而存之，其国家可几而理欤！

十一、一场关乎李贺命运的激辩

——《讳辩》解读

古代有避讳的说法和要求，有人称避讳为一种文化，因为它延续了很长时间，相当深刻地介入了社会各阶层的生活，影响了许多人。现在不太提避讳，但避讳的事总存在。古人说，入国问俗，入门问讳，至今想起来都有些道理。这“避讳”之“避”是回避，“讳”是“忌讳”。避讳说的是对人对事对物不直言以示尊重。《春秋公羊传·闵公元年》曾说“为尊者讳，为亲者讳，为贤者讳”，告诉人们避讳的对象是哪一些人，这仅是一斑。淮南王刘安在《淮南子·要略》里说，之所以要写这部书，是想让人们知道天地四时的变化而懂得避讳，即回避灾害和忌讳。北齐颜之推在《颜氏家训·风操》里谈家讳，告诉人们应当注意什么。举这几个例子，是想说明唐朝以前避讳是广泛的社会现象，其形式也较复杂。

后来有人对讳作了划分，说讳有国讳、家讳、个人讳、言讳、事讳、名讳等，其中名讳最为突出。名讳指的是不能直接冒犯尊者、亲者、贤者以及长者的名字，如有冒犯就是不尊、不孝。从古至今，人们尽管不把“避讳”挂在嘴边，仍然很注意不直接道出尊者、长者的名字，在家庭内外都是如此。不过，现在人们即使没有做到避名讳，一般不会有太严重的后果，古代就不一样了，弄不好会丢了脑袋。如明代朱元璋不仅有名讳，而且讳与他人生经历相关的一些词。因朱元璋做过和尚，和尚是剃光头的，所以他讳“光”；和尚又叫僧人，所以连“生”“笙”都要避讳。这当然是很荒唐的事。为此也有一些笑料，成为人们茶余饭后的谈资。听说南宋钱良臣的儿子为了避讳，读书时遇书中的“良臣”二字，就改读为“爹爹”，也含有他爹是“良臣”之意。一天，他读《孟子》，读到“今之所谓良臣，古之所谓民贼也”的时候，依循他的避讳法，把这一句读成了“今之所谓爹爹，古之所谓民贼也”，成为笑柄。

唐代有件关于避讳的事，留下了一篇不朽的文章，常为人道，这就是韩愈的《讳辩》。但读《讳辩》，总是令人感慨唏嘘，实在是笑不起来。

李贺像

唐宪宗元和四年（809），韩愈作《讳辩》为诗人李贺辩解。李贺生于790年，字长吉，福昌人，也就是现在的河南宜阳人，比韩愈小22岁。据王定保《唐摭言》所载，李贺7岁时诗就写得很好，韩愈和门下弟子皇甫湜读了他的诗以后，惊讶地说：如果这诗是古人写的，我们可能会不知道；如果是现在的人写的，一定得去见见这个人。皇甫湜也不是等闲之辈，他素有“不羁之才”之称，大约生于777年，字持正，睦州新安（今浙江淳安）人，做过陆浑尉、工部郎中，曾在韩愈门下学习古文。两人相约到李贺家，没想到李贺当时还是个扎着小辫的孩子。韩愈和皇甫湜不相信李贺居然能写出诗来，让李贺现场再作诗一首，李贺提笔写了一首《高轩过》，称赞韩愈和皇甫湜是“东京才子”“文章巨公”，诗中还有“笔补造化天无功”这样的佳句。诗最后写道“庞眉书客感秋蓬，谁知死草生华风。我今垂翅附冥鸿，他日不羞蛇作龙”，表示韩愈、皇甫湜的到来，仿佛使枯草逢春而再生，自己有一天会得到他们的提携，终成良才。这使韩愈和皇甫湜大吃一惊，他们请李贺到自己的府上。（据朱自清等人的考证，《高轩过》为李贺 20 岁时的作品）后来传说李贺还曾携诗《雁门太守行》去拜见韩愈，本来宽衣休息了的韩愈读了他的诗很受感动，来不及系好衣带，急请李贺进府。

就是这个李贺，据《新唐书·李贺传》记载，“为人纤瘦，通眉，长指爪，能疾书。每旦日出，骑弱马，从小奚奴，背古锦囊，遇所得，书投囊中。未始先立题然后为诗，如它人牵合程课者。及暮归，足成之。非大醉、吊丧日率如此，过亦不甚省。母使婢探囊中，见所书多，即怒曰：‘是儿要呕出心乃已耳！’”。这段记载让人想象得到李贺的样子：一个清瘦的年轻人每天清晨骑着一匹瘦弱的马，身后跟着小书童，背着一个锦囊，一路走来，心有所感就迅速写下来，扔在锦囊里，傍晚回到家中，再把白天偶得的诗句补充完整。他几乎天天如此，弄得他母亲很生气。李贺的诗写得很好，后人称赞，常把他和王维、李白、杜甫相提并论，称王维为“诗佛”、李白为“诗仙”、杜甫为“诗圣”、李贺为“诗鬼”。这“诗鬼”的评价，虽因李贺诗中喜用“鬼”字而得名，但也是他诗的“奇诡”风格的象征。

李贺有诗才，也有进入仕途的想法，他曾参加过河南府试，并写了《河南府试十二月乐词》。韩愈当时任河南县令，设宴款待过河南府秀才，写了《燕河南府秀才得生字》一诗。就在这前后，韩愈给李贺写信，鼓励名列举子的他赴京参加进士考试，没想到李贺遭遇应考的其他举子即“争名者”的嫉妒，他们说进士之“进”和李贺父亲名字“晋肃”之“晋”同音，李贺需避父讳，不能参加进士考试。“避讳”成为李贺命运之坎，迈过去可能仕途光明；迈不过去，可能只能做一个诗人。韩愈听人议论，为李贺抱不平，专门写了这篇《讳辩》。

韩愈在《讳辩》里开门见山地说：“愈与李贺书，劝贺举进士。贺举进士有名，与贺争名者毁之，曰：‘贺父名晋肃，贺不举进士为是，劝之举者为非。’听者不察也，和而唱之，同然一辞。皇甫湜曰：‘若不明白，子与贺且得罪。’愈曰：‘然。’”这番叙说告诉人们《讳辩》的写作缘由。韩愈的话说得很清楚，李贺要参加进士考试，还有人也要参加进士考试，争名者拿“避讳”说事，说李贺的父亲叫晋肃，那你李贺怎么能参加进士考试呢？你应当避讳呀！如果你李贺参加进士考试，岂不是对自己的父亲大不敬，不合社会礼制。李贺不参加进士考试为是，参加进士考试为非，连带鼓励他参加进士考试的人也错了，这暗含了对韩愈的批评。一时间世俗的批评声之大、指责之盛可从韩愈说的“听者不察也，和而唱之，同然一辞”中看出来。韩愈为李贺不当避讳辩说，是逆社会习俗、社会批评而动的。

韩愈一生常做逆势而行或逆俗而行的事，他先后被贬广东阳山和潮州，是逆政治权势而动的结果，这且不说。他作《师说》是逆俗而行，批评社会上的人“耻学于师”，慨然说：“古之学者必有师。师者，所以传道、受业、解惑也。人非生而知之者，孰能无惑？惑而不从师，其为惑也，终不解矣。生乎吾前，其闻道也固先乎吾，吾从而师之；生乎吾后，其闻道也亦先乎吾，吾从而师之。吾师道也，夫庸知其年之先后生于吾乎？是故无贵无贱，无长无少，道之所存，师之所存也。”面对强大的世俗力量，他毫无惧色。而《讳辩》面对的也是社会的普遍批评，同样需要不小的勇气。韩愈借自己的门人皇甫湜把这事说得很严重，说您韩愈先生如果辩不清楚，那和李贺一样会受到社会的斥责。韩愈以此为“讳辩”的前提。

韩愈没有绕圈子，称：“律曰：‘二名不偏讳。’”这“律”说的是礼制，西汉戴圣辑录秦汉以前的汉人礼仪成《礼记》，后为“十三经”之一。南宋理学家朱熹将其中的《大学》《中庸》两篇，和《论语》《孟子》二书编在一起，称为“四书”，成为读书人的基本读本，影响深远。《礼记·曲礼》上篇说：“礼，不讳嫌名。二名不偏讳。”这是什么意思呢？“嫌名”是同音或近音之名，“偏讳”的“偏”通“遍”，说的是同音的名字不用避讳，二字的名字不必全避讳。韩愈说礼制很明确，“二名不偏讳”，他引了东汉经学家郑玄的解释：言“征”不称“在”，言“在”不称“征”。“征在”是孔子母亲的名字，郑玄解释得很清楚，避“征”的讳就不避“在”的讳，避“在”的讳就不避“征”的讳。以此推论，李贺的父亲叫晋肃，只要避了“肃”讳，就可以不避“晋”讳。这是一层意思。第二层意思是“不讳嫌名”，这也有先例，如“禹”与“雨”、“丘”与“蓲”，音相同或相近是不避讳的，那么李贺考进士，虽然“进”与“晋”同音，按先例也是可以不避讳的。韩愈引用礼制、引用经典作为自己辩驳的依据，言之凿凿：“今贺父名晋肃，贺举进士，为犯二名律乎？为犯嫌名律乎？”是呀，李贺参加进士考试，按前人的解释，既没有违反“二名律”，也没有违反“嫌名律”，为什么就不能参加呢？韩愈就此又往前推论了一步，愤愤地说：“父名晋肃，子不得举进士；若父名仁，子不得为人乎？”他说出这话，实在是有太多的不平，既为李贺的遭遇鸣不平，又有对世人过分遵从避讳礼制的不平。

说到这里，韩愈《讳辩》一文的根本意思可谓说完了，这一段是据“律”而辩，随之他行文再生波澜，回头来说古道今，据经史而辩，检讨“避讳”这档子事，看先辈是怎样做的。

先说古代的“避讳”吧。韩愈设问：“夫讳始于何时？”然后自己作答道：

> 作法制以教天下者，非周公、孔子欤？周公作诗不讳，孔子不偏讳二名，《春秋》不讥不讳嫌名。康王钊之孙，实为昭王。曾参之父名皙，曾子不讳“昔”。周之时有骐期，汉之时有杜度，此其子宜如何讳？将讳其嫌，遂讳其姓乎？将不讳其嫌者乎？汉讳武帝名“彻”为“通”，不闻又讳车辙之“辙”为某字也；讳吕后名“雉”为“野鸡”，不闻又讳治天下之“治”为某字也。

这段辩说是据“经史”而论，他在这里设置了一个前提，即“作法制以教天下者，非周公、孔子欤”？这“法制”不是法家崇尚的治国之“法”，而是儒家的礼，韩愈继承儒学的道统，坚执儒学，抬出周公和孔子，要让自己的辩驳更有力量。

韩愈说的“周公作诗不讳”，这诗是《诗经·周颂·雍》的“燕及皇天，克昌厥后”，其“昌”不讳其父名“昌”。周公之父姬昌，时称西伯，后称周文王。还有《诗经·周颂·噫嘻》里的“骏发尔私，终三十里”，不讳其兄名“发”。周公之兄姬发，后称周武王。至于《周颂》的作者是否真的是周公，姑且不论。“孔子不偏讳二名”指的是孔子的母亲名“征在”，孔子讳同时说“征在”，而不讳说“征”不说“在”、说“在”不说“征”，这在前面已说到了。《春秋》素好讥评，既有公开的，又有隐含的。后者把批评寄托在字里行间，被人称为“春秋笔法”。韩愈说，《春秋》没批评不避讳音近的字，有人举例说，如卫桓公名“完”，“完”与“桓”音近，《春秋》没有说什么。随后韩愈说周昭王不避其祖名“钊”，曾子不讳其父名“皙”，还有“骐期”“杜度”又该怎样避讳？如果要避讳，恐怕他们连姓都不能用了。他还说了汉武帝、吕太后不避嫌名，依然是言之凿凿。

韩愈的话还没有完，又以当今之世的事实辩。当今之世的朝廷奏章、皇帝诏书，是按世俗的避讳规则在避讳吗？奏章、诏书里有“浒”“势”“秉”“机”这样的字，用“浒”时，为什么不避唐太祖李虎之名“虎”？用“势”时，为什么不避唐太宗李世民之名“世”？用“秉”时，为什么不避唐世祖李昞之名“昞”？用“机”时，为什么不避唐玄宗李隆基名字中的“基”？只有哪些人在避讳呢？只有宦官、宫妾避讳，因为唐代宗名豫，所以他们不敢称“谕”；因为唐玄宗名“隆基”，所以他们不敢称“机”。韩愈说出这样的话来，显然是看不起宦官、宫妾，这些人在社会上的地位很低。宫妾类同侍女，自不待言，宦官身体亏缺，也很为人瞧不起。西汉时，汉文帝坐车去看母亲，让宦官赵谈陪乘。郎中袁盎上前谏道：“臣闻天子所与共六尺舆者，皆天下豪英，今汉虽乏人，陛下独奈何与刀锯余人载？”① 于是汉文帝笑着令赵谈下车了，而赵谈泪流满面。韩愈没有明说，但在“士君子言语行事，宜何所法守也”里，说士君子当守的是律法、经典、朝章，怎么能够把自己等同于宦官、宫妾呢？韩愈觉得自己的话很有道理，所以他提出：“今考之于经，质之于律，稽之以国家之典，贺

① 司马迁：《史记·袁盎列传》。

举进士为可邪？为不可邪？”他的结论是李贺举进士是完全可以的。不信，有经、有律、有国家典章为证。

从古及今，韩愈的话到这儿又可谓说完了，但他拎起前面的话题，反问道：“凡事父母，得如曾参，可以无讥矣；作人得如周公、孔子，亦可以止矣。”曾参侍奉父母，相传毕恭毕敬，是世人侍奉父母的楷模；周公、孔子是儒家学派的圣人，为后人敬仰。在韩愈的时代有谁做人能够做到他们那样的境界？韩愈这样说，也是基于自己的儒学立场。但曾参、周公、孔子为后人普遍称道，人们以他们为榜样也是真的。既然这样，韩愈说了：“今世之士，不务行曾参、周公、孔子之行，而讳亲之名，则务胜于曾参、周公、孔子，亦见其惑也。”他的意思是，你们这些讲究避讳的人不努力学习曾参、周公和孔子，只求避讳亲人之名，在避讳上超过曾参、周公和孔子，真是糊涂呀！实际上，你们不可能超过曾参、周公、孔子，只是把自己等同于宦官、宫妾，难道“宦者、宫妾之孝于其亲，贤于周公、孔子、曾参者邪”？韩愈十分愤激，说的这些话掷地有声。其实，韩愈在那讲究避讳的时代也不是完全反对避讳，而是说避讳不要过于拘泥，前代圣贤都是如此，我们何苦要自取禁锢呢？所以他对当时要求李贺避讳的人“和而唱之，同然一辞”很不以为然。

二吴对韩愈《讳辩》文法评价很高，他们说韩愈这篇文章：“前分律、经、典三段，后尾抱前，婉畅显快，反反复复，如大海回风，一波未平，一波复起，尽是设疑两可之辞，待智者自择。”[①] 并称道他与别人文法的不同。诚然，《讳辩》写得很好，在设问依据律、经、典作辩驳中，尽显韩愈善辩的风采和为文的波

① 吴楚材、吴调侯：《古文观止》。

澜曲折。但他的善辩不足以改变世俗重避讳，既要避真名，又要避嫌名及二名遍讳的现实，李贺终究因要“避讳”没能参加进士考试，为此忧郁不乐，人生前途也失了光彩。李贺后来做过协律郎，地位卑微，27岁时因病与世长辞。有人说他抑郁而终，与因避讳未能参加进士考试大有关系。

李贺的诗写得很好，欧阳修等人说他，“辞尚奇诡，所得皆惊迈，绝去翰墨畦径，当时无能效者”[①]。这对李贺的诗是很高的评价。李贺因诗而有了史名，这使我想起韩愈评说柳宗元的一句话：“然子厚斥不久，穷不极，虽有出于人，其文学辞章，必不能自力，以致必传于后如今，无疑也。虽使子厚得所愿，为将相于一时，以彼易此，孰得孰失，必有能辨之者。”[②]这话说的是：如果柳宗元不是遭遇贬谪流放的时间长，不是人生失意到了极点，他的文章一定不能达到这样高的境界而流传于后世。如果他人生得意，出将入相，用他将相的显赫来换他的文章流传后世，二者谁是得谁是失呢？韩愈说一定有能明辨的，他没有下结论，但这样设问，结论就在其中了。他认为，即使入仕途官至将相也不及撰写文章传名于后世的好。对李贺来说，是否也是这样呢？

【原文】

讳　辩

愈与李贺书，劝贺举进士。贺举进士有名，与贺争名者毁之，曰：“贺父名晋肃，贺不举进士为是，劝之举者为非。”听者不察

---

① 欧阳修等：《新唐书·李贺传》。

② 韩愈：《柳子厚墓志铭》。

也，和而唱之，同然一辞。皇甫湜曰："若不明白，子与贺且得罪。"愈曰："然。"

律曰："二名不偏讳。"释之者曰："谓若言'征'不称'在'，言'在'不称'征'是也。"律曰："不讳嫌名。"释之者曰："谓若'禹'与'雨'、'丘'与'蓲'之类是也。"今贺父名晋肃，贺举进士，为犯二名律乎？为犯嫌名律乎？父名晋肃，子不得举进士；若父名仁，子不得为人乎？

夫讳始于何时？作法制以教天下者，非周公、孔子欤？周公作诗不讳，孔子不偏讳二名，《春秋》不讥不讳嫌名。康王钊之孙，实为昭王。曾参之父名皙，曾子不讳"昔"。周之时有骐期，汉之时有杜度，此其子宜如何讳？将讳其嫌，遂讳其姓乎？将不讳其嫌者乎？汉讳武帝名"彻"为"通"，不闻又讳车辙之"辙"为某字也；讳吕后名"雉"为"野鸡"，不闻又讳治天下之"治"为某字也。今上章及诏，不闻讳"浒""势""秉""机"也。惟宦官宫妾，乃不敢言"谕"及"机"，以为触犯。士君子言语行事，宜何所法守也？今考之于经，质之于律，稽之以国家之典，贺举进士为可邪？为不可邪？

凡事父母，得如曾参，可以无讥矣；作人得如周公、孔子，亦可以止矣。今世之士，不务行曾参、周公、孔子之行，而讳亲之名，则务胜于曾参、周公、孔子，亦见其惑也。夫周公、孔子、曾参卒不可胜。胜周公、孔子、曾参，乃比于宦者、宫妾，则是宦者、宫妾之孝于其亲，贤于周公、孔子、曾参者邪？

十二、险让自己丧了性命的上书

——《论佛骨表》解读

古代大臣上书，往往会给自己带来人生命运的转折。说起这个来，我们很容易想起战国时秦国李斯给秦王嬴政上的《谏逐客书》，想到西晋李密给晋武帝司马炎上的《陈情表》。前者是李斯在秦国做客卿时，韩国人郑国帮秦国修建水渠，实际上是想以此消耗秦国攻打诸侯的力量，此事被察觉后，秦国宗室大臣以诸侯之人事秦大多为其主而离间秦国为由，“请一切逐客”。李斯本是楚人，固在驱逐之列。于是他上了《谏逐客书》，陈说秦王嬴政不像祖辈重人轻物，奋发图强，而是重物轻人，驱逐宾客以帮助诸侯，这不是跨海内、制诸侯之术，“求国无危，不可得也”。秦王嬴政读罢深有感触，立即下令撤销了驱逐令，恢复李斯的官职。秦统一天下后，李斯官至丞相。后者是李密写给晋武帝司马炎的奏章。晋武帝征召李密为太子洗马，李密陈情，说自己的祖母刘氏已经96岁，“日薄西山，气息奄奄，人命危浅，朝不虑夕”，深情表白“臣无祖母，无以至今日；祖母无臣，无以终余年。母孙二人，更相为命，是以区区不能废远”。晋武帝看到他的奏章后，为他的一片孝心所感动，同意他的请求，并赏赐奴婢二人照顾他的祖母，让他为祖母养老送终后再上朝做官。

这都是很有名的故事，对于李斯和李密来说，因一封上书而改变命运都是人生的幸事。但有的人没有这样的幸运，因为上书而丢官的大有人在，其中就有唐代的韩愈。

韩愈因上书遭贬在其一生中有重要的两次。第一次是唐德宗贞元十九年（803），那时韩愈任监察御史，上《御史台上论天旱人饥状》等，直言天下人因天旱“弃子逐妻以求口食，坼屋伐树以纳税钱”，致使“寒馁道途，毙踣沟壑”。结果权臣愤恨，德宗不纳，把他贬到连州的阳山。第二次是唐宪宗元和十四年（819），宪宗欲从陕西凤翔的法门寺（今属陕西扶风）迎取佛骨舍利供奉宫中，韩愈深不以为然，上《论佛骨表》，一题作《谏迎佛骨表》，结果险些丢了性命，最后在刑部侍郎的任上被贬潮州。这里要说的就是他的《论佛骨表》。

佛教在东汉末年从印度传入中国，魏晋之际玄学兴起，儒、道、释三教渐有融合之势。经南北朝至唐，三教仍相互渗透，一些人在儒家、道家思想之外受佛教的影响是一种常态。韩愈是固执的儒者，他视道、佛为异端，曾在有名的《原道》篇里数说以仁义为核心的儒学道统，力排佛、老。他历数儒学道统的传承轨迹：“尧以是传之舜，舜以是传之禹，禹以是传之汤，汤以是传之文、武、周公，文、武、周公传之孔子，孔子传之孟轲。轲之死，不得其传焉。荀与扬也，择焉而不精，语焉而不详。”他说的“荀”是战国晚年的儒学集大成者荀况，人称荀子；“扬”是西汉时期的扬雄，扬雄是文字学家、辞赋家和思想家。韩愈没说扬雄之后谁继承了儒学道统，北宋欧阳修说扬雄之后能够继承儒学道统的就是韩愈。韩愈以儒者自居，坚定地捍卫儒学道统，甚至说：“不塞不流，不止不行。人其人，火其书，庐其居。”[①] 后面的九个字说得斩钉截铁，意思是要让佛、道之徒还俗，把他们的经书都烧掉，

① 韩愈：《原道》。

把佛寺、道观都改造成民房。难怪在唐宪宗要把佛骨迎到宫中供奉的时候，韩愈挺身而出，激烈反对，《论佛骨表》就是这样问世的。

韩愈视佛是“夷狄之一法”，是他的思想偏见。这一思想对他来说可谓根深蒂固，他在《原道》里也表达过不能将“佛”这一“夷狄之法”凌驾于先王之教上，或说是儒教之上。但他言及佛教在东汉末年流入中国后，忽地把笔宕开，叙说黄帝、少昊、颛顼、帝喾、帝尧、帝舜、夏禹直至周穆王的在位年数和享年多少，这些在较早的历史上并没有明确的记载。《史记·五帝本纪》为黄帝、颛顼、帝喾、帝尧、帝舜作传，都没有提到他们在位多少年，活了多少岁。后来西晋的皇甫谧作《帝王世纪》，提到上述这些帝王的在位年数与享年的情况。他们的在位年数也好，享年也好，实际上都被夸大了，何曾真有“黄帝在位百年，年百一十岁”，“帝尧在位九十八年，年百一十八岁”这样的事呢？而韩愈要借此说明一个道理，这些帝王居位长久，生命长久，“非因事佛而致然也”。因为那时候佛教没有进入中国，也就无帝王事佛之事。这些叙说看似平淡，实际上隐含了韩愈说理的尖锐锋芒。唐宪宗事佛想的就是能长命百岁，而韩愈说，不事佛实际上是可以长寿的，不信请陛下看看历史。

韩愈转而审视佛教流入中国以后的状态，他陈述了汉明帝开始到南北朝事佛的帝王史或者说是王朝史，这是怎样的情形呢？汉明帝刘庄，只活了48岁，在位18年，他将佛教引入中国，使佛教在中原传播开来。但他年岁不永，并没有因为接受了佛教而得益。汉明帝之后，从章帝、和帝、殇帝、安帝、顺帝直到献帝的这一时期里，东汉朝廷的宦官与外戚交相争斗，你死我活，导致帝王一再更替。果真是“乱亡相继，运祚不长”。韩愈把这一时期朝廷残酷的政治斗争归结为事佛所致，也不符合历史事实。从客观上看，东汉以后的朝代都“运祚不长”，如西晋 52 年，东晋 103 年，南朝宋 59 年，南齐 23 年，南梁 55 年，南陈 32 年，最长的元魏即北魏 148 年。其中除了梁武帝在位 48 年外，其他朝代的帝王居位的时间都不长，所以韩愈说它们“事佛渐谨，年代尤促”。这些朝代中，以南梁和北魏礼佛风气最盛，且不说南梁，北齐魏收作《魏书·释老志》说北魏佛、道之事，北魏杨炫之作《洛阳伽蓝记》记北魏都城洛阳的佛寺盛况，事佛为一时之极。其他帝王居位时间不长，故韩愈不论，而专说南梁在位 48 年的梁武帝。

清·姚文翰《梁武帝真像》

梁武帝萧衍（464—549），字叔达，南兰陵（今江苏丹阳）人，史称他博学多通，有文武才干。初为齐雍州刺史，封梁王，南齐和帝中兴二年（502）接受禅让称帝，国号梁。他原本善骑射弓马，勤政不怠，又笃学，好儒而佞佛，其好儒是身为帝王的治天下之术，而佞佛则是修身养性之法。他曾皈依佛教，讲经说法，广建佛寺，盛造佛像，且身体力行，多次舍身同泰寺，戒酒肉和女色，鼓励向佛，甚至“宗庙之祭，不用牲牢，昼日一食，止于菜果”。他对佛教这样痴迷，所以人们称他为“菩萨皇帝”。这使当时的无神论者范缜深切忧虑并激烈批评，范缜说“浮屠害政，桑门蠹俗”。只因那时“家家弃其亲爱，人人绝其嗣续，致使兵挫于行间，吏空于官府，粟罄于惰游，货殚于泥木”[1]。朝政松弛，部将侯景叛乱，梁都城建康（今江苏南京）沦陷，梁武帝萧衍饿死在台城。这场史称“侯景之乱”的叛乱四年后方得平定，而信佛成风的梁朝也渐趋衰微。果真是“事佛求福，乃更得祸”。韩愈进而得出结论：“由此观之，佛不足事，亦可知矣。”

韩愈随之和缓语气，说唐高祖李渊接受隋恭帝的禅让，称帝建立大唐王朝之后，本想取缔佛教，只是由于那时的大臣目光短浅，不能洞晓先王之道、古今所宜，用先王圣明革佛教之弊，以致这事就放下来了。他称唐宪宗为“睿圣文武皇帝陛下”，这“睿圣文武皇帝”是元和三年（808）群臣给宪宗上的尊号，接着说他“神圣英武，数千百年已来，未有伦比”。这是对宪宗中兴或说“元和中兴”的赞誉，遗憾的是唐宪宗和唐玄宗一样，善始而不能善终。韩愈在这里特别说的是宪宗对佛教的态度，他说您宪宗皇帝“即位之初，即不许度人为僧尼、道士，又不许创立寺观”，不是继承了高祖之志吗？谁想到您改弦更张，走到事佛的路上去了呢？退一步说，您就是不能继承高祖之志，也不能够推动佛教走向兴盛呀！

唐宪宗晚年不再奋发，他在位15年，只活了42岁，正当风华正茂、大有可为的时候却死去了。他痴迷于佛、道，最后据说竟死于宦官陈弘志之手，也是莫大的悲剧。唐宪宗一生多次迎取佛骨到宫中供奉，元和十四年（819），宪宗让中使杜英奇率三十多位宫人，拿着香花，前往凤翔的法门寺迎请佛骨舍利到京城长安的皇宫，同时有群僧相随，又带动诸寺、众生供奉，成一时盛况，韩愈忧心不已。他对宪宗皇帝说：“臣虽至愚，必知陛下不

---

① 范缜：《神灭论》。

惑于佛，作此崇奉，以祈福祥也。直以年丰人乐，徇人之心，为京都士庶设诡异之观、戏玩之具耳。安有圣明若此，而肯信此等事哉！”这话说得有些微妙。本来唐宪宗是惑于佛的，是希望崇奉佛骨以祈求福瑞祥和的，但韩愈正话反说，说唐宪宗并无此意，不过是在年成很好、百姓高兴的时候，顺从民心，把迎佛骨到宫中供奉当作是“诡异之观、戏玩之具”，率大众游乐一场而已。这和韩愈称佛教为“夷狄之法”一样，亦可见他对佛教的轻蔑态度。

韩愈说，他知道陛下是这样，但“愚蠢冥顽”的百姓不知道，看到陛下迎佛骨供奉宫中，认为陛下是真心事佛，于是会说天子圣明都一心敬信，他们这些小民百姓难道不应该舍性命以供奉吗？于是会出现“焚顶烧指，百十为群，解衣散钱，自朝至暮。转相仿效，惟恐后时，老少奔波，弃其业次”的局面，长此以往，“必有断臂脔身以为供养者”。韩愈后一句话是对百姓弃其生业，为事佛而焚顶烧指、解衣散钱现象的推断，在这一推断中，看似一件小事的迎供佛骨，令他的忧心更甚，明言“伤风败俗，传笑四方，非细事也”。韩愈是主张用儒家思想治理天下的，宪宗此举，在他看来会导致严重的社会问题，与他治理国家的思想完全背离，当他说出事佛会伤风败俗的时候，内心是相当沉重的。

上面提到韩愈的《原道》，展示了他斥佛不留余地的一面。但在这篇给宪宗的上书中，他对佛教的态度稍有不同。他说佛虽然不道先王之言，不履先王之行，不懂先王的君臣之义、父子之情，但是，如果他们健在，奉国命来朝京师，也可以给他们相应的礼遇，“宣政一见，礼宾一设，赐衣一袭，卫而出之于境”。这样就足够了，不要让他们以佛法迷惑大众。对于佛教、佛法，从韩愈现存的著述来看，他并没有精深的研究，他斥佛是基于执着儒学道统的朴素立场。这番看起来还算客气的话，随后又被他所说的“况其身死已久，枯朽之骨，凶秽之余，岂宜令入宫禁”给粉碎了。他说：陛下不是要祈福吗？祈福也当是令巫祝之人先用桃杖和扫帚祓除不祥，再进行祭吊。可陛下既不用巫祝，又不用桃杖和扫帚，群臣都奉承陛下，有过错也不直言。他们不以为耻辱，韩愈是以为耻辱的；他们不说，韩愈是按捺不住要有话直说的。

韩愈出身孤苦，是靠自己勤奋向学中进士后进入仕途的，为官并不容易。但他素来敢于仗义执言，不以自己所任官职为念。他劝唐宪宗说，这佛骨舍利就别供奉了，最好的处置办法是“以此骨付之有司，投诸水火，永绝根本，断天下之疑，绝后代之惑”。他要彻底舍弃佛骨舍利，断了人们的念想，让人们不为佛所迷惑。如果能这样做，那会“使天下之人，知大圣人之所作为，出于寻常万万也，岂不盛哉！岂不快哉”！这样做，似乎也顾全了唐宪宗的脸面。最后，他不忘说了一句：“佛如有灵，能作祸祟，凡有殃咎，宜加臣身。上天鉴临，臣不怨悔。”韩愈是排佛、斥佛的，他说如排佛、斥佛会带来灾祸，所有的灾祸他一人来承担，无论将会遭遇什么，他都无怨无悔。《论佛骨表》写到这里，韩愈排佛、斥佛的果决和对宪宗皇帝的忠诚都在字里行间涌动。他的话语倾注了可舍弃性命以报天下和君王的情感，唐宪宗初读他的上书，为其所动，但不是放弃自己佞佛的行为，而是大发雷霆，要夺韩愈性命。

唐宪宗最恼怒的是韩愈在这封奏章中，说东汉后期至唐以前各朝年代不长，帝王寿命短促。居帝王高位者，谁不想延年益寿，统治久长？可韩愈说事佛将不得久长。《旧唐书·韩愈传》记载：“疏奏，宪宗怒甚。间一日，出疏以示宰臣，将加极法。裴度、崔群奏曰：‘韩愈上忤尊听，诚宜得罪，然而非内怀忠恳，不避黜责，岂能至此。伏乞稍赐宽容，以来谏者。’上曰：‘愈言我奉佛太过，我犹为容之。至谓东汉奉佛之后，帝王咸致夭促，何言之乖剌也？愈为人臣，敢尔狂妄，固不可赦。’”唐宪宗不愿宽恕韩愈，是因韩愈在实际上诅咒了他事佛也将短命，没想到韩愈一语成谶，第二年宪宗就命丧黄泉了。当时，唐宪宗在愤怒之下，恨不得马上砍了韩愈的脑袋，所幸宰相裴度等人为韩愈求情，说韩愈言有冒犯，但本心忠诚，陛下只有宽容他，以后才有人敢说话，不然就堵了言路。宪宗这才退让一步，把韩愈贬为潮州刺史，解他一时的心头之恨。

韩愈被贬赴潮州时，走到陕西蓝田关，写了一首广为传诵的诗，题为《左迁至蓝关示侄孙湘》，全诗如下：

> 一封朝奏九重天，夕贬潮州路八千。
> 欲为圣明除弊事，肯将衰朽惜残年！
> 云横秦岭家何在？雪拥蓝关马不前。
> 知汝远来应有意，好收吾骨瘴江边。

在这首诗里，韩愈诉说自己谏迎佛骨供奉宫中的基本动机，没有想到竟是被贬潮州的下场。他想到潮州地处偏僻，瘴气浓厚，想必有去无回了，于是对侄儿韩湘说：“到时候你来为我办理后事吧。”这年已经52岁的韩愈心里很悲戚，也很无奈。他到潮州后依循旧例写了《潮州刺史谢上表》，除了感谢宪宗皇帝的不杀之恩外，特别说道：“州南近界，涨海连天，毒雾瘴氛，日夕发作。臣少多病，年才五十，发白齿落，理不久长；加以罪犯至重，所处又极远恶，忧惶惭悸，死亡无日。单立一身，朝无亲党，居蛮夷之地，与魑魅为群，苟非陛下哀而念之，谁肯为臣言者？”他自呈哀情，说潮州的环境恶劣，自己的身体非常不好，按理活不长久，况且内心又惶恐不安，不知道在哪一天会死在潮州。在这种时候，没有谁能够救他，恳请宪宗开恩赦免。为此还毫不掩饰地表白道：“臣受性愚陋，人事多所不通，惟酷好学问文章，未尝一日暂废，实为时辈所见推许。臣于当时之文，亦未有过人者。至于论述陛下功德，与《诗》《书》相表里；作为歌诗，荐之郊庙；纪泰山之封，镂白玉之牒；铺张对天之闳休，扬厉无前之伟迹；编之乎《诗》《书》之策而无愧，措之乎天地之间而无亏。虽使古人复生，臣亦未肯多让！”这番乞怜求用，细数自己的文学才能和作用，把自己所作诗文与《诗》《书》相较，实在是很自得的。韩愈低三下四地表示愿意为文颂圣以尽忠，着实又显出他性格中懦弱的一面。

唐宪宗看了这封谢表之后，真正地感动了，想一想韩愈的谏言，心生悔意，对身边的大臣说：“昨得韩愈到潮州表，因思其所谏佛骨事，大是爱我，我岂不知？然愈为人臣，不当言人主事佛乃年促也。我以是恶其容易。”这“容易”是放肆之意，宪宗说，是韩愈言辞过于放肆，所以他发火了。他想重新启用韩愈，却遭一向讨厌韩愈性情狷直的皇甫镈反对，只得作罢。第二年，也就是元和十五年（820），宪宗才征召韩愈为国子祭酒，让韩愈离开潮州，回到长安。但这番遭遇并没有改变韩愈不信佛教的思想，他给工部尚书孟简的信中谈到，有人说他在潮州时与一老僧交往，他坦言曾与这老僧倾心交谈，但只是人之常情，并没有信其法而求福田之意。并说：“凡君子行己立身，自有法度。圣贤事业，具在方册，可效可师。仰不愧天，俯不愧人，内不愧心。积善积恶，殃庆自各以其类至。何有去圣人之道，舍先王之法，而从夷狄之教，以求福利也。”[1]韩愈依然故我，这些当然是后话了。

【原文】

论佛骨表

臣某言：伏以佛者，夷狄之一法耳。自后汉时始流入中国，上古未尝有也。昔者黄帝在位百年，年百一十岁；少昊在位八十年，年百岁；颛顼在位七十九年，年九十八岁；帝喾在位七十年，年百五岁；帝尧在位九十八年，年百一十八岁；帝舜及禹，年皆百岁。此时天下太平，百姓安乐寿考，然而中国未有佛也。其后，殷汤亦年百岁，汤孙太戊在位七十五年，武丁在位五十九年，书史不言其年寿所极，推其年数，盖亦俱不减百岁。周文王年九十七岁，武王年九十三岁，穆王在位百年。此时佛法亦未入中国，非因事佛而致然也。

汉明帝时始有佛法，明帝在位才十八年耳。其后乱亡相继，运祚不长。宋、齐、梁、陈、元魏已下，事佛渐谨，年代尤促。惟梁武帝在位四十八年，前后三度舍身施佛，宗庙之祭，不用牲牢，昼日一食，止于菜果。其后竟为侯景所逼，饿死台城，国亦寻灭。事佛求福，乃更得祸。由此观之，佛不足事，亦可知矣。

高祖始受隋禅，则议除之。当时群臣材识不远，不能深知先王之道、古今之宜，推阐圣明，以救斯弊，其事遂止。臣常恨焉！伏惟睿圣文武皇帝陛下，神圣英武，数千百年已来，未有伦比。即位之初，即不许度人为僧尼、道士，又不许创立寺观。臣常以为高祖之志，必行于陛下之手。今纵未能即行，岂可恣之转令盛也！

---

① 韩愈:《与孟尚书书》。

今闻陛下令群僧迎佛骨于凤翔，御楼以观，舁入大内，又令诸寺递迎供养。臣虽至愚，必知陛下不惑于佛，作此崇奉，以祈福祥也。直以年丰人乐，徇人之心，为京都士庶设诡异之观、戏玩之具耳。安有圣明若此，而肯信此等事哉！然百姓愚冥，易惑难晓，苟见陛下如此，将谓真心事佛。皆云："天子大圣，犹一心敬信；百姓何人，岂合更惜身命！"焚顶烧指，百十为群，解衣散钱，自朝至暮。转相仿效，惟恐后时，老少奔波，弃其业次。若不即加禁遏，更历诸寺，必有断臂脔身以为供养者。伤风败俗，传笑四方，非细事也。

夫佛本夷狄之人，与中国言语不通，衣服殊制。口不言先王之法言，身不服先王之法服，不知君臣之义、父子之情。假如其身至今尚在，奉其国命，来朝京师，陛下容而接之，不过宣政一见，礼宾一设，赐衣一袭，卫而出之于境，不令惑众也。况其身死已久，枯朽之骨，凶秽之余，岂宜令入宫禁？孔子曰："敬鬼神而远之。"古之诸侯行吊于其国，尚令巫祝先以桃茢祓除不祥，然后进吊。今无故取朽秽之物，亲临观之，巫祝不先，桃茢不用，群臣不言其非，御史不举其失，臣实耻之。乞以此骨付之有司，投诸水火，永绝根本，断天下之疑，绝后代之惑。使天下之人，知大圣人之所作为，出于寻常万万也，岂不盛哉！岂不快哉！佛如有灵，能作祸祟，凡有殃咎，宜加臣身。上天鉴临，臣不怨悔。无任感激恳悃之至，谨奉表以闻。臣某诚惶诚恐。

第二章

柳宗元的散文世界

【柳宗元小传】

柳宗元（773—819），字子厚，祖籍河东，故世称“柳河东”。少随父柳镇居长安，聪颖且有奇名。贞元五年（789），年十七，应进士举未中，贞元九年（793）登第。贞元十二年（796），娶弘农杨氏。贞元十四年（798）中博学宏词科，授集贤殿正字。当此之时，宗元意气风发，“俊杰廉悍，议论证据今古，出入经史百子，踔厉风发，率常屈其座人，名声大振，一时皆慕与之交。诸公要人，争欲令出我门下，交口荐誉之”[①]。而宗元那时被人称为“疏狂人”。贞元十五年（799），妻杨氏卒。

贞元十七年（801），从集贤殿正字调任蓝田尉。贞元十九年（803），迁监察御史里行。贞元二十一年（805），唐顺宗即位，宗元升任尚书礼部员外郎。顺宗用越州山阴（今浙江绍兴）人王叔文力除弊政，柳宗元、刘禹锡等人与王叔文过从亲密，有“定为死交”之说，辅佐叔文进行永贞革新。顺宗八月内禅，让位给唐宪宗，改年号为元和。随之，王叔文革新失败，柳宗元等人大受牵连，九月被贬为邵州刺史。未至，十一月改贬永州司马。同贬有八人，故史称“八司马事件”。年底，至永州，老母及堂弟柳宗直等同行。在永州曾感叹：“茕茕予立，未有子息，荒隅中少

① 韩愈:《柳子厚墓志铭》。

士人女子，无与为婚，世亦不肯与罪大者亲昵。”[①] 后续娶。

在永州好著述与游山水，初曾撰《吊屈原文》，借哀悼屈原而自伤；又因患脚气症，心情抑郁。所幸无事时可读百家书，自喜“上下驰骋，乃少得知文章利病”[②]。又好议时政，游山水，虑及不得志于今，当取贵于后，故著述甚丰。韩愈说他“居闲，益自刻苦，务记览，为词章，泛滥停蓄，为深博无涯涘，而自肆于山水间”[③]。信然。只是不好为人师，人求之则教。

元和十年（815）元月，奉诏回长安，三月即受任为柳州刺史，曾怜悯老友刘禹锡携老母赴生活环境更艰苦的播州任刺史，欲以柳易播。在柳州，施行礼法教化，且因俗理政，革弊惠民，为百姓拥戴，人称“柳柳州”。元和十四年（819）十一月，病卒于柳州，享年 47 岁，死后葬于西安万年。韩愈深悼之，为作《柳子厚墓志铭》，感慨柳宗元生为将相于一时，终不及以文学辞章自传于后世。宗元古文与韩愈齐名，人称“韩柳”。

有《河东先生集》传世。

---

① 柳宗元：《寄许京兆孟容书》。

② 柳宗元：《与杨京兆凭书》。

③ 韩愈：《柳子厚墓志铭》。

一、与万化冥合的西山宴游

——《始得西山宴游记》解读

柳宗元被贬永州，有位友人从长安到永州看望他，原以为他遭贬谪情绪低落，没有想到他神情浩然，若无其事。因此这位友人说：“我本来是想安慰你的，现在见你如此通达，倒想改安慰为祝贺了。”柳宗元说：“你以神情浩然祝贺我，我怎么能够承受得了呢？”“嘻笑之怒，甚乎裂眦；长歌之哀，过乎恸哭。庸讵知吾之浩浩非戚戚之尤者乎？”[①]这话很有意思，他说“裂眦”是怒，“嘻笑”可能是大怒；“恸哭”是哀痛，“长歌”可能是大哀痛。人们的情感有不同的表现形式，以“嘻笑”示怒，以“长歌”示哀，在生活中是常有的情形。据此推理，柳宗元的处世浩然，表面平静，内蕴的可能是大悲戚。这是他自己说的。

在永州，最能彰显他神情浩然的辞章是山水游记。虽说他在永州写的山水游记最有名的是“永州八记”，另外还有《永州韦使君新堂记》《零陵三亭记》《永州龙兴寺东丘记》《永州法华寺新作西亭记》《游黄溪记》等。就是《愚溪诗序》这样非游记的篇什，也有相当多的游记内容。就这一类散文篇章论，当然最应当评说的是“永州八记”，即《始得西山宴游记》《钴鉧潭记》《钴鉧潭西小丘记》《至小丘西小石潭记》《袁家渴记》《石渠记》《石

① 柳宗元:《对贺者》。

涧记》和《小石城山记》。他在“永州八记”中，对这些游记写作的先后有所交代，如说“钴鉧潭，在西山西”，“得西山后八日，寻山口西北道二百步，又得钴鉧潭”①。类似的记叙在其他四篇游记中也有出现，构成他永州山水游的基本线索。有趣的是，柳宗元还有《八愚诗》（已亡佚），对这“八愚”的表述，《愚溪诗序》说过这样一段话：“愚溪之上，买小丘为愚丘。自愚丘东北行六十步，得泉焉，又买居之，为愚泉。愚泉凡六穴，皆出山下平地，盖上出也。合流屈曲而南，为愚沟。遂负土累石，塞其隘，为愚池。愚池之东为愚堂，其南为愚亭，池之中为愚岛。”愚溪、愚丘、愚泉、愚沟、愚池、愚堂、愚亭、愚岛，也是以所游先后为序的。

“永州八记”的首篇是《始得西山宴游记》，柳宗元在文尾有交代，这篇文章作于唐宪宗元和四年（809），这一年他37岁，已是被流贬永州的第五年。这一年，他写了一些内心很不平静的文章，如《寄许京兆孟容书》《梦归赋》。他在前者中诉说自己的遭遇，在朝廷时“很忤贵近，狂疏缪戾，蹈不测之辜，群言沸腾，鬼神交怒”，这实在是他欲兴尧、舜、孔子之道而安百姓时所没有想到的，他成为众矢之的，孤立于朝可想而知。在永州时，“茕茕予立，未有子息，荒隅中少士人女子，无与为婚，世亦不肯与罪大者亲昵”，这自然是另一种孤立。古训说的“不孝有三，无后为大”，他夫人杨氏在贞元十五年（799）年病逝以后，他一时没有续娶，也没有子女。而在后者中，他不能回到故乡而梦回故乡，想到故乡“原田芜秽兮，峥嵘榛棘；乔木摧解兮，垣庐不饰”，这该有怎样的悲愤与哀痛呢？汉乐府有一首《十五从军征》，说有一人15岁从军，80岁归来，归来时亲人全已辞世，家乡早已荒凉，“兔从狗窦入，雉从梁上飞。

① 柳宗元：《钴鉧潭西小丘记》。

中庭生旅谷，井上生旅葵”。柳宗元所说，与这里的景象倒是十分相似。但这没有影响他的游山水之乐，当他把自己融入自然风物的时候，似乎所有的悲愤与哀痛都不存在了。不妨看看他“永州八记”的代表作《始得西山宴游记》。这篇文章开头写道：

> 自余为僇人，居是州，恒惴栗。其隙也，则施施而行，漫漫而游。日与其徒上高山，入深林，穷回溪，幽泉怪石，无远不到。到则披草而坐，倾壶而醉。醉则更相枕以卧，卧而梦。意有所极，梦亦同趣。觉而起，起而归。以为凡是州之山水有异态者，皆我有也，而未始知西山之怪特。

这里说他未得西山之前在永州的生活，所叙说的“自余为僇人，居是州，恒惴栗”，明白道出自己因罪被贬，正是这“罪”，让他在永州“恒惴栗”，心怀恐惧。这在他同时写的诗歌里也有表现，如“窜伏常战栗，怀故逾悲辛”[①]，意在不知灾祸何时会降临。这大概是流贬荒远之人都有的心理，唯恐生活再有不测。但他在这里以“其隙也”彰显了紧绷“惴栗”之外的另一种生活和心态，在那没有恐惧不安的时候，他慢慢地、悠然随性地观光山水，无疑让人看到了另一个柳宗元。这时候，我们能够看到的是他浓郁的游兴与快意，这“日与其徒上高山，入深林，穷回溪，幽泉怪石，无远不到”的尽性而游，让人想到南朝宋代的谢灵运。谢灵运任永嘉太守时，曾率数百僮仆门生，“凿山浚湖，功役无已。寻山陟岭，必造幽峻，岩嶂千重，莫不备尽”[②]。他率众游到临海

① 柳宗元：《种白蘘荷》其二。

② 沈约：《宋书·谢灵运列传》。

时，曾弄得临海太守以为是山贼而惊慌不已。

柳宗元“无远不到”的永州山水游，是他赋闲时的心性所之，也是他能得永州八景而为“八记”的基础。游玩之时，他好一幅闲适模样：“到则披草而坐，倾壶而醉。醉则更相枕以卧，卧而梦。意有所极，梦亦同趣。觉而起，起而归。”这坐、醉、卧、梦、觉、起、归的一连串行为，凸现出他在山水之间的自由与自然生活。在这里没有任何管束，欲醉则醉，欲卧则卧，欲起则起，欲归则归。尤其是醒时之思虑与睡时之梦想居然“同趣”，固然应了人们常说的日有所思、夜有所梦，表现的却是自我行为与思想的高度吻合。柳宗元后来在《愚溪诗序》里说自己在愚溪“超鸿蒙，混希夷”，用《庄子·在宥》“云将东游，过扶摇之枝而适遭鸿蒙”的“鸿蒙”即元气，以及老子《道德经》第十四章“视之不见名曰夷，听之不闻名曰希”的“希夷”即“道”，表示自己与自然相融合，所思所梦只是理论上对自然的认同，而这里的山水游则是行为上的认同。

北宋苏轼在《前赤壁赋》里，与友人游赤壁而有人生短暂、生命渺小的快意思考。他乐于拥有山水，并在最后说道：“且夫天地之间，物各有主，苟非吾之所有，虽一毫而莫取。惟江上之清风，与山间之明月，耳得之而为声，目遇之而成色，取之无禁，用之不竭。是造物者之无尽藏也，而吾与子之所共适。”当同游的友人听了他说的这番话，和他一起有下面的表现：“客喜而笑，洗盏更酌。肴核既尽，杯盘狼藉。相与枕藉乎舟中，不知东方之既白。”这一段叙说可以和柳宗元游于山水之间的行为参照起来读，柳宗元的做派和感受，何尝不是如此？他何尝不是在与友人“共适”，在消受“造物者之无尽藏”呢？只是他的叙说不及苏轼的表达富有诗意和哲理。在消受自然时，融己于自然是不得意文人的通则，苏轼的所想所为，曾是柳宗元的所想所为，而柳宗元的所想所为，在东汉张衡的《归田赋》里就有表现，无一不是张衡说的“纵心物外”所致。

柳宗元纵情山水，说在永州“以为凡是州之山水有异态者，皆我有也”。这皆我所有是他“以为”的，说明他乐于寻游永州的奇山异水，殊不知还是很有局限，还没有见到“永州八记”中的另外永州七景和愚溪八景。“而未始知西山之怪特”，是因为人迹罕至。他后来贬柳州时写过一篇《桂州裴中丞作訾家洲亭记》，其中说“昔之遗胜概者，必于深山穷谷，人罕能至”。这话后来被北宋王安石在《游褒禅山记》里演绎为“世之奇伟、瑰怪、非常之观，常在于险远，而人之所罕至焉”。就此，柳宗元的“未知西山之怪特”，照应了他刚说的享有永州异态山水的偏失，又为下文具言“西山怪特”做了铺垫。

柳宗元写过一篇《永州法华寺新作西亭记》，说法华寺在永州所处的地势最高，寺内的僧人觉照与柳宗元交好，觉照住在法华寺的西院，院周有翠竹数万，外山也是竹木丛生，遮蔽了视野。柳宗元建议砍伐这些竹木，也许能够看到更多的美景。觉照欣然同意，于是令仆人用刀斧一顿砍伐，果然眼前一片开阔，天更高，地更宽，丘陵更高耸，山谷更峻峭，江湖更浩大。见此美景，柳宗元用做永州司马的薪俸，建了法华寺西亭。西山的发现是在西亭建成之后的元和四年（809）九月二十八日，那天他坐在法华寺西亭观赏四周景色，看到了西山，感到西山和周边一般的山不同。于是派仆人渡过湘江，缘着“染溪”即冉溪，也就是后来被柳宗元更名的“愚溪”而行，砍去荆棘杂木，烧掉杂草，然后登上西山。这时柳宗元说“箕踞而遨，则凡数州之土壤，皆在衽席之下”。这“箕踞”是盘腿而坐，形似簸箕，虽随意，但显傲慢。柳宗元用“箕踞”这个词，让人感到此刻他的自得自乐，所谓凡数州土壤都在他的座席之下，一则可见西山之高，二则可感受到他欣赏美景的满足。孔子“登东山而小鲁，登泰山而小天下”①，这时的柳宗元似乎有登西山而小众山甚至小数州的感觉，胸襟豁然开阔。

西山的景色开始呈现，不过，《始得西山宴游记》对西山景色的描写只有下面数语：

> 其高下之势，岈然洼然，若垤若穴，尺寸千里，攒蹙累积，莫得遁隐。萦青缭白，外与天际，四望如一。

这是说永州西山的山势错落不齐，时而高耸，时而低洼。高的像蚂蚁垒起的土堆，低的像蚂蚁的洞穴，尺寸之间，相距千里，攒簇聚积，清清楚楚，没有哪一点可以隐藏。而青山萦回、白水缭绕，与天际相接，四周眺望，风景如一。原来，这西山在众山的环抱中，山与水，天与地，相融成一幅美丽的山水图画。柳宗元很善于状景，往往寥寥数笔即显奇妙。如写钴鉧潭西小丘上的石头：“其石之突怒偃蹇，负土而出，争为奇状者，殆不可数。其嵚然相累而下者，若牛马之饮于溪；其

明·沈周《青绿山水图》

① 《孟子·尽心上》。

冲然角列而上者，若熊罴之登于山。”[①] 把静态之石写得很有动感，比拟之下栩栩如生。又如写小丘西小石潭里的鱼：“潭中鱼可百许头，皆若空游无所依。日光下澈，影布石上，佁然不动，俶尔远逝，往来翕忽，似与游者相乐。”[②] 把动态之鱼写得或安静或欢快，读来愉悦之感油然而生。对西山的这番观赏，让他觉得“是山之特立，不与培塿为类”。“培塿”这里指的是小土丘，既然登西山觉数州都在他的座席之下，那么西山之高就不是其他山丘可比的了。

话说回来，一般的游记之文重景色描写，“永州八记”均为短章，应不妨碍景色描写是篇中浓笔。但其他七记也都像《始得西山宴游记》一样，写景虽然清新别致，却都用的是富有文采的简笔，给人强烈的画面感，犹若身临其境。而文章的重心倒在他游山所感。随后，他说了自己游西山的心情：

悠悠乎与颢气俱，而莫得其涯；洋洋乎与造物者游，而不知其所穷。引觞满酌，颓然就醉，不知日之入。苍然暮色，自远而至，至无所见，而犹不欲归。心凝形释，与万化冥合。

这番感受写得很艺术，又深富韵味。他说自己在西山之上，沉浸在西山的美景中，忽然觉得自己悠然与天地间的浩然之气相融为一，飘呀飘，不知道哪儿是边际；漫无目标地与天地游，不知道哪儿是穷尽。这所谓的“莫得其涯”“不知其所穷”，不仅是空间没有穷尽，而且也是时间没有穷尽。柳宗元这种心灵感受很

① 柳宗元：《钴鉧潭西小丘记》。

② 柳宗元：《至小丘西小石潭记》。

有飘然若仙的意味，同时又像是庄子式的“逍遥游”，即顺应天地的自然精神，驾驭阴、阳、晦、明、风、雨六种变化，无所依靠地游于无穷时空的“逍遥游”。他陶醉于自然，难以自抑，以酒尽兴，以致“颓然就醉”，不知太阳西落，暮色苍茫，眼前只有暮色而不见其他。尽管如此，柳宗元说自己还不想回去，从而进入“心凝形释，与万化冥合”的境界。到这时候，柳宗元“丧失”了自我，自然也就不知外部世界，这是庄子“心斋”“坐忘”式的修炼之后的“吾丧我”，不再有世俗的名利纠结，也不再有被贬永州的忧郁愁思。于是他又说：“然后知吾向之未始游，游于是乎始。”他经过西山游的洗礼，获得了新生。文章开头说的“自余为僇人，居是州，恒惴栗”的“惴栗”感完全消解了。这种精神状态他后来在《钴鉧潭西小丘记》里也呈现过，那是说他在小丘之下“枕席而卧，则清泠之状与目谋，瀯瀯之声与耳谋，悠然而虚者与神谋，渊然而静者与心谋”，他真的与自然相与为一了。

这里还要交代一下的是，这篇文章题为《始得西山宴游记》，“宴游”之“宴”，全借“引觞满酌，颓然就醉”来体现。这八个字的高度概括，既点题，又让人得知他们在西山之上的兴致之高，酣饮之甚。柳宗元说，因为西山游之乐，感到真正的游于自然而融入自然，“故为之文以志”，这是他对遭遇流贬的积极抗争。流贬本意是要使遭流贬者在艰难困苦中反省自新，但权势者所想未能够实现。柳宗元在这里说，永州的生活让他有了新的人生，他与山水相融而得自然之乐，固然性情有所改变，却不是对遭贬的反省自新，他含蓄地告诉人们：“我依旧是从前的柳宗元。”

柳宗元曾说：“夫美不自美，因人而彰。兰亭也，不遭右军，则清湍修竹，芜没于空山矣。是亭也，僻介闽岭，佳境罕到，不书所作，使盛迹郁湮，是贻林间之愧。故志之。”[1]柳中丞是他的堂兄柳宽，时为邕州（今广西南宁）中丞，元和六年（811）曾在邕州马退山的南面建新亭，柳宗元为之作记。他说浙江会稽（今浙江绍兴）的兰亭因右军即王羲之的《兰亭集序》而美名远扬，希望马退山也会因柳宽的新亭而为人记取。相应地，永州西山也因为柳宗元这篇《始得西山宴游记》而有名，生活就是有如此相似的一面。

【原文】

始得西山宴游记

自余为僇人，居是州，恒惴栗。其隙也，则施施而行，漫漫而游，日与其徒上高山，入深林，穷回溪，幽泉怪石，无远不到。到则披草而坐，倾壶而醉。醉则更相枕以卧，卧而梦。意有所极，梦亦同趣。觉而起，起而归。以为凡是州之山水有异态者，皆我有也，而未始知西山之怪特。

今年九月二十八日，因坐法华西亭，望西山，始指异之。遂命仆人过湘江，缘染溪，斫榛莽，焚茅茷，穷山之高而上。攀援而登，箕踞而遨，则凡数州之土壤，皆在衽席之下。其高下之势，岈然洼然，若垤若穴，尺寸千里，攒蹙累积，莫得遁隐。萦青缭白，外与天际，四望如一。然后知是山之特立，不与培塿为类。悠悠乎与颢气俱，而莫得其涯；洋洋乎与造物者游，而不知其所穷。引觞满酌，颓然就醉，不知日之入。苍然暮色，自远而至，至无所见，而犹不欲归。心凝形释，与万化冥合。然后知吾向之未始游，游于是乎始。故为之文以志。是岁，元和四年也。

---

① 柳宗元：《邕州柳中丞作马退山茅亭记》。

二、一个工匠带来的启示

——《梓人传》解读

以百姓之事，说为官之事，是柳宗元常用的笔法，《梓人传》就是如此，后来写的《种树郭橐驼传》也是如此。关于“梓人”，柳宗元在这篇传记后有交代，说“梓人，盖古之审曲面势者，今谓之都料匠”。这“都料匠”就是俗话说的营造师，或者说总工匠，是在芸芸众生中不显山不露水的人。他为这样的人立传，一定会有显山露水的地方。以致这样的人物传记是凡人奇传，看似平凡的人、平凡的事，却有异样的光彩，让人沉思喟叹。不过，看似写得很实的《种树郭橐驼传》有浓厚的寓言色彩，而《梓人传》所说，当是柳宗元亲历的事。

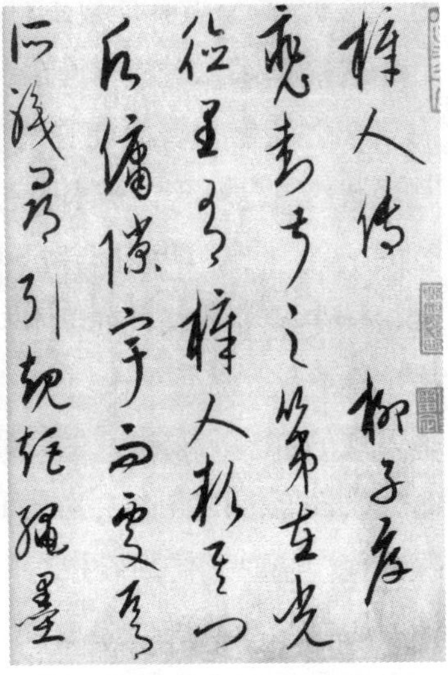
元·康里巎巎草书《梓人传》局部

柳宗元那时住在京城光德里裴封叔家里，这“裴封叔”即裴瑾，是柳宗元的姐夫，听说在长安做过县令。一天，有位姓杨名潜的木匠来到裴瑾家，要求租一间空房子住一下。虽说他是木匠，但所带的工具只有规矩，没有常用的刀斧等。问起这人的本事，他说：“吾善度材，视栋宇之制，高深、圆方、短长之宜，吾指使而群工役焉。舍我，众莫能就一宇。故食于官府，吾受禄三倍；作于私家，吾收其直大半焉。”他的意思是：“我善于度量材料的用途，看看房屋的构造，我就知道材料的圆方、短长该怎样安排，然后我指派工人制作。工人会制作，我会安排。没有我的安排，工人们就建不成一间房屋。”杨木匠说的是职业分工，虽为木匠，但是一个从事规划和管理的木匠，众人在他的规划和管理下工作，唯他马首是瞻。还有，关于建房屋工钱的分配，他一点都不掩饰地说：“为官府干活，我的工钱是一般工人的三倍；为私人干活，大半工钱都归我。”他没有说有人对这样的分配原则有异议，暗示这是约定俗成的规则，大家都遵循，彼此相安无事。奇怪的是，柳宗元与他相处时，见杨木匠自己房间的床脚断了却不会修理，要等其他的木匠来修。柳宗元很看不起他，暗想这种小事都做不了，算什么木匠呢？而做房屋分工钱，竟比任何工人都拿得多。因此，柳宗元觉得他是“无能而贪禄嗜货者”，做具体事不行，贪钱倒是好手。

这是柳宗元对杨木匠最初的印象，这一印象很快就因杨木匠为京兆尹装修官署而彻底改变了。柳宗元目睹了这一幕：京兆尹官署装修的这一天，杨木匠召集众工匠，而众工匠有的拿着斧子，有的拿着刀锯，团团围着杨木匠，听他指挥。杨木匠一手拿着尺子，一手拿着木杖，量量木材的大小，看这木材可以做什么。然后挥舞手杖，说声“用斧的”，执斧的都奔向左边；说声“用锯的”，拿刀锯的都奔向右边，怎么砍、怎么锯，都看他的脸色，听他的命令，没有谁敢自作主张。不胜任的，当场被他斥退，没有谁敢发脾气。同时，杨木匠把房屋的图样画在墙上，图样只有一尺大小，居然是“盈尺而曲尽其制”，按他的设计图建造的大厦，没有毫厘的差错。柳宗元大为震惊，这才知道杨木匠技术的高超。

然而，更让他震惊的是：房屋建好了，杨木匠径直在房屋的栋梁上写上自己的名字，其他工人的名字都不在上面。

关于杨木匠的故事，写到这儿就完了。柳宗元对他态度的改变，是受了现实的教育。他看到杨木匠面对全局性工作表现出来的才华，远不是做具体木匠活的工人可以相比的。二者相较，先抑而后扬，或说欲扬而先抑，这是文章家惯用的手法。在上面的两段文字中，柳宗元一方面表现了杨木匠高超的技艺，让人看到了他指挥若定及把大厦建得完美的本事，另一方面提出利与名的问题。值得注意的是，在这一项系统工程中，获大利的是杨木匠，得大名的也是杨木匠。柳宗元没有直接解答，而是说起“劳心”与“劳力”这样一个有哲学意味的社会命题。他以感慨的方式提出来三问，三问都很自然地蕴有答案：

一问：“彼将舍其手艺，专其心智，而能知体要者欤？”人生总是面临选择，手艺与心智原本可以融为一体的，但杨木匠把它们分开了，不为手艺而为心智，所以能够在木匠这一行当把自我的心智发挥到极致。这极致是深知房屋建造的要领，从设计规划到工匠安排都井井有条。人们通常好说有所为有所不为，有所不为方能有所为；舍得，有舍才有得，无舍会无得。杨木匠的“舍其手艺，专其心智”，是其他人所不能为，柳宗元很欣赏他专于心智，可谓是因小舍而有大得。

二问：“吾闻劳心者役人，劳力者役于人，彼其劳心者欤？”在柳宗元看来，世上有劳心者和劳力者之分。这一划分早已有之，诸侯围郑，晋国的知武子（荀罃）说过一句：“大劳未艾，君子劳心，小人劳力，先王之制也。”[1] 所谓的“先王之制”，正是社会规

① 《左传·襄公九年》。

定的不同人群的不同分工。这一说法经孟子表述以后有了更广泛的影响。孟子在与神农之徒许行辩论时曾说：世间“有大人之事，有小人之事。且一人之身而百工之所为备，如必自为而后用之，是率天下而路也。故曰：或劳心，或劳力。劳心者治人，劳力者治于人。治于人者食人，治人者食于人：天下之通义也”[1]。孟子的意思是，凡事不可能全都亲力亲为，需要有不同的社会分工，有人费心，有人出力，费心者管理人，出力者被人管理。被管理的人供养人，管理人的被人供养。孟子说这是天下的通则，至今依然有道理，劳心者和劳力者只是分工不同，没有高低贵贱之分。柳宗元说的“吾闻劳心者役人，劳力者役于人”正是脱胎于孟子的话。从劳心和劳力的角度看，这杨木匠就是劳心者。

三问：“能者用而智者谋，彼其智者欤？”这“能者”和“智者”，类似于第二问说的“劳力者”和“劳心者”，只是指向更明确一点。让人感到劳力的“能者”有技术，劳心的“智者”有谋略。很自然，杨木匠就是智者。

柳宗元就这三问下了一个结论，说杨木匠“是足为佐天子、相天下法矣”。这真是了不得的升华，他把一个木匠上升到足够做辅佐天子、治理天下的榜样。并说“物莫近乎此也”，即杨木匠管理协调的方法和宰相管理协调的方法相似。就此，他继续作了三个方面的类比：

一是与宰相对属下人员的管理类比。柳宗元毕竟是官场中人，熟悉官场的体制和阶层，他一一数说最下的劳役者是徒隶、乡师、里胥，其上为下士、中士、上士，其上为大夫、卿、公；地方还有方伯、连率、郡守、邑宰及其下的胥吏、再下的啬夫和版尹。

---

① 《孟子·滕文公上》。

所有这些不同的职位和工作，统括为六职百役。于是柳宗元说："彼佐天子相天下者，举而加焉，指而使焉，条其纲纪而盈缩焉，齐其法制而整顿焉，犹梓人之有规矩、绳墨以定制也。"意思是宰相对这些人加以选拔任用，按制度增减人员，依法令规范他们的言行，就好像木匠用规矩、绳墨确定房屋、器具的尺寸一样。

二是与宰相对属下人员的规划类比。宰相要善于选择天下称职的官吏，使天下百姓都能安居乐业。更为关键的是，看到都城知道原野，看到原野知道国家，看到国家知道天下。这种观近而知远的功夫，仿佛天下无论远近、事物无论大小，都能手握地图进行研究，并把天下治理得井井有条，"犹梓人画宫于堵而绩于成也"。

三是与宰相对属下人员的任用类比。宰相任用有才能的人，被任用者不必感谢；辞退无能的人让他们回家休息，被辞退者不敢有所怨恨。宰相不张扬自己的才能，也不夸耀自己的名声，不亲自做一些辛苦的小事，也不干涉属下官吏的事务，每天只与天下英才讨论治理国家的方略，"犹梓人之善运众工而不伐艺也"。

柳宗元的三个类比，对杨木匠是很大的褒扬，他觉得一国宰相应该像杨木匠这样，管理有方，治国有成。因此，在称道杨木匠的表象下，柳宗元说的是宰相治国之道。而谈治国之道，最根本的是所任用之人适合做宰相。柳宗元曾说："夫天下之道，理安，斯得人者也，使贤者居上，不肖者居下，而后可以理安。"① 这是一般的道理，也是人们的共识，其中宰相"得人"最为重要。所以在三个类比之后，柳宗元还说了一句"相道得而万国理矣"。

比照杨木匠建造大厦的逻辑过程，柳宗元说了相应的话：

---

① 柳宗元:《封建论》。

相道既得，万国既理，天下举首而望曰："吾相之功也。"后之人循迹而慕曰："彼相之才也。"士或谈殷、周之理者，曰伊、傅、周、召，其百执事之勤劳而不得纪焉，犹梓人自名其功而执用者不列也。

这番话仍然没有离开杨木匠建造大厦的故事，天下得到了治理，天下人会仰头翘望，说这是宰相的功劳；而后来的人依据天下治理的业绩，会说那是宰相的才能。甚至会把他比作殷商时的贤相伊尹、傅说，西周时的贤相周公、召公。人们记得他，但不会记得勤劳的普通劳动者，"犹梓人自名其功而执用者不列也"。尽管他这样说，人们记得宰相之功、宰相之名和杨木匠的"自名其功"还是有所不同，但这不妨碍柳宗元说懂得这样的道理就能做宰相。而这道理中的关键词是上面提到的"体要"，让人各尽其才，材各尽其用。这是他按照自己认定的宰相标准作的表达，他希望天下的宰相是如此，至于天下的宰相是否真是这么回事，那是另外的话题。

以上，柳宗元是从正面说杨木匠之道与可用的宰相之道，他唯恐自己的想法还表达得不够，随之从反面说那不知管理"体要"的宰相：

其不知体要者反此。以恪勤为公，以簿书为尊，炫能矜名，亲小劳，侵众官，窃取六职百役之事，听听于府庭，而遗其大者远者焉，所谓不通是道者也。

这俨然是另一种宰相。他敬业勤劳，按公文办事，以文书为上，好显示自己的才能，炫耀自己的名声，亲自操办细小的事情，干涉下属众官的工作，把所有官吏的事当作自己的事，又好在府庭与人争论不休。这种人顾了眼前忘了长远，拾了芝麻丢了西瓜，在柳宗元看来，是不通宰相管理之道的。就像木匠不懂得绳墨的曲直，不知道规矩的方圆和尺的长短，却强行去夺工匠的斧头、锯子帮他们工作，结果因为没有做工的本事，失败而无所成就。这种人的行为不是很荒谬吗？柳宗元说得很真切，他不太看得起这种人，这种人看似有作为实则没有什么成就，是因为不知“体要”，或者说不知道纲举目张，沉溺在日常琐事中不能自拔，“遗其大者远者”。

柳宗元借杨木匠的故事，从正反两个方面说宰相之道是什么与不是什么，这一剖析意在深入强调宰相之道是什么，宰相应该怎样去做本当做的事情，而不要把自己弄成眉毛胡子一把抓的勤劳庸官。至此，柳宗元说的宰相之道也可以宣告结束了。但年轻时即长于论辩，“俊杰廉悍，议论证据今古，出入经史百子，踔厉风发，率常屈其座人”[①]的柳宗元，又生出新的思考。他假人设问道：“彼主为室者，傥或发其私智，牵制梓人之虑，夺其世守而道谋是用，虽不能成功，岂其罪耶？亦在任之而已。”这里提出大厦主人和工匠之间的关系，主人对工匠规划及施工进行干涉是完全可能的事，主人要以自己或他人的主张，改变工匠传统的意见，在这种情况下大厦建得不成功，难道是工匠的过错吗？他不过是在岗而已。这番话是为工匠辩护，因为他们的大厦规划和施工都有可能受到主人的干涉，既然受了干涉，工匠不能按照自己的意见施工，就不能让工匠承担责任。对此，柳宗元说：

---

① 韩愈：《柳子厚墓志铭》。

不然。夫绳墨诚陈，规矩诚设，高者不可抑而下也，狭者不可张而广也。由我则固，不由我则圮。彼将乐去固而就圮也，则卷其术，默其智，悠尔而去，不屈吾道，是诚良梓人耳。其或嗜其货利，忍而不能舍也；丧其制量，屈而不能守也。栋桡屋坏，则曰："非我罪也。"可乎哉？可乎哉？

他的意见很明确，大厦建造自有规矩，高下宽窄不可改变。按工匠的意见做，大厦就坚固；不按工匠的意见做，大厦就毁坏。如果大厦的主人乐于不要大厦的坚固而要大厦的毁坏，那优秀的工匠不应继续在岗，而应果敢离去，不能因为主人的坚持而改变自己的主张。如果这工匠贪图主人的钱财，明知道主人做得不对仍然屈从，丧失了工匠的度量、规矩，到时候大厦坍塌了，再说不是自己的罪过，而是主人的罪过，这说得过去吗？

这番话很有意味，柳宗元仍然在借总工匠之道说宰相之道，但它更像是说宰相之道而不是工匠之道。其中最为重要的思想是孔子早就说过的"用之则行，舍之则藏"。所谓"卷其术，默其智，悠尔而去，不屈吾道"，不就是"舍之则藏"吗？到这时候，他不是用总工匠之道来看宰相之道，而是用宰相之道来看总工匠之道了。因此这篇总工匠杨潜传，实则是宰相为政论。柳宗元最后补充道："余谓梓人之道类于相，故书而藏之。"这是对文章开头的照应，使全文说宰相之道都在说总工匠之道的框架之下，从而使总工匠之道别有韵味。

应该说，柳宗元首先是政治家，然后才是散文家和诗人。他在政治上的追求导致所论诗文有强烈的政治倾向，透出的多是治国的方略。做文章的时候，他的政治方略除像《封建论》那样直率地表达之外，还有《种树郭橐驼传》的以种树为喻、《梓人传》

的以工匠为喻，都很具体而实在，其中蕴有对现实并非如此的尖锐批评。宰相如果能够像杨潜总工有所为有所不为，且能把所为做到他这种程度，自然会赢得名声。不过，这篇文章给人的启示远不限于官吏，许多职业都需要把握全局，提要钩玄，纲举目张，读者可以举一反三，认真践行。

在文章作法上，人物传记本当以记叙为主，他这篇传记却以议论见长，由浅入深，类比论述与正反论述兼而有之，使所说之理更完备，也更有力度，在平和中蕴含了睿智和锋芒。同时，他的传记以人物一事说人物一生，赋予读者丰富的想象空间，想象这一事外的人物模样与故事，也使文章有别于传统的人物传记，另有一种“柳氏风格”。

【原文】

梓人传

裴封叔之第，在光德里。有梓人款其门，愿佣隙宇而处焉。所职寻引、规矩、绳墨，家不居砻斫之器。问其能，曰：“吾善度材，视栋宇之制，高深、圆方、短长之宜，吾指使而群工役焉。舍我，众莫能就一宇。故食于官府，吾受禄三倍；作于私家，吾收其直大半焉。”他日，入其室，其床阙足而不能理，曰：“将求他工。”余甚笑之，谓其无能而贪禄嗜货者。

其后，京兆尹将饰官署，余往过焉。委群材，会众工。或执斧斤，或执刀锯，皆环立向之。梓人左持引，右执杖，而中处焉。量栋宇之任，视木之能，举挥其杖曰：“斧！”彼执斧者奔而右；顾而指曰：“锯！”彼执锯者趋而左。俄而斤者斫，刀者削，皆视其色，俟其言，莫敢自断者。其不胜任者，怒而退之，亦莫敢愠焉。画宫于堵，盈尺而曲尽其制，计其毫厘而构大厦，无进退焉。既成，书于上栋曰“某年某月某日某建”，则其姓字也。凡执用之工不在列。余圜视大骇，然后知其术之工大矣。

继而叹曰：彼将舍其手艺，专其心智，而能知体要者欤？吾闻劳心者役人，劳力者役于人，彼其劳心者欤？能者用而智者谋，彼其智者欤？是足为佐天子、相天下法矣！物莫近乎此也。彼为天下者本于人。其执役者，为徒隶，为乡师、里胥；其上为下士；又其上为中士，为上士；又其上为大夫，为卿，为公。离而为六职，判而为百役。外薄四海，有方伯、连率。郡有守，邑有宰，皆有佐政。其下有胥吏，又其下皆有啬夫、版尹，以就役焉，犹众工之各有执技以食力也。彼佐天子相天下者，举而加焉，指而使焉，条其纲纪而盈缩焉，齐其法制而整顿焉，犹梓人之有规矩、绳墨以定制也。择天下之士，使称其职；居天下之人，使安其业。视都知野，视野知国，视国知天下，其远迩细大，可手据其图而究焉，犹梓人画宫于堵而绩于成也。能者进而由之，使无所德；不能者退而休之，亦莫敢愠。不炫能，不矜名，不亲小劳，不侵众官，日与天下之英才讨论其大经，犹梓人之善运众工而不伐艺也。夫然后相道得而万国理矣。相道既得，万国既理，天下举首而望曰：“吾相之功也。”后之人循迹而慕曰：“彼相之才也。”士或谈殷、周之理者，曰伊、傅、周、召，其百执事之勤劳而不得纪焉，犹梓人自名其功而执用者不列也。大哉相乎！通是道者，所谓相而已矣。

其不知体要者反此。以恪勤为公，以簿书为尊，炫能矜名，亲小劳，侵众官，窃取六职百役之事，听听于府庭，而遗其大者远者焉，所谓不通是道者也。犹梓人而不知绳墨之曲直、规矩之方圆、寻引之短长，姑夺众工之斧斤刀锯以佐其艺，又不能备其工，以致败绩，用而无所成也。不亦谬欤？

或曰：“彼主为室者，傥或发其私智，牵制梓人之虑，夺其世守而道谋是用，虽不能成功，岂其罪耶？亦在任之而已。”余曰：不然。夫绳墨诚陈，规矩诚设，高者不可抑而下也，狭者不可张而广也。由我则固，不由我则圮。彼将乐去固而就圮也，则卷其术，默其智，悠尔而去，不屈吾道，是诚良梓人耳。其或嗜其货利，忍而不能舍也，丧其制量，屈而不能守也，栋桡屋坏，则曰：“非我罪也。”可乎哉？可乎哉？

余谓梓人之道类于相，故书而藏之。梓人，盖古之审曲面势者，今谓之都料匠云。余所遇者，杨氏，潜其名。

三、从种树生发出来的为官之道

——《种树郭橐驼传》解读

柳宗元的《种树郭橐驼传》作为人物传记，没有遵循传统重世系的写法，开篇开门见山，说：“郭橐驼，不知始何名。病偻，隆然伏行，有类橐驼者，故乡人号之‘驼’。驼闻之曰：‘甚善，名我固当。’因舍其名，亦自谓‘橐驼’云。”这一开头本无什么新奇，但以“橐驼”入传，易于唤起人的遐想，不知道柳宗元会在这里讲一个怎样的故事。更引人入胜的是，这郭橐驼听人因其驼背而以“橐驼”号之，居然叫好，说我就叫“橐驼”好了，连原来的名字也不要了，久而久之，“郭橐驼，不知始何名”。

郭橐驼生活在长安西边的丰乐乡，他不像庄子所写的支离疏和子舆以休闲养生度日，而是以种树为业。更有意思的是，这驼着背的种树人，因种树而受人尊重，“凡长安豪富人为观游及卖果者，皆争迎取养”，都是因为他有高超的种树技艺。他种的树，或移栽的树，没有不成活的，而且枝繁叶茂，果实早熟。其他的种树人，即使偷偷学习、仿效他种树，也没有人能够赶上他。柳宗元这番叙说，不过是为下面的问答作铺垫。他借有人问郭橐驼怎样种树，让他讲出一番道理。于是有郭橐驼下面这一段话。他首先说：“橐驼非能使木寿且孳也，能顺木之天，以致其性焉尔。”意思是自己没有能力使树长寿和繁衍，不过是能够顺应树木生长的天性，让树木自然生长而已。这是总领他“种树论”的纲，也是郭橐驼自我的心性所在。因此，也就能让人理解，当别人以他身类“橐驼”而叫他“郭橐驼”的时候，他会欣然领受，不以为忤，反以为妥帖合适。

“顺木之天，以致其性”是郭橐驼种树的重要理念，这一理念的具体践行体现为：

> 凡植木之性，其本欲舒，其培欲平，其土欲故，其筑欲密。既然已，勿动勿虑，去不复顾。其莳也若子，其置也若弃，则其天者全而其性得矣。

他所把握的是对树木天性的尊重：树根要舒展就让它舒展，培土要均匀就保持均匀，需要旧的土壤就用旧的土壤，种上后周边的土要筑得密实就筑密实。除了把握这四条种树原则，还要做的事情是不要过度关注，“勿动勿虑，去不复顾。其莳也若子，其置也若弃”。他说种树的时候要像养儿子一样精心，但种好之后就不要管它，让它顺应自己的天性生长。这样，树木的生长就不会受到人为的妨害。随之他说对于种树，他不过是没有妨碍树的生长，并没有能力让树长得硕大而繁茂；他不过是不抑制、不消耗树的果实，并不能够使树的果实结得又早又多。这些话再次表明他种树的自然之道，顺应树木的天性，树木就会得到很好的生长。问题是种树人都能这样做吗？郭橐驼讲述了自己种树的做法之后，接着讲述了其他种树人的做法：

> 他植者则不然。根拳而土易，其培之也，若不过焉则不及。苟有能反是者，则又爱之太恩，忧之太勤，旦视而暮抚，已去而复顾。甚者爪其肤以验其生枯，摇其本以观其疏密，

而木之性日以离矣。虽曰爱之，其实害之；虽曰忧之，其实仇之。

郭橐驼同样说得很明白，他说其他的种树人不像他那样做，树根本要舒展，但他们让树根卷曲；本来应该用旧土，但他们却用新土；培土本来应当均匀，但他们不是培厚了，就是培薄了，不是培紧了，就是培松了。也有不这样做的人，但他们种好树后，又过于关切，清晨去看望，傍晚去抚摸，刚刚离开又回头来光顾。还有做得更过分的，把树皮掐破看树活了没有，摇动树根观察树栽种的松紧，这样距离树木生长的天性越来越远了，树怎么能活呢？所以郭橐驼说，这样对待刚种的树，“虽曰爱之，其实害之；虽曰忧之，其实仇之”，对树一点好处都没有。他直言：“这些人种树赶不上我，而我对他们这样种树的状况也没有什么办法。”

元·华祖立《玄门十子图卷》之庄子

郭橐驼说了这么多，在他和别人怎样种树的比照中，更加突出了种树之道的真谛，就是顺应树的天性自然，否则想把树种好是不可能的。话说到这里，郭橐驼这个人物形象以及他讲述的种树之道，让我们想到了战国时的庄子。

在古代散文中，最早塑造身体畸形者形象的是庄子。庄子曾经在《人间世》里虚构了支离疏，在《大宗师》里虚构了子舆。支离疏是“颐隐于脐，肩高于顶，会撮指天，五管在上，两髀为胁”；子舆是“曲偻发背，上有五管，颐隐于齐，肩高于顶，句赘指天”。二者的形象相似，庄子说他们都是弯腰驼背，面颊藏在肚脐下，肩膀高过头顶，五脏血管向上，发髻朝天。当然，这二者都是庄子想象虚构的，是庄子心目中无用于社会的人。他们在当时战争多、徭役重的社会环境里，不能服兵役，不能服徭役，但能安稳地生活，为自己养命，过着逍遥自得的日子。庄子塑造的这些人物形象，是作为他思想的传声筒，以宣传顺应自然、安身养命的主张。通过真实人物与真实人物、真实人物与虚构人物的问答来表达思想，这种艺术表现形式在战国时期甚为流行，人称论辩体或对话体。后来深受这一形式影响的有辞赋，也有散文。

《庄子·达生》有一则“佝偻承蜩”的寓言，这“佝偻者”就是驼背老人。寓言讲孔子到楚国去，遇见一位驼背老人用长竿捕蝉，灵便得就像在地上拾取东西一样。孔子问他有什么门道，老人说：“我身稳、手稳，用心专一。当我捕蝉的时候，不论天地有多大，万物有多大，我心无旁骛，不因为周边的万物而有所思。这样，捕蝉时，何捕而不得呢？”以致这里为庄子虚构的孔子感慨地对弟子说：“用志不分，乃凝于神，其痀偻丈人之谓乎！”

同时，庄子还在《人间世》里讲过两棵大树的故事，即曲辕的栎社树和商丘大木。栎社树大得可以遮蔽几千头牛，商丘大木也是如此。它们能长这么大，只因为是“不材之木”，没有什么用处，能够任性地自然生长；如果它们有用，早就被人砍伐去做了各种器物。在这样的故事中，庄子劝导人们顺应生活的自然，反对人为。

从上述内容来看，柳宗元的《种树郭橐驼传》既受庄子人物形象塑造、人物问答形式的影响，又受庄子自然无为思想的影响。但他完全不同于庄子，庄子是道家学派的“亚圣”，是老子道家思想的弘扬者，他极力主张的自然无为有用世的一面，但这用世是力求返璞归真，回到社会的原始状态和人性的原始状态，即他笔下的“至德之世”，让人与万物和谐相处。庄子想得很好，但这全然是乌托邦，战国社会不可能回到原始的状态。难怪在魏晋以后，庄子沦为名士们清谈的谈资。柳宗元固然受了道家、佛教思想的影响，但他受儒家思想影响更为深刻。在被贬永州之前，他跟随王叔文搞政治革新，想的是“以兴尧、舜、孔子之道，利安元元为务”[①]，不意革新失败，换来的是不知期限的流贬生活。这篇文章是他初到永州时写下的，时为贞元二十一年（805），他33岁，刚离开京城长安。可以说，仕途上的挫折并没有完全消解柳宗元对社会政治的关怀及热情。所以，从郭橐驼种树之道，他想到的是为官之道。于是有了文中的“问者”之问：“以子之道，移之官理可乎？”郭橐驼回答道：

> 我知种树而已，官理非吾业也。然吾居乡，见长人者好烦其令，若甚怜焉，而卒以祸。旦暮吏来而呼曰：“官命促尔耕，勖尔植，督尔获，早缫而绪，早织而缕，字而幼孩，遂而鸡豚。”鸣鼓而聚之，击木而召之。吾小人辍飧饔以劳吏者，且不得暇，又何以蕃吾生而安吾性耶？故病且怠。若是，则与吾业者其亦有类乎？

这段话是从郭橐驼讲述种树之道引申出来的，就全篇的郭橐

① 柳宗元:《寄许京兆孟容书》。

驼传来说，显然是附加物，因为传记在郭橐驼说完种树之后就可以结束了。但这篇文章实际上有种树和为官两条线索，或者依“问者”最后的结论“吾问养树，得养人术”，也就是“养树”与“养人”的双线，明说“养树”，暗说“养人”，当言及“养人”的时候，给人强烈的感觉全文反附为主了，“养人”成了重心。不妨看郭橐驼怎么回答“问者”。

郭橐驼的回答深富意味，他说自己的职业是种树，当官管理百姓不是他的事情。这当然在理，他就此也可以完全不说官事。但他忽地扭转话题，说自己所见的官事。他说：“在乡下所见的官吏，发布的政令繁多，看起来是可怜老百姓，实际上是祸害老百姓。早晚让小吏呼喊：‘加油耕种，赶紧收获，快些煮茧抽丝，早点纺织你们的布，哺育你们的孩子，养肥你们的鸡和猪。’”柳宗元在这里用了急促的三字句和四字句，彰显政令之繁，催促之急。而这还没有完，小吏们击鼓召集百姓，敲梆子传唤百姓，弄得老百姓不吃饭来慰劳这些小吏还忙不赢，哪里能够安生养性，繁衍子孙呢？郭橐驼以乡里官吏的治民类比他之外的种树人种树，那些人种树而对树多有烦扰，就像乡里这些官吏治民对民多有烦扰一样。烦扰树者使树不能活，烦扰百姓的官吏也使乡里老百姓不能活。所以他最后下了一个结论：如此治民，让百姓困苦疲惫不堪，是和郭橐驼之外的种树人有些相似。这一类比让问者感慨养树之术也是养人之术，并要把养树之术作为当官的鉴戒。

柳宗元的这篇《种树郭橐驼传》写到这儿看似文意已尽，实则文意还未尽。有人说，这篇叙实的文章是一篇寓言，并非真有郭橐驼这个人，即使真有种树的郭橐驼，但这事也未必是郭橐驼的事。以郭橐驼种树说为官，是柳宗元的本心。

柳宗元的寓言写得很好，现传最有名的是《三戒》和《蝜蝂传》。《三戒》的“临江之麋”“黔之驴”和“永某氏之鼠”，说的是忘本而逞强的人，终会灭亡；《蝜蝂传》以善于背负且贪得无厌而累死的小虫，讽刺社会上贪婪的人。这四篇寓言在拟人的叙说中，以很强的针对性对社会生活中的某些人、某些事展开强烈的批判。而《种树郭橐驼传》呢？它说的事针对性也很强，但远不像《三戒》和《蝜蝂传》那样具体。繁政扰民、民难以聊生的基调下，他真正想表达的是什么呢？大体说来，柳宗元所处的唐德宗贞元时期，朝廷扰民最突出的有二：

一是“宫市”扰民。韩愈在《顺宗实录》中曾记载了“宫市”：“宫中有要市外物，令官吏主之，与人为市，随给其直。贞元末，以宦者为使，抑买人物，稍不如本估。末年不复行文书，置‘白望’数百人于两市并要闹坊，阅人所卖物，但称‘宫市’，即敛手付与，真伪不复可辨，无敢问所从来，其论价之高下者，率用百钱物买人直数千钱物，仍索进奉门户并脚价钱。将物诣市，至有空手而归者。名为‘宫市’，而实夺之。”白居易的新乐府《卖炭翁》也说了“宫市”对百姓的深重危害，卖炭老人的一车炭千余斤，被宫人豪夺，只给了值半匹红绡一丈绫的价钱。

二是进奉扰民。柳宗元在永州写了《捕蛇者说》，说永州蒋氏以捕蛇为生，祖父和父亲先后死于永州“黑质而白章”的异蛇。与他祖父同时的人，已经十室无一；与他父亲同时的，十室所剩不足二三；与他同时的，十室只有四五。他以捕蛇独存仍不愿离去，主要是因为苛政猛于蛇。其中，捕蛇的蒋氏说了一句话：“悍吏之来吾乡，叫嚣乎东西，隳突乎南北，哗然而骇者，虽鸡狗不得宁焉。”这与郭橐驼说的官吏扰民相吻合。而蒋氏等民之所以会以捕蛇为业，是因为朝廷有命，“岁赋其二”，为用这异蛇做药饵，迫使百姓冒险而为。

这样看来，柳宗元平和地叙说郭橐驼种树的故事，由种树的道理引申出为官甚至是主政的道理，在虚构的故事里说现实的生活，于无锋芒处尽显锋芒，依然是政治家的本色。他希望改变这种状况，与民休息，用心可谓良苦。而在艺术表现上，这篇文章正如清人朱宗洛所说："一段中或先用虚提，中用申说，后用实缴；或两段中一正一反一逆一顺错间相生；或一篇中前虚后实，前宾后主，前提后应。变化伸缩，则题意自达，不犯纠缠敷衍之病矣。处处朴老简峭，在《柳集》中应推为第一。"[①] 这虽说是他的一孔之见，但这篇文章确实读来余味袅袅，让人思索再三。

其实，郭橐驼的种树之道，可引申出的何止是为官之道呢？这得看读书人处世的感悟。

【原文】

种树郭橐驼传

郭橐驼，不知始何名。病偻，隆然伏行，有类橐驼者，故乡人号之"驼"。驼闻之曰："甚善，名我固当。"因舍其名，亦自谓"橐驼"云。其乡曰丰乐乡，在长安西。驼业种树，凡长安豪富人为观游及卖果者，皆争迎取养。视驼所种树，或移徙，无不活，且硕茂，早实以蕃。他植者虽窥伺效慕，莫能如也。

有问之，对曰："橐驼非能使木寿且孳也，能顺木之天，以致其性焉尔。凡植木之性，其本欲舒，其培欲平，其土欲故，其筑欲密。既然已，勿动勿虑，去不复顾。其莳也若子，其置也若

① 朱宗洛：《古文一隅》。

弃，则其天者全而其性得矣。故吾不害其长而已，非有能硕茂之也；不抑耗其实而已，非有能早而蕃之也。他植者则不然。根拳而土易，其培之也，若不过焉则不及。苟有能反是者，则又爱之太恩，忧之太勤，旦视而暮抚，已去而复顾。甚者爪其肤以验其生枯，摇其本以观其疏密，而木之性日以离矣。虽曰爱之，其实害之；虽曰忧之，其实仇之：故不我若也。吾又何能为哉！”

问者曰：“以子之道，移之官理可乎？”驼曰：“我知种树而已，官理非吾业也。然吾居乡，见长人者好烦其令，若甚怜焉，而卒以祸。旦暮吏来而呼曰：‘官命促尔耕，勖尔植，督尔获，早缫而绪，早织而缕，字而幼孩，遂而鸡豚。’鸣鼓而聚之，击木而召之。吾小人辍飧饔以劳吏者，且不得暇，又何以蕃吾生而安吾性耶？故病且怠。若是，则与吾业者其亦有类乎？”

问者曰：“嘻，不亦善夫！吾问养树，得养人术。”传其事以为官戒。

四、反吊灾为贺灾的处世深意

——《贺进士王参元失火书》解读

柳宗元不合流俗，在他的文章中常有表现。韩愈作《毛颖传》，一些人大为惊讶，不理解他为什么写出了这样的游戏文字。他的朋友张籍在《上韩昌黎书》里说：你韩愈是一个有美德的人，怎么能够写出这样驳杂无实的文字，让人以之为乐，却玷污了自己。大为不满的人还有裴度，他在《寄李翱书》中说我认识韩愈已经很久了，内心很喜欢他，他这样一个才华卓越的人，近来居然仗恃才华，自我放纵，不以文章立规矩，而以文章为游戏，这怎么可以呢？

《毛颖传》在京城流传之初，柳宗元贬居永州，知道这篇文章引人笑话，后来友人杨子诲把《毛颖传》呈他一阅，他当时的感觉是："仆甚奇其书，恐世人非之，今作数百言，知前圣不必罪俳也。"[①] 这"数百言"即《读韩愈所著毛颖传后题》。柳宗元站出来为韩愈辩解，觉得以文明道或立制固然可以，以文为戏并非不可以，与张籍、裴度之言相左。柳宗元甚至说："且凡古今是非六艺百家，大细穿穴用而不遗者，毛颖之功也。韩子穷古书，好斯文，嘉颖之能尽其意，故奋而为之传，以发其郁积，而学者得以

---

① 柳宗元：《与杨诲之书》。

励，其有益于世欤！”[①]不仅如此，柳宗元还说：“左氏《国语》，其文深闳杰异，固世之所耽嗜不已也。”[②]他没有直接批评世人，只说《国语》多诬淫而不可信，担心学者们溺其文采而不辨是非，不合尧、舜之道，而作《非国语》。柳宗元这种文章风格也是他为人处世风格的体现，他曾被人称为“疏狂人”，也是因为多不合流俗所致。

柳宗元曾给友人王参元写过一封信，起因是王参元家中失火。王参元是河南濮阳人，唐宪宗元和二年（807）进士，柳宗元的好友。他因家中失火、损失惨重而悲痛，人多吊之，柳宗元形于文，竟成《贺进士王参元失火书》。反世人之“吊”为“贺”，自然也是从反向写的奇文，题目就让人好奇。

柳宗元开篇说：“得杨八书，知足下遇火灾，家无余储。仆始闻而骇，中而疑，终乃大喜，盖将吊而更以贺也。道远言略，犹未能究知其状，若果荡焉泯焉而悉无有，乃吾所以尤贺者也。”这杨八是杨敬之，因排行第八故称，生卒年不详，唐宪宗元和二年（807）进士，曾任过右卫胄曹参军、户部郎中、连州刺史、国子祭酒等职，曾作《华山赋》，得韩愈称许。杨敬之的信对王参元家中失火、家徒四壁充满同情，柳宗元开始未尝不是这样，但他的情绪经历了三段变化：初而骇，继而疑，终而喜。其“骇”的惊惧也是同情，深感可惜；其“疑”是怀疑事情传播有误，本心不愿真有这样的事；其终的“喜”是自我宽解，且欲以此宽解王参元。于是他的更吊为贺就自有深意。善于作惊人之语的柳宗元，其“骇”是常态，不足为奇，其“喜”则让人称奇，因“喜”

---

① 柳宗元：《读韩愈所著毛颖传后题》。

② 柳宗元：《非国语序》。

而更吊为“贺”，不急于说他所喜为何，故能引人入胜。柳宗元没有就此打住，说自己因在永州，别人告知王参元家失火的事说得太简单，使他知道得很少，不知王家究竟烧成了什么模样。而他止不住接着说，如果王家烧得什么都没有了，那更要大大地祝贺了。这是什么话呢？岂不是幸灾乐祸吗？别急，柳宗元自己要慢慢地就他的“骇”“疑”“喜”揭开谜底，这也构成全文的思维逻辑和语言表达顺序。他先说自己之“骇”：

> 足下勤奉养，宁朝夕，唯恬安无事是望也。乃今有焚炀赫烈之虞，以震骇左右，而脂膏滫瀡之具，或以不给，吾是以始而骇也。

王参元家遭火，是让人痛心的事。这火烧得怎样，柳宗元先说的“道远言略，犹未能究知其状”表明，他因在永州，当时并不清楚。但他用“焚炀赫烈”来形容火势的威猛炽烈以及四邻的恐惧，是依据生活经验而生的想象之辞。是否有夸张并不重要，重要的是这把火打破了王参元“恬安无事”、朝夕侍奉父母的平静生活。而且“脂膏滫瀡之具”即家里食用的油脂菜肴等都毁于大火，生活艰难。这是柳宗元对王参元家中失火感到惊惧的理由。他的话说得很简单，只是想到王参元家这时可能连吃的东西都没有，让他顿生怜悯之心，内心是很痛的。不过，他很快从这种情绪中走出来，再说自己因王家失火所生之“疑”：

> 凡人之言，皆曰盈虚倚伏，去来之不可常。或将大有为也，乃始厄困震悸，于是有水火之孽，有群小之愠，劳苦变动，而后能光明，古之人皆然。斯道辽阔诞漫，虽圣人不能

以是必信，是故中而疑也。

他这里借人之言，说“盈虚倚伏”无常，这“盈虚”通常指月盈月虚或月满月缺，是生活中常有的现象，与“倚伏”的“祸兮福之所倚，福兮祸之所伏”都是说事物的无常与相互转化。他说的“或将大有为也，乃始厄困震悸，于是有水火之孽，有群小之愠，劳苦变动，而后能光明，古之人皆然”，让人想起孟子说的一句话：“故天将降大任于是人也，必先苦其心志，劳其筋骨，饿其体肤，空乏其身，行拂乱其所为，所以动心忍性，曾益其所不能。”[①] 孟子说的是心志、筋骨、体肤上的劳苦，借助这些磨炼，增长人足以应对外部世界的能力，并为未来的发展奠基。柳宗元所说，在基本精神上有袭用孟子说的痕迹，但具体所言很不一样。在他言及的“厄困震悸”中，有外在的水火之灾，无论是人为的还是非人为的；还有小人的怨怒，无论是小怨还是大怒。当他说出后一句的时候，无疑是把自我人生的经历和感受融入其间了。他因参与王叔文的政治革新而被贬永州，何尝不是因有“群小之愠”呢？这“群小之愠”用了《诗经·邶风·柏舟》“忧心悄悄，愠于群小”的典故，暗蕴了诗中后两句说的“觏闵既多，受侮不少”，人生遭遇的挫折和屈辱很多，内心颇有不平。

尽管如此，他说了一句“劳苦变动，而后能光明，古之人皆然”。这话是孟子“天将降大任于是人”的潜台词，同时也是人们在遭遇坎坷时自我激励的话。稍早于柳宗元的李白感叹行路难，说道“欲渡黄河冰塞川，将登太行雪满山”，但最后表达的是“长

① 《孟子·告子下》。

多嫌也。一出口，则嗤嗤者以为得重赂。

这话开始好听，他称道王参元古人的书读得好，文章写得好，又能通文字音韵学，这在当时的士人中是相当不错的。按理，王参元应该能够在群士中出类拔萃，取得高官厚禄，但王参元为什么没有达到这一境地呢？柳宗元说，其中的原因是王参元“家有积货”，且为人议论。这实在不是什么好事。柳宗元没有说王参元贪财，但隐含了对他“家有积货”的批评。他写过一篇《蝜蝂传》，说小虫蝜蝂背涩，善于背负，个小却好遇物则取，放在背上，渐渐为物积不散所累，又好爬高，最终是坠地而死。然后他说社会上有一种人像蝜蝂，“遇货不避，以厚其室，不知为己累也，唯恐其不积”，结果遭贬谪流放；重新被启用后，仍不悔改，还是贪得无厌，面临死亡也不知晓，那智力就像小虫蝜蝂一样。柳宗元没有把王参元和小虫蝜蝂类比，但他希望王参元不要为积物即聚财所累。

柳宗元说得很委婉，他说王参元出类拔萃却为积货所累，以致好廉洁之名的士人不敢称道他、引荐他，虽各自明白，却在心里忍着，想说而不说，为什么呢？“以公道之难明，而世之多嫌也”。这话是为王参元说的，有为他聚财都合于道义辩解之意，所以柳宗元说王参元不为世用，不是他聚财不好，是世道不好，是多疑的世人不好，让大家也包括他自己在内的所有人都不敢为王参元说话。一旦为他说话，那些多嘴多舌的人就会认为一定是王参元用重金收买的。这话中还有话，那就是：“王参元哪，我没为你说话，实为事出有因，你可别责怪我呀。我柳宗元也不愿意背受你‘重赂’的恶名。”

不过，柳宗元终究还是说了，这有一个过程：先是在贞元十五年（799），“我在长安做集贤殿正字时，看到你的文章，很欣赏你的才华，但我把这份情感放在心里，有六七年没有对人说起”。那时候柳宗元意气风发，俊杰廉悍，看似无所畏惧的他在这里透露了当时还是心存畏惧，害怕受王参元的牵连。柳宗元自我反省，说“是仆私一身而负公道久矣，非特负足下也”，有违道义，对不起王参元，也对不起其他人。后来，柳宗元做了监察御史里行、尚书员外郎，受王叔文信任，而王叔文受唐顺宗重用，因此柳宗元的心态变了，胆子也大了，说是“自以幸为天子近臣，得奋其舌，思以发明足下之郁塞”。从这里可以看出，王参元因仕途不顺而郁郁不乐，柳宗元为他说话，是在自以为能够说话的时候，以解他的人生困局，但效果并不好。“然时称道于行列，犹有顾视而窃笑者”，他为王参元说话，有人讥笑他，不以为然。柳宗元没有说是王参元不好，而说是自己道德修行不够，不为人所知；是自己平日的声誉不够，说出话来让世人讨厌，每念及此，内心是很痛的。他在这里提到自己的朋友孟几道，孟几道名简，字几道，曾做过谏议大夫。他只能跟孟几道说，但无济于事，王参元仍然不能够显达，有所作为。

柳宗元这篇文章写于永州，具体时间难以确考。而他被贬永州正是他任尚书郎的当年，任尚书郎在年头，被贬永州在年末。无论怎样，在贬所想起王参元家失火事，倒是觉得祸福相倚，失火的祸事，无形中成了王参元的福分。真是“塞翁失马，焉知非福”。柳宗元是这样说的：

> 乃今幸为天火之所涤荡，凡众之疑虑，举为灰埃。黔其庐，赭其垣，以示其无有，而足下之才能乃可显白而不污。其实出矣，是祝融、回禄之相吾子也。则仆与几道十年之相

知，不若兹火一夕之为足下誉也。宥而彰之，使夫蓄于心者，咸得开其喙，发策决科者，授子而不栗，虽欲如向之蓄缩受侮，其可得乎？于兹吾有望乎尔，是以终乃大喜也。

他说得很清楚：这把火烧得好哇，是火神祝融、回禄帮了你的大忙。祝融传说是赤帝，或说是“火正”，在帝喾手下掌管火的官；回禄，《左传·昭公十八年》有“禳火于玄冥、回禄”的说法，晋杜预注称：“玄冥，水神；回禄，火神。”柳宗元如是的想象之辞，归结为一句话：王参元家失火，真好。好在哪儿呢？

一是好在把众人的“疑虑”烧没了，前面不是说“士之好廉名者，皆畏忌，不敢道足下之善”吗？言外之意是王参元家所聚之财，是不是非廉洁所得呀？这一烧，王参元家的房子烧焦了，墙烧红了，连家徒四壁都不如。如是的一无所有，真的是水落而石出，换来了他才能的彰显。人们不会再看他家聚积的财产有多少，而会说王参元有怎样的才能。

二是自己和孟几道与王参元相知十年，总想宣扬、提高王参元的声誉，费的气力不小，十年心血还不及这把火烧得他声誉顿生。

三是以前人们都想为不太得志的王参元说话，因王家聚财，欲言而止。现在好了，他家什么财产都没有了，想为他说话的人都能说话了。

四是以前能给王参元官做却害怕给他官做的人，现在不必为他聚财而担惊受怕，根据王参元的才能，想授他什么官职就可以授他什么官职了。

五是王参元从此不必因家中聚财，而说话行事都畏缩不前，如今想怎么说就能怎么说，想怎么做就能怎么做。有这么多的好处，他的前途从此会光明起来。

柳宗元很擅于劝慰，也许王参元家中失火后心急如焚，但柳宗元的层层剖析，让人感到化悲为喜真有些道理。柳宗元紧扣他的初而骇，继而疑，终而喜，至此就把话说完了。他的重心是“喜”，因“喜”很自然有“贺”，这就扣了题。但他没有因此打住，随后讲了下面的故事：

其一是“许不吊灾”的故事。这个故事见于《左传・昭公十八年》。公元前524年，宋国、卫国、郑国等发生火灾。按情理，邻国应该去救火，并对受灾国进行慰问。但陈国不去救火，许国不去慰问，如此的不近情理，难怪许国、陈国率先灭亡。不过，柳宗元讲这个故事是说旧例列国有灾，同位者相吊，否则会遭人厌恶。他和王参元地位相当，依情理也应吊而不贺，但他居然贺灾，与古人之道截然不同。显然他不希望王参元聚财，而希望他能为国家所用，施展自己的才华。

其二是“颜、曾之养”的故事。颜是颜回，字子渊，曾是曾参，字子舆，二人均为孔子的得意门生。孔子曾经评价颜回，说他“一箪食，一瓢饮，在陋巷，人不堪其忧，回也不改其乐”[①]。在孔子的弟子中，颜回最能安贫乐道，不幸的是因贫早死。曾参在《论语》里也留下了一些名言，如：“吾日三省吾身：为人谋而不忠乎？与朋友交而不信乎？传不习乎？”[②]“士不可以不弘毅，任重而道远。仁以为己任，不亦重乎？死而后已，不亦远乎？”[③]均广为人知。在《论语》中，我们看不到曾参安贫乐道的一面，但在

① 《论语・雍也》。

② 《论语・学而》。

③ 《论语・泰伯》。

曾参像

《庄子·让王》里，有这样的说法："曾子居卫，缊袍无表，颜色肿哙，手足胼胝。三日不举火，十年不制衣，正冠而缨绝，捉衿而肘见，纳履而踵决。曳縰而歌《商颂》，声满天地，若出金石。"这正是典型的安贫乐道，较颜回而过之。但这是被庄子文学化的人物，是他再创作的结果，不及《论语》对颜回的记载真实可信。柳宗元借二人的故事，说贫穷是不妨好道的，那么王参元在根本上是不缺什么的，尽管他家的财产化为灰烬了。

文章的最后一段，离开了"贺灾"的主题，说他与王参元之间的文章交往。这里提到的吴武陵，也是柳宗元的朋友，这且不论，倒是最后两句值得注意：

> 仆近亦好作文，与在京城时颇异，思与足下辈言之，桎梏甚固，未可得也。因人南来，致书访死生。

他的"近亦好作文"实在与当时的境遇有关，在永州闲暇无事，在文章写作上下的功夫很大，作品甚多。但他身为贬官，"桎梏甚固"之下能说的话是有限的。他在这里没有谈政治，而谈人生的道理，文中虽有牢骚，但终究是点到即止，说话还是很谨慎的。这种情绪让人感到柳宗元给王参元的这封信，有可能写于他刚到永州不久，多少有点战战兢兢的样子。

最后要说的是，很有创新精神的柳宗元，在这篇文章里反古人的吊灾为贺灾，表现风格和《国语·晋语八》的第二十则“叔向论忧德不忧贫”有点相似。晋叔向曾见韩宣子，韩宣子说：我有卿相之名而无卿相之实，太穷。于是叔向祝贺他，说晋国的栾武子贫而有德，受诸侯和百姓拥戴，国家安宁，诸侯亲服。其后经桓子、怀子到郤昭子，郤昭子“富半公室，其家半三军，恃其富宠，以泰于国”，结果呢？身死宗灭。所以他说：“今吾子有栾武子之贫，吾以为能其德矣，是以贺。若不忧德之不建，而患货之不足，将吊之不暇，何贺之有？”叔向谈的是道德与财富的问题，认为有德虽贫也胜于无德而富。而柳宗元说的是才学与财富的问题，认为有才学虽贫也胜于无才学而富，二者的主旨不一，风格也有异。叔向贺贫，以史为据，说明有德比有财富重要得多；而柳宗元主要是自我的推断，在骇、疑、喜的一波三折中更有文章的技巧，而不像叔向平铺直言。当然二人的身份不一样，叔向主要是政治家，而柳宗元既是政治家，又是文章家，在文章写作上，二人的才华不可同日而语。

【原文】

贺进士王参元失火书

得杨八书，知足下遇火灾，家无余储。仆始闻而骇，中而疑，终乃大喜，盖将吊而更以贺也。道远言略，犹未能究知其状，若果荡焉泯焉而悉无有，乃吾所以尤贺者也。

足下勤奉养，宁朝夕，唯恬安无事是望也。乃今有焚炀赫烈之虞，以震骇左右，而脂膏滫瀡之具，或以不给，吾是以始而骇也。凡人之言，皆曰盈虚倚伏，去来之不可常。或将大有为也，乃始厄困震悸，于是有水火之孽，有群小之愠，劳苦变动，而后能光明，古之人皆然。斯道辽阔诞漫，虽圣人不能以是必信，是故中而疑也。

以足下读古人书，为文章，善小学，其为多能若是，而进不能出群士之上，以取显贵者，无他故焉。京城人多言足下家有积货，士之好廉名者，皆畏忌，不敢道足下之善，独自得之，心蓄之，衔忍而不出诸口，以公道之难明，而世之多嫌也。一出口，则嗤嗤者以为得重赂。仆自贞元十五年见足下之文章，蓄之者盖六七年未尝言。是仆私一身而负公道久矣，非特负足下也。及为御史尚书郎，自以幸为天子近臣，得奋其舌，思以发明足下之郁塞。然时称道于行列，犹有顾视而窃笑者。仆良恨修己之不亮，素誉之不立，而为世嫌之所加，常与孟几道言而痛之。乃今幸为天火之所涤荡，凡众之疑虑，举为灰埃。黔其庐，赭其垣，以示其无有，而足下之才能乃可显白而不污。其实出矣，是祝融、回禄之相吾子也。则仆与几道十年之相知，不若兹火一夕之为足下誉也。宥而彰之，使夫蓄于心者，咸得开其喙，发策决科者，授子而不栗，虽欲如向之蓄缩受侮，其可得乎？于兹吾有望乎尔，是以终乃大喜也。

古者列国有灾，同位者皆相吊。许不吊灾，君子恶之。今吾之所陈若是，有以异乎古，故将吊而更以贺也。颜、曾之养，其为乐也大矣，又何阙焉？

足下前要仆文章古书，极不忘，候得数十篇乃并往耳。吴二十一武陵来，言足下为《醉赋》及《对问》，大善，可寄一本。仆近亦好作文，与在京城时颇异，思与足下辈言之，桎梏甚固，未可得也。因人南来，致书访死生。不悉。宗元白。

五、“愚者”居愚溪上的快意

——《愚溪诗序》解读

湖南永州西南有一条小溪叫冉溪，柳宗元因参与永贞革新被贬永州时，曾傍冉溪而居，写过一首《冉溪》诗，诗道：

少时陈力希公侯，许国不复为身谋。
风波一跌逝万里，壮心瓦解空缧囚。
缧囚终老无余事，愿卜湘西冉溪地。
却学寿张樊敬侯，种漆南园待成器。

这诗很有意味，他说自己小的时候希望位列公侯，为国家效力而不考虑自己个人的生活。这有点像西汉司马迁曾说自己事奉汉武帝之初，“仆以为戴盆何以望天，故绝宾客之知，忘室家之业，日夜思竭其不肖之材力，务一心营职，以求亲媚于主上”[①]。柳宗元没有说得这样卑贱，但许身报国之心是一样的。他因为参与唐顺宗时王叔文主持的“永贞革新”失败，被贬为永州司马，远离了京城长安而被贬到偏远的湖南永州，所以他说“风波一跌逝万里”。虽为司马，但不过是一闲职，始终在朝廷的操纵中，只有相对的人身自由，故称“缧囚”，因此，“许国不复为身谋”的壮

---

① 司马迁:《报任安书》。

心没有了。他待在永州，过一点轻闲但不舒适的生活。他说愿意在永州冉溪这块地方，学习西汉的寿张侯樊敬，在南园种漆以等待树长成而为己用。这话说得含蓄婉转，隐含了等待机会重新为朝廷所用的想法。这首诗应该写在他初到永州的头两年，因为他随后写了《八愚诗》《愚溪诗序》等，这里要说的是《愚溪诗序》。

《愚溪诗序》的开头很平凡，叙说愚溪的由来并交代与自己的关联：

> 灌水之阳有溪焉，东流入于潇水。或曰：冉氏尝居也，故姓是溪为冉溪。或曰：可以染也，名之以其能，故谓之染溪。余以愚触罪，谪潇水上，爱是溪，入二三里，得其尤绝者家焉。古有愚公谷，今余家是溪，而名莫能定，土之居者犹龂龂然，不可以不更也，故更之为愚溪。

这番话告诉人们愚溪的地理方位，并说这愚溪原名“冉溪”或“染溪”，是他将它更名为“愚溪”的。这一更名因他所居，也因当地人为定名而争论不休，之所以命名为“愚”，他说是受了“愚公谷”的启示。西汉刘向《说苑·政理》里有一则小故事，说是春秋时齐桓公外出打猎，在一山谷中看见一位老人，于是问这是什么山谷？老人说是愚公之谷。齐桓公问为什么叫这名字呢？老人说是用自己的名字命名的。柳宗元自认为“以愚触罪，谪潇水上”，故号“愚公”。这“愚”说，原来是很有不平之气的。

柳宗元被贬永州后，故旧大臣怕被他牵累，肯跟他写信的人几无，但京兆尹许孟容给他写了封信，让他感动不已。他给许孟容回了封信，其中说：“宗元早岁与负罪者亲善，始奇其能，谓可以共立仁义，裨教化。过不自料，勤勤勉励，唯以忠正信义为志，以兴尧、舜、孔子之道，利安元元为务，不知愚陋，不可力强，其素意如此也。”[①] 这是什么话呢？他这里说的“负罪者”是王叔文。当时王叔文在唐顺宗身边任翰林院待诏兼度支使，主导了永贞革新。唐顺宗身体不好，在位八个月就内禅，让皇位给了长子李纯，后称唐宪宗，以致永贞革新顷告失败。那时王叔文很伤感，曾吟杜甫《蜀相》中的“出师未捷身先死，长使英雄泪满襟”表达内心的忧思，第二年即遭诛杀。柳宗元与他亲善，为王叔文代拟过《为户部王叔文陈情表》。永贞革新失败，“八司马”即柳宗元、刘禹锡、韩泰、陈谏、韩晔、凌准、程异和韦执谊同时被贬。而那时，柳宗元的志向是“忠正信义”，追求的是“立仁义，裨教化”，具言之是以尧、舜、孔子之道治理天下百姓。这样的政治用心为天下百姓谋利益，何愚陋之有？但他居然遭贬，不是“愚陋”又是什么呢？柳宗元这话充满了反讽的意味，表达非一己之愚而是朝廷失了公允，颠倒黑白。

随之，柳宗元说愚溪周边的诸景：愚溪上的小丘为“愚丘”，愚丘东北面的山泉为“愚泉”，愚泉南面的曲沟为“愚沟”，筑愚沟蓄水为“愚池”，愚池东面为“愚堂”，愚堂南面为“愚亭”，愚池中的小岛为“愚岛”。以此“七愚”与“愚溪”共同构成“八愚”。总之，“嘉木异石错置，皆山水之奇者，以余故，咸以愚辱焉”。柳宗元这番话表面上说得很平静，实则在平静中牢骚更盛。他“愚”，在愚溪所见之物都以“愚”命名，正像刚才说的，他何愚陋之有？众物又何愚陋之有？但不妨碍他因“八愚”而有了《八愚诗》，可惜这《八愚诗》今已不传，不知他究竟吟咏了什么。柳宗元今传有《旦携谢山人至愚池》：

---

① 柳宗元:《寄许京兆孟容书》。

明·唐寅《溪山渔隐图》局部

新沐换轻帻，晓池风露清。
自谐尘外意，况与幽人行。
霞散众山迥，天高数雁鸣。
机心付当路，聊适羲皇情。

这首诗别有意味，他在新沐后与谢山人同游愚池，言称“自谐尘外意”，表示自己业已超脱尘俗，换言之不再虑及官场宦海。与之相应，他说的“机心付当路”的“机心”，见于庄子笔下的一位老农。这位老农宁愿抱着瓦罐浇灌菜地而不愿用机械浇灌，并且说：“吾闻之吾师，有机械者必有机事，有机事者必有机心。机心存于胸中，则纯白不备。纯白不备，则神生不定。神生不定者，道之所不载也。吾非不知，羞而不为也。”[①] 这番话表明凡事当顺应自然，不要以人为干扰了自然，所以老农说“吾非不知，羞而不为也”。柳宗元用这个典故，是说将操劳天下治理的事交给“当路”即正当权的官吏们。“聊适羲皇情”的羲皇，是传说

① 《庄子·天地》。

中原始社会的伏羲氏，那时人们都过着自由自然的生活，如今的柳宗元似乎也是如此，他完全超脱于世俗之外了。他还有一首《溪居》，也写在愚溪，诗说：

久为簪组累，幸此南夷谪。
闲依农圃邻，偶似山林客。
晓耕翻露草，夜榜响溪石。
来往不逢人，长歌楚天碧。

柳宗元 26 岁任集贤殿正字，被贬永州时 33 岁，在京为官的时间并不是太长。但他说“久为簪组累”，一个“久”字，透露出他突遭挫折后内心对官场的厌倦和无奈。被贬永州原本不是好事，在他看来竟是好事，因此说“幸此南夷谪”。他在永州闲适安逸，农耕野处，与农圃山林为伴，虽然“来往不逢人”，但开喉放歌，楚天空阔，并不觉得孤寂。从这两首诗，大体可以推知柳宗元《八愚诗》表达的情怀。

柳宗元这篇《愚溪诗序》的构思，很在意上下文的逻辑勾连。他在这里说的“嘉木异石错置，皆山水之奇者，以余故，咸以愚辱焉”，不仅引发了下文的一番议论，还引发他又写了一篇《愚溪对》。不妨看看《愚溪对》。

柳宗元写过一些问对文，如《设渔者对智伯》《对贺者》《杜兼对》《天对》《答问》《起废答》等。问对文起于战国，战争风云下的策士应对普遍流行，诸子之文如《墨子》《孟子》《庄子》也多用问对体，或称对话体，以后相源不绝。这里有必要提一下柳宗元的《天对》，这篇文章因战国晚年屈原的《天问》而作。《天问》是篇奇文，全诗主要用四言，一口气提出了 170 多个问题，问苍天，问大地，问社会，问人生，在楚辞中别具一格。柳宗元以《天对》解读《天问》，非一般人所能为。北宋晁补之曾说柳宗元博学能辞，又深爱《离骚》，所以能揭示出《天问》的意蕴，使《天问》因《天对》而益彰。《庄子·至乐》里有一个故事，说庄子之楚，在路旁见一空髑髅，发问空髑髅为何而死之后，枕而卧之，于是空髑髅在梦中显灵，和庄子有一番关于生与死的论辩。《愚溪对》借用这种形式，让愚溪发问："子何辱予，使予为愚耶？有其实者，名固从之，今予固若是耶？"然后说：闽有"恶溪"，西海有"弱水"，秦有"浊泾"，雍有"黑水"，它们被人这样称呼，没问题呀！"夫恶弱，六极也；浊黑，贱名也。彼得之而不辞，穷万世而不变者，有其实也。"愚溪却不是这样，"今予甚清与美，为子所喜，而又功可以及圃畦，力可以载方舟，朝夕者济焉。子幸择而居予，而辱以无实之名以为愚，卒不见德而肆其诬，岂终不可革耶"？这番自辩说自己的品格、功业，既然为君所喜，为什么不感谢它而诬说它"愚"呢？难道不可以改变吗？这"愚溪"的发问，很像是为柳宗元代言，是上面提到的：我柳宗元"忠正信义"，效尧舜而安黎民，为什么不得重用而遭贬永州呢？

在这里，柳宗元的答话也很有味道。他说："汝诚无其实，然以吾之愚而独好汝，汝恶得避是名耶！"我愚而爱你，难道你不愚吗？这话切合物以类聚、人与群分的老话。愚溪想避"愚"名也是不可能的。再说，愚溪要求名应副实，那"贪泉"难道又真的贪婪吗？有人饮泉水而南行，见交趾的宝物，贪而取之，唯恐不能多得，这是人的缘故还是泉水的缘故呢？柳宗元接着说："贪泉因为经过的人贪得而以'贪'为名，那么你招引我这个愚蠢的人长期居住在这里，称你为'愚溪'更是理所当然的事，想去掉

‘愚’是不可能的。”为了说明愚溪就应该名“愚”，柳宗元随之又说了：“在君主贤明的时代，用智者而智者近君主，弃愚者而愚者远窜。现在你寄身的地方远离京城三千里，偏僻荒凉，瘴气蒸腾，螺蚌相守，只有犯罪违法愚陋的人与你交游、守护，你能够说自己很聪明吗？你如果聪明，为什么不让聪明的、掌握了国家权力且能管理天下的人，到你这来一下呢？为什么偏偏让我这个愚陋的人独居于此呢？你既然不能得到聪明人的光顾而只有我到来，就说明你愚陋，凭什么我不能以‘愚’为你冠名呢？你还有什么可以辩解的吗？”

愚溪承认柳宗元说得有理，反问他是怎样愚陋而连累了我“愚溪”？柳宗元说，让我说个大概吧：

> 吾茫洋乎无知。冰雪之交，众裘我絺；溽暑之铄，众从之风，而我从之火。吾荡而趋，不知太行之异乎九衢，以败吾车；吾放而游，不知吕梁之异乎安流，以没吾舟。吾足蹈坎井，头抵木石，冲冒榛棘，僵仆虺蜴，而不知怵惕。何丧何得？进不为盈，退不为抑，荒凉昏默，卒不自克，此其大凡者也。

这是什么话呢？他说：“我愚陋得不知冷热，冰雪交加的时候，别人穿着皮袄而我穿着细葛布做的单衣；炎热的夏天热得金属都要熔化了，大家都吹风乘凉，而我紧紧靠着火；我纵情驱车，不知道太行山的陡峭不同于平坦的大道，以致车子损坏了；我放肆遨游，不知道吕梁急湍的河水不同于安流，以致船儿沉没了；我脚踩在高低不平的路上，头碰着树木和石头，冲撞在荆棘中，硬邦邦地躺在毒蛇丛里，不知道害怕。”柳宗元说了这么多，都只是抽象的比拟，它们共同的思想指向是他把自己描述为不通世事者，违俗的不合众，全然是不知道合众，甚至不知道己身的安危，因此才会碰壁、遭贬，才会流落到偏远的永州。但在这一连串的表述之后，他冒出一句："何丧何得？进不为盈，退不为抑，荒凉昏默，卒不自克，此其大凡者也。"说的是："如是什么是得，什么是失？我也不知道。反正我进不知足，退不知忧，荒唐糊涂，不知警醒。"这又在告诉人们，他柳宗元愚陋，但他的性情还改不了，流贬就流贬，他柳宗元还是柳宗元。这让人联想到他在《溪居》诗里说的"久为簪组累，幸此南夷谪"，身处永州是福而不是祸。韩愈在《柳子厚墓志铭》里说柳宗元之贬是福，因为他在被流贬的日子里写了大量的诗文，在韩愈看来，柳宗元即使成为将相，也不及他的文学辞章流传久远有意义，那流贬不是福又是什么呢？

《愚溪对》里，愚溪最后表现出来的"俯而羞，仰而吁，涕泣交流，举手而辞"，当然只是柳宗元的自诉之辞，他借此强调自己是真"愚"，愚溪之为愚溪，也是应当的。《愚溪对》终究是一场梦，梦话呈现的说到底是柳宗元的心声，看似委婉的表达，透出的却是他刚强不屈的个性，以及对遭遇流贬的大为不满。这一点他与挚友刘禹锡相似。刘禹锡被贬为朗州（今湖南常德）司马回长安后写了一首七绝，说是："紫陌红尘拂面来，无人不道看花回。玄都观里桃千树，尽是刘郎去后栽。"[①] 诗讥讽当朝权贵自鸣得意，其实都不在他的眼里。这样的傲然心性柳刘共享，他们没有打算改变，也没有人能够让他们改变。

不过，在《愚溪诗序》里，柳宗元对以"愚"辱溪，还有另

---

① 刘禹锡：《游玄都观》。

外的说法。他自问自答：

> 夫水，智者乐也。今是溪独见辱于愚，何哉？盖其流甚下，不可以溉灌；又峻急，多坻石，大舟不可入也；幽邃浅狭，蛟龙不屑，不能兴云雨。无以利世，而适类于余，然则虽辱而愚之，可也。

这是就愚溪的功用而言的。他说：愚溪怎么不“愚”呢？水流低下，不能灌溉农田；溪中石多流急，不能行驶大船；幽深浅窄，蛟龙要兴云雨，根本瞧不上它。从这些来看，愚溪对社会一点好处都没有，刚好适合他这个“愚”人，把它称为“愚溪”不也可以吗？柳宗元接着又说：

> 宁武子“邦无道则愚”，智而为愚者也；颜子“终日不违如愚”，睿而为愚者也。皆不得为真愚。今余遭有道，而违于理，悖于事，故凡为愚者莫我若也。夫然，则天下莫能争是溪，余得专而名焉。

较之上面就愚溪的自然状态指陈其不足，这里用了两个典故。一是春秋卫国大夫宁武子即宁俞的“邦无道则愚”。这话出自孔子，《论语·公冶长》记载孔子说：“宁武子，邦有道则知，邦无道则愚。其知可及也，其愚不可及也。”孔子的意思是宁武子这个人，国家有道的时候就很智慧，国家无道的时候就很愚陋。其实是说宁武子的愚陋本身也是一种智慧，所以孔子说宁武子的智慧可以达到，但他在国家无道时显示出的愚陋或者说以愚为智则是不能及的。他称之为“智而为愚者也”。二是颜子即孔子弟子颜回“终日不违如愚”。这也是孔子说的：“吾与回言终日，不违如愚。退而省其私，亦足以发，回也不愚。”[①]能够举一反三，颜回一点都不愚笨。柳宗元称之为“睿而为愚者也”。无论是智而为愚还是睿而为愚，确实不是真愚。但他说：“我是真愚，因为在国家有道、君主贤明之时，我的言行与事理相悖，动则失当，天下没有谁可以超越我的愚陋。天下没有谁想做一个愚人，没有谁想在距京城三千里外的永州与冉溪做伴而和我争夺冉溪的命名权，那么把冉溪叫作‘愚溪’就为我专有了。”

柳宗元娓娓叙说，本无生命的愚溪仿佛活灵活现地站在他面前，与他侃侃而谈，希望能够摆脱他的拖累。而柳宗元正是在与愚溪的相互辩驳中，展示出自己被贬永州的内心世界。口口声声说自己愚陋的柳宗元，对愚陋并不认同，只觉得时运不济，命途多舛。尽管如此，他居于永州愚溪，最终心还是放平和了，于是说了下面一番话：“溪虽莫利于世，而善鉴万类，清莹秀澈，锵鸣金石，能使愚者喜笑眷慕，乐而不能去也。”这显然是愚溪的颂歌，读来方觉得全文先抑而后扬。一方面说愚溪对社会没有什么好处，另一方面说愚溪能乐愚者，这岂不是有利于世？只是说大用于世还是小用于世。愚者柳宗元乐的是愚溪“善鉴万类，清莹秀澈，锵鸣金石”，愚溪的这般品性，何尝不是柳宗元的品性，因此他能够“喜笑眷慕，乐而不能去”。同时，柳宗元说，贬永州而居愚溪，是他不合世俗的结果。但“余虽不合于俗，亦颇以文墨自慰，漱涤万物，牢笼百态，而无所避之”。这一表白也可谓是他在自称愚陋之后的亮色。在当时的文坛上，柳宗元与韩愈、刘禹锡并称于世，而他说的“以文墨自慰”，其实也是以文墨自傲。

---

① 《论语·为政》。

他在永州写下的“永州八记”及《封建论》《三戒》等篇章都在后世享有盛名。

凡事违俗或违理悖事的柳宗元，在这篇文章最后说自己“以愚辞歌愚溪，则茫然而不违”。他与愚溪的相合，自称是昏然同归，同归的是什么呢？是“超鸿蒙，混希夷”。“鸿蒙”出自《庄子·在宥》的“云将东游，过扶摇之枝，而适遭鸿蒙”，指的是原始混沌的元气；“希夷”出自《道德经》“视之不见名曰夷，听之不闻名曰希，搏之不得名曰微。此三者，不可致诘，故混而为一”，指的是浑然为一的道即自然。他让自己融入自然，说在“寂寞”即清静中没有人理解他，但不妨碍他有悠然自得的生活。在这样的状态下，他写了《八愚诗》，刻在溪石上。《愚溪诗序》因之而生。

这篇文章以寓言的笔调反讽社会，在跌宕起伏中批评朝廷流贬他的不当；同时对自己的流贬新生活有积极的认同。但在这种认同中，他崇尚老庄的自然，疏离了为世所用的人生初衷，这固然是对流贬痛苦的消解，看似有与自然相融的快意，却透出倔强而不屈服的性情，从而有难以融入自然的无奈。事实也是如此，他后来在愚溪还写了《起废答》，说自己病于德而不为世用，内心又不平静了。不过，《愚溪诗序》没有说《八愚诗》的具体情况，只是告诉人们愚溪是怎么回事，让人知道这组诗的创作背景，言外别有意趣。

柳宗元死了三年以后，刘禹锡曾听一位游览了永州愚溪的僧人说愚溪已不是旧时的愚溪了，他悲不自胜，写下了七绝《伤愚溪三首》，其三写道：“柳门竹巷依依在，野草青苔日日多。纵有邻人解吹笛，山阳旧侣更谁过？”这“山阳旧侣”用了“竹林七贤”的故事，以伤悼知音不再，感叹“愚溪”终成往事。

【原文】

愚溪诗序

灌水之阳有溪焉，东流入于潇水。或曰：冉氏尝居也，故姓是溪为冉溪。或曰：可以染也，名之以其能，故谓之染溪。余以愚触罪，谪潇水上，爱是溪，入二三里，得其尤绝者家焉。古有愚公谷，今余家是溪，而名莫能定，土之居者犹龂龂然，不可以不更也，故更之为愚溪。

愚溪之上，买小丘，为愚丘。自愚丘东北行六十步，得泉焉，又买居之，为愚泉。愚泉凡六穴，皆出山下平地，盖上出也。合流屈曲而南，为愚沟。遂负土累石，塞其隘，为愚池。愚池之东为愚堂，其南为愚亭，池之中为愚岛。嘉木异石错置，皆山水之奇者，以余故，咸以愚辱焉。

夫水，智者乐也。今是溪独见辱于愚，何哉？盖其流甚下，不可以溉灌；又峻急，多坻石，大舟不可入也；幽邃浅狭，蛟龙不屑，不能兴云雨。无以利世，而适类于余，然则虽辱而愚之，可也。宁武子"邦无道则愚"，智而为愚者也；颜子"终日不违如愚"，睿而为愚者也。皆不得为真愚。今余遭有道，而违于理，悖于事，故凡为愚者莫我若也。夫然，则天下莫能争是溪，余得专而名焉。

溪虽莫利于世，而善鉴万类，清莹秀澈，锵鸣金石，能使愚者喜笑眷慕，乐而不能去也。余虽不合于俗，亦颇以文墨自慰，漱涤万物，牢笼百态，而无所避之。以愚辞歌愚溪，则茫然而不违，昏然而同归，超鸿蒙，混希夷，寂寥而莫我知也。于是作《八愚诗》，纪于溪石上。

六、以“明志”刷新孟子的“天爵”说

——《天爵论》解读

柳宗元在中唐贞元、太和年间，与朋友韩愈、刘禹锡以能文名动一时。其论长于开宗明义，如《封建论》说“封建”，夏商周三代欲去而不能去，是人之初其势使然，并非圣人之意，以为他论郡县制张本；《守道论》以人言“守道不如守官”发端，直陈“未有守官而失道，守道而失官之事”，本不是圣人之言，而是传说之误。他的《天爵论》也是这种风格，开篇说“仁义忠信，先儒名以为天爵，未之尽也”，然后尽展论辩锋芒，纵横捭阖，气势强劲。先不谈柳宗元怎样辩说，有必要交代一下“天爵”说的由来。

“天爵”说出自战国孟子之口，孟子一生游说诸侯，特别是游说梁惠王、齐宣王，欲行仁政、王道于天下，号召天下“老吾老，以及人之老；幼吾幼，以及人之幼”，指望有人采纳他的主张，在诸侯纷争的年代用仁爱一统天下。他的愿望十分美好，不意终究不得志，最后与弟子万章等人作《孟子》七篇，阐述自己的社会主张，

孟子像

说过："有天爵者，有人爵者。仁义忠信，乐善不倦，此天爵也；公卿大夫，此人爵也。古之人修其天爵，而人爵从之。今之人修其天爵，以要人爵，既得人爵，而弃其天爵，则惑之甚者也，终亦必亡而已矣。"① 孟子把人生的爵位分成两类，一是自身的道德品行，二是在社会上担任的职务，如这里提到的公卿大夫之类。后者受前者的影响，是人自己通过努力自然而然达到的。姑且不论后者的各种爵位或职务，这里说说前者"天爵"。

孟子"天爵"说的仁义忠信源自孔子的思想。孔子一向以仁为根本，他说的为政以德，核心就是仁，没有仁，礼乐教化就无从施行了；他又重义，合义可取富贵，不义则富贵如浮云；重忠，终生奉行忠恕之道；重信，人而无信，不知其可也，希望人谨而信。孟子把这些基本的伦理道德组织在一起，作为做人的根本。如果一个人具备了这些道德而乐善不倦，就有了天然的爵位，会受到人们普遍的尊重。有意思的是，孟子在这里提出了"天爵"和"人爵"的关系，以及人们对"天爵"和"人爵"的态度。他说因修"天爵"而后就有了"人爵"，这可视为儒者修身、齐家、治国、平天下的另一种表述，其后汉代推行举孝廉的官吏选拔制，仍是修"天爵"而"人爵"从之的做法。《孟子注疏》注释"天爵"和"人爵"时，举了虞舜的例子，说"舜耕于历山，乐取诸人以为善，而尧自然禅其禄位，是修其天爵而人爵从之者也"。这当然是传说，但西汉的司马迁把它写入了《史记·五帝本纪》，影响深远。不过，孟子说修"天爵"而"人爵"从之，主要是说古人，而不是今人即战国时人。战国战乱频仍，天下诸侯没有谁信孟子的仁政、王道，也没有谁信墨子的兼爱、非攻。在充满血腥的刀

① 《孟子·告子上》。

枪剑戟之下，是对权力、土地、百姓的争夺。沿袭春秋的传统，战国依旧无义战，于是出现的惨状是“争地以战，杀人盈野；争城以战，杀人盈城”[①]，巧诈横行，仁义忠信在哪里呢？因此，战国时人修“天爵”未必有“人爵”，孟子自己就是很典型的例子。他是“天爵”修得很好的人，虽时而贵为梁惠王的上宾，时而贵为齐宣王的上宾，可以和他们坐而论道，但他的“人爵”在哪里呢？孟子在这里揭露了一个社会现象，说有的人修仁义忠信，是把仁义忠信当作敲门砖，敲开了仕途的大门之后，就变质了，抛弃了原本具备的道德品质，只要做官。这样的人当时有，后来也还有。在物质利诱面前，一些得官的人是会变的，京剧《铡美案》上演的陈世美抛弃糟糠之妻秦香莲的故事，也是现实生活中常有的事。陈世美的悲惨结局是丢了“人爵”，丧了性命，应了孟子说的“终亦必亡而已矣”。

孟子关于“天爵”的话，影响很大。南朝宋诗人鲍照有五古《蜀四贤咏》，其中说“君平因世闲，得还守寂寞。闭帘注道德，开封述天爵”，这里的“天爵”是仁义忠信的代名词。随后它的含义也曾发生变化，如中唐白居易也有诗写道：“行寻甃石引新泉，坐看修桥补钓船。绿竹挂衣凉处歇，清风展簟困时眠。身闲当贵真天爵，官散无忧即地仙。林下水边无厌日，便堪终老岂论年。”[②]这“天爵”就只是身闲无事且无忧，与孟子说的意思距离很远。

回到柳宗元的文章中来，他说以仁义忠信为“天爵”是不够的，他有这样一番道理：老天要是尊贵这个人，就会赋予他“刚健之气”和“纯粹之气”，使人成为“至灵”之人。这样的人，

---

① 《孟子·离娄上》。

② 白居易：《池上即事》。

大者是圣人、神人，其次是贤人、能人，而为人尊贵。贤人说、能人说很常见，圣人说曾较集中地出现在《道德经》中，老子视“圣人”为理想人格。孔子的弟子曾称孔子为圣人。而圣、神同时出现在《庄子·逍遥游》中，庄子有“至人无己、神人无功、圣人无名”的名言，并讲述了圣人许由不肯接受尧让天下的故事，讲了神人的尘垢秕糠可以陶铸尧舜的故事。这些故事是庄子虚构的，柳宗元说“圣神”，只是借用了这个称呼，称之为得了刚健之气的人，超越了一般，他是这样说的：

> 刚健之气，钟于人也为志，得之者，运行而可大，悠久而不息，拳拳于得善，孜孜于嗜学，则志者其一端耳。

这话说得很明白，如果有志气而能够持之以恒地践行，恳切地执着于善，孜孜不倦地好学，那就是刚健之气汇注的结果，这刚健之气支撑着人前行，足以使人事业有成。随后柳宗元说到“纯粹之气”：

> 纯粹之气，注于人也为明，得之者，爽达而先觉，鉴照而无隐，盹盹于独见，渊渊于默识，则明者又其一端耳。

他认为人有“纯粹之气”就会明智。因为纯粹，人心就无杂念，是荀子说的“明达纯粹而无疵”[①]。因此，人的内心就会清爽明澈，先知先觉，遇事明察而无所隐藏，专注而有独见，深沉而能自知。进而他将“刚健之气”和“纯粹之气”归结为：“明离为

---

① 《荀子·赋》。

天之用，恒久为天之道，举斯二者，人伦之要尽是焉。故善言天爵者，不必在道德忠信，明与志而已矣。”所谓“明离”之“离”，《易经·说卦》里有解释：“离也者，明也，万物皆相见。”柳宗元把明智上升为天之用，把长志上升为天之道，认为二者是出自人的本真，是最该做的事。有这二者，仁义忠信等人伦道德都在其中了。要说“天爵”，这“天爵”基本该是“明与志”。看来，柳宗元不是不讲仁义忠信，而是有更开阔的视野和胸怀，也让人感受到他为社会所用的人生信念。这种表达一方面让人想到孟子说的“浩然之气”①，孟子说自己善养浩然之气，说“浩然之气”配义与道，至大至刚而充塞于天地之间。柳宗元的二气说多少受了孟子的影响，尽管他在“天爵”论上不完全赞同孟子的意见。另一方面让人想到韩愈说的青年柳宗元，“俊杰廉悍，议论证据今古，出入经史百子，踔厉风发，率常屈其座人”②，从《天爵论》说话的语气来推断，这篇文章应该写于他被贬永州之前。

柳宗元似乎担心有人误解他不重仁义忠信，于是来说明智、志向和仁义忠信之间的关系。他说：

> 道德之于人，犹阴阳之于天也；仁义忠信，犹春秋冬夏也。举明离之用，运恒久之道，所以成四时而行阴阳也。宣无隐之明，著不息之志，所以备四美而富道德也。

应该注意的是，柳宗元这里说的“道德”，是“道”与“德”之意，思想主张与人伦道德是不可分离的，就像阴阳之于天（实

① 《孟子·公孙丑上》。

② 韩愈：《柳子厚墓志铭》。

当为阴阳之于天地）一样。天地有阴阳说，传说天地由阴阳二气合成，阳气上升为天，阴气下沉为地。他打这个比方，主要想说“道”与“德”之间的关系就是如此的亲密无间。而仁义忠信呢？就像春秋冬夏一样。这春秋冬夏相互依存，仁义忠信也相互依存，彼此不能分离。他把人的明察之智和恒久之志说成是天经地义的事，说人能够这样做，就像有春秋冬夏和天地阴阳一样。人能够保持明察之智和恒久之志，那么就能具备仁义忠信四种美德，思想和道德都会很深厚。柳宗元高度肯定了仁义忠信对人生的作用，他希望人人都能这样，既有仁义忠信这样的道德品性，又怀恒久之志而能明察秋毫，也许这样就可以成为一个很完美的人：既有德性，又有志向和能力。

柳宗元也知道在社会生活中，并非人人都是他理想中的样子。有些人虽然好学不倦，但不能明察万物，前进的方向不清楚，志向不明；有些人能够明察万物却放纵自己的性情，没有坚守自己的志向，这当然是不合适的。而这又是社会生活中常有的现象，所以在柳宗元前后都有人劝学，要求人们道德良善、坚执如一。柳宗元在这一点上说得很透彻：“明以鉴之，志以取之，役用其道德之本，舒布其五常之质，充之而弥六合，播之而奋百代，圣贤之事也。”显然，道与德是根本，这比孟子说的仁义忠信要全面一些。而他说的德，在“舒布其五常之质”里变得较为清晰，因为五常是经孔子、孟子而在西汉儒学大师董仲舒那里明确形成的仁、义、礼、智、信，是一般人应该具备的品德。柳宗元说，如果人能够这样，那将是多么美好的事啊！所谓的“充之而弥六合，播之而奋百代”，六合是天地与东南西北四方，是空间的无边无际，百代是时间的无限延续。他这话说得很夸张，无非是能够这样，就可名传天地之间，名载千秋万代，没有穷尽。柳宗元称之为“圣贤之事”，这样说，表明他是希望人人都能成圣贤的。

柳宗元说：圣贤与庸夫的差异在哪里呢？在于明志。“使仲尼之志之明可得而夺，则庸夫矣；授之于庸夫，则仲尼矣。”这话很有深意，孔子是世人公认的圣人，但柳宗元看到的是，如果孔子无志无明或者其明其志能够改变，那孔子就不是孔子，而是一介庸夫；反过来说，如果一介庸夫能够有孔子的明、志，那这庸夫不就成了孔子吗？人是可以修行的。这让我们想到孟子说过的人人都可以成为尧、舜的说法。曹交（有人说是曹国国君的弟弟）曾问孟子：是不是每个人都可以成为尧舜呢？孟子说是。随后他发挥了一下，说不仅人人都可以成为尧舜，而且人人都可以成为桀纣。他的原话是：“尧舜之道，孝弟而已矣。子服尧之服，诵尧之言，行尧之行，是尧而已矣。子服桀之服，诵桀之言，行桀之行，是桀而已矣。”[①] 这是说，如果一个人按唐尧的思想去规范自己的言行，那不就是尧舜吗？如果一个人以夏桀为榜样，亦步亦趋，那不就是夏桀吗？这些话说得很直截了当，实际上没有这样简单，其中贯穿了人是可塑的这样一个基本的道理。不仅是孟子，其后的荀子说人人可以成君子、成圣人，只要愿意去学。相形之下，可以看到柳宗元关于人人可以成圣贤的思想也是有前人足迹可寻的。

柳宗元的话还没说完，他说“天爵”无级，尽管一个人明察的程度有高低，志向恒久有长短，但只要能明察且有恒久之志就行了。而且他也看到，明与志有不同的表现，孔子曾说：“我非生而知之者，好古，敏以求之者也。”[②] 这“敏以求之”，柳宗元说“明

---

① 《孟子·告子下》。

② 《论语·述而》。

之谓也”。孔子还说：“若圣与仁，则吾岂敢？抑为之不厌，诲人不倦，则可谓云尔已矣。”[1] 这“为之不厌”，柳宗元说“志之谓也”。有人曾就柳宗元批评孟子的“天爵”说而批评柳宗元，说他认为人生当最重明与志，在孟子的“天爵”说里都有。孟子不是说“乐善不倦”吗？这“乐善”含有明鉴，“不倦”含有恒志。那么从柳宗元对孔子的评说来看，也可以类推出“乐善”含明鉴，“不倦”含恒志，但这毕竟是类推的结果。“天爵”说本意是仁义忠信，而柳宗元借此明确提出明与志的观念，实在是他思想的进步。

柳宗元是主张修身的，但他说：“道德与五常，存乎人者也；克明而有恒，受于天者也。”这话似乎把明察与恒志视为天授，是人的天性使然，不像道德和仁义礼智信那样在于人为。这不是说明察与恒志不能修炼吗？但他又鼓励后人努力去获取明与志，看能达到怎样的程度。其中的疑惑，他最后有一番自问自答：

或曰：“子所谓天付之者，若开府库焉，量而与之耶？”曰：否。其各合乎气者也。庄周言天曰自然，吾取之。

这一问答小有意思，所谓的天付，并不是老天爷打开府库，看各人的能力大小，取而予之，而是每个人能否与刚健之气、纯粹之气相合，能相合就自然拥有了。原来他说的天是自然，只是没直接点明，而是用“庄周言天曰自然，吾取之”这样一种俏皮的方式，在刹那间让人明白了“克明而有恒，受于天者也”的真正含义。

柳宗元好作批评文章，他的《桐叶封弟辩》，说周成王以桐

---

① 《论语·述而》。

叶为珪封小弟，本为戏言，但周公说天子不可戏言，让成王封小弟于唐。柳宗元说，以戏言为真，是周公教成王犯错。他又有《论语辩》一文，说《论语》不是孔子弟子所记，而应是孔子弟子曾参的弟子所记。因为曾参小孔子46岁，曾参死时，孔子的弟子所剩无几了。这些都表现出他的思想不同凡俗。《天爵论》也是批评文章，但它在批评中表明自己的明志思想，理自成篇，批评的意味淡了。且在层层推演之下，开篇的刚健之气和纯粹之气说，以及收束的合气说，让人感到他结构的严密。文章虽短，却在起伏照应中有深刻的人生之思，让人读后自省该有怎样的人生。

这篇文章以“明志”刷新了孟子的“天爵”说，也透露出柳宗元的人生理想。只是他的人生理想在长期的流贬生活中沉沦了。他是那么想在政治上有所作为，可最终却无所为，成就他的是那些名垂千古的文学辞章。

【原文】

天爵论

柳子曰：仁义忠信，先儒名以为天爵，未之尽也。夫天之贵斯人也，则付刚健、纯粹于其躬，倬为至灵。大者圣神，其次贤能，所谓贵也。刚健之气，钟于人也为志，得之者，运行而可大，悠久而不息，拳拳于得善，孜孜于嗜学，则志者其一端耳。纯粹之气，注于人也为明，得之者，爽达而先觉，鉴照而无隐，盹盹于独见，渊渊于默识，则明者又其一端耳。明离为天之用，恒久为天之道，举斯二者，人伦之要尽是焉。故善言天爵者，不必在道德忠信，明与志而已矣。

道德之于人，犹阴阳之于天也；仁义忠信，犹春秋冬夏也。举明离之用，运恒久之道，所以成四时而行阴阳也。宣无隐之明，著不息之志，所以备四美而富道德也。故人有好学不倦而迷其道挠其志者，明之不至耳；有照物无遗而荡其性脱其守者，志之不至耳。明以鉴之，志以取之，役用其道德之本，舒布其五常之质，充之而弥六合，播之而奋百代，圣贤之事也。

然则圣贤之异愚也，职此而已。使仲尼之志之明可得而夺，则庸夫矣；授之于庸夫，则仲尼矣。若乃明之远迩，志之恒久，庸非天爵之有级哉？故圣人曰“敏以求之”，明之谓也；“为之不厌”，志之谓也。道德与五常，存乎人者也；克明而有恒，受于天者也。呜呼！后之学者，尽力于斯所及焉。

或曰：“子所谓天付之者，若开府库焉，量而与之耶？”曰：否。其各合乎气者也。庄周言天曰自然，吾取之。

七、哀悯屈原而自悼的悲愤之辞

——《吊屈原文》解读

关于战国时期楚国的屈原（字原，名平），西汉司马迁是第一个为他立传的人。《史记·屈原列传》让许多人知道了屈原，为他的不幸遭遇潸然泪下，也为他“路漫漫其修远兮，吾将上下而求索”的人生精神所激励，奋斗不止。但也有人从史学的角度对这篇传记作了一些批评，因为司马迁除了介绍屈原的生平，述说他的事迹和悲惨结局之外，对屈原寄寓了很深的同情，不禁在不应抒情的史书中抒情，并特别提到屈原最有名的作品《离骚》。司马迁是这样写的：

> 屈平疾王听之不聪也，谗谄之蔽明也，邪曲之害公也，方正之不容也，故忧愁幽思而作《离骚》。离骚者，犹离忧也。夫天者，人之始也；父母者，人之本也。人穷则反本，故劳苦倦极，未尝不呼天也；疾痛惨怛，未尝不呼父母也。屈平正道直行，竭忠尽智以事其君，谗人间之，可谓穷矣。信而见疑，忠而被谤，能无怨乎？屈平之作《离骚》，盖自怨生也。

他说屈原公正廉明，却遭奸邪谗毁，而当时的楚怀王又黑白不分，忠奸莫辨，怎么会没有“忧愁幽思”呢？因此屈原写了《离骚》，在其中呼天抢地，抒发“信而见疑，忠而被谤”的怨愤。

这哪里是在写历史呢？有人说司马迁把自己遭遇“李陵之祸”而被处以宫刑的悲愤融入其中，为屈原鸣不平，也借屈原为自己鸣不平。司马迁的命运比屈原稍好一点，因为屈原在流放时听说楚国的郢都（今湖北荆州）被秦军攻破，悲痛得投汨罗江自杀了。但司马迁内心的痛苦和屈原一样深，他本有引决自裁之心，但念及自己就这样死去，如同九牛亡一毛，一点意义都没有。为了撰写“究天人之际，通古今之变，成一家之言”的《史记》(原名《太史公书》)，他隐忍苟活，在为屈原立传的时候，借机发了一点牢骚，也算是对屈原的祭奠。

屈原之死，引发了天下人的共鸣。据说他投江的日子是农历五月初五，当地人划船去救他，担心他的尸体被鱼吃掉了，包了各色粽子投到江里喂鱼，并有了纪念屈原的端午节，这个节日如今已是最具影响力的中国传统节日之一。屈原死后，纪念他的诗文层出不穷，司马迁说：“自屈原沉汨罗后百有余年，汉有贾生，为长沙王太傅，过湘水，投书以吊屈原。”贾生即西汉文帝时的贾谊，曾官太中大夫，后忧社会之弊而力主变革，遭老臣忌恨，说他“年少初学，专欲擅权，纷乱诸事”[①]，结果被贬为长沙王太傅。贾谊赴长沙就任时，路过汨罗江，想到屈原，于是写了《吊屈原赋》。司马迁这样说他：“贾

明·陈洪绶《屈子行吟图》

① 司马迁:《史记·贾生列传》。

生既辞往行，闻长沙卑湿，自以寿不得长，又以适去，意不自得，及渡湘水，为赋以吊屈原。”[①]这比贾谊自己在《吊屈原赋》开头说的“恭承嘉惠兮，俟罪长沙。侧闻屈原兮，自沉汨罗。造讬湘流兮，敬吊先生”，要明确得多。贾谊所言对屈原充满怜悯之情，暂时掩饰了自己有愤抒怀，而司马迁说，贾谊是自己不得意，才悼念同样不得意的屈原。

柳宗元似乎在走贾谊的道路，他被贬的永州，是比长沙更偏远的地方。他刚到永州不久，写下了《吊屈原文》。虽称为“文”，实为骚体之赋，与贾谊的《吊屈原赋》属同一种文体。柳宗元写这篇文章大概是在唐宪宗元和元年（806）前后，距离屈原投江自尽已逾千年，所以柳宗元第一句就说“后先生盖千祀兮”。他晚屈原千年而不能忘怀屈原，是人生遭际相似的共鸣。那时的他“再逐而浮湘”，说的是因参与王叔文永贞革新失败后，先被贬邵州刺史，未等他到任，又被贬永州司马。而屈原也被流放南方，自然唤起他的联想，说是“求先生之汨罗兮，揽蘅若以荐芳”，想在汨罗江边见到屈原，为屈原献上一束杜衡、杜若，表达对屈原先生的敬意。但当年在汨罗江畔徘徊，吟唱“举世混浊而我独清，众人皆醉而我独醒”的屈原在哪里呢？

柳宗元说屈原“不从世兮，惟道是就”。这“世”即社会是怎样的状态呢？屈原在《离骚》里描述过当时的社会环境，“众皆竞进以贪婪兮，凭不厌乎求索。羌内恕己以量人兮，各兴心而嫉妒”“怨灵修之浩荡兮，终不察夫民心。众女嫉余之蛾眉兮，谣诼谓余以善淫。固时俗之工巧兮，偭规矩而改错。背绳墨以追

① 司马迁：《史记·贾生列传》。

曲兮，竞周容以为度”①。出自屈原《离骚》的这些诗句，有三层基本的表达：一是“众”“众女”喻指同僚或说群臣，贪婪、嫉妒，中伤他淫荡；二是“灵修”喻指君王，说君王“浩荡”即糊涂，不能体察他的内心；三是“时俗”，善于取巧作伪，违背规矩改变措施，追逐邪曲，彼此包容。他追求自我性情的高洁，要的是“修名”即美名，说是“老冉冉其将至兮，恐修名之不立”。所以他追求自我的修炼，“朝饮木兰之坠露兮，夕餐秋菊之落英。苟余情其信姱以练要兮，长颇颔亦何伤”。只是他追求的却不是世俗所追求的，他渴望的“美政”不是楚王所要的。因此，他表示既然与今人不合，干脆像远古投水而死的彭咸那样，也投水而死算了。屈原表述起来仍然是诗人的笔调，或说“愿依彭咸之遗则”，或说“吾将从彭咸之所居”。而柳宗元在《吊屈原文》中，把屈原的环境和遭遇说得有些晦涩：那时战国逐鹿，山河破碎，他用了“支离抢攘”，让人想到那时合纵连横之际激烈、残酷的军事斗争，社会是病了，病得很重，所以涌现出一批思想家，意图力挽狂澜，屈原便是其中的一位。那时屈原在楚国做三闾大夫，在内政外交上深受楚怀王信任，后因上官大夫想修改屈原制定的楚国法令，屈原不允，于是上官大夫进谗言，说屈原傲慢，自以为能，致使屈原被疏远、遭流放，一片忠心不被理解。柳宗元说，屈原的时代是一个黑白颠倒的时代，你看：

> 华虫荐壤兮，进御羔袖。牝鸡咿嚘兮，孤雄束咮。哇咬环观兮，蒙耳大吕。堇喙以为羞兮，焚弃稷黍。犴狱之不知避兮，宫庭之不处。陷涂藉秽兮，荣若绣黼。椓折火烈兮，

① 屈原:《离骚》。

娱娱笑舞。诡巧之哓哓兮，惑以为咸池。便媚鞠恧兮，美逾西施。谓谟言之怪诞兮，反置填而远违。匿重痼以讳避兮，进俞、缓之不可为。

从文字上看，他说美丽的绘有山鸡图案的礼服被弃置地上，羔袖那样普通的衣服受到重视；母鸡啼晓，公鸡不鸣；围着欣赏哇咬等俚俗的乐曲，听到高雅的大吕之乐则蒙上耳朵；以有毒的植物堇、喙为美味，而把常用的稷、黍焚毁抛弃了；人们不知逃避牢狱，不去居住美好的宫殿；躺在污泥浊秽中，觉得像穿着华丽精美的衣服那么荣耀；房子的房梁烧了，高兴地唱歌跳舞；花言巧语的人喋喋不休，以为是尧时的《咸池》之乐；逢迎谄媚，折腰鞠躬，自以为美逾西施；把谋略之言视为怪诞之词，弃美玉而远离；隐瞒重病而避讳，就是请来古代良医俞跗、秦缓也救治不了。所有这些，柳宗元都是隐喻，反复说明世道颠倒，是是非非，非非是是，完全被错误地认知了。在这种情况下，屈原怎么可能不被疏远，不被流放呢？这一连串的铺排，委婉叙说了昏暗的社会现实，表达了他的批判思想，充满了忧郁和愤懑。虽说他用的是骚体，但在表现形式和风格上更接近贾谊的《吊屈原赋》和东汉赵壹的《刺世疾邪赋》。三者内容相近，同样说社会黑白不分，只是贾谊、赵壹比柳宗元说得明快许多。如《吊屈原赋》写道："呜呼哀哉！逢时不祥。鸾凤伏窜兮，鸱枭翱翔。阘茸尊显兮，谗谀得志。贤圣逆曳兮，方正倒植。世谓随、夷为溷兮，谓跖、蹻为廉；莫邪为钝兮，铅刀为铦。"又如赵壹《刺世疾邪赋》写的："于兹迄今，情伪万方。佞谄日炽，刚克消亡。舐痔结驷，正色徒行。妪嫗名势，抚拍豪强。偃蹇反俗，立致咎殃。捷慑逐物，日富月昌。浑然同惑，孰温孰凉？邪夫显进，直士幽藏。"显然，贾谊、赵壹的笔锋更加犀利，对于社会的揭露、批判更加猛烈。同样是自说自话，很有个性的柳宗元倒显得委婉多了。

说到这里，柳宗元一个反问：“何先生之凛凛兮，厉针石而从之？”他要表达的是，在当时那样混浊的社会里，屈原为什么能浩气凛然，磨砺针石直刺时弊，而且依然待在楚国不愿离去呢？这里提出了一个传统的、为人常问的问题：屈原为什么不离开楚国呢？这个问题屈原自己在《离骚》里也提过，说是他请灵氛占卜，灵氛说：“勉远逝而无狐疑兮，孰求美而释女？何所独无芳草兮，尔何怀乎故宇？”占卜者灵氛是劝屈原离开楚国的，屈原一度也产生了离开楚国的想法。《离骚》里也有自白：“灵氛既告余以吉占兮，历吉日乎吾将行。折琼枝以为羞兮，精琼靡以为粻。为余驾飞龙兮，杂瑶象以为车。何离心之可同兮？吾将远逝以自疏。”贾谊的《吊屈原赋》也有劝屈原远逝自疏的表达，这当然只是后来者的劝慰之辞。但屈原的爱国情怀是那样浓烈，难以割舍祖国，所以最后选择了投江自尽，以死殉国。柳宗元随后举了两个例子，对屈原的行为作诠释，这就是：“仲尼之去鲁兮，曰吾行之迟迟。柳下惠之直道兮，又焉往而可施！”“仲尼”句出自《孟子·尽心下》：“孔子之去鲁，曰：‘迟迟吾行也。’去父母国之道也。去齐，接淅而行，去他国之道也。”他这里说了问题的两面，一则是父母之国，总是有万般的留恋，在离开的时候，心下难舍而行为迟迟；二则离开他国，则接淅即匆匆而行，这是二者的差异。“柳下惠”句出自《论语·微子》：“柳下惠为士师，三黜。人曰：‘子未可以去乎？’曰：‘直道而事人，焉往而不三黜？枉道而事人，何必去父母之邦？’”这也有两面。奉行正道直行，又能够去哪儿呢？直道事人，焉往不黜，可谓是生活的通则，柳下惠是这样，屈原是这样，他柳宗元何尝不是这样呢？在当时的情势下，屈原秉道直行的性情不改，其实是没有出路的。柳宗元对屈原的怜悯，正是出自心底深处的人生同感和无奈。而以枉道即阿谀奉承事人，则是另一种情形了。

柳宗元说：别人对屈原先生的行迹是有疑惑的，说他“胡隐忍而怀斯”。尽管通达者的高尚行为，不是心胸狭窄的人可以理解的，但我知道他“委故都以从利兮，吾知先生之不忍；立而视其覆坠兮，又非先生之所志。穷与达固不渝兮，夫惟服道以守义”。这话很有意味，既是在说屈原，又是在借屈原说自己的人生态度。舍弃故都追逐利禄，屈原不忍，他也不忍；旁观家国的败亡，屈原不忍，他也不忍；服道守义，腾达如此，失意也如此，屈原是这样，他也是这样。柳宗元参加王叔文的永贞革新，有心兴利除弊，不意唐顺宗的支持短暂而脆弱，导致革新迅速失败，随之他被贬邵州、永州，心气难平。凭吊屈原，想到自己，流露出来的仍然是心志不变。随之，他为屈原唱了颂歌：“矧先生之悃愊兮，蹈大故而不贰。沉璜瘗佩兮，孰幽而不光？荃蕙蔽匿兮，胡久而不芳？”这“悃愊”是至诚的意思，正因为这至诚之心，屈原才能够坦然面对死亡没有二心。柳宗元在这里也打了比方，说玉制的璜佩即使沉渊掩埋，仍然放光；荃蕙这样的芳草即使被遮蔽隐藏，再长久也仍然芳香。屈原正是如此，至今仍然以他的人格、美德和不朽的文辞，影响着后来的人们。

话说到这里，柳宗元凭吊屈原，把屈原与世俗不合，却又不肯屈志从俗，为国慷慨赴死的形象呈现在读者面前，让人们感受到屈原的人生精神及其死而留芳。他对屈原命运的哀痛，浸渍着对自我遭遇的不平，但他在说屈原幽而能光、久亦芳香的时候却有自己不能及的感喟，说了句“先生之貌不可得兮，犹仿佛其文章”。是呀，柳宗元距离屈原有一千多年，说“先生之貌不可得”，仰慕屈原却不知他的容貌，难免遗憾。但他接着说的仿佛其文章不可得，则是高度赞赏屈原的文学成就。屈原的《离骚》《天问》《九章》《九歌》光耀后世，无人能够企及也是真的——一则是屈原这些作品用楚地方言、楚地风物表现出来的楚味；二则是屈原这些作品以神奇的幻想表现出的爱国精神和高洁品德。所以他所能做的是“托遗编而叹喟兮，涣余涕之盈眶”，盈盈泪水中，满是难以言说的感伤。在这样的时候，他想到的是什么呢？他再一次发问：“呵星辰而驱诡怪兮，夫孰救于崩亡？何挥霍夫雷电兮，苟为是之荒茫。”这两问一说屈原《天问》，《天问》是屈原的奇诗，主要以四言构成，170多问，问天、问地、问历史上的人事，恢诡谲怪，表现了屈原广博的学识和深刻的质疑精神。但柳宗元说这怎么能救得了国家的败亡呢？二说的挥霍雷电，屈原《离骚》以丰富的想象驱使雷电，有“前望舒使先驱兮，后飞廉使奔属。鸾皇为余先戒兮，雷师告余以未具”之类的诗句，望舒是月神，飞廉是风神，雷师是雷神。柳宗元要说的是，这些想象让人感到旷远迷茫，其中隐含了一个重要的思想：这些有什么用呢？

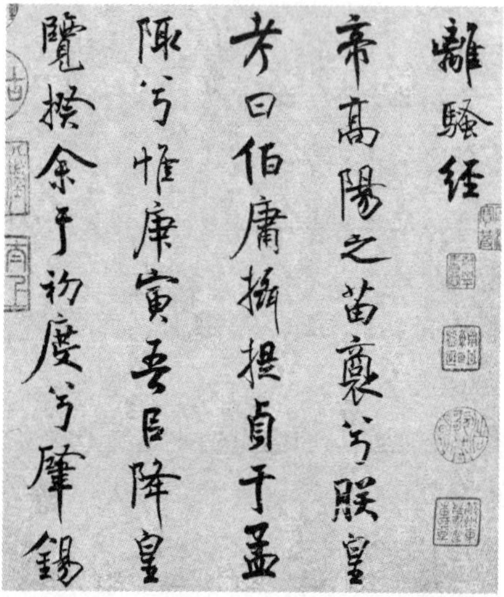

北宋 · 米芾行书《离骚经》局部

柳宗元也是热衷文学的人，曾以能文与刘禹锡齐名，人称“刘柳”；又因能文和韩愈齐名，人称“韩柳”。此刻说的文学不能救世，难免有对文学的失望。这是不是因为屈原“耀姱辞之曭朗”呢？“姱辞”

即丽辞，屈原的作品多以文辞华丽见长；“曭朗”本义是日光不明的样子，这里说屈原的作品语义难明，其中的原因是屈原多用比兴达意，言此而意彼，容易使人迷惑，不知所云。屈原的狂放在《离骚》里多有表现，“高余冠之岌岌兮，长余佩之陆离”，如是的屈原不合时俗，行吟泽畔，“世果以是之为狂”，也是可能的。屈原作品无用于世，但柳宗元又说“谅先生之不言兮，后之人又何望”。是呀，如果屈原缄默无闻、述而不作，那世人从哪里可以知道屈原，又怎么能对他当时的生活有怨恨之情呢？而他同时认为“忠诚之既内激兮，抑衔忍而不长”，忠诚的内心激荡，隐忍是不会长久的，终要表达。司马迁曾说的“发愤著书”正是如此。柳宗元又问了一句，“芈为屈之几何兮，胡独焚其中肠”？“芈”是周时楚人贵族的祖姓，屈原即姓“芈”，其祖先屈瑕封于屈地，后代以屈为氏，当时男子称氏不称姓，所以叫他屈原。柳宗元问的是，这芈姓是屈原的多少代祖先呢？为什么屈原为他忧心如焚呢？屈原的爱国情怀，其实并不取决于他是芈姓后裔的多少代。柳宗元的心是痛的，“哀余衷之坎坎兮，独蕴愤而增伤”，内心的不平、郁积的怨愤，都让他无比感伤。因此他最后说：

> 吾哀今之为仕兮，庸有虑时之否臧。食君之禄畏不厚兮，悼得位之不昌。退自服以默默兮，曰吾言之不行。既媮风之不可去兮，怀先生之可忘！

他批评当今的为官者，哪有什么人去考虑时政的好坏？只考虑享受君主的俸禄多不多，所做的官大不大，果真是屈原不再了。对于他来说，自己的政治主张不能施行，那就退隐而不仕，自守沉默吧。既然改变不了苟且偷安的风气，那就怀念屈原吧。柳宗元说的这些话都很有意味，他批评当今为官者，是把自己置身于外的。他考虑“时之否臧”，结果是什么呢？结果是被流贬永州。虽说是永州司马，还在仕途上，但这只是“员外置同正员”的编外之职，是朝廷永远可以牵制他的风筝线，这时的休闲生活对他来说，类似于变相的禁锢。他怀念屈原，还是希望能够有人改变这种现实，但这也只是空想。不过，这不妨碍他在永州时“投迹山水地，放情咏《离骚》”[①]，屈原总在他的心中。

柳宗元曾在《寄许京兆孟容书》里说自己早年想：“立仁义，裨教化。过不自料，勤勤勉励，唯以忠正信义为志，以兴尧、舜、孔子之道，利安元元为务。”不意得罪了权贵近臣，像屈原一样遭遇了谗毁中伤，远离了朝政。他经历了与屈原类似的命运，凭吊屈原，内心的哀痛也是很深的。柳宗元借悼屈原而自悼，走的是贾谊《吊屈原赋》之路，但他对屈原情感郁积而成文的认知，对屈原作品社会功用的质疑，却是贾谊《吊屈原赋》所没有的。

【原文】

吊屈原文

后先生盖千祀兮，余再逐而浮湘。求先生之汨罗兮，揽蘅若以荐芳。愿荒忽之顾怀兮，冀陈辞而有光。

先生之不从世兮，惟道是就。支离抢攘兮，遭世孔疚。华虫荐壤兮，进御羔袖。牝鸡咿嚘兮，孤雄束咮。哇咬环观兮，蒙耳大吕。堇喙以为羞兮，焚弃稷黍。犴狱之不知避兮，宫庭之不处。陷涂藉秽兮，荣若绣黼。榱折火烈兮，娱娱笑舞。谗巧之哓哓兮，

① 柳宗元：《游南亭夜还叙志七十韵》。

惑以为咸池。便媚鞠恧兮，美逾西施。谓谟言之怪诞兮，反寘瑱而远违。匿重痼以讳避兮，进俞、缓之不可为。

何先生之凛凛兮，厉针石而从之？但仲尼之去鲁兮，曰吾行之迟迟。柳下惠之直道兮，又焉往而可施！今夫世之议夫子兮，曰胡隐忍而怀斯？惟达人之卓轨兮，固僻陋之所疑。委故都以从利兮，吾知先生之不忍；立而视其覆坠兮，又非先生之所志。穷与达固不渝兮，夫惟服道以守义。矧先生之悃愊兮，蹈大故而不贰。沉璜瘗佩兮，孰幽而不光？荃蕙蔽匿兮，胡久而不芳？

先生之貌不可得兮，犹仿佛其文章。托遗编而叹喟兮，涣余涕之盈眶。呵星辰而驱诡怪兮，夫孰救于崩亡？何挥霍夫雷电兮，苟为是之荒茫。耀姱辞之曭朗兮，世果以是之为狂。哀余衷之坎坎兮，独蕴愤而增伤。谅先生之不言兮，后之人又何望。忠诚之既内激兮，抑衔忍而不长。芈为屈之几何兮，胡独焚其中肠。

吾哀今之为仕兮，庸有虑时之否臧。食君之禄畏不厚兮，悼得位之不昌。退自服以默默兮，曰吾言之不行。既媮风之不可去兮，怀先生之可忘！

第三章

欧阳修的散文世界

【欧阳修小传】

欧阳修（1007—1072），字永叔，号醉翁，晚号六一居士，吉州（今江西吉安）永丰人。4岁丧父，母郑氏守志不嫁，以芦荻画地教修写字读书。修少时聪颖，过目能诵，曾得《昌黎先生文集》，尤好之。为人忠义耿直，言无所隐。天圣七年（1029）参加国子监考试，名列第一。次年中进士，任西京洛阳的留守推官，与尹洙、苏舜钦、梅尧臣等人交游，始以古文为乐。

宋仁宗景祐三年（1036），因写信给司谏高若讷为范仲淹辩解，被贬夷陵县令。后迁乾德（今湖北老河口）令、武成军节度判官等职。庆历三年（1043）回京知谏院，范仲淹在宋仁宗的支持下力主变法，实施“庆历新政”。一时间朋党之说起，欧阳修撰《朋党论》，再为范仲淹辩，称唯君子有朋党，用君子之朋可治天下，游说宋仁宗当“退小人之伪朋，用君子之真朋”。当此之际，范仲淹等人被贬官，欧阳修外甥女张氏犯法，有人以此诬陷修，修受牵连被贬知滁州。在滁州作《醉翁亭记》，自号醉翁，乐得山水。

庆历八年（1048），转起居舍人，依旧知制诰，徙知扬州。后任礼部郎中、龙图阁直学士、知应天府兼南京留守司事等职。皇祐四年（1052），母郑氏卒。皇祐五年（1053），完成《五代史记》（《新五代史》）撰述。次年，受命修《唐书》（《新唐书》）。

嘉祐二年（1057），权知礼部贡举，力排“太学体”险怪奇涩之文，主持了苏轼、苏辙、曾巩等人参加的科考，奖掖后进。后任龙图阁学士，权知开封府。嘉祐五年（1060），上《唐书》225卷，改任礼部侍郎、翰林侍读学士、户部侍郎、参知政事等职。英宗即位后，任户部侍郎、金紫光禄大夫，后转吏部侍郎、参知政事。治平四年（1067），宋神宗登基，任尚书左丞等职，因病欲致仕归田。熙宁二年（1069），王安石设置三司条例司，实施新法，欧阳修持不同意见。次年被贬知蔡州（今河南驻马店），作《六一居士传》，自号“六一居士”。

熙宁四年（1071），以观文殿学士、太子少师致仕，苏轼称欧阳修“事业三朝之望，文章百世之师”[①]。欧阳修晚居颍州，有《采桑子》组词，自言颍州西湖游之乐。熙宁五年（1072），病卒，享年66岁。王安石祭修，称其果敢之气、刚正之节，至晚不衰。韩琦痛心道：“天下正人节士知公之亡，罔不骇然相吊，痛失依仰。”[②]而《宋史》本传说欧阳修继韩愈兴古文，“挽百川之颓波，息千古之邪说，使斯文之正气，可以羽翼大道，扶持人心”[③]。

有《欧阳文忠集》传世。

---

① 苏轼：《贺欧阳少师致仕启》。

② 韩琦：《故观文殿学士太子少师致仕赠太子太师欧阳公墓志铭》。

③ 脱脱等：《宋史·欧阳修传》。

一、醉中遗万物　醒复述其文

——《醉翁亭记》解读

历史上总会有一些巧合而有趣的事。庆历五年（1045），北宋仁宗朝的范仲淹、欧阳修先后被贬，这当然是他们的人生挫折或不幸，但却是文坛的幸事。其后，范仲淹写下了《岳阳楼记》，欧阳修写下了《醉翁亭记》，二者都脍炙人口而名垂千古。而北宋写了《朋党论》的王禹偁和后来也写了《朋党论》的欧阳修，先后被贬滁州。王禹偁先写的《朋党论》可能对欧阳修的《朋党论》有影响，只是欧阳修当时也是愤懑在胸，不得不发，并非步王禹偁的后尘，故作文字游戏。北宋魏泰的《东轩笔录》记载：王禹偁在宋太宗末年因事谪守滁州，到任后在谢上表里说“诸县丰登，苦无公事；一家饱暖，全荷君恩”。后人怀念他，在滁州祠堂画像以祭祀。欧阳修谪守滁州时，看到王禹偁的遗像，写诗道：“偶然来继前贤迹，信矣皆如昔日言。诸县丰登少公事，一家饱暖荷君恩。想公风采常如在，顾我文章不足论。名姓已光青史上，壁间容貌任尘昏。”这首诗是欧阳修的《书王元之画像侧》，自注写于琅琊山。王禹偁（954—1001），字元之，巨野人，家世贫寒。自幼就有文才，曾因《应制皇亲试贡士歌》深得宋太宗的赏识，曾任左司谏、知制诰等职。北宋初年白体诗的代表诗人，著有《小畜集》，其文《黄州新建小竹楼记》等广为传诵。王禹偁死了六年后欧阳修才出生，而年近四十的欧阳修在滁州看到前辈的画像业已蒙尘，想到王禹偁的功业，说了句“名姓已光青史上，壁间容貌任尘昏”，对他充满了景仰之情。

庆历五年（1045），欧阳修因与外甥女张氏的风流事遭贬滁州。他对此很有不平，在抵滁州后的《滁州谢上表》里为自己再作辩解，先说“谤谗始作，大喧群口而可惊；诬罔终明，幸赖圣君之在上”。然后说张氏出嫁已有五六年，与他异地，相距数千里，没有想到她自为丑秽，但与我欧阳修有什么关系呢？彼此之间“耳目不能接，思虑不能知”，却不意受到谗毁，遭人罗织冤枉。其中主要的原因是他任谏官时，“论议多及于贵权，指目不胜于怨怒”，所幸陛下“悯臣不顾身微而当众怨，始终爱惜，委曲保全”，方从知制诰任上贬放滁州，为滁州太守，把他“置之闲处”以远风波，以避陷阱，不至于临倾危而不保。当时，同僚赵概、张方平等人曾为他辩解，都无济于事。

欧阳修在这首诗中所写的“诸县丰登少公事”应是他当时生活的写照。他被贬谪滁州的第二年，先于丰山幽谷建“丰乐亭”，写有《丰乐亭记》，随之在丰乐亭东建“醒心亭”。这年秋天，山僧智仙建“醉翁亭”，欧阳修作《醉翁亭记》，并有《题滁州醉翁亭》诗。

《醉翁亭记》素有美誉，好之者众。关于它流传最广的逸事是南宋朱熹《朱子语类》里的一则记载：“欧公文，亦多是修改到妙处。顷有人买得他《醉翁亭记》稿，初说滁州四面有山，凡数十字，末后改定，只曰‘环滁皆山也’五字而已。”这虽是传闻，但“环滁皆山也”五字叙事，似乎说尽了滁州周围的地貌，说滁州在群山的包围中，只是告诉人们滁州形胜，却又语焉不详。继而三度转折：一是从群山转而引出“西南诸峰，林壑尤美，望之蔚然而深秀者，琅琊也”，说醉翁亭所在的山美；二是从琅

明 · 张翀《醉翁亭图》局部

琊山引出酿泉，描写酿泉水声潺潺而泻出于两峰之间，以见泉美；三是从酿泉引出泉上的醉翁亭，说醉翁亭“翼然临于泉上”，以见亭美。其势“峰回路转”，用笔在逐层演进中也是“峰回路转”，用简洁的文字把“醉翁亭”推出来点题，却又不忘交代一下：“作亭者谁？山之僧智仙也。名之者谁？太守自谓也。”并告诉人们，此亭之所以叫“醉翁亭”是因欧阳修自己而起的：“太守与客来饮于此，饮少辄醉，而年又最高，故自号曰醉翁也。”至此，关于滁州琅琊山的“醉翁亭”，最基本的情况都交代清楚了。

这一年，出生于1007年的欧阳修只有39岁，称“翁”实在是早了。他自己也有感觉，在《题滁州醉翁亭》诗里这样写道：

四十未为老，醉翁偶题篇。

醉中遗万物，岂复记吾年。

但爱亭下水，来从乱峰间。
声如自空落，泻向两檐前。
流入岩下溪，幽泉助涓涓。
响不乱人语，其清非管弦。
岂不美丝竹，丝竹不胜繁。
所以屡携酒，远步就潺湲。
野鸟窥我醉，溪云留我眠。
山花徒能笑，不解与我言。
惟有岩风来，吹我还醒然。

他说“四十未为老，醉翁偶题篇”，这“四十”与“醉翁”仍有矛盾，但他以随后的“醉中遗万物，岂复记吾年”轻巧地化解了，因酒醉忘却一切，不知道身居何世，也不知己在何年，呈现在眼前的是酿泉之水、野鸟之窥、山花之笑和山岩之风。这是他在诗里写的，与《醉翁亭记》相应。欧阳修说：“醉翁之意不在酒，在乎山水之间也。山水之乐，得之心而寓之酒也。”这话说是平常，却给我们留下了“醉翁之意不在酒”的名句，并让我们去体味他“得之心而寓之酒”的山水之乐。

以文状山水，素不乏人。魏晋迄唐之文姑且不论，略晚于欧阳修《醉翁亭记》，有范仲淹作于庆历六年（1046）的《岳阳楼记》。《岳阳楼记》以范仲淹的名言“先天下之忧而忧，后天下之乐而乐”驰名，但他所写的岳阳楼前的洞庭湖景色千百年来也为人赞叹不已。在他的笔下，那“霪雨霏霏”笼罩下的洞庭湖，“阴风怒号，浊浪排空；日星隐曜，山岳潜形；商旅不行，樯倾楫摧；薄暮冥冥，虎啸猿啼”。这使去国怀乡而忧谗畏讥者悲从中来，不胜凄苦。而“春和景明”之时的洞庭湖“波澜不惊，上下天光，一碧万顷，沙鸥翔集，锦鳞游泳，岸芷汀兰，郁郁青青。而或长烟一空，皓月千里，浮光跃金，静影沉璧，渔歌互答，此乐何极”！于是，范仲淹止不住说：这时候“登斯楼也，则有心旷神怡，宠辱偕忘，把酒临风，其喜洋洋者矣”。文中触景生情的极悲与极乐是人生两种截然不同的境界，无论是前者还是后者，都对人生怀有浓情蜜意。范仲淹对洞庭湖的描写，有传闻说是他视图而作的，并非真的登岳阳楼眺望洞庭湖所致。这当然是另外的话题，这儿关注的是他状景抒怀的酣畅淋漓，辞采飞扬，让人感佩不已。

欧阳修是怎样写景的呢？他所乐的琅琊山水是这样一副模样：

> 若夫日出而林霏开，云归而岩穴暝，晦明变化者，山间之朝暮也。野芳发而幽香，佳木秀而繁阴，风霜高洁，水落而石出者，山间之四时也。朝而往，暮而归，四时之景不同，而乐亦无穷也。

这一番看似不经意的描写有三个层次：一是“朝暮”时景，二是“四时”时景，三是“朝暮”“四时”时的游人之乐。欧阳修用笔极简，写朝之景六字“日出而林霏开”，旭日东升，树林里的云散开了；状暮之景亦六字“云归而岩穴暝”，云没了，岩上的洞穴阴沉沉的。仅以此道明琅琊山清晨之景与傍晚之景的变化。在这里，琅琊山朝暮景色的细节被忽略了，欧阳修不在意一一呈现琅琊山的景色之美，而在意景色之变，朝之景不同于暮之景，就在于光线气象之变。而他说四时之景，以“野芳发而幽香”说春景，以“佳木秀而繁阴”说夏景，以“风霜高洁”说秋景，以“水落而石出”说冬景，同样各以几字道尽，不能不令人感慨系之。欧阳修惜墨如金，不仅是“环滁皆山也”的开篇之语，而且在对琅琊山朝暮之景、四时之景的描写上也是如此。他不重自然风物的描写，却含不尽之意在言外，让人对琅琊山朝暮的光影云霞、春的百花竞开、夏的枝繁叶茂、秋的天高气爽、冬的山寒水瘦，充满了美妙的遐想。但他很快把人们的思绪从多变的琅琊美景拉回来，让人们听他说身居琅琊的人如何快乐，何等快乐。

在这里，欧阳修所谓朝暮、四时之景不同，而乐亦无穷的表白，是山水与人情怀的交融，重心在于“乐”。这“乐”亦无穷，一言难尽，说的是己之乐无穷，也是人之乐无穷；是禽鸟之乐无穷，也是山林之乐无穷；是游赏之乐无穷，也是醉酒之乐无穷。显然,《醉翁亭记》展示的是一个极乐的世界，在这个世界里，欧阳修让人们看到了三个场景：

一是“负者歌于途，行者休于树，前者呼，后者应，伛偻提携，往来而不绝者，滁人游也”。原本幽静的琅琊山，因为游人群至，虽显得有些喧哗嘈杂，但透出的是休闲和谐之美，这让人想到东晋陶渊明的桃花源里“怡然自乐”[①]的男女老少，想到明代张岱《西湖七月半》里游西湖的杭州人。这是游琅琊的游人之乐。

二是“临溪而渔，溪深而鱼肥，酿泉为酒，泉香而酒洌，山肴野蔌，杂然而前陈者，太守宴也”。时为滁州太守的欧阳修，他的“太守宴”不同一般，菜为“深溪肥鱼”“山肴野蔌”，所谓的“酿泉为酒”不过是以清泉为酒。这和他在京城的宴席自不可比，但如斯宴会的野趣或说自然趣味却是京城的厚酒肥肉比不了的，倒彰显出“太守宴”的别致。

三是“宴酣之乐，非丝非竹，射者中，弈者胜，觥筹交错，起坐而喧哗者，众宾欢也。苍颜白发，颓然乎其间者，太守醉也”。

---

① 陶渊明:《桃花源记》。

这“宴酣之乐”的非丝非竹，类似东晋王羲之说兰亭流觞曲水时的“虽无丝竹管弦之盛，一觞一咏，亦足以畅叙幽情”[①]。欧阳修此时没有兰亭流觞的幽静和雅致，说的是投壶之戏、弈棋之乐以及饮“酒”时“觥筹交错”之欢。这是欧阳修之欢，也是众宾之欢。欧阳修止不住说自己的老态，那“苍颜白发”说，不过是自以为老，像苏轼《江城子·密州出猎》里说的“老夫聊发少年狂”的“老夫”一样，那时苏轼也只有38岁。他的颓然而醉，是“酒”醉，又何尝不是乐极而醉呢?

据说，这一年欧阳修与朋友聚会时，还填过一首词，名为《圣无忧》，全词如下：

世路风波险，十年一别须臾。人生聚散长如此，相见且欢娱。

好酒能消光景，春风不染髭须。为公一醉花前倒，红袖莫来扶。

欧阳修在这首词里，以“十年一别须臾”把“世路风波险”一笔带过，他所说的“世路风波险”可能与支持范仲淹的庆历新政落败有关，也可能与他因外甥女张氏事件被贬滁州有关，但这些在相见欢娱时都不必提起，想到人生离合，姑且欢娱就是。他是很清醒的时光认知者，有酒能消光景是真，春风吹白髭须也是真，于是有了及时行乐的一醉方休及“红袖莫来扶”的纵放。他还在《浪淘沙·今日北池游》里写过，“好妓好歌喉，不醉难休。劝君满满酌金瓯。纵使花时常病酒，也是风流”，这就是欧阳修。

① 王羲之:《兰亭集序》。

不过，他在这里尽显一己之乐，又显与民同乐，二者相与为一，这并非偶然。欧阳修在庆历五年（1045）十月还写了《贺章献明肃章懿二皇后祔庙表》，其中说“臣守藩地近，受国恩深，欣盛事之亲逢，与苍生而共乐”。这里的“与苍生而共乐”之“乐”不同于《醉翁亭记》的与民共乐之“乐”，但有“共乐”的一致性。

欧阳修不忘自我的表现，随后在《醉翁亭记》的最后一段写道：“已而夕阳在山，人影散乱，太守归而宾客从也。树林阴翳，鸣声上下，游人去而禽鸟乐也。”全文至此自然而收，游人乐尽，太守乐尽，琅琊山上的禽鸟不再有游人的骚扰，方有禽鸟之乐，“鸣声上下”亦见禽鸟乐极。写到这儿，全文说“乐”，语意可谓尽了，游人乐、太守乐、禽鸟乐，偏偏欧阳修又从中跳出来，以“然而”把话题一转，说道：“禽鸟知山林之乐，而不知人之乐；人知从太守游而乐，而不知太守之乐其乐也。”禽鸟、众人、太守各有不同的快乐标准，当然是不同的生活趣味所致，看似同乐其实“乐”有不同。至于彼此自知而不相知，也是可以理解的。但欧阳修最后说：“醉能同其乐，醒能述以文者，太守也。太守谓谁？庐陵欧阳修也。”这固然是照应本文开头的“醉翁”，但也点

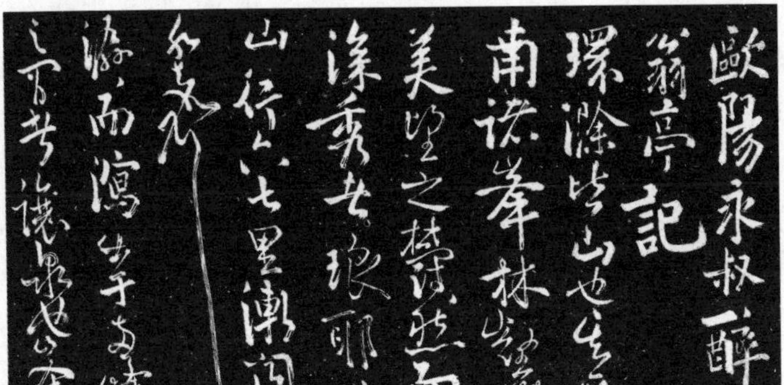

北宋·苏轼行草《醉翁亭记》局部

明了他的独到之处即“醒能述以文”。说这话的时候，他颇有一点自得。被贬于此的欧阳修，这时候完全忘却了自己是一介贬官。另外说一句，欧阳修一一叙述游人乐、太守乐、禽鸟乐的笔法，后有明人张岱继承。张岱的《西湖七月半》写杭州西湖看月，叙说“名为看月而不看月者”之乐、“身在月下而实不看月者”之乐、“看月而欲人看其看月者”之乐、“月亦看，看月者亦看，不看月者亦看，而实无一看者”之乐、“不作意看月者”之乐，仿佛有欧阳修笔法的影响在。

《醉翁亭记》得到过许多评价，或说欧阳修善用“也”字，全文 21 个“也”，透出舒缓的文气和主人公的闲适悠然；或说写景，琅琊山的林壑之美尽现于笔端，充满了诗情画意；或说通过表现与民同乐，排遣自己遭贬的内心郁闷。这些都不无道理。但欧阳修并不像唐人李白以快乐写悲愁，说出“五花马，千金裘，呼儿将出换美酒，与尔同销万古愁”[①]。欧阳修没有说这样的豪言，而表现得异常的平静和超然，他很满足在滁州的生活状态，一则是自己尽职尽责，如他在庆历五年（1045）十月写的《谢赐庆历五年历日表》中说，“至于经时节，劝农桑，候丰凶，勤蓄积，顺时令，察奸非，则臣敢不守其职而行其小者。庶无失业，以答洪恩”。二则是《醉翁亭记》记叙的自乐及与民同乐，他自称是醉于酒，其实是醉于“道”，这“道”是与民同乐之“道”。庆历六年（1046），富弼写了一首《寄欧阳公》诗，诗中说：“滁州太守文章公，谪官来此称醉翁。醉翁醉道不醉酒，陶然岂有迁客容？”欧阳修在《醉翁亭记》中的自我陶醉正是如此。

这可以从欧阳修同年写的《丰乐亭记》中得到印证。他在《丰

---

① 李白:《将进酒》。

乐亭记》中说：

> 修之来此，乐其地僻而事简，又爱其俗之安闲。既得斯泉于山谷之间，乃日与滁人仰而望山，俯而听泉。掇幽芳而荫乔木，风霜冰雪，刻露清秀，四时之景，无不可爱。又幸其民乐其岁物之丰成，而喜与予游也。因为本其山川，道其风俗之美，使民知所以安此丰年之乐者，幸生无事之时也。夫宣上恩德，以与民共乐，刺史之事也。

虽然欧阳修在这时不忘歌颂圣上恩德，但他所叙之事、所状之景，最后的落点是“与民共乐”，并视此为自己的职责。欧阳修还在丰乐亭东几百步远的地方，建了“醒心亭”，他的弟子曾巩在《醒心亭记》里也谈到欧阳修的滁州之乐，其中说：“公之乐，吾能言之。吾君优游而无为于上，吾民给足而无憾于下，天下学者皆为材且良，夷狄鸟兽草木之生者皆得其宜，公乐也。一山之隅，一泉之旁，岂公乐哉？”他对欧阳修的称道虽有谀师之嫌，但和欧阳修的自乐有内在的一致性。

清人吴楚材、吴调侯从文章作法上评说了《醉翁亭记》：“通篇共用二十个‘也’字，逐层脱卸，逐步顿跌，句句是记山水，却句句是记亭、句句是记太守。似散非散、似排非排，文家之创调也。”[①] 他们说的全文“二十个‘也’字”，有计算的小误，但他们看到了欧阳修在文中将山水、醉翁亭和自己交融在一起，欧阳修不经意的自我表现，不露痕迹而蕴深情，自彰文章之美。民间传说《醉翁亭记》后刻石立在琅琊山寺的旁边，远近之人争相拓

---

① 吴楚材、吴调侯：《古文观止》。

片，有商人说，过关以此相赠可以免税，不失为美谈。

庆历五年（1045），欧阳修从河北定州赴贬地滁州的途中，写过一首《自河北贬滁州初入汴河闻雁》，诗中道：

阳城淀里新来雁，趁伴南飞逐越船。
野岸柳黄霜正白，五更惊破客愁眠。

他念及被贬滁州，诗中满是愁绪，情绪低落。而庆历八年（1048），欧阳修改任扬州太守，在这年正月离开滁州，临行前写的《别滁》诗道：

花光浓烂柳轻明，酌酒花前送我行。
我亦且如常日醉，莫教弦管作离声。

这时他掩饰不住内心的轻快，他没忘酒，也没忘说自己醉酒。欧阳修晚年致仕后居颍州而自号“六一居士”，这“六一”是家中藏书一万卷、集录三代以来金石遗文一千卷、琴一张、棋一局、酒一壶以及他自己这一个老头子。显然，这“六一居士”的人生精神仍是“滁州醉翁”人生精神的延续，让人感到欧阳修在滁州似乎经历了新的人生洗礼，上升到一个新的境界，而《醉翁亭记》则是这一过程阶段性记录的华章。

【原文】

醉翁亭记

环滁皆山也。其西南诸峰，林壑尤美，望之蔚然而深秀者，琅琊也。山行六七里，渐闻水声潺潺，而泻出于两峰之间者，酿泉也。峰回路转，有亭翼然临于泉上者，醉翁亭也。作亭者谁？山之僧智仙也。名之者谁？太守自谓也。太守与客来饮于此，饮少辄醉，而年又最高，故自号曰醉翁也。醉翁之意不在酒，在乎山水之间也。山水之乐，得之心而寓之酒也。

若夫日出而林霏开，云归而岩穴暝，晦明变化者，山间之朝暮也。野芳发而幽香，佳木秀而繁阴，风霜高洁，水落而石出者，山间之四时也。朝而往，暮而归，四时之景不同，而乐亦无穷也。

至于负者歌于途，行者休于树，前者呼，后者应，伛偻提携，往来而不绝者，滁人游也。临溪而渔，溪深而鱼肥，酿泉为酒，泉香而酒洌，山肴野蔌，杂然而前陈者，太守宴也。宴酣之乐，非丝非竹，射者中，弈者胜，觥筹交错，起坐而喧哗者，众宾欢也。苍颜白发，颓然乎其间者，太守醉也。

已而夕阳在山，人影散乱，太守归而宾客从也。树林阴翳，鸣声上下，游人去而禽鸟乐也。然而禽鸟知山林之乐，而不知人之乐；人知从太守游而乐，而不知太守之乐其乐也。醉能同其乐，醒能述以文者，太守也。太守谓谁？庐陵欧阳修也。

二、甚爱而难忘的杭州“有美堂”说

——《有美堂记》解读

宋仁宗嘉祐四年（1059）立春以后，天寒地冻，百姓失业，集市冷落，物价飞涨，一些人冻馁而死。时为龙图阁学士、权知开封府的欧阳修忧心如焚，给仁宗皇帝上了《乞罢上元放灯札子》，要求上元节即元宵节不要放灯，说灾难当前，不宜如此。只有“时岁丰和，人物康富”，才有心情放灯一乐。

上元节是北宋朝野最看重的节日，这在《宋史》和孟元老的《东京梦华录》里多有记载。词人张先在《玉树后庭花·上元》上阕里对上元节放灯有这样的描写：“华灯火树红相斗，往来如昼。桥河水白天青，讶别生星斗。”上元夜火树银花，灯映入水与星映入水相竞美，以见灯火之盛。

这一年，欧阳修的身体不太好，三次上书希望能够去洪州（今江西南昌）做知州，并写下了著名的《秋声赋》，表现他那时沉重的心情。而在这之前，他为杭州太守梅挚写了《有美堂记》。

梅挚（994—1059），字公仪，成都新繁人。宋仁宗天圣五年（1027）进士，初任大理评事、蓝田上元知县，后官至龙图阁直学士、右谏议大夫。有人评价他：“性淳静，不为矫厉之行，政迹如其为人，平居未尝问生业，喜为诗，多警句。”[1] 他晚年请知杭

---

① 脱脱等：《宋史·梅挚传》。

州，得允，临行前宋仁宗还特别为他写了《赐梅挚知杭州》，诗道：

地有湖山美，东南第一州。
剖符宣政化，持橐辍才流。
暂出论思列，遥分旰昃忧。
循良勤抚俗，来暮听歌讴。

诗赞杭州之美，说梅挚本为侍从顾问之臣，现在出守杭州为自己分忧，深信他循良抚俗，定会得到当地人的称道。这就是欧阳修在《有美堂记》开篇说的“于其行也，天子宠之以诗”。这对梅挚来说，当然是很大的荣耀。在梅挚留存不多的诗中，有一首七绝《偶书小诗寄永叔内翰》：“酒户棋兵孰与侪，月宵曾遇六天街。南燕到后怀君远，时入楼东画舫斋。”诗不知作于何时，在闲适的生活中表现出对欧阳修的思念，可见二人的交情之深。欧阳修说梅挚到了杭州后修建了有美堂，堂名来自宋仁宗诗的首句“地有湖山美”，借诗所誉而誉之。后来梅挚升迁为右谏议大夫，知江宁府（旧金陵，今南京），离开了杭州，想起有美堂无记，于是派人从金陵到开封，请欧阳修为之作记。欧阳修说“其请至六七而不倦，予乃为之言”。他为什么迟迟不肯动笔，不像当年在滁州琅琊山兴起即作《醉翁亭记》呢？

《有美堂记》写好以后，欧阳修在给朋友梅尧臣的信中叙及此事。他说：“梅公仪来要杭州一亭记。述游览景物，非要务，闲辞长说已是难工，兼以目所不见，勉强而成。幸未寄去，试为看过，有甚恶俗，幸不形迹也。”[1] 他说说也许无意，但从这里

① 欧阳修：《与梅圣俞四十六通》其四十五。

透出他最初不太肯动笔的缘由：一是“闲辞长说已是难工”，担心写得不如人意；二是亭记要说亭，“目所不见”，怎么写呢？但他还是拗不过梅挚的执着，终究是写了，只是自谦地称之为“勉强而成”。这是欧阳修自己说的，后人并不这样看，如朱熹在《考欧阳文忠公事迹》中说：“梅龙图挚知杭州，作有美堂，最得登临佳处。（欧）公为之作记。人谓公未尝至杭，而所记如目览；坐堂上者，使之为记，未必能如是之详也。”可见《有美堂记》还是很受人推崇的。通观全文，《有美堂记》前段从大处落笔，虽显空泛却不失深远的意义。欧阳修在交代了写作缘由之后，先说了一通广而告之的话：

> 夫举天下之至美与其乐，有不得而兼焉者多矣。故穷山水登临之美者，必之乎宽闲之野、寂寞之乡，而后得焉；览人物之盛丽、夸都邑之雄富者，必据乎四达之冲、舟车之会，而后足焉。盖彼放心于物外，而此娱意于繁华，二者各有适焉。然其为乐，不得而兼也。

欧阳修说，天下至美与欣赏至美的快乐，有许多是不能兼得的，因为它们往往不在同一个空间，而人不能同时处于两个空间，观看两种截然不同的景致。

空间之一是“宽闲之野、寂寞之乡”。这“宽闲之野、寂寞之乡”，是空旷寂寞的地方，有出自《庄子·逍遥游》“无何有之乡，广莫之野”的痕迹，但他与庄子所言到底不同。庄子重“无”，那是逍遥游超然物外的最高境界；而欧阳修说的是客观之“有”，其景是少有人迹的闲旷之地的山水之美。这话有些道理，柳宗元被贬柳州时说过“昔之遗胜概者，必于深山穷谷，人罕能至”[1]，后来北宋王安石也说“世之奇伟、瑰怪、非常之观，常在于险远，而人所罕至焉”[2]，都与欧阳修所言相合，不过是表述有些不同罢了。

空间之二是“四达之冲、舟车之会”。这是四通八达的要道，车水马龙的所在，人物的盛丽，都是因为都市的繁华。好山水者尽兴于前者，好都市者得意于后者。

欧阳修说“彼放心于物外，而此娱意于繁华”，这“彼”“此”涉及两种不同的人生态度。“彼放心于物外”可用东汉张衡说的“苟纵心于物外，安知荣辱之所如”[3]来诠释，这与追求名利亦知荣辱的人生异道而趋。而“此娱意于繁华”则是许多热衷红尘者喜爱的，东汉班固作《两都赋》，张衡作《二京赋》，都曾彰显都市繁华和好都市者之乐。欧阳修十年后在精神上走向了前者，寻求平淡超然，但这时候他没有厚此薄彼，只说放心物外与娱意繁华，二者各有所适，问题在于要想兼而有之是困难的。

这段文字是全文的基调，欧阳修随后提到岭南惠州的罗浮山，巴蜀邛崃的天台山，湖南衡阳的衡山，江西九江的庐山，以及湖南的洞庭湖，还有长江从重庆奉节到湖北宜昌的瞿塘峡、巫峡和西陵峡，他说这些“奇伟秀绝”的景致，都在“下州小邑，僻陋之邦”。这从文章的构成看，自然是照应上面说到的“穷山水登临之美者，必之乎宽闲之野、寂寞之乡”，才见他此言不虚。但他随后延伸了所述，说这些美景是“幽潜之士、穷愁放逐之臣之所乐也”。“幽潜之士”是隐士，乐于隐居者不好为人所知，故在

---

① 柳宗元：《桂州裴中丞作訾家洲亭记》。

② 王安石：《游褒禅山记》。

③ 张衡：《归田赋》。

“下州小邑，僻陋之邦”讨生活，这是常态。除此之外也不乏隐于朝市的，西汉东方朔就自称避世金马门。这些姑且不论，欧阳修说穷愁放逐之臣乐穷乡僻壤的“奇伟秀绝”之景，这让人不觉有些苦涩。在他之前的柳宗元被贬永州，游永州八景而写下了“永州八记”，其中《始得西山宴游记》开篇写道：

> 自余为僇人，居是州，恒惴栗。其隙也，则施施而行，漫漫而游，日与其徒上高山，入深林，穷回溪，幽泉怪石，无远不到。到则披草而坐，倾壶而醉。醉则更相枕以卧，卧而梦。意有所极，梦亦同趣。觉而起，起而归。以为凡是州之山水有异态者，皆我有也，而未始知西山之怪特。

其后苏轼贬居海南儋州，三年后徽宗即位大赦天下，苏轼奉诏北归，在《六月二十日夜渡海》里写道：

> 参横斗转欲三更，苦雨终风也解晴。
> 云散月明谁点缀，天容海色本澄清。
> 空余鲁叟乘桴意，粗识轩辕奏乐声。
> 九死南荒吾不恨，兹游奇绝冠平生。

柳宗元的永州西山之游[①]和苏轼的海南之游，都是本不欲游而游之，如是之乐无疑是苦中作乐。欧阳修说到这一点的时候，也让人想到他年近40岁被贬安徽滁州时的琅琊山之游。当时他喜欢琅琊山，并在《醉翁亭记》里描写琅琊山的美景：“若夫日出

---

① 参见本书《始得西山宴游记》解读：《与万化冥合的西山宴游》。

而林霏开，云归而岩穴暝，晦明变化者，山间之朝暮也。野芳发而幽香，佳木秀而繁阴，风霜高洁，水落而石出者，山间之四时也。朝而往，暮而归，四时之景不同，而乐亦无穷也。”这同样可以归于“穷愁放逐之臣之所乐也”，让人感慨不已。话说远了，还是回来看欧阳修又怎么说。

欧阳修扭转笔锋，本来说人不可能兼有山川之美和都市繁华之美，这时他又说有都会兼山水之美者：“若乃四方之所聚，百货之所交，物盛人众，为一都会，而又能兼有山水之美，以资富贵之娱者，惟金陵、钱塘。”他点出金陵（即南京）和钱塘（即杭州），说这两地都会繁华、富贵之娱是有的，但这两地又有山川之美，人们享有富贵之娱的同时，也可享有山川之美，这就是兼而有之了。不过，这里的山川之美当不是他说的“宽闲之野、寂寞之乡”的山川之美，二者不能等同，他在这里实际上转换了概念。这且不说，随后文意又生跌宕，他数说过往，告诉人们二者不同的命运。

欧阳修说，金陵、钱塘“二邦皆僭窃于乱世”，这各有所指。金陵本为南唐都城，李昪立国，在位六年，死后传位于长子李璟，李璟死后，传位给第六子李煜，李煜人称李后主。欧阳修说李煜善作文，工书画，但“性骄侈，好声色，又喜浮图，为高谈，不恤政事”[①]。这注定了南唐灭亡的命运。北宋开宝八年（975），宋太祖赵匡胤派兵南征，十二月攻克金陵，李煜被俘，封违命侯。后被杀。南唐立国后频遭战乱，李煜又无心国事也不善国事，国家衰落可以想见。欧阳修说“今其江山虽在，而颓垣废址，荒烟野草，过而览者莫不为之踌躇而凄怆”，当不是虚话。这表明本

① 欧阳修：《新五代史·南唐世家》。

有都会兼及山川之美的金陵，如今二美不再。而以金陵的遭遇为衬托，再说钱塘，钱塘则大为不同："独钱塘自五代时知尊中国，效臣顺，及其亡也，顿首请命，不烦干戈。"关于这段历史，《新五代史·吴越世家》也有记载。钱塘是杭州人钱镠家族经营的，钱镠做过左卫大将军、杭州刺史，后被封为吴王，死后传子钱元瓘。钱元瓘则传钱佐，佐死后传弟钱倧，倧又传弟钱俶。钱氏三代在杭州，外交软弱，多向中原大国进奉器服珍奇以求和平。至钱俶，势力孤危，更倾国之所有讨好于宋，直至率全族降宋。因此，钱塘始终维系了太平安宁，出现在欧阳修的笔下，是这样壮观的情景：

> 今其民幸富完安乐。又其俗习工巧，邑屋华丽，盖十余万家。环以湖山，左右映带。而闽商海贾，风帆浪舶，出入于江涛浩渺、烟云杳霭之间，可谓盛矣。

钱塘百姓富足安乐，商贾往来穿梭，这让人想到与欧阳修同时的词人张先和柳永所写的杭州词，张先词题为《破阵乐·钱塘》，柳永词为《望海潮·东南形胜》，均说杭州之美。后者影响更大，不妨录在这里：

> 东南形胜，三吴都会，钱塘自古繁华。烟柳画桥，风帘翠幕，参差十万人家。云树绕堤沙，怒涛卷霜雪，天堑无涯。市列珠玑，户盈罗绮，竞豪奢。
>
> 重湖叠巘清嘉。有三秋桂子，十里荷花。羌管弄晴，菱歌泛夜，嬉嬉钓叟莲娃。千骑拥高牙，乘醉听箫鼓，吟赏烟霞。异日图将好景，归去凤池夸。

这首词很负盛名。南宋罗大经曾说："此词流播，金主亮闻歌，欣然有慕于'三秋桂子，十里荷花'，遂起投鞭渡江之志。近时谢处厚诗云：'谁把杭州曲子讴？荷花十里桂三秋。那知草木无情物，牵动长江万里愁！'余谓此词虽牵动长江之愁，然卒为金主送死之媒，未足恨也。至于荷艳桂香，妆点湖山之清丽，使士夫流连于歌舞嬉游之乐，遂忘中原，是则深可恨耳。"[1]这则传言的真实性已难确考，但印证了杭州及西湖之美，而柳永词所说，正是杭州的山川美和繁华美。就山川美言，云树一体，树繁茂高大，云雾缭绕，在它们的簇拥之下，钱塘江风高潮涌，浪花洁白，一望无际。而重湖即西湖被白堤分开以后形成的里湖和外湖，在山峦的环抱之中，清秀美丽。何况桂花、荷花相映，香气交融，增添了自然雅趣。就繁华言，杭州人口或住家多且富有，珍珠绸缎家盈户积，以致竞富者纵情挥霍。于是有了杭州人的悠闲和快乐。在天晴日朗时，羌管之乐四起，月明星映之夜，采菱之歌弥漫，

清·王原祁《西湖十景图》局部

① 罗大经：《鹤林玉露》丙编卷一。

钓叟之乐、采莲女之乐，让人羡慕不已。这首词有助于对欧阳修言称杭州之美的认知，尽管他所说不及柳永词更有朝气与活力，但他《有美堂记》的述说重心是明确的，这就是杭州有美。

杭州有美而生有美堂，至此文意已足。然而欧阳修又生出一层来，要说居杭州之人："临是邦者，必皆朝廷公卿大臣若天子之侍从，又有四方游士为之宾客。故喜占形胜，治亭榭，相与极游览之娱。然其于所取，有得于此者必有遗于彼。""朝廷公卿大臣若天子之侍从"，切合了梅挚的身份，但这不是在说梅挚，而是说通常的情况。本来前面说了杭州有山川和繁华之美，怎么这里又生出居杭州的朝廷公卿大臣和四方宾客，在杭州"相与极游览之娱"，仍然会得此遗彼或说顾此失彼呢？原来，真正能得此而不失彼的，在他看来是拥有有美堂者，他在这里用了一个"独"字，强调梅挚在杭州据二美的唯一性。这也是因为有美堂建在杭州最高的吴山顶上，方能"山水登临之美，人物邑居之繁，一寓目而尽得之"。这意味着梅挚有美堂的独特性。欧阳修自然而然地得出了下面的结论："盖钱塘兼有天下之美，而斯堂者又尽得钱塘之美焉，宜乎公之甚爱而难忘也。"这话后面似乎还应加上一句"宜乎梅公命予志之居然请至六七而不倦也"，之所以如此，关键在于他不能忘却杭州之美，身在江宁而心在杭州。而请欧阳修为记，则和欧阳修当时是文坛圣手有关，一经他品题，更能彰显有美堂的不凡。

文章写到这儿，诚如唐顺之说的"如累九层之台，一层高一层，真是奇绝"[①]，这奇绝处犹若登高而上绝顶。只是到这时候，他仿佛在为梅挚唱一首颂歌，说只有梅挚在杭州能如此，其他的

---

① 唐顺之：《文编》卷五十六。

朝廷公卿大臣若天子之侍从皆不能及。那梅挚该是怎样的人呢？有意思的是，欧阳修在最后收束的时候，轻轻地把笔按下，只说："梅公，清慎好学君子也。视其所好，可以知其人焉。"这话一下子让人有点迷糊了，他在文章的开头说登临山水之美与观览都会繁华之美是两种不同的境界、两种不同的人，梅挚一身而兼二者，他究竟属于前者还是属于后者呢？倒是如此平和的交代，既与开篇相照应，又让文意再生曲折，耐人寻味。

【原文】

有美堂记

嘉祐二年，龙图阁直学士、尚书吏部郎中梅公出守于杭。于其行也，天子宠之以诗。于是始作有美之堂，盖取赐诗之首章而名之，以为杭人之荣。然公之甚爱斯堂也，虽去而不忘。今年自金陵遣人走京师，命予志之。其请至六七而不倦，予乃为之言曰：

夫举天下之至美与其乐，有不得而兼焉者多矣。故穷山水登临之美者，必之乎宽闲之野、寂寞之乡，而后得焉；览人物之盛丽、夸都邑之雄富者，必据乎四达之冲、舟车之会，而后足焉。盖彼放心于物外，而此娱意于繁华，二者各有适焉。然其为乐，不得而兼也。

今夫所谓罗浮、天台、衡岳、庐阜、洞庭之广，三峡之险，号为东南奇伟秀绝者，乃皆在乎下州小邑，僻陋之邦。此幽潜之士、穷愁放逐之臣之所乐也。若乃四方之所聚，百货之所交，物盛人众，为一都会，而又能兼有山水之美，以资富贵之娱者，惟金陵、钱塘。然二邦皆僭窃于乱世。及圣宋受命，海内为一。

金陵以后服见诛，今其江山虽在，而颓垣废址，荒烟野草，过而览者莫不为之踌躇而凄怆。独钱塘自五代时知尊中国，效臣顺，及其亡也。顿首请命，不烦干戈，今其民幸富完安乐。又其俗习工巧，邑屋华丽，盖十余万家。环以湖山，左右映带。而闽商海贾，风帆浪舶，出入于江涛浩渺、烟云杳霭之间，可谓盛矣。

而临是邦者，必皆朝廷公卿大臣若天子之侍从，又有四方游士为之宾客。故喜占形胜，治亭榭。相与极游览之娱。然其于所取，有得于此者必有遗于彼。独所谓有美堂者，山水登临之美，人物邑居之繁，一寓目而尽得之。盖钱塘兼有天下之美，而斯堂者又尽得钱塘之美焉。宜乎公之甚爱而难忘也。

梅公，清慎好学君子也。视其所好，可以知其人焉。

四年八月丁亥，庐陵欧阳修记。

三、德泽生民、功施社稷以光耀后世

——《相州昼锦堂记》解读

宋仁宗治平二年（1065），59岁的欧阳修患了淋渴症，就是现在说的糖尿病，人渐消瘦，眼病也加重了，视物都很困难。他多次乞请外放以偷安养拙、自疗求痊，又没有获准，心情不太好。不过，这一年欧阳修与身为宰相的旧友或说“君子之朋”韩琦过从亲密，先是前一年韩琦请他为先父作像赞，于是欧阳修写了《魏国韩公国华真赞》，称其父“气刚而毅，望之可畏；色粹而仁，近之可亲”。小欧阳修一岁的韩琦十分高兴，专门写了诗以示谢意。这一年重阳节，韩琦在自家请苏洵作客，欧阳修陪同，三人相聚甚欢。不知是不是这一天，韩琦忽有新的想法，即请欧阳修为他家乡相州（今河南安阳）的昼锦堂写一篇记文，欧阳修欣然应允，故有了他的《相州昼锦堂记》。也许是为了张扬昼锦堂以示对韩琦的尊敬，欧阳修在文后特别署名为“尚书吏部侍郎、参知政事欧阳修记”。清人吴楚材、吴调侯品评这篇文章：“以永叔之藻采，著魏公之光烈，正所谓天下莫大之文章。”[①] 这固然与二人的身份有关，但欧阳修也真是以他的斐然文采，写下了韩琦的功业。

话说十年前，即宋仁宗至和二年（1055），韩琦以武康军节度使的身份知相州。相州是韩琦的家乡，素为兵家必争之地。韩

---

① 吴楚材、吴调侯：《古文观止》。

琦知相州时，正值社会太平，但在相州所见却是一派破败。至和三年（1056年，后改元为嘉祐元年）三月十五日，韩琦在《相州新修园池记》里对相州有如下的描述：

> 州之武备日懈不严，至五兵不设库，散处于厅事之廊庑间，败坏堆积，莫可详阅。郡署有后园，北逼牙城，东西几四十丈，而南北不及百尺，虽有亭榭花木，而扼束蔽密，隘陋殊甚。牙城之北，乃有官蔬之圃，纵广半夫，中有废台岿然，荆棘蒙没。州人但以其基正圆，有道回环而上，如螺壳然，故以“抱螺”名之。

韩琦当时身体不好，可如是的相州让他揪心不已，自言经不得劳累却“不敢偷安自放，而忘治之所急”。于是，他不仅整治相州的武库，按类分放百万兵械，而且兴建了昼锦堂、康乐园、休逸台，还在园中开凿了大池，引洹水灌之，园中种植名花杂果、松柏杨柳，池中有莲有鱼。园池建成之后恰逢寒食节，于是当地百姓“无老幼，皆摩肩蹑武来游吾园。或遇乐而留，或择胜而饮，叹赏歌呼，至徘徊忘归”。

眼前景象激发了韩琦的诗兴，他曾填词二首，自命词牌为“安阳好”，抒发自己的情怀。其一说：

> 安阳好，形势魏西州。曼衍山川环故国，升平歌吹沸高楼。和气镇飞浮。
>
> 笼画陌，乔木几春秋。花外轩窗排远岫，竹间门巷带长流。风物更清幽。

吟罢意欲未尽，又有其二：

安阳好，戟户使君宫。白昼锦衣清宴处，铁楹丹榭画图中。壁记旧三公。

棠讼悄，池馆北园通。夏夜泉声来枕簟，春来花气透帘栊。行乐兴何穷。

这两首词极赞安阳的山水楼阁之美与百姓之乐，在充满诗情画意的摹写中，可以看到韩琦整治相州府署的显著成效，曾经草木丛生、荒凉破败的园圃池塘，如今姹紫嫣红，鱼水相戏，让当地百姓乐于观赏、游玩，他自己也觉得赏心悦目，止不住说“行乐兴何穷”。而词中的“白昼锦衣”，紧扣了他的昼锦堂，是下面要说的话题。

韩琦新修的园圃中有昼锦堂，相对于康乐园、休逸台来说，昼锦堂最为他所看重，因之还写了《昼锦堂》《昼锦堂赏新牡丹》《再题昼锦堂》《初会昼锦堂》《昼锦堂同赏牡丹》《昼锦堂再赏牡丹》《乙卯昼锦堂同赏牡丹》等诗，表现自己在昼锦堂的生活。韩琦原本是有大抱负、大胸怀的人，他在《相州新修园池记》里表达了两个十分重要的想法，一是“观吾堂者，知太守仗旄节来故乡，得古人衣锦昼游之美，而不知吾窃志荣幸之过，朝夕自视，思有以报吾君也”。他说希望别人不要误解，这昼锦堂不是要炫耀自己得了荣华富贵之后的意气扬扬，衣锦还乡，而是借此让自己记得报答君王恩德。这和他刚到相州时说的“君仁至厚，止易地以推恩；臣宠无加，遂拥旄而归里。荣兼今昔，义激死生”[1]相

① 韩琦:《知相州乞罢节钺表》。

一致。二是“夫郡县之为政，有期而更也，政有所利，非一人能保其久也。前倡之，后继之，推其心，以公而相照，则国家之事无不济者，况一园池之末哉？葺之废之，必有能辨其心者”。他从相州园圃想到郡县乃至国家的治理，需要“前倡之，后继之，推其心，以公而相照”，这样事业才会有成，不至于半途而废，他也希望有人能够了解自己为国为君的一番苦心。

欧阳修为韩琦相州昼锦堂写的《相州昼锦堂记》，开篇未点明“昼锦”，而说“仕宦而至将相，富贵而归故乡，此人情之所荣，而今昔之所同也”。这一说法隐含了富贵而归故乡者当是衣锦还乡。楚汉相争之初，先入秦都咸阳的刘邦“约法三章”以安民心，迫于项羽军事力量强大，在“鸿门宴”用张良计谋全身而退，让项羽率大军进入咸阳。项羽入咸阳后，因秦灭楚的仇恨导致他一把火烧了秦王朝的宫殿，杀了秦降王子婴，意欲东归。这时他说了一句为后人熟知的话：“富贵不归故乡，如衣绣夜行，谁知之者？”[①]于是，多勇寡谋的项羽轻易就丢掉了足以为都城的咸阳，尽管后来一度自号为“西楚霸王”，分封诸侯，最终在楚汉相争中，兵败垓下，自刎于乌江畔，没

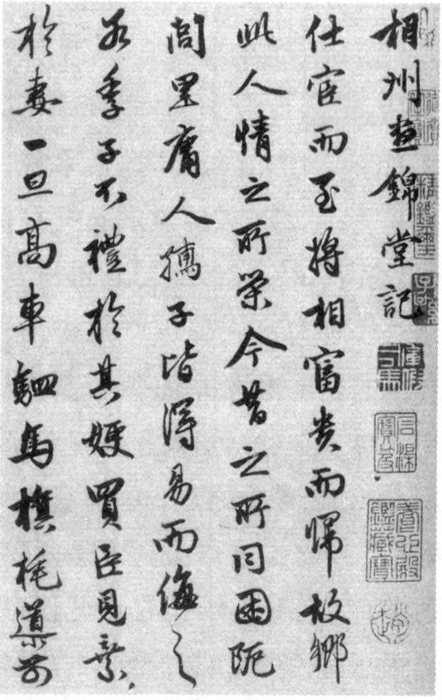

元·赵孟𫖯行书《相州昼锦堂记》局部

① 司马迁：《史记·项羽本纪》。

能赢得天下。时过境迁，韩琦反其意而用之，不是说“富贵不归故乡，如衣绣夜行”吗？他称自己重修的相州园圃里的堂为昼锦堂，说自己富贵而归故乡，如同白天穿着锦绣一样。但从前文的分析可以看出，他的用意与项羽完全不同，不怀一己私心。欧阳修则从人情人性出发，说古往今来，富贵而归故乡都是人之常情常性，项羽当年富贵欲归故乡的做法是可以理解的。欧阳修随之说道：

> 盖士方穷时，困厄闾里，庸人孺子皆得易而侮之，若季子不礼于其嫂，买臣见弃于其妻。一旦高车驷马，旗旄导前而骑卒拥后，夹道之人相与骈肩累迹，瞻望咨嗟，而所谓庸夫愚妇者，奔走骇汗，羞愧俯伏，以自悔罪于车尘马足之间。此一介之士得志于当时，而意气之盛，昔人比之衣锦之荣者也。

欧阳修说了社会生活中两种人的遭遇，一种是不得志之士即穷士的遭遇，另一种是得志之士即达士的遭遇。士人不得志之时，受人欺侮，一旦得志之后，受人景仰，二者都不足为奇。故民间有“穷在路边无人问，富在深山有远亲”的俗语。欧阳修信手拈来，讲了战国苏秦和西汉朱买臣的故事。

苏秦曾花百金游说秦惠王连横，兴武力以定天下，被秦惠王以自己羽翼未丰满为由婉拒。结果苏秦穿的黑貂之裘破了，黄金百斤用完了，无奈之下自己打着绑腿，挑着行李，狼狈地回到家中。不得志的苏秦在家里受到冷遇，理应问话的父母不跟他说话，理应下纺织机的妻子不下纺织机，连理应给他做饭的嫂子也不给他做饭。于是，苏秦发愤攻读了一年的《太公阴符》之谋，随后再去游说诸侯联合抗秦，也就是“合纵”，这次大获成功。当他将去游说楚王，路过家乡洛阳的时候，情形完全变了，“父母闻之，清宫除道，张乐设饮，郊迎三十里。妻侧目而视，倾耳而听。嫂蛇行匍伏，四拜自跪而谢”。这一幕很有戏剧性，苏秦的父母、妻子和嫂子在苏秦得志后各自的表现，让苏秦想到当初游说秦惠王失败时的遭遇，有很深的人生感慨。他不禁问嫂子，为什么你去年对我很傲慢而现在却很卑谦呢？嫂子的话很直白，“以季子之位尊而多金”。于是，苏秦叹息说：“嗟乎！贫穷则父母不子，富贵则亲戚畏惧。人生世上，势位富贵，盖可忽乎哉！”[①] 西汉朱买臣不得志时，砍柴卖柴为生，妻子相随。时间长了，妻子以为羞耻，要求跟他离婚。朱买臣说，我 50 岁会富贵，现在已经 40 多岁了，再等等就好了。他妻子说：“再等，我会饿死在沟壑里，哪有什么富贵呢？”就此分了手。朱买臣真的富贵后，他前妻羞愧得自杀了。欧阳修讲的这两个故事都很典型，说明人性所致，士人得志往往欲衣锦还乡。

欧阳修讲苏秦和朱买臣的故事，是从“仕宦而至将相，富贵而归故乡，此人情之所荣，而今昔之所同也”引申出来的，以此为随后评说韩琦作铺垫。这里平和的叙说和他后面想作的夸赞形成抑扬起伏。在芸芸众生当中，韩琦独具一格。当然不同于苏秦和朱买臣，也不宜用欧阳修起句说的常理常情来考量。不妨看他随后说的：

> 惟大丞相魏国公则不然。公，相人也，世有令德，为时名卿。自公少时，已擢高科、登显仕，海内之士闻下风而望

① 《战国策·秦策一·苏秦始将连横》。

余光者，盖亦有年矣。所谓将相而富贵，皆公所宜素有。非如穷厄之人侥幸得志于一时，出于庸夫愚妇之不意，以惊骇而夸耀之也。

也许是彼此熟知，欧阳修对韩琦的家世和人生故事说得很简略，而韩琦的人生真的很不简单。《宋史·韩琦传》记载：韩琦"弱冠举进士，名在第二"，然后进入仕途。他曾在担任右司谏时，弹劾宰相王随、陈尧佐和参知政事韩亿、石中立，上疏指陈其过，使四人同一天被罢免；直言批评朝政，"以明得失、正纪纲、亲忠直、远邪佞"；还曾参与庆历革新，惩贪官，汰冗吏，救助饥民，与范仲淹一道强力抵御西夏侵扰，有"军中有一韩，西贼闻之心胆寒"的称誉。韩琦后官至宰相，拜魏国公。就是这位韩琦，30岁时即被天下人称为"韩公"，难怪欧阳修会说韩琦很年轻的时候，"海内之士闻下风而望余光者"。

韩琦以其学识德行和才干身为显宦，欧阳修说他不像世俗的庸夫愚妇在穷厄之间侥幸得志，从而惊骇而自我夸耀。言外之意是这些人追求富贵时衣锦还乡实为常态，而韩琦不是俗人，或者说不能把他等同于俗人。欧阳修以庸夫愚妇作比，就像在文章开头以常人之情理作铺垫一样，同样是衬托韩琦的不同凡响，果然是"高牙大纛，不足为公荣；桓圭衮冕，不足为公贵"。他心里想的是国家君王，人或见其常处危疑之间一仍知无不言、知无不为，劝他道："公所为诚善，万一蹉跌，岂惟身不自保，恐家无处所。"韩琦回答说："是何言也？人臣尽力事君，死生以之。至于成败，天也，岂可豫忧其不济遂辍不为哉？"[①] 闻者无不愧服。这让人想

① 脱脱等：《宋史·韩琦传》。

起清代林则徐诗中名句“苟利国家生死以，岂因祸福避趋之”[1]，正是韩琦这句话的诗意表达。尽管韩琦说的是“事君”，而在“事君”背后是为国。进而，欧阳修把韩琦的人生理想升华了，说他并没有想以自己的富贵夸耀于一时，荣耀于一乡，想的是“德被生民，而功施社稷，勒之金石，播之声诗，以耀后世而垂无穷”。这就回到了人生不朽的传统道路上。传统的人生三不朽是太上立德，其次立功，其次立言。欧阳修把韩琦定位在立德上，有对韩琦的敬意和理解。在文章最后，欧阳修提及自己写《相州昼锦堂记》的用心，说“余虽不获登公之堂，幸尝窃诵公之诗，乐公之志有成，而喜为天下道也。于是乎书”。在自谦中，他对韩琦之志颇有赞誉，这“志”与他说韩琦立德相照应，充满了感佩之情。

上述都和韩琦的昼锦堂相关，他先说“昼锦”之事、议“昼锦”之理，然后才告诉读者韩琦何时治理相州，何时在后圃建昼锦堂，与常人在此类文章中往往先叙事、再就所叙之事说理显然不同，自然形成表达的曲折及文意的跌宕。不过，这篇“记”体之文本当以记事为胜的，实际上说理胜过叙事。他提到韩琦“刻诗于石，以遗相人”，这诗名为《昼锦堂》，诗中说道“古人之富贵，贵归本郡县。譬若衣锦游，白昼自光绚。不则如夜行，虽丽胡由见……所得快恩仇，爱恶任娇狷。其志止于此，士固不足羡。兹予来旧邦，意弗在矜炫”，欧阳修在文中也点到“其言以快恩仇、矜名誉为可薄”。有趣的是，韩琦在诗里首先说到富贵还乡若“衣锦游”，欧阳修这篇记文的出发点和他的诗相同，所不同的是，韩琦先说的主要是事，欧阳修却就事生出理来，而且是站在人性的基点上，说出社会生活通行的道理。欧阳修进而推论韩琦之意：

---

① 林则徐:《赴戍登程口占示家人》其二。

“盖不以昔人所夸者为荣，而以为戒。”这是符合韩琦在《相州新修园池记》里流露出的基本思想的，与他诗歌的内在精神相一致。接着，欧阳修在文中写道：“于此见公之视富贵为何如，而其志岂易量哉？”他说的韩琦之志不可量，在于韩琦之志与他人之志不同，他人之志在富贵，而韩琦的志向却不在此。最后，欧阳修写道：

> 故能出入将相，勤劳王家，而夷险一节。至于临大事、决大议，垂绅正笏，不动声气，而措天下于泰山之安，可谓社稷之臣矣！其丰功盛烈，所以铭彝鼎而被弦歌者，乃邦家之光，非闾里之荣也。

这仍然是夸赞韩琦的，称道他是“社稷之臣”，最值得一说的是沉稳，面临平安或危险是如此，面临大事或大议也是如此，治理天下还是如此。这里说的大事大议，如劝晚年的宋仁宗立皇嗣、并促成英宗即位；英宗即位后，身体不好，又和太后之间有矛盾冲突，认为太后不慈爱，韩琦劝英宗仍做孝子，促成母子和好如初，太后还政于英宗。欧阳修曾参与上述之事，见证了临大事、决大议的韩琦，其后南宋朱弁的《曲洧旧闻》记载：“欧阳文忠公作《昼锦堂记》，成以示晁美叔秘监，云：‘垂绅正笏，不动声色，措天下于泰山之安。如此，予所亲见，故实记其事，无一字溢美。于斯时也，他人皆惴栗流汗，不能措一词，公独闲暇如安平无事，真不可及也。’”欧阳修说韩琦的功业可以铸于彝鼎，可以谱曲而歌之。这就不是乡里的光荣，而是国家的光荣。如是说，表明韩琦不需要像常人那样衣锦还乡，声名就能自传于乡了。写到这里，欧阳修所说之理与开篇相照应，意在韩琦非同一般人，人情求富贵则衣锦还乡，以获闾里之荣，而韩琦则求“德被生民，而功施社稷”，以为邦家之光。人的追求如此不同，欧阳修所说之理与他人所思也是如此不同。欧阳修曾在庆历四年（1044）写过一篇《朋党论》，为范仲淹、韩琦等人的政治革新辩解，他在《相州昼锦堂记》中对韩琦功德的认知，令人感受到他与韩琦同一的人生立场。而韩琦终其一生，果真成为邦家之光而非仅得闾里之荣。

关于欧阳修《相州昼锦堂记》的写作，还流传有一则轶事，是宋人范公偁《过庭录》记载的：“韩魏公在相，曾乞《昼锦堂记》于欧公。云‘仕宦至将相，富贵归故乡’，韩公得之爱赏。后数日，欧复遣介，别以本至，云‘前有未是，可换此本’。韩再三玩之，无异前者，但于‘仕宦’‘富贵’下各添一‘而’字，文义尤畅。先子云：‘前辈为文，不易如此。’”欧阳修善用虚词，《醉翁亭记》“也”字的运用是典型的例子。而这篇文章并不以虚词见称，一“而”字之增，却变急促为徐缓，让文章多了一点玩味。这当然只是一个很小的关注点，就全文来说，欧阳修始终贯穿着韩琦之志与庸夫愚妇之志的对比，正是在这样的差异比较中，彰显了韩琦宽广的胸怀和崇高的人生境界。

最后要说的是，两年后即治平四年（1067），韩琦刻了自己的《相台园池记》和欧阳修的《相州昼锦堂记》，立碑以为纪念。欧阳修看后说自己的衰退之文有些不配，托名于后终是幸事。这是谦虚的话，欧阳修作为当时文坛最负盛名的古文家，作《相州昼锦堂记》，昼锦堂真是很有幸的。昼锦堂或废或兴，但欧阳修的《相州昼锦堂记》使韩琦修建昼锦堂之事为世人所知并传之永久，也是韩琦的幸事。关于韩琦的相州园池，欧阳修还写了五首小诗，这就是《寄题相州荣归堂》《昼锦堂》《观鱼轩》《狎鸥亭》

《休逸台》。他的《昼锦堂》诗写道：

> 昔憩甘棠长旧围，重来城郭叹人非。
> 随车仍是为霖雨，被衮何如衣锦归。

“甘棠”用的是《诗经·召南·甘棠》的典故，感念时光流逝；而“随车”用的是东汉郑弘的故事，说郑弘施行仁政而减赋税，春天大旱时，他乘的车所过之处，大雨随车而降，以此为韩琦唱赞歌。

欧阳修致仕后晚年没有回到家乡江西吉安，而是到了曾经喜欢的安徽颍州，并在颍州西湖写下了著名的《采桑子》组词。在那里，他给身在北京即河北大名府的韩琦写了《退居述怀寄北京韩侍中》二首，其一是七律，后两联叙说自己晚年的生活：“一生勤苦书千卷，万事消磨酒百分。放浪岂无方外士，尚思亲友念离群。”在悠闲的诗酒岁月里，他因自己的孤独而对韩琦仍有殷殷思念。韩琦则在《次韵答致政欧阳少师退居述怀》二首其一的后四句说：“忠义心诚终老合，仙凡岐路此时分。唯瞻天外冥鸿远，会起卑飞及旧群。”诗中流露出对欧阳修生活的羡慕，同样表达了对欧阳修的思念。

欧阳修临死时，嘱韩琦为他写墓志铭，故有韩琦在《欧阳文忠公墓志铭》里叙说欧阳修的一生。韩琦之情未止于此，他还伤心地说，“天下正人节士知公之亡，罔不骇然相吊，痛失依仰”[①]，以见他丧失了知交故友的沉痛哀思。而所谓的“天下正人节士”说，也是视欧阳修为“正人节士”的，以此褒奖注重道义、忠信、

① 韩琦：《故观文殿学士太子少师致仕赠太子太师欧阳公墓志铭》。

名节的欧阳修。而欧阳修在娓娓的叙事议论中，以平和婉转的说理特别想告诉人们的是：德泽生民，功施社稷，真能耀于后世而传无穷。

【原文】

相州昼锦堂记

仕宦而至将相，富贵而归故乡，此人情之所荣，而今昔之所同也。

盖士方穷时，困厄闾里，庸人孺子皆得易而侮之，若季子不礼于其嫂，买臣见弃于其妻。一旦高车驷马，旗旄导前而骑卒拥后，夹道之人相与骈肩累迹，瞻望咨嗟，而所谓庸夫愚妇者，奔走骇汗，羞愧俯伏，以自悔罪于车尘马足之间。此一介之士得志于当时，而意气之盛，昔人比之衣锦之荣者也。

惟大丞相魏国公则不然。公，相人也，世有令德，为时名卿。自公少时，已擢高科、登显仕，海内之士闻下风而望余光者，盖亦有年矣。所谓将相而富贵，皆公所宜素有。非如穷厄之人侥幸得志于一时，出于庸夫愚妇之不意，以惊骇而夸耀之也。然则高牙大纛，不足为公荣；桓圭衮冕，不足为公贵。惟德被生民，而功施社稷，勒之金石，播之声诗，以耀后世而垂无穷。此公之志，而士亦以此望于公也。岂止夸一时而荣一乡哉？

公在至和中，尝以武康之节来治于相，乃作昼锦之堂于后圃。既又刻诗于石，以遗相人。其言以快恩仇、矜名誉为可薄，盖不以昔人所夸者为荣，而以为戒。于此见公之视富贵为何如，而其志岂易量哉？故能出入将相，勤劳王家，而夷险一节。至于临大事、决大议，垂绅正笏，不动声气，而措天下于泰山之安，可谓社稷之臣矣！其丰功盛烈，所以铭彝鼎而被弦歌者，乃邦家之光，非闾里之荣也。

余虽不获登公之堂，幸尝窃诵公之诗，乐公之志有成，而喜为天下道也。于是乎书。

尚书吏部侍郎、参知政事欧阳修记。

四、岘山亭兴废的传名之思

——《岘山亭记》解读

湖北襄阳有好几座名山，常为人道的是盛唐孟浩然隐居过的鹿门山以及他常登临的岘山和万山。岘山和鹿门山隔江相对，汉水滔滔，从两山之间涌流而过，自然增长了鹿门山和岘山的雄伟气势。这里要说的是岘山。

古代诗人好游名山大川，往往登高必赋诗，在襄阳登岘山而咏诗也是常有的事。如唐代孟浩然《与诸子登岘山》、李白《岘山怀古》、宋代范仲淹《寄题岘山羊公祠堂》、苏轼《岘山》等。其中，孟浩然与诸子渡江登岘山而咏的《与诸子登岘山》流传甚广。全诗如下：

人事有代谢，往来成古今。
江山留胜迹，我辈复登临。
水落鱼梁浅，天寒梦泽深。
羊公碑尚在，读罢泪沾巾。

诗没说怀古，却在人事代谢的无限感伤中怀古意深。诗中的"羊公碑"是孟浩然怀古伤今的核心所在。孟浩然因羊公即羊祜想到自己功业未成，不禁潸然泪下。其后，明代罗贯中的《三国演义》第一百二十回"荐杜预老将献新谋，降孙皓三分归一统"，写到羊祜病死之后，南州即襄阳的百姓罢市痛哭，后人在羊公碑前无不流泪。小说还引用了晚唐诗人胡曾的七绝《咏史诗·岘山》“晓日登临感晋臣，古碑零落岘山春。松间残露频频滴，酷似当初堕泪人”，从而使这首诗也广为人知。而以散文叙说岘山的名篇，应当提到欧阳修的《岘山亭记》。

被清代桐城派姚鼐称为“绝世之文”的《岘山亭记》写于宋神宗熙宁三年（1070）十月二十二日。同年四月，欧阳修把《先君墓表》改写成更蕴深情的《泷冈阡表》，悼念先父；九月，写了《六一居士传》，把他早年在滁州自号的“醉翁”更为“六一居士”。“六一居士”得名于他当时有一万卷藏书、三代以来的一千卷金石遗文、一张琴、一局棋、一壶酒以及他自己这一个老头子。欧阳修在《泷冈阡表》里叙说先父功德及先母的养育之恩，自然不能免俗地以一己功名告于先父之亡灵，并说因祖上和先父“积善成德”，方有皇帝对自己先人的宠赐，赐爵受封。文中饱含哀伤，却又有未辱没先人的自诩之意。在《六一居士传》中，他诉说自己早年为世事所累，那时节“轩裳珪组劳吾形于外，忧患思虑劳吾心于内，使吾形不病而已悴，心未老而先衰”。他说得生动而深沉，宦海浮沉，官务辛劳，以致身心交瘁，病患缠身，无暇顾及所爱的藏书、金石遗文、琴、棋、酒这五物。现在面临退养，得意于这五物，心态也就大有不同。用他的话来说，当此时“太山在前而不见，疾雷破柱而不惊；虽响九奏于洞庭之野，阅大战于涿鹿之原，未足喻其乐且适也”。这些深具庄子笔法的铺叙，其语言语义也源于庄子。庄子有“疾雷破山、飘风振海而不能惊”[①]“帝张咸池之乐于洞

① 《庄子·齐物论》。

庭之野”[1]诸说，欧阳修以此为喻，彰显出的心绪安定平淡难以尽说。他主要是告诉人们，不必以难得的强健躯体贪图过分的荣禄，不妨溺于逸乐而无祸患。念及逝去的双亲，欧阳修一往情深，哀痛难以自抑是人之常情。只是双亲毕竟已与世长辞，有过的哀痛固然会因对过往的回忆而一再产生，但在他这把年纪，心绪更多的还是平和。

熙宁二年（1069），欧阳修写过一首《日长偶书》，向往过闲适的生活，与北宋初年白体诗人的诗风相近。诗说：“日长渐觉逍遥乐，何况终朝无事人。安得遂为无事者，人间万虑不关身。”宦海浮沉了数十年、经历了许多跌宕坎坷的欧阳修，这时对朝政渐生疏离，心萌退意，欲抽身官场，做一个逍遥的“无事人”，这很可理解。他当时已经63岁，身体很不好，多年来的疾病折磨给了他较多的痛苦，少了人生的乐趣而真有致仕之心。当然人到这个时候，内心归于平和也是常态。次子欧阳奕科考失利后，欧阳修写信给他以示安慰，其中说：“得失常事，命有迟速，汝必会得。”[2]这虽说是鼓励的话，要他败而不馁，但将“得失常事”的世事规律，归结为“命有迟速”的宿命，这只有对生活无甚奢望的人说得出来。这样的情怀，影响了欧阳修《岘山亭记》的写作。

欧阳修《岘山亭记》的写作动机文中有所交代，见于下面这段文字：

> 熙宁元年，余友人史君中辉以光禄卿来守襄阳。明年，因亭之旧，广而新之，既周以回廊之壮，又大其后轩，使与

---

① 《庄子·天运》。

② 欧阳修：《与二寺丞奕一通》。

亭相称。君知名当世，所至有声，襄人安其政而乐从其游也。因以君之官，名其后轩为光禄堂；又欲纪其事于石，以与叔子、元凯之名并传于久远。君皆不能止也，乃来以记属于余。

他提到的友人史中辉，名炤，以光禄卿的身份任襄阳太守，曾因在襄阳兴水利获得褒奖。熙宁二年（1069），史中辉扩建了岘山亭，所建一是回廊，二是后轩。还将后轩命名为“光禄堂”。因岘山一直流传有羊叔子和杜元凯的事迹，史中辉也想为岘山亭写一篇记文，记其修亭之事刻于石上，以求与羊叔子、杜元凯一样传名久远。于是，他找到了欧阳修。欧阳修用笔深富意味，一说史中辉“知名当世，所至有声，襄人安其政而乐从其游也”，这一揄扬之辞果真如此？所谓的“知名”者却原来又是好名者，方有名后轩为“光禄堂”和欲刻石记事的追求。欧阳修对刻石记事说得很婉转，称不是史中辉想这样做，而是“安其政而乐从其游”的襄阳人要这样做，于是才求欧阳修写一篇《岘山亭记》。欧阳修依从了史中辉，在含蓄批评中帮史中辉扬名。

欧阳修的记亭之文，还有《醉翁亭记》《丰乐亭记》等，这些亭记往往或先状景再叙事，或先叙事再状景。如《醉翁亭记》开篇：“环滁皆山也。其西南诸峰，林壑尤美，望之蔚然而深秀者，琅琊也。山行六七里，渐闻水声潺潺，而泻出于两峰之间者，酿泉也。峰回路转，有亭翼然临于泉上者，醉翁亭也。”欧阳修从滁州周围的群山写起，落脚在蔚然深秀的琅琊山，引出醉翁亭。又如《丰乐亭记》的开篇：“修既治滁之明年，夏，始饮滁水而甘。问诸滁人，得于州南百步之近。其上则丰山，耸然而特立；下则幽谷，窈然而深藏；中有清泉，滃然而仰出。俯仰左右，顾而乐之。于是疏泉凿石，辟地以为亭，而与滁人往游其间。”第一句叙事有时间上的承接，引出丰山，依然是山石泉流的秀美景色。而《岘山亭记》有所不同，开篇略于风物而详于叙事。

在这里，欧阳修说："岘山临汉上，望之隐然，盖诸山之小者。而其名特著于荆州者，岂非以其人哉。"这里说岘山"望之隐然"，是因岘山低平而不显露。如是之山本不应声名远扬，因为古来名山多因高大雄奇为人称道。如五岳之首的泰山，杜甫有诗："岱宗夫如何？齐鲁青未了。造化钟神秀，阴阳割昏晓。荡胸生层云，决眦入归鸟。会当凌绝顶，一览众山小。"[①]孟子说"孔子登东山而小鲁，登泰山而小天下"[②]，而杜甫说"会当凌绝顶，一览众山小"，自然是"造化钟神秀"所致。岘山位于襄阳城南，东临汉水，其山势远不足与五岳相提并论，而其得名倒是应了唐代刘禹锡《陋室铭》的一句话"山不在高，有仙则名"。这岘山之"仙"是两个登山的人，自他们登岘山之后，岘山就名冠荆州，名传天下了。这两个人就是西晋的羊祜羊叔子、杜预杜元凯。欧阳修是这样说的：

清·黄应谌《陋室铭图》

① 杜甫：《望岳》。

② 《孟子·尽心上》。

> 方晋与吴以兵争，常倚荆州以为重，而二子相继于此，遂以平吴而成晋业，其功烈已盖于当世矣。至于风流余韵蔼然被于江汉之间者，至今人犹思之，而于思叔子也尤深。盖元凯以其功，而叔子以其仁，二子所为虽不同，然皆足以垂于不朽。

这番话涉及西晋灭吴以及羊祜、杜预的功绩。欧阳修对二人的评价很高，说羊祜和杜预“以平吴而成晋业，其功烈已盖于当世矣”，没有人能够和他们相比。但二人的功业有所不同，所谓的“元凯以其功，而叔子以其仁”，这“功”是武功，这“仁”是仁爱。不妨略略交代一下：

羊祜（221—278），字叔子，泰山南城（今山东新泰）人，少时即为乡邻所重，认为他必建大功于天下。晋武帝司马炎即位时，羊祜因有辅佐之功，曾为中军将军，加散骑常侍。晋武帝兴兵灭吴，羊祜为都督，坐镇襄阳，督管荆州军事。他在襄阳开办学校，开垦田地，德怀远近，深受江汉百姓拥戴。他到襄阳时，军无百日之粮，第三年却有了可供十年的粮食积累。且身为都督，羊祜在军营里居然经常“轻裘缓带，身不被甲”[①]。后加封车骑将军等职，不意为东吴陆抗所败，被贬为平南将军；进据险要，开建五城，取膏腴之地，夺吴人之资，来降者络绎不绝。羊祜进而修德信，怀仁柔，德量为对手陆抗倾服。不仅如此，他每次出入吴境，割吴地的稻谷当粮食，会按所得送绸缎作为偿还；他每次在江沔一带游猎，常止于晋地，如果禽兽先为吴人所伤，后为晋兵所得，都会原样归还。因此吴人心悦诚服，称他为“羊公”。

---

① 房玄龄等:《晋书·羊祜传》。

羊祜破吴有功，从不以功自居，而是谦和自守。只是灭吴之功，在他手上并没有完成。后羊祜病重，回到洛阳，弥留之际举荐杜预代替自己的职务，享年58岁。

杜预（222—285），字元凯，京兆杜陵（今陕西西安）人，博学多思，常就世俗的立德立功立言之道，说自己“德不可以企及，立功立言可庶几也”。成人后，娶了晋文帝的妹妹高陆公主，被授尚书郎，又袭祖爵为丰乐亭侯。就此进入仕途。他与羊祜都主张灭吴，羊祜死后，因其推荐，被任命为镇南大将军，同样都督荆州诸军事。他不同于羊祜好德，到襄阳后，“缮甲兵，耀威武，乃简精锐，袭吴西陵督张政，大破之，以功增封三百六十五户”①。太康元年（280）正月，杜预在江陵调兵遣将，势如破竹，大败吴军，所过城池，莫不束手就擒。天下安定之后，他认为忘战必危，一仍勤于讲武；一度沉溺于经籍之中，好《左氏春秋》，著有《春秋左氏经传集解》等。

有意思的是，欧阳修说二人“风流余韵蔼然被于江汉之间者，至今人犹思之”，“二子所为虽不同，然皆足以垂于不朽”，在如是的赞誉之下，又忽地说了一句让人有些费解的话，让文意陡起波澜。这就是“余颇疑其反自汲汲于后世之名者，何哉”，这是欧阳修的自问，随即又自己作答：

> 传言叔子尝登兹山，慨然语其属，以谓此山常在，而前世之士皆已湮灭于无闻，因自顾而悲伤。然独不知兹山待己而名著也。元凯铭功于二石，一置兹山之上，一投汉水之渊。是知陵谷有变，而不知石有时而磨灭也。岂皆自喜其名之甚

① 房玄龄等：《晋书·杜预传》。

而过为无穷之虑欤？将自待者厚而所思者远欤？

羊祜登岘山的慨然叹息，《晋书·羊祜传》中有如下记载：羊祜在襄阳时性“乐山水，每风景，必造岘山，置酒言咏，终日不倦。尝慨然叹息，顾谓从事中郎邹湛等曰：‘自有宇宙，便有此山。由来贤达胜士，登此远望，如我与卿者多矣！皆湮灭无闻，使人悲伤。如百岁后有知，魂魄犹应登此也。’湛曰：‘公德冠四海，道嗣前哲，令闻令望，必与此山俱传。至若湛辈，乃当如公言耳。”这一叹息，可谓是人生的永恒之叹。如唐代刘希夷的“年年岁岁花相似，岁岁年年人不同”①，张若虚的“人生代代无穷已，江月年年望相似”②，都有很深的物是人非的人生隐痛。人的生命在江山面前永远是渺小而短暂的，“大江东去，浪淘尽，千古风流人物”③，千古风流人物不再，而从前如画的江山，如今还是江山如画。正因为如此，羊祜的旷世悲情蕴含了强烈的功名追求。想到“前世之士皆已湮灭于无闻”，自己似乎正在走着前人的道路，也将湮灭无闻，于是悲伤不已。

不过，欧阳修说羊祜“独不知兹山待己而名著也”。羊祜之名因伐吴时好施德而立，其德让感动的百姓为他建庙立碑、岁时供奉，且日后有望碑而落泪之举，引发杜预将此碑命名为“堕泪碑”。杜预则仿东汉窦宪大败北单于之后，登燕然山刻石纪功的事迹，在襄阳也刻石纪功。杜预“铭功于二石，一置兹山之上，一投汉水之渊”史有记载，《晋书·杜预传》说：“预好为后世名，

---

① 刘希夷:《代悲白头翁》。

② 张若虚:《春江花月夜》。

③ 苏轼:《念奴娇·赤壁怀古》。

常言‘高岸为谷，深谷为陵’，刻石为二碑，纪其勋绩，一沉万山之下，一立岘山之上，曰：‘焉知此后不为陵谷乎！’”这“高岸为谷，深谷为陵”是沧海桑田的另一种表述方式，精明的杜预感到大自然变化万千，单纯置碑于山，或置碑于谷，都有可能因陵谷沧桑，碑也就此湮灭，一无所存。因此他刻置两碑，一沉于万山下的汉江，一立于岘山之上，这倒不失为留名的办法。这给欧阳修留下了评说的口实。

欧阳修疑心羊祜、杜预二人汲汲于名声，不是没有道理的。对于羊祜来说，他的慨然叹息确实是“唯有功名忘不了”，方会虑及百年后而忧思盈怀。而杜预则是将纪功的刻石一立于山上，一沉于江中。欧阳修说，杜预料想山谷会发生变化，以为刻石不会磨灭，却不知刻石也会磨灭。因此批评羊祜和杜预“皆自喜其名之甚而过为无穷之虑”，喜名之甚即为“自待者厚”，无穷之虑不就是“所思者远欤”？对此，欧阳修很不以为然。正当读者急待欧阳修说明的时候，他忽然按下不表，转而说史中辉复修羊公庙碑事，形成叙述上的起伏，别生情趣。其内在的逻辑，则是因羊祜、杜预好名想到史中辉的好名。欧阳修随之说：“山故有亭，世传以为叔子之所游止也。故其屡废而复兴者，由后世慕其名而思其人者多也。”这是很自然的事。略早于欧阳修，范仲淹有一首《寄题岘山羊公祠堂》，说略小于他的王源叔（王洙）在襄阳做太守时，“行乐何逍遥，览古忽感慨。不见叔子祠，芜没民畴内。千金赎故基，庙貌重营绘。襄人复其祀，水旱有攸赖。太守一兴善，比户皆欢快”，可见一斑。欧阳修又调过笔锋，从慕羊祜之名的人中拎出史中辉，说了文章的最后一段话：

余谓君知慕叔子之风，而袭其遗迹，则其为人与其志之所存者，可知矣。襄人爱君而安乐之如此，则君之为政于襄者，又可知矣。此襄人之所欲书也。若其左右山川之胜势，与夫草木云烟之杳霭，出没于空旷有无之间，而可以备诗人之登高，写《离骚》之极目者，宜其览者自得之。至于亭屡废兴，或自有记，或不必究其详者，皆不复道。

这段话一则从羊祜、杜预二人落到羊祜一人身上。他不再以武功评说平吴的杜预，与当时社会太平有关。太平社会之下，施行仁政，是人们普遍而广泛的要求。欧阳修避开史中辉求名，只说他如果仰慕羊叔子的风范，而承袭羊叔子流传在民间的事迹，那么就可以知道史中辉的为人和志向了。而襄阳人喜欢史中辉，生活如此安乐，就知道他是怎样在治理襄阳，襄阳人就会想把这些事写下来。欧阳修的话十分婉转，他不明说史中辉当有仁泽，行仁政，而是在曲折的表达中，以张扬羊叔子的方式劝他好仁而行仁，并借“此襄人之所欲书也”，告诉他这是人心所向。二则把岘山、汉江的形胜以及草木云烟搁置一边，说它们可供诗人登高极目时触景生情，抒发内心的忧苦，这里他特别点到了屈原的《离骚》。《离骚》是著名的忧愁忧思之作，有太多的寂寞独行、世无知己之苦。诗人在岘山，自然也是可以如是抒怀的。三则，他说岘山亭会不断毁坏，不断重修，那么就会不断产生“岘山亭记”，言下之意他写的《岘山亭记》也不过是“匆匆过客”，不会久传。他接着说，有人认为不必深究这些亭记的寓意，自然也不必探究他《岘山亭记》的寓意。欧阳修说得很平淡，实际上是隐隐地告诉人们，这篇《岘山亭记》真有深意，需要人们去深入领会。

就文章的写作风格说，这篇《岘山亭记》有三点需要提一下：

一是“元凯铭功于二石，一置兹山之上，一投汉水之渊”有则佚事。王铚《默记》卷下记载：欧阳修写了《岘山亭记》之后，给当时在门下供职的章惇（子厚）看，章惇读到文中的“元凯铭功于二石，一置兹山，一投汉水”，说道：“今饮酒者，令编札斟酒亦可，穿衫着带斟酒亦可，令妇环侍斟酒亦可，终不若美人斟酒之中节也。”接着又说：“‘一置兹山，一投汉水’亦可，然终是突兀，此壮士编札斟酒之礼也。惇欲改曰‘一置兹山之上，一投汉水之渊’，此美人斟酒之体，合宜中节故也。”欧阳修十分高兴，采纳了他的意见，于是今传的《岘山亭记》就成了“一置兹山之上，一投汉水之渊”。章惇说这样合乎“美人斟酒之体”，在于和缓，倒也是欧阳修行文雍容和缓的基本风格。

二是欧阳修写《醉翁亭记》《丰乐亭记》是40岁贬官滁州时，而写《岘山亭记》时已是64岁，前后相距二十余年。虽说《岘山亭记》和《醉翁亭记》《丰乐亭记》的写作手法不一样，但其从容淡定、寓理于事的婉转风格是相近的。他本意是劝史中辉不要太在意自己能否留名于后世，要看自己在任时为百姓做了什么。于是借史中辉复修岘山亭说羊祜、杜预留名传世的故事，暗劝史中辉以仁爱治襄阳。他批评羊祜和杜预汲汲于名，却也是在含蓄地批评史中辉同样汲汲于名。岘山亭有兴废，岘山亭记或有或无，都不是特别要紧的事。步入晚年的欧阳修，仍然怀有赤诚的爱民之心。

三是欧式笔法在《醉翁亭记》里以21个“也”字的运用最为凸显，《岘山亭记》虽然没有这样的特征，但文气的舒缓流动异曲同工。全文初以羊祜与杜预并行，后则舍用武的杜预而说好仁的羊祜，显然是以杜预衬托羊祜。岘山因羊祜而有名，羊祜因仁德而有名，那么史中辉如果不以仁德为本，只是想借羊祜之名而传名，名是可传的吗？清人何焯说这篇文章：“言外有规史君好名意。盖叔子是宾，‘光禄堂’却是主也。史君非其人而尤汲汲于名，公盖心非之，妙在微讽中有引而进之之意，仍归于敦厚也。”[①]这是说欧阳修借杜预说羊祜，借羊祜说史中辉，他用了曲笔，寓微讽于敦厚中，尽显其长者之仁心。

《岘山亭记》写成之后，史中辉很高兴，请孔武仲写了《代史大卿谢欧阳永叔诗》，感谢欧阳修，说他使岘山的风物形胜和羊祜的遗风在将废弃的时候得到传扬。当然史中辉也没有想到，欧阳修这篇《岘山亭记》使他一千年来在人们脑海中有了记忆，并真的是复播无穷。不过，在无穷的复播中，岘山仍然在带给人感伤。如欧阳修的门生苏轼有诗说：“登高忽惆怅，千载意有偶。所忧谁复知，嗟我生苦后。”[②]他的惆怅是心有所忧，固然出生晚于羊祜而感生不逢时是原因，但根本在于生命短暂，而功名何时可以建立、以怎样的方式流传于后世呢？这确实让人常常思考。

【原文】

岘山亭记

岘山临汉上，望之隐然，盖诸山之小者。而其名特著于荆州者，岂非以其人哉。其人谓谁？羊祜叔子、杜预元凯是已。方晋与吴以兵争，常倚荆州以为重，而二子相继于此，遂以平吴而成晋业，其功烈已盖于当世矣。至于风流余韵，蔼然被于江汉之间者，至今人犹思之，而于思叔子也尤深。盖元凯以其功，而叔子以其仁，二子所为虽不同，然皆足以垂于不朽。余颇疑其反自汲

---

① 何焯：《义门读书记》卷三十八。

② 苏轼：《岘山》。

汲于后世之名者，何哉？

传言叔子尝登兹山，慨然语其属，以谓此山常在，而前世之士皆已湮灭于无闻，因自顾而悲伤。然独不知兹山待己而名著也。元凯铭功于二石，一置兹山之上，一投汉水之渊。是知陵谷有变，而不知石有时而磨灭也。岂皆自喜其名之甚而过为无穷之虑欤？将自待者厚而所思者远欤？

山故有亭，世传以为叔子之所游止也。故其屡废而复兴者，由后世慕其名而思其人者多也。熙宁元年，余友人史君中辉以光禄卿来守襄阳。明年，因亭之旧，广而新之，既周以回廊之壮，又大其后轩，使与亭相称。君知名当世，所至有声，襄人安其政而乐从其游也。因以君之官，名其后轩为光禄堂；又欲纪其事于石，以与叔子、元凯之名并传于久远。君皆不能止也，乃来以记属于余。

余谓君知慕叔子之风，而袭其遗迹，则其为人与其志之所存者，可知矣。襄人爱君而安乐之如此，则君之为政于襄者，又可知矣。此襄人之所欲书也。若其左右山川之胜势，与夫草木云烟之杳霭，出没于空旷有无之间，而可以备诗人之登高，写《离骚》之极目者，宜其览者自得之。至于亭屡废兴，或自有记，或不必究其详者，皆不复道。

熙宁三年十月二十有二日，六一居士欧阳修记。

五、师经必先求其意的念想

——《答祖择之书》解读

北宋仁宗年间，祖择之给欧阳修写信，还将自己写的诗、赋、杂文和策论派人呈上，请欧阳修指教，并表示“所谓志古知道之士世所鲜而未有合者”。祖择之是河南上蔡人，名无择，字择之，当时只是一个想考进士的读书人。第二年祖择之中了进士，后来官至知制诰，加龙图阁直学士、权知开封府等职，也算是仕途得意。史载：“无择为人好义，笃于师友，少从孙明复学经术，又从穆修为文章。两人死，力求其遗文汇次之，传于世。以言语政事为时名卿，用小累锻炼放弃，讫不复振，士论惜之。”[①] 从这番评述可见祖择之的好学，他曾把自己老师孙复明和穆修的遗文汇辑传世，值得称道。欧阳修收到祖择之的信后，给他回了一封信，即这里的《答祖择之书》，祖择之的《龙学文集》后附名臣贤士文，首篇即是欧阳修的这封信。这时是宋仁宗景祐四年（1037），欧阳修 31 岁，正是血气方刚的时候。

景祐二年（1035）十一月，好唐代韩愈古文的欧阳修写了《上杜中丞论举官书》。杜中丞是御史中丞杜衍，当时欲罢因言获罪的石介，石介时为主簿，官职卑微。欧阳修为石介辩护，说石介“刚果有气节，力学，喜辩是非，真好义之士也”，当初得杜衍荐

---

① 脱脱等：《宋史 · 祖无择传》。

举，很快又要被罢官，应该辨明是非再作处置，不能“随时好恶”欲升则升，欲贬则贬。同时他又写了《与石推官第一书》，指责石介“自许太高，诋时太过”，“前不师乎古，后不足为来者法”，风头过劲。这还没完，景祐三年（1036）五月，因范仲淹被贬，欧阳修写了《与高司谏书》，抨击高若讷身为谏官，不仅“身惜官位，惧饥寒而顾利禄”，黜贤毁贤，而且“昂然自得，了无愧畏”，“不复知人间有羞耻事”。这激怒了高若讷，一纸上书，把欧阳修贬为夷陵县令。欧阳修心里是亮的，他后来给峡州（治所在今湖北宜昌）军事判官丁元珍（名宝臣）的信中说：为政者惩罚有罪的人，如果不用鞭肤刑肉以让其身痛苦，就会选择恶劣的地方把他流放到那里，让他奔走在坎坷的山林丘壑中，动则有祸，“欲其知自悔而改为善也”[①]。

当时，欧阳修奉母携子，本想从陆路到夷陵，因无车马，又感天热，改走水路，五月启程，十月底方到。他船行到湖北荆州时，写了《读李翱文》，抒发读李翱《复性书》所感，觉得唐人如果都能像李翱那样忧古道之不行，而不是叹老嗟卑，唐王朝就不会有乱亡之祸了。他到夷陵后，写了《夷陵县至喜堂记》。夷陵是峡州州治所在地，偏僻穷困，俗重鬼神。景祐二年（1035），尚书驾部员外郎朱正基治峡州，当是时，“始树木，增城栅，甓南北之街，作市门市区；又教民为瓦屋，别灶廪，异人畜，以变其俗。既，又命夷陵令刘光裔治其县，起敕书楼，饰厅事，新吏舍。三年夏，县功毕”。也就是说，欧阳修到夷陵时，夷陵的面貌已经大为改善。欧阳修是朱正基的旧友，朱正基怜悯他，为他建了厅堂，欧阳修不无感慨地说：“夫罪戾之人，宜弃恶地，处穷

---

① 欧阳修：《回丁判官书》。

险，使其憔悴忧思而知自悔咎。今乃赖朱公而得善地，以偷宴安，顽然使忘其有罪之忧，是皆异其所以来之意。”这与他写给丁元珍的信里说的相一致。

欧阳修这时看夷陵，眼前是这样一幅画面：“风俗朴野，少盗争，而令之日食有稻与鱼，又有橘、柚、茶、笋四时之味，江山美秀，而邑居缮完，无不可爱。”如是的景色和美味，“是非惟有罪者之可以忘其忧，而凡为吏者莫不始来而不乐，既至而后喜也”[①]。因此，他把这新建的厅堂称为“至喜堂”。他还在《黄溪夜泊》诗中吟咏道：“行见江山且吟咏，不因迁谪岂能来。”因遭贬情绪愤激的欧阳修渐渐放平心情，乐观面对自己被贬夷陵的生活。当祖择之请教欧阳修，问呈上的诗、赋、杂文和策论写得怎样时，欧阳修全然没有在政坛上的锋芒，身为长者很谦和地表示：

> 某既陋，不足以辱好学者之问；又其少贱而长穷，其素所为，未有足称以取信于人。亦尝有人问者，以不足问之愚，而未尝答人之问。足下卒然及之，是以愧惧不知所言。虽然，不远数百里走使者以及门，意厚礼勤，何敢不报。

他说：“我很浅薄，不值得你这个好学的人学习。而且我这个人，小时候家里穷困，长大后又不得志，没有什么能够为人称道、信任的本事。”从欧阳修这番谦辞满怀的牢骚可以看出，他从京城开封被贬到偏远的夷陵，内心很有不满。这一年，他写过一首很有名的诗《戏答元珍》，全诗如下：

---

① 欧阳修：《夷陵县至喜堂记》。

春风疑不到天涯，二月山城未见花。
残雪压枝犹有橘，冻雷惊笋欲抽芽。
夜闻归雁生乡思，病入新年感物华。
曾是洛阳花下客，野芳虽晚不须嗟。

从诗题来看，称为“戏题”，有几份玩笑的意味，但诗在比兴中，以“春风疑不到天涯”喻皇恩不到夷陵，以致山城夷陵没有暖意。而“残雪压枝犹有橘，冻雷惊笋欲抽芽”，却又是冬寒未尽时夷陵之春在萌动，欧阳修以此自我比况，声明遭压被贬亦不屈服。再说，他曾在洛阳赏花，见过了大世面，夷陵花开得晚又有何妨呢？想一想竟然是如此的坦荡傲然。他对祖择之很客气，先说自己没有什么值得祖择之学习，再说曾经有人向他请教，他也没有给人答复。所以祖择之突然问他，他感到惶恐，不知道应当说些什么。只是祖择之不远几百里派人去他那儿，情意深厚，礼节周到，他就不好意思不回复了。

欧阳修素慕韩愈，苏轼曾说他“为人如古孟轲、韩愈之徒”①。韩愈也有过年轻后生写信向他请教而作回复的事，如李翊向他请教，他写了《答李翊书》；李蟠向他请教，他写了《师说》。《答李翊书》的开头说：“生之书辞甚高，而其问何下而恭也。能如是，谁不欲告生以其道？道德之归也有日矣，况其外之文乎？抑愈所谓望孔子之门墙而不入于其宫者，焉足以知是且非邪？虽然，不可不为生言之。”韩愈谦虚地表示自己学孔还只是徘徊在孔门之外，好像没有资格来指教李翊。但韩愈还是止不住说，既然李翊这么恭敬，那么自己就跟他说说。而《师说》的开头说道：“古

① 苏轼：《上梅直讲书》。

之学者必有师。师者，所以传道、受业、解惑也。人非生而知之者，孰能无惑？惑而不从师，其为惑也，终不解矣。生乎吾前，其闻道也固先乎吾，吾从而师之；生乎吾后，其闻道也亦先乎吾，吾从而师之。吾师道也，夫庸知其年之先后生于吾乎？是故无贵无贱，无长无少，道之所存，师之所存也。”他从为师之道说起，以不耻相师表示自己好学，同样有很谦和的成分。但韩愈的话理正辞严，为人师的气势不像欧阳修那么温婉，易于接近。

欧阳修随之说：“某闻古之学者必严其师，师严然后道尊，道尊然后笃敬，笃敬然后能自守，能自守然后果于用，果于用然后不畏而不迁。”这在修辞上用了“顶真格”。在《论语·子路》里，孔子说过为政当先正名，为此他对弟子子路说：“名不正，则言不顺；言不顺，则事不成；事不成，则礼乐不兴；礼乐不兴，则刑罚不中；刑罚不中，则民无所措手足。”这话在语言表达上因逻辑关联紧密而显得很有力度，欧阳修的表述亦然。进而他以尊师重道为基点，引申到为学的笃敬、自守、果用、不畏而不迁，也就是对学问的执着坚定，且学能致用。这里尊师重道及笃敬自守等思想早已有之，从欧阳修笔下出来，显示出他对传统的认同，也彰显了他自己在做学问上的基本立场。

欧阳修这样说，是有感于师道尊严不复存在。他回顾了北宋仁宗以前学校发展的历程，说夏、商、周三代之后，学校废弃了，师道不存；汉代经学兴起，“学者各守其经以自用”，所以汉代的政理文章与其当时之事为后世所不及；汉以后“师法渐坏，而今世无师”。这话说得相当严重，学校废了，师道没了，师法也没了，自然是“今世无师”。这让人想起韩愈在贞元十四年（798）为进士策问命题的《进士策问十三首》其十二写的“古之学者必有师，所以通其业，成就其道德者也。由汉氏已来，师道日微，然犹时有授经传业者；及于今，则无闻矣”，以及他随后在《师说》里感叹的“师道之不传也久矣”。他没有细说“师道日微”“师道不传”的状态，但严厉批评了中唐读书人不及古之圣人，圣人学无常师，而今人耻于相师；不及巫医、乐师、百工之人，巫医、乐师、百工好以人为师，而今之读书人耻于相师。所以他一反流俗，抗颜而为人师，连当时的柳宗元都深为佩服。

韩愈死于824年，欧阳修生于1007年，二人相距近二百年。就欧阳修所言，师道虽有韩愈重倡，并率先垂范，有韩门弟子同时从事古文写作，但在实际上没有得到复兴，所以他在此时还有“今世无师”说。究其原因，在于学者不尊师重道，导致“今世无师”，实在是很痛心的事。随之他说道：“轻之则不能至，不至则不能笃信，信不笃则不知所守，守不固则有所畏而物可移。”是呀，轻视师道尊严，怎么可能达到“古道”呢？这“古道”是韩愈曾津津乐道的来自于尧舜的孔孟之道，他痛心古道在西汉扬雄之后不传，于是重新举起复兴古道的旗帜，因而被欧阳修认为是古道的继承者。欧阳修紧跟韩愈，弘扬古道，虽然他30岁前好文华，懂得“古道”很晚，但他像韩愈一样，知道圣人之道后，就执着于此并很后悔以前喜欢“嗜酒歌呼”[①]。他曾在《记旧本韩文后》中说：“道固有行于远而止于近，有忽于往而贵于今者。非惟世俗好恶之使然，亦其理有当然者。”他说古道的流播是理所当然，孔孟栖惶于一时，但他们奉行的古道为千万代师法；韩愈之文有二百年不见，却可以大施于今，关键是道并不因人的好恶而磨灭，可以光耀无穷。同时他说，达不到古道的境界就不能深信古道，不能深信就不能坚守，不能坚守就容易受外物的影响而

① 欧阳修：《答孙正之侔第二书》。

动摇。欧阳修这样说是希望学者能够笃信古道、坚守古道而抵达古道的境界。这实际上很难做到，果然是他说的“守不固则有所畏而物可移”。

> 是故学者惟俯仰徇时，以希禄利为急，至于忘本趋末，流而不返。夫以不信不固之心，守不至之学，虽欲果于自用，莫知其所以用之之道，又况有禄利之诱、刑祸之惧以迁之哉。

这番话是对当世学者的尖锐批评，也是对祖择之“所谓志古知道之士世所鲜而未有合者”的回答。学者们在干什么呢？他们背离古道，顺应时俗，随波逐流，贪图利禄，应了屈原《离骚》里说的“众皆竞进以贪婪兮，凭不厌乎求索”。一方面“忘本趋末，流而不返”，是趣之使然，另一方面是“刑祸之惧”导致学者不愿向道而趋。欧阳修说的“刑祸”是背离时俗的风险。这种风险真的有，韩愈曾因坚守儒学，反对唐宪宗把佛骨迎到宫中供奉，而险些丢了性命。欧阳修这样说，也是因为人有两面性，人多好利禄而畏刑祸，故世人称道的“大丈夫”应有的三种品质“富贵不能淫，贫贱不能移，威武不能屈”，并不容易做到。所以欧阳修才会说“以不信不固之心，守不至之学，虽欲果于自用，莫知其所以用之之道”，这是自然的事。而对信古道、守古道、行古道的人来说，也就难免孤独。

欧阳修对学者的批评也是对社会的批评，社会促使学者不好古道而好利禄，这是古道的悲哀，也是社会的悲哀。他自己怀揣古道而卓立于世俗之外，也以这样的立场和目光来审视祖择之的文章，于是继续说道：

足下所为文，用意甚高，卓然有不顾世俗之心，直欲自到于古人。今世之人，用心如足下者有几？是则乡曲之中，能为足下之师者谓谁？交游之间，能发足下之议论者谓谁？学不师则守不一，议论不博则无所发明而究其深。足下之言高趣远，甚善，然所守未一而议论未精，此其病也。

这番话褒贬兼有。他褒扬祖择之文章写得好，好在“言高趣远”，即文有古意或说文有古道，与古相合而不合于今，这正是欧阳修所期待的。当今之世，好古者稀，所以他才会感慨“今世之人，用心如足下者有几”？在这种情形下，他说你的乡亲有谁可以当你的老师，你的朋友有谁可以与你谈论？这正是祖择之“不顾世俗”的另一种表现，也是行古道者的孤独之处。而他重申的“学不师则守不一，议论不博则无所发明而究其深”，走出了对祖择之的誉扬，评说为学的一个基本道理。但他说的“学不师”之所“师”，当是奉行古道之师；“守不一”之所“守”，当是所爱的“古道”。学者以此为前提，才会议论广博、思想创新并能真正得知古道的奥妙。以此来权衡祖择之的文章，欧阳修还是有所批评，说他持守不专一，议论不精当，隐含了祖择之也“学而不师”之意。欧阳修笔法纡曲婉转，扬而后抑，却又抑而再扬，说道：“窃惟足下之交游，能为足下称才誉美者不少，今皆舍之，远而见及，乃知足下是欲求其不至。此古君子之用心也，是以言之不敢隐。”这在实际上表扬了祖择之的志趣高远，为交游称道而不求教于交游，远行而求教于我欧阳修，一定是想知道自己的不足。欧阳修说：“好哇，这就是古君子的用心！因为你如此，我才直言你文章的不足。”言外之意是：“你如果不是古君子，我是不会和你谈论学者之道的。”尽管这样，欧阳修并没有说“我就是你的老师”，而是为祖择之指示一条求学的明路——“师经”，即学习经典。他这样说：

> 夫世无师矣，学者当师经，师经必先求其意。意得则心定，心定则道纯，道纯则充于中者实，中充实则发为文者辉光，施于事者果毅。三代两汉之学，不过此也。

欧阳修认为，既然当世无师，学者的求学途径就是“师经”，这“经”就是“圣人之书”，是儒家经典。他在《答孙正之侔第一书》里说：“学者不谋道久矣，然道固不茀废，而圣人之书如日月，卓乎其可求，苟不为刑祸禄利动其心者，则勉之皆可至也。”他这话很有意味，古道在哪里？在圣人的书中，这圣人就是他上面提到的孔、孟。秦始皇灭六国而定天下之后，焚书以愚百姓，但许多书仍流传民间，未能尽焚。汉武帝时儒学定于一尊，《诗》《书》《礼》《易》《春秋》遂为经典，并设五经博士传授经学。他在这里说的“师经必先求其意”本于韩愈的思想。曾有人问韩愈：“为文宜何师？”韩愈说：“宜师古圣贤人。”再问：“古圣贤人所为书具存，辞皆不同，宜何师？”韩愈说：“师其意不师其辞。”[①]当然，欧阳修的“师经必先求其意”和韩愈“师其意不师其辞”有所不同，因为先师其意未必不师其辞，没有达到“词（辞）必己出”的境界。不过，欧阳修表达的是师其意而求己意得，意得而后心定，心定而后道纯，道纯而后内心充实，内心充实而后发为文章则自见光辉，践行起来就会果敢坚毅。

这番话的逻辑联系类似于《大学》里说大学之道时最后阐述

① 韩愈：《答刘正夫书》。

的意诚则心正，心正则身修，只是《大学》的思想走向是修身、齐家、治国、平天下，欧阳修只是说心中有道，写起文章来就有光彩了，它又与韩愈的思想相近。韩愈曾在《答李翊书》中说自己学古道有得之后，“取于心而注于手”，则文思泉涌，进而“浩乎其沛然”，最后思想纯正再放笔纵横，畅所欲言。这是文以载道或文以传道的最高境界。欧阳修说“三代两汉之学，不过此也”，韩愈则说过他求学二十多年，“始者，非三代两汉之书不敢观，非圣人之志不敢存”，可见欧阳修在古道与古文上是怎样深受韩愈的影响。他也不讳言这一点，在《记旧本韩文后》里说：“予之始得于韩也，当其沉没弃废之时。予固知其不足以追时好而取势利，于是就而学之，则予之所为者，岂所以急名誉而干势利之用哉？亦志乎久而已矣！故予之仕，于进不为喜、退不为惧者，盖其志先定，而所学者宜然也。”他的古道之志与韩愈一脉相承，为求古道，不贪图名誉势利，以保持自己思想的纯正。

在这封信的最后，欧阳修写道：“足下患世未有合者，而不弃其愚，将某以为合，故敢道此。未知足下之意合否？”这是对信开头自谦的照应，使文章在结构上更严谨，其意仍是在说祖择之不合流俗以及自己的愚陋。他说自己所说的这些话不知道合不合祖择之的心意，合也罢，不合也罢，这番说辞，既是对祖择之求教的回复，又是欧阳修自我内心的剖白。他如此坚执儒学和古道，难怪有人认为，宋代继承了儒学道统的就是欧阳修。

通观全文，这篇文章在思想情趣上与韩愈的《师说》《答李翊书》相类似，虽然也以说理见长，但在议古论今时，以儒学之道为中心，评说祖择之其人与其文，在誉扬与批评中劝学。文章在起承跌宕与思想表达上走韩文的路数，语言风格却比韩文柔婉，不像韩文那样咄咄逼人。

【原文】

答祖择之书

修启秀才：人至，蒙示书一通，并诗、赋、杂文、两策，谕之曰："一览以为如何？"某既陋，不足以辱好学者之问；又其少贱而长穷，其素所为，未有足称以取信于人。亦尝有人问者，以不足问之愚，而未尝答人之问。足下卒然及之，是以愧惧不知所言。虽然，不远数百里走使者以及门，意厚礼勤，何敢不报。

某闻古之学者必严其师，师严然后道尊，道尊然后笃敬，笃敬然后能自守，能自守然后果于用，果于用然后不畏而不迁。三代之衰，学校废。至两汉，师道尚存，故其学者各守其经以自用。是以汉之政理文章与其当时之事，后世莫及者，其所从来深矣。后世师法渐坏，而今世无师，则学者不尊严，故自轻其道。轻之则不能至，不至则不能笃信，信不笃则不知所守，守不固则有所畏而物可移。是故学者惟俯仰徇时，以希禄利为急，至于忘本趋末，流而不返。夫以不信不固之心，守不至之学，虽欲果于自用，莫知其所以用之之道，又况有禄利之诱、刑祸之惧以迁之哉。此足下所谓志古知道之士世所鲜而未有合者，由此也。

足下所为文，用意甚高，卓然有不顾世俗之心，直欲自到于古人。今世之人，用心如足下者有几？是则乡曲之中，能为足下之师者谓谁？交游之间，能发足下之议论者谓谁？学不师则守不一，议论不博则无所发明而究其深。足下之言高趣远，甚善，然所守未一而议论未精，此其病也。窃惟足下之交游，能为足下称才誉美者不少，今皆舍之，远而见及，乃知足下是欲求其不至。此古君子之用心也，是以言之不敢隐。

夫世无师矣，学者当师经，师经必先求其意。意得则心定，心定则道纯，道纯则充于中者实，中充实则发为文者辉光，施于事者果毅。三代两汉之学，不过此也。足下患世未有合者，而不弃其愚，将某以为合，故敢道此。未知足下之意合否？

六、理正辞严的“朋党”辩

——《朋党论》解读

庆历四年（1044），欧阳修给宋仁宗上疏说朋党，故有著名的《朋党论》一文。后人对这篇文章赞誉有加，如南宋吕祖谦说它“议论出人意表，大凡作文妙处须出意外”，[①]清人唐介轩则说欧阳修“提出君子小人，以破朋党之说，胸中如镜，笔下如刀”[②]。不过，这篇文章的高妙不仅在于笔锋锐利且出人意表，而且在于它的真切动人，说起理来，环环相扣，掷地有声，气势逼人，让人不能不信服。

朋党一事说来话长，庆历三年（1043）宋仁宗采纳范仲淹的意见实施变法，严明官吏升迁制度，推行均公田、厚农桑、减徭役等一系列举措，史称“庆历新政”。当时杜衍、范仲淹、韩琦、富弼、欧阳修、尹洙、余靖等人颇受重用，“朋党”之说遂兴。庆历四年（1044），被撤职的夏竦、内侍蓝元震等人批评范仲淹、欧阳修等人结为朋党，蓝元震上疏说：“范仲淹、欧阳修、尹洙、余靖，前日蔡襄谓之四贤。斥去未几，复还京师，四贤得时，遂引蔡襄以为同列。以国家爵禄为私惠，胶固朋党，苟以报谢当时歌咏之德。今一人私党，止作十数，合五六人，门下党与已无虑

---

① 吕祖谦:《古文关键》。

② 唐德宜:《古文翼》。

五六十人。使此五六十人递相提挈，不过三二年，布满要路，则误朝迷国，谁敢有言？挟恨报仇，何施不可？九重至深，万几至重，何由察知？”①欧阳修上《朋党论》进行反驳，朋党之辩白热化。

明·居节《宋范文正公像》

范仲淹本是欧阳修的故交，他除了政治业绩之外，在文学上为人记取的是借景言志的《岳阳楼记》和表现边塞风情的词《渔家傲·秋思》。宋仁宗景祐三年（1036），范仲淹曾批评宰相吕夷简专权，吕夷简则斥责范仲淹任用的人都是“朋党”，随后把范仲淹贬知饶州（今江西鄱阳）。当时欧阳修不满左司谏高若讷附和吕夷简说范仲淹当贬，而写了《与高司谏书》，斥责高若讷欺蒙当世，不知人间羞耻。高若讷把欧阳修的信交给朝廷，朝廷怪罪下来，把欧阳修贬为夷陵县令。那一年欧阳修30岁。后来，范仲淹出使陕西，征召欧阳修为掌书记，欧阳修笑着谢绝了，说从前为他辩护不是为了自己的利益，可以与他同退而不必与他同进。

---

① 李焘:《续资治通鉴长编》卷一百四十八。

从这里也可以看出来，欧阳修的《朋党论》仍然是为公而论，虽然他自己也在其中，却没有徇私为己之意。

文章的开头，欧阳修毫不避讳朋党说，反而理直气壮地表明：

> 臣闻朋党之说，自古有之，惟幸人君辨其君子小人而已。大凡君子与君子以同道为朋，小人与小人以同利为朋，此自然之理也。

这在议论文中，是典型的开门见山法。在他之前，战国末年秦国李斯的《谏逐客书》也将这种手法用得极好。他以“臣闻吏议逐客，窃以为过矣”开篇，一下就抓住了读者，引人入胜。

欧阳修说“朋党之说，自古有之”，这“自古有之”史有明证。战国时，韩非子在《孤愤》《人主》《说疑》等篇里也一再指斥“朋党”相互勾结营私，如《孤愤》中说当路的权臣“朋党比周以弊主”，决不容法术之士。对法术之士“其可以罪过诬者，以公法而诛之；其不可被以罪过者，以私剑而穷之。是明法术而逆主上者，不戮于吏诛，必死于私剑矣”。韩非子是战国晚期的法家集大成者，极力主张以法治天下，并有著名的法术势理论。稍早于韩非子，蔡泽游说秦国国相范雎以求见秦昭王时，也提到过“朋党”。他说：“吴起为楚悼王立法，卑减大臣之威重，罢无能，废无用，损不急之官，塞私门之请，一楚国之俗，禁游客之民，精耕战之士，南收杨越，北并陈蔡，破横散从，使驰说之士无所开其口，禁朋党以励百姓，定楚国之政，兵震天下，威服诸侯。”[①]还有苏秦游说赵王合纵，说圣明的君王应当“绝疑去谗，屏流言

① 司马迁:《史记·蔡泽列传》。

之迹，塞朋党之门，故尊主广地强兵之计”[1]。这两番说辞中的“朋党”都是贬义，说的是彼此勾结的权臣奸吏。这一思想相沿，后人评说东汉中后期的朋党、李唐王朝的朋党，往往是贬义居胜。蓝元震说范仲淹、欧阳修等人搞朋党，也是贬义的。

君子之朋和小人之朋说，在北宋先于欧阳修，有王禹偁的《朋党论》。宋太宗赵光义端拱至淳化年间，王禹偁读唐史，有感于中唐以后的党争，说“人君恶逆而好顺，故小人道长，君子道消”，感慨忠臣与邪佞倒置，人君当善于分辨。于是他写了《朋党论》，借古说今，只是当时政坛上的“朋党”问题还不凸显。王禹偁在《朋党论》中说：“夫朋党之来远矣，自尧、舜时有之。八元、八恺，君子之党也；四凶族，小人之党也。惟尧以德充化臻，使不害政，故两存之；惟舜以彰善明恶，虑其乱教，故两辨之。由兹而下，君子常不胜于小人，是以理少而乱多也。”他这里提到尧、舜时的朋党，欧阳修在下文中也提到了，姑且过会再议。而“朋党”说，自古不绝。

欧阳修所处之时，“朋党”说是一把足以致人于死地的利剑，这把利剑在王安石“熙宁变法”后挥舞得很厉害，苏轼及苏门弟子深受影响，流贬伴随了终生。欧阳修在这里巧妙地以开篇点题的方式，把贬义的“朋党”还原为中性的“朋党”，说小人有朋党，君子也有朋党。同样为朋党，只是君子和小人思想的核心不一样，把握的基本点不相同。君子重“道”，因“道”同而有朋党；小人重“利”，因利同而有朋党。欧阳修说得很平淡，称不同的人有不同的价值取向是自然的道理，却就此把君子和小人截然划分开来，不动声色地为下文做了铺垫。但他忽地扭转话题，刚说过君

---

① 《战国策·赵策二·苏秦从燕之赵始合从》。

子有君子的朋党，小人有小人的朋党，这时候却说出“然臣谓小人无朋，惟君子则有之”。以自我否定来突出君子之朋，变贬义的“朋党”为褒义的“朋党”，出人意表。

能言善辩的欧阳修随后紧扣他开篇说的“小人同利”为朋，点明“小人所好者禄利也，所贪者财货也”。这话切中要害，古往今来似乎都是如此。他由表及里，剖析所谓的“小人之朋”根本上是“当其同利之时，暂相党引以为朋者，伪也；及其见利而争先，或利尽而交疏，则反相贼害，虽其兄弟亲戚，不能相保。故臣谓小人无朋，其暂为朋者，伪也”。这话说得很明了，在他心目中，小人之朋是“伪”朋，或说“伪”朋党，他们是以“利”相交的。同利者勾结，利尽交疏以及见利争先，为利你可以害我、我可以害你。欧阳修就此论断，“小人之朋”算什么“朋”呢？

欧阳修这话也有来由，超尘脱俗的庄子曾在《山木》里虚构过孔子和子桑雽的故事。孔子问子桑雽说，我在鲁国被驱赶，在宋国休息的大树被砍伐，在卫国被围困，在商周、陈蔡之地遭难堪，为什么“亲交益疏，徒友益善”呢？子桑雽说：“夫以利合者，迫穷祸患害相弃也；以天属者，迫穷祸患害相收也。夫相收之与相弃亦远矣。且君子之交淡若水，小人之交甘若醴；君子淡以亲，小人甘以绝。”庄子讲自然，他所说的君子之交是自然之交，与我们下面要说的欧阳修眼里的君子之交有根本的不同。而他说的小人之交“以利合”，“以利合”者遭遇穷祸患害会彼此抛弃，正是利尽而交疏的另一种表现形态。欧阳修的小人之朋论，多少有点庄子思想的影子。

欧阳修说的君子之交，不同于庄子所说，主要是他与庄子有完全不同的思想取向。庄子受老子思想的影响，主张道的自然；而欧阳修受孔子和韩愈儒学思想的影响，主张儒学的济世。他说的君子之朋正是在儒学浸渍下成长起来的，你听他说：

> 君子则不然。所守者道义，所行者忠信，所惜者名节。以之修身，则同道而相益；以之事国，则同心而共济。终始如一，此君子之朋也。

欧阳修将道义、忠信、名节作为终生信奉的准则，而这三个关键词用于两个基本的方面，一则是修身，二则是事国。这让我们想起《礼记·大学》中很有名的一段话："古之欲明明德于天下者，先治其国；欲治其国者，先齐其家；欲齐其家者，先修其身；欲修其身者，先正其心；欲正其心者，先诚其意；欲诚其意者，先致其知，致知在格物。物格而后知至，知至而后意诚，意诚而后心正，心正而后身修，身修而后家齐，家齐而后国治，国治而后天下平。"这段话后来被人们简称为修齐治平、正心诚意和格物致知。我们这里只说修齐治平，修身是人生的起点，而终点平天下因为时代的不同，在欧阳修这时天下一统，平天下也就是治国。可见当欧阳修这样说的时候，他是主张以儒术治天下的，也认定只有儒术才能治天下。所以他接着说："故为人君者，但当退小人之伪朋，用君子之真朋，则天下治矣。"

欧阳修环环紧扣地说理，想要说明只有君子才有真正的朋党，他担心自己说理的力量不够，于是引史证理，仍然是着眼于君子和小人两个方面。为此，他提到了四个时代：

一是尧、舜的大同时代。"尧之时，小人共工、驩兜等四人为一朋，君子八元、八恺十六人为一朋。舜佐尧，退四凶小人之朋，而进元、恺君子之朋，尧之天下大治。"关于"四凶""八元""八恺"，历史上有一些说法。"四凶"说的是共工、驩兜、鲧和三苗，

《尚书·虞书·舜典》有记载,《史记·五帝本纪》也说到他们。共工淫乱放荡被流放到幽州,驩兜荐共工不当被流放到崇山,三苗在江淮、荆州一带作乱而被流放到三危,鲧治洪水不力被杀死于羽山。"八元"是高阳氏的八个才子,"八恺"是高辛氏的八个才子,《史记·五帝本纪》也有记载,说他们为舜所用,"八元"掌管百事,莫不顺时有序,"八恺"则布教四方,使父义、母慈、兄友、弟恭、子孝。关于舜为天子,以皋陶、伯夷等二十二人为一朋的事,也见于《舜典》和《五帝本纪》,如皋陶管执法,夔掌管音乐,稷管农业,契管教育,伯夷管礼德等,欧阳修说他们"更相称美,更相推让",使天下得到治理。

二是商、周时代。欧阳修说的《书》是《尚书·周书·泰誓》,所谓"纣有臣亿万,惟亿万心;周有臣三千,惟一心",在《泰誓》里,"纣"写作"受","受"是纣的小名。他在商朝末年当权时,傲慢骄奢,好酒淫乐,曾在沙丘"以酒为池,悬肉为林,使男女裸相逐其间,为长夜之饮"[①];又重刑以治大臣之怨,九侯之女因不喜欢淫荡,商纣王杀了她之后还把九侯剁成了肉酱;鄂侯为九侯辩解,却被制成了肉干。后来有"圣人"之称的贤臣比干强谏,劝商纣王不要淫乱不止,商纣王大怒说"吾闻圣人心有七窍",于是把比干剖腹,看他的心是不是真有七窍。虽然商纣王"有臣亿万"的说法很夸张,但借此表明这些大臣各怀己心是真的。因此商纣王遭诸侯征伐,兵败后在鹿台投火自尽,商朝灭亡。而"周有臣三千,惟一心",这话是周武王说的,原话是"予有臣三千,惟一心",足见"周有臣三千"的"周"是有所特指的。周武王那时主张"同德"以打天下,果然因同德而得了天下。欧阳修说

① 司马迁:《史记·殷本纪》。

因为君臣同心，周王朝才兴盛了。

三是东汉末年的汉献帝时代。欧阳修说：“后汉献帝时，尽取天下名士囚禁之，目为党人。及黄巾贼起，汉室大乱，后方悔悟，尽解党人而释之，然已无救矣。”这里的“汉献帝”当是汉桓帝，而张角领导的黄巾起义则是汉灵帝中平元年（184）的事，欧阳修把它们拉到一起了。汉桓帝时海内名士互相标榜，结朋党成一时风气，于是许多人被逮捕，这就是所谓的“党锢之祸”。到汉灵帝时朋党风气更盛，名士们仿古之“八元”“八恺”而有“八顾”“八及”“八俊”“八厨”等群体，灵帝怒起，捕杀了李膺、范滂、杜密等一百多人。东汉末年，宦官与外戚两大政治集团争斗，皇权弱小，而且更迭频繁，民不聊生，最终爆发了黄巾起义，本来就风雨飘摇的东汉王朝最后在魏、蜀、吴三国纷争中灭亡。

四是晚唐时代。欧阳修说：“唐之晚年，渐起朋党之论。及昭宗时，尽杀朝之名士，或投之黄河，曰：‘此辈清流，可投浊流。’而唐遂亡矣。”晚唐的朋党，最有影响的是牛、李党争。牛党的代表人物是牛僧儒、李宗闵，李党的代表人物是李德裕，两派的思想主张不同，加上原本有的恩怨，使这场党争从唐穆宗长庆元年（821）延续到唐宣宗大中十三年（859），前后近四十年。而到唐昭宗时，左仆射裴枢、独孤损、右仆射崔远等三十余人，在滑州（今河南滑县）白马驿，被朱温以朋党的罪名扔进黄河处死。当时，朱温的亲信李振对朱温说，这些人自称是“清流”，应该把他们投进黄河，让他们永远都是浊流。欧阳修转述的“此辈清流，可投浊流”就是从这儿来的。不久后，朱温废唐哀帝建立后梁，唐遂灭亡。

欧阳修数说北宋以前的历史，从传说中的唐尧、虞舜时代到晚唐，因为是以“朋党”为话题，所以他梳理的这段历史既是“朋党”斗争史，又是王朝的兴亡史。在说理与述史为证的过程中，他都以对比的手法，来审视所谓的君子之朋和小人之朋，对小人之朋的尖锐批判和对君子之朋的由衷歌颂，立足点始终都是旺君而兴国。于是他继续说：“夫前世之主，能使人人异心不为朋，莫如纣；能禁绝善人为朋，莫如汉献帝；能诛戮清流之朋，莫如唐昭宗之世。然皆乱亡其国。更相称美、推让而不自疑，莫如舜之二十二臣，舜亦不疑而皆用之；然而后世不诮舜为二十二人朋党所欺，而称舜为聪明之圣者，以能辨君子与小人也。周武之世，举其国之臣三千人共为一朋，自古为朋之多且大，莫如周；然周用此以兴者，善人虽多而不厌也。”这番总结的话，进一步表明君子之朋对社会的巨大推动作用，小人之朋对社会的无穷危害。结论是“兴亡治乱之迹，为人君者，可以鉴矣”，希望宋仁宗能够明察历史上各王朝的兴亡治乱，为兴国而确定自己的用人方针。

无疑，欧阳修的《朋党论》纵横捭阖，以古说今，他告诉诬陷范仲淹等人搞“朋党”的吕夷简、夏竦、蓝元震：“你们说我们搞‘朋党’，我们就是在搞‘朋党’，我们搞的是守道义、行忠信、惜名节的君子之朋，是能够使国家兴旺之朋，纵观历史，不正是君子之朋在兴国吗？”而这些想法，都蕴含在他述说历史上的“朋党”之中，行文时而婉转含蓄，时而明快晓畅。

欧阳修的《朋党论》写得很有力量，他论事能切中要害，很得宋仁宗赏识，宋仁宗看了《朋党论》后，还对身边的侍臣说：“如欧阳修者，何处得来？”[①] 却又在诏书中严厉批评“朋党”，说“至

① 脱脱等：《宋史·欧阳修传》。

治之世，元、凯共朝，不为朋党，君明臣哲，垂荣无极”[①]，下令中书省、御史台追查。结果，庆历五年（1045）正月，杜衍、范仲淹、韩琦、富弼等人一起遭贬。杜衍被罢枢密使，知兖州（今山东济宁）；范仲淹被罢参知政事，知邠州（今陕西彬州）兼陕西四路沿边安抚使；韩琦被罢枢密副使，知扬州；富弼被罢枢密副使，为京东西路安抚使，知郓州（今山东东平）。随后，代理真定府（今河北正定）事务的欧阳修给宋仁宗上了《论杜衍范仲淹等罢政事状》。这时候的他心情沉重地表白：“臣闻士不忘身不为忠，言不逆耳不为谏。故臣不避群邪切齿之祸，敢干一人难犯之颜。惟赖圣明，幸加省察。”他的确是一介忠臣，敢于奋不顾身地不避吕夷简等人的切齿之祸而为杜衍、范仲淹等人辩解，真率坦诚地说：

臣伏见杜衍、韩琦、范仲淹、富弼等，皆是陛下素所委任之臣，一旦相继罢黜，天下之士皆素知其可用之贤，而不闻其可罢之罪。臣虽供职在外，事不尽知，然臣窃见自古小人谗害忠贤，其说不远。欲广陷良善，则不过指为朋党；欲动摇大臣，则必须诬以专权。其故何也？夫去一善人而众善人尚在，则未为小人之利；欲尽去之，则善人少过，难为一二求瑕；惟有指以为朋，则可一时尽逐。至如大臣已被知遇而蒙信任，则难以他事动摇，惟有专权，是上之所恶，故须此说，方可倾之。臣料衍等四人各无大过，而一时尽逐，弼与仲淹委任尤深，而忽遭离间，必有以朋党、专权之说上惑圣聪。

① 李焘：《续资治通鉴长编》卷一百五十三。

欧阳修的话说得很透，他为杜衍、范仲淹等人辩解，说他们是“天下至公之贤”，“小人谗为朋党，可谓诬矣”；接着为他们不专权辩，说他们没有专权，而是常常见权避让，陛下授权之时，他们往往“迟缓自疑，作事不果，然小人巧谮已曰专权者，岂不诬哉”？

欧阳修的这番辩词是《朋党论》的延续，他自己忘身报国，不肯缄言避罪以尽愚忠。他在《朋党论》里说君子有朋而小人无朋，且盛赞君子之朋利国。但时隔一年，他在《论杜衍范仲淹等罢政事状》里又说杜范等人为天下至公之贤，何朋党之有哇？这种变化是欧阳修审时度势的结果，他再不宜顺对手之势，仍说杜范等人就是朋党，而为他们不是朋党辩，为他们没有专权辩。而他这年八月被贬知滁州，虽说受外甥女张氏犯法的牵连，但与他的直言谏诤也大有关系。

后来，苏轼写了《续欧阳子朋党论》，说“朋党”之争小人必胜而君子必危，因为君子以道事君，君敬之而疏；小人唯言是听，君狎之而亲。何况“君子者，不得志则奉身而退，乐道不仕。小人者，不得志则侥幸复用，唯怨之报。此其所以必胜也”。他这是为欧阳修辩解，也让人感慨不已。稍晚，苏门弟子秦观写了《朋党》上下篇，上篇说“朋党”君子、小人都有，关键是要善辨，不辨，则“小人卒得志，而君子终受祸”。在下篇则说到韩琦、富弼、范仲淹等人被贬之后，“是时天下义士，扼腕切齿，发上冲冠，而小人至于举酒相属，以为一网尽矣。赖天子明圣，察见其事，琦、弼、仲淹等旋被召擢，复蒙器使，遂得成其功名”。这当然都是后话了。

【原文】

朋党论

臣闻朋党之说，自古有之，惟幸人君辨其君子小人而已。大凡君子与君子以同道为朋，小人与小人以同利为朋，此自然之理也。

然臣谓小人无朋，惟君子则有之。其故何哉？小人所好者禄利也，所贪者财货也。当其同利之时，暂相党引以为朋者，伪也；及其见利而争先，或利尽而交疏，则反相贼害，虽其兄弟亲戚，不能相保。故臣谓小人无朋，其暂为朋者，伪也。君子则不然。所守者道义，所行者忠信，所惜者名节。以之修身，则同道而相益；以之事国，则同心而共济。终始如一，此君子之朋也。故为人君者，但当退小人之伪朋，用君子之真朋，则天下治矣。

尧之时，小人共工、驩兜等四人为一朋，君子八元、八恺十六人为一朋。舜佐尧，退四凶小人之朋，而进元、恺君子之朋，尧之天下大治。及舜自为天子，而皋、夔、稷、契等二十二人并列于朝，更相称美，更相推让，凡二十二人为一朋，而舜皆用之，天下亦大治。《书》曰："纣有臣亿万，惟亿万心；周有臣三千，惟一心。"纣之时，亿万人各异心，可谓不为朋矣，然纣以亡国。周武王之臣，三千人为一大朋，而周用以兴。后汉献帝时，尽取天下名士囚禁之，目为党人。及黄巾贼起，汉室大乱，后方悔悟，尽解党人而释之，然已无救矣。唐之晚年，渐起朋党之论。及昭宗时，尽杀朝之名士，或投之黄河，曰："此辈清流，可投浊流。"而唐遂亡矣。

夫前世之主，能使人人异心不为朋，莫如纣；能禁绝善人为朋，莫如汉献帝；能诛戮清流之朋，莫如唐昭宗之世。然皆乱亡其国。更相称美、推让而不自疑，莫如舜之二十二臣，舜亦不疑而皆用之；然而后世不诮舜为二十二人朋党所欺，而称舜为聪明之圣者，以能辨君子与小人也。周武之世，举其国之臣三千人共为一朋，自古为朋之多且大，莫如周；然周用此以兴者，善人虽多而不厌也。

嗟呼！兴亡治乱之迹，为人君者，可以鉴矣。

七、人何苦要与草木争荣

——《秋声赋》解读

宋仁宗嘉祐四年（1059）秋天，时年 53 岁的欧阳修写过一篇《秋声赋》，这篇突破传统骈赋、律赋藩篱的文赋，一出即广为流传，人所共知。清代李调元甚至在《赋话》卷五里将它与苏轼的《前赤壁赋》相提并论，称之为"宋赋之最擅名者"。

这一年夏伏将尽时，欧阳修写了首诗：

夜半群动息，有风生树端。
飒然飘我衣，起坐为长叹。
苦暑君勿厌，初凉君勿欢。
暑在物犹盛，凉归岁将寒。
清霜忽以飞，零露亦漙漙。
霜露本无情，岂有私蕙兰？
不独草木尔，君形安得完。
栉发变新白，监容销故丹。
风埃共侵迫，心志亦摧残。
万古一飞隼，两曜双跳丸。
扰扰贤与愚，流沙逐惊湍。
其来固如此，独久知诚难。
服食为药误，此言真不刊。

但当饮美酒，何必被轻纨。[①]

这诗是欧阳修闻风有感送给友人刘敞和梅尧臣的。刘敞字原父，梅尧臣字圣俞。其中的“夜半群动息，有风生树端”尤为人叹赏。这里，欧阳修叹写的是风声，并借霜露无情感伤人的命运不能长久，认为既然如此，何不及时行乐，能饮美酒则饮美酒，不必执着人生富贵和食药求仙。他两个月后写了《秋声赋》，很自然这首诗被认为是《秋声赋》的“前奏”。

要说《秋声赋》的“先声”，可以把话说得远一点。战国中期，庄子曾在《齐物论》中有一段描写风声的文字，是他虚构的南郭子綦对侍立在旁的颜成子游说的。这风声被称为“地籁之声”即风吹洞穴发出的：“夫大块噫气，其名为风，是唯无作，作则万窍怒呺，而独不闻之翏翏乎？山林之畏佳，大木百围之窍穴，似鼻，似口，似耳，似枅，似圈，似臼，似洼者，似污者。激者，謞者，叱者，吸者，叫者，譹者，宎者，咬者，前者唱於而随者唱喁。泠风则小和，飘风则大和，

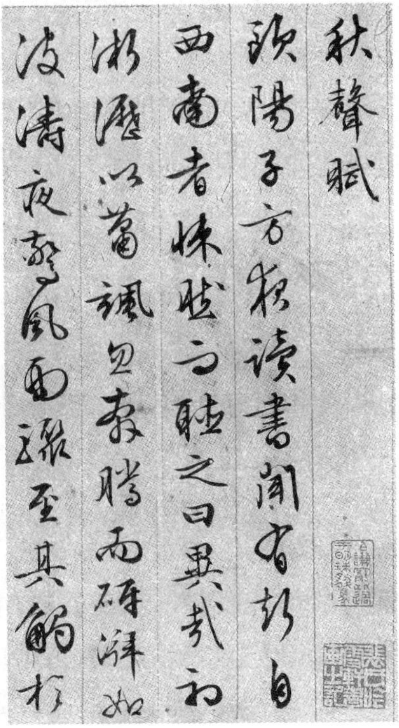

明・文徵明行书《秋声赋》局部

① 欧阳修：《夜闻风声有感奉呈原父舍人圣俞直讲》。

厉风济则众窍为虚。而独不见之调调，之刁刁乎？”[①]这的确是一段很奇妙的文字，他说大地的风“万窍怒呺”，为此而说百围大树的窍穴，这窍穴是什么模样呢？庄子说“似鼻，似口，似耳，似枅，似圈，似臼，似洼者，似污者”，这众多窍穴，风吹之下，发出声音来了。这声音还是用比喻性的铺排展示的，“激者，謞者，叱者，吸者，叫者，譹者，宎者，咬者”，是说风声像水的激流声、像飞箭声、像叱责声、像呼吸声、像喊叫声、像嚎叫声、像空谷声、像感叹声。这种笔法让人赏识，明代杨慎据此认为庄子的笔端能够画风，推之为文字画风之祖。其后，有传为战国末年楚国宋玉作的《风赋》，赋中说楚襄王游于兰台宫时，有风“飒然而至”。楚襄王说：“快哉此风！寡人所与庶人共者邪？”宋玉回答，这是大王之风，百姓是不能共享的。于是有“风生于地，起于青蘋之末”说以及大王雄风、庶人雌风论。受《风赋》的影响，苏轼做徐州太守时，受友人李邦直的请托，为李邦直建造的“快哉亭”写了《快哉此风赋》。而他的父亲苏洵在《仲兄字文甫说》一文里，洋洋洒洒地写了水上之风，以尽风水之极观。

元代祝尧说：“《秋声赋》，此等赋实自《卜居》《渔父》篇来，迨宋玉赋《风》与《大言》《小言》等，其体遂盛，然赋之本体犹存。及子云《长杨》，纯用议论说理，遂失赋本真。欧公专以此为宗，其赋全是文体，以扫积代俳律之弊，然于三百五篇吟咏情性之流风远矣。”[②]赋这种文体，虽说在宋以前，已经有骚体赋、新体赋、骈赋和律赋，但《秋声赋》作为文赋的代表之作，仍然免不了要受前人赋的影响。如主客问答的形式，西汉枚乘《七发》里的吴客与楚

---

① 《庄子·齐物论》。

② 祝尧:《古赋辩体》卷八。

太子，司马相如《子虚赋》《上林赋》中的子虚先生、乌有先生和亡是公，扬雄《长杨赋》中的子墨客卿和翰林主人，班固《两都赋》中的西都宾和东都主人，张衡《二京赋》里的凭虚公子和安处先生。还可以列出一些为赋家虚构的人物姓名，而欧阳修弃虚为实，以自己为“主”，以“童子”为客，主客问答成为《秋声赋》的基本结构形式。他所用的笔法，依旧是传统赋的铺叙、比喻和夸张。

《秋声赋》是从欧阳修夜读书而听到西南传来的声音写起的：“欧阳子方夜读书，闻有声自西南来者，悚然而听之。”这一开头很平常，欧阳修夜读书及读书而耳闻有声都是常有的事，只是这晚的风不同寻常，居然让他感到有点恐惧。于是，这“秋声”出现在他笔下：

> 初淅沥以萧飒，忽奔腾而砰湃，如波涛夜惊，风雨骤至。其触于物也，鏦鏦铮铮，金铁皆鸣；又如赴敌之兵，衔枚疾走，不闻号令，但闻人马之行声。

他说秋声初起的时候，一与风雨相关，如同细雨的淅淅沥沥之声，微风的萧萧飒飒之声；突然风声大作，像夜半风雨突然降临之后，江河的波涛惊起，澎湃奔腾。再与万物相关，凶猛的风遇上坚硬的物，发出“鏦鏦铮铮”般的铜铁相撞击的声音。三与行军相关，这时的风静下来，能够听到的，是行军战士窸窸窣窣的快步行走声。这里用比拟呈现出了微风、劲风及静风三种状态。他的这种写法很像唐代韩愈、白居易、李贺在诗歌里写音乐。如韩愈的《听颖师弹琴》中写琴声：“昵昵儿女语，恩怨相尔汝。划然变轩昂，勇士赴敌场。浮云柳絮无根蒂，天地阔远随飞扬。喧啾百鸟群，忽见孤凤凰。跻攀分寸不可上，失势一落千丈强。”

韩愈所写的琴声，也是多角度的感受。儿女、勇士、百鸟、凤凰之喻，都在于风声不同；随之还以浮云柳絮写琴声的悠扬，以“跻攀”“失势”说琴声的跌宕起伏。本来用两耳欣赏的音乐，当我们用眼睛通过文字来感受的时候，居然能更真切地体味到琴声的美妙多姿，这正是文字描写的高妙。而欧阳修所描写的秋声，虽不及韩愈描写的琴声丰富，但那秋声仿佛在纸上有节奏地流动，同样令人有真切感。

有趣的是，欧阳修明知是“秋声”却故意让童子出门看那是什么声音，以引出童子的回答。后来南宋李清照填的《醉花阴》词也是如此。这里童子说：“星月皎洁，明河在天，四无人声，声在树间。”“主”之明知和“宾”之无知，在这儿都是过渡，让我们知道“秋声”鸣叫，是在星月相映且朗照长空的美妙夜晚。这夜的描写，是童子仰望天空所见，也是欧阳修仰望天空所见景象的再现。后来，他的弟子苏轼流寓黄州时，在《记承天寺夜游》里说“星月皎洁”，是俯视眼前的月影来写的，这就是“庭下如积水空明，水中藻荇交横，盖竹柏影也”。视角不一，但同样趣味横生。这一夜，如无秋声，四下无人的夜是寂静的，打破寂静的正是树间的秋声。

如是的美景，没有给欧阳修带来愉悦，他忽地感叹道：“噫嘻，悲哉！此秋声也。”这一感叹是文人悲秋传统的延续。上面提及的宋玉曾在著名的《九辩》开篇说“悲哉，秋之为气也”，从此开了文人借秋感怀的悲秋传统。或因秋而悲岁月凋零，人生渐老；或因秋而悲离别，说思乡思亲；或因秋而悲仕途坎坷，功名未立。人与物的通感常在发生。像唐代刘禹锡那样高吟“自古逢秋悲寂寥，我言秋日胜春朝。晴空一鹤排云上，便引诗情到碧霄”（《秋词》）的，倒是少数。欧阳修以悲秋之叹引发对“秋状”的描写，让《秋声赋》所说之“秋”进了一步。在他笔下，“秋状”是这样的：

> 盖夫秋之为状也，其色惨淡，烟霏云敛；其容清明，天高日晶；其气栗冽，砭人肌骨；其意萧条，山川寂寥。故其为声也，凄凄切切，呼号愤发。丰草绿缛而争茂，佳木葱茏而可悦；草拂之而色变，木遭之而叶脱。其所以摧败零落者，乃其一气之余烈。

这一番描写中的秋透着深深的凉意。本来，“秋容”的天朗气清、日明月皎是富有亮色的，让人心旷神怡。除此之外，我们看到怎样的秋景呢？欧阳修从色、气、意、声四个方面给我们绘出一幅萧瑟的秋图。他说：秋色惨淡，烟雾朦胧而云气收束；秋气寒冷，刺人肌骨；秋意萧条冷寂，山川孤独；唯有秋声饱含情感，“凄凄切切，呼号愤发”。如是的秋声，不再是微风、劲风及静风下的秋声，而是暴烈的秋声，虽用了拟物或拟人的描写，但在偏于客观的再现下，充满世人哀戚悲愤的情感。欧阳修的话没有说完。他接着说：百草、佳木原本满是勃郁的生

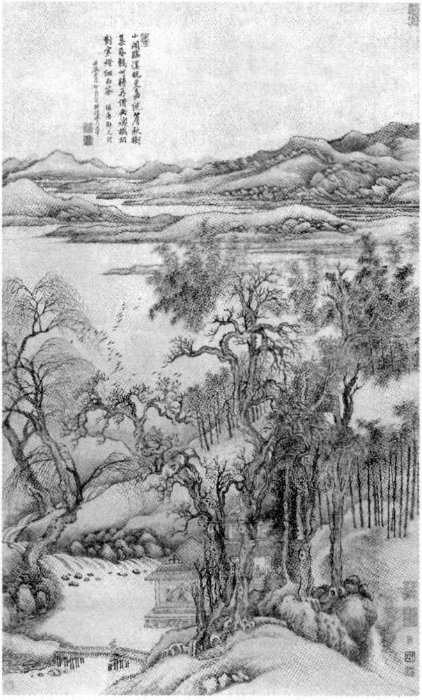

清·王翚《秋树昏鸦图》

机，或争茂盛，或显葱茏，不逢秋声尽是喜色。可秋声至，绿草变得枯黄，佳木仅余秃枝，绿草佳木被“摧败零落”，好一派凄凉之景，因此引发了欧阳修下面一番涉及阴阳五行和音乐五声十二律的议论：

夫秋，刑官也，于时为阴；又兵象也，于行用金。是谓天地之义气，常以肃杀而为心。天之于物，春生秋实，故其在乐也，商声主西方之音，夷则为七月之律。商，伤也，物既老而悲伤；夷，戮也，物过盛而当杀。

所谓秋是“刑官”，出自《周礼》“六官”说。“六官”是天官、地官、春官、夏官、秋官、冬官，唐以后以之对应吏、户、礼、兵、刑、工六部。秋官为司寇，掌管刑法，所以欧阳修说秋是刑官。所谓刑官“于时为阴”，起于阴阳说，阳主生而阴主杀。所谓秋为“兵象”，用五行说，五行的金、木、水、火、土，源于天空的五颗行星，金星为太白星，金主兵，故有“兵象”说，它见于西方，肃杀致万物凋零的秋与之相对应。这两种形容尽管有自身的逻辑，但都只是人们运用阴阳五行说作的比附。如是之秋，欧阳修说是“天地之义气”，因霜寒而以“肃杀”为心，既与秋声过后万物凋零的现实相应，又与他这里提到的阴阳五行说相应，给人秋不容情的感觉。在说过这些很低沉、很压抑的话后，他随之扬起，平和地说了一句“天之于物，春生秋实”。这是天地之间万物生长的自然规律，但欧阳修不是要就此作些评说，而是引向以音乐来说秋声。

这里说的“商”是古代音乐五声音阶之一，从低到高，依次为宫、商、角、徵、羽。班固在《汉书·律历志》里把这五声与五行的金、木、水、火、土及春、夏、秋、冬四季联系在一起。又与东、南、中、西、北的地理方位挂上钩，秋主西方，“商”为金声，主西方之音，自然与秋相应。“夷则”为古代十二乐律之一，从低到高依次为：黄钟、大吕、太簇、夹钟、姑洗、中吕、蕤宾、林钟、夷则、南吕、无射、应钟。司马迁说：“七月也，律中夷则。夷则，言阴气之贼万物也。”[①] 从音乐上的解释引申开来，于是有了欧阳修深切的感伤：“商，伤也，物既老而悲伤；夷，戮也，物过盛而当杀。”这看似没有说秋声，但本质上还是说秋的肃杀，万物历夏的极盛而进入秋的衰落。这其中蕴含了万物发展的基本规律：少而有老，盛而有衰。

欧阳修的想象发散得很广，以学问为文，故从刑官、兵象到商声、夷则之律，但核心始终是秋声或说秋风的肃杀。为什么会如此？他还有深刻的思考，这就是下面所写的：

> 嗟乎！草木无情，有时飘零。人为动物，惟物之灵。百忧感其心，万事劳其形，有动于中，必摇其精。而况思其力之所不及，忧其智之所不能，宜其渥然丹者为槁木，黟然黑者为星星。奈何以非金石之质，欲与草木而争荣？念谁为之戕贼，亦何恨乎秋声！

他在这里将草木和人相较，说无情的草木尚有飘零的时候，作为万物之灵的人，不得意常居八九。在纷繁复杂的社会生活中，人对终极目标“三不朽”的追求，人对现实生活“名利”的追逐，还有常见的生老病死、相思别离等等，都不由自主地令人“百忧

---

① 司马迁：《史记·律书》。

感其心，万事劳其形”。欧阳修的文字中有庄子的影子，但不再是充满哲理的人生论，而是现实的苦衷。他说得很深沉，百般的忧愁和不尽的思虑对人精神的损害，以及思所不及、智所不能的痛苦，自然会使人红润的容颜变得枯槁、乌黑的头发渐成斑白。于是，他问道：“奈何以非金石之质，欲与草木而争荣？”这是足以令人心灵震颤的一问。人非金石之质早为人知，形诸文学，如东汉末年无名氏的《古诗十九首》里多有吟咏，如“人生非金石，岂能长寿考”①；“人生忽如寄，寿无金石固”②。欧阳修所说当然不新鲜，但他说出人怎能与草木争荣，其中的含义与唐代白居易《赋得古原草送别》诗中说的“离离原上草，一岁一枯荣。野火烧不尽，春风吹又生”相似。草木的生命没有穷尽，人的生命也是没有穷尽的吗？再说，人生命的衰老凋零，是秋声的摧残还是其他事物的戕害呢？欧阳修这样说很有意味，他显然是在说，人的衰老凋零都是自我戕害的结果，怪不得肃杀的秋声，《秋声赋》所说的秋声无情是对草木的，秋声对人似乎格外有情。

人们通常认为这一段是《秋声赋》的主旨所在，这没有错。但欧阳修从秋声说到人生，真正想表达的是什么呢？有人认为：欧阳修在这里抒写了清心寡欲的老庄哲学，是“庆历新政”失败后，他因保守势力强大自己的才干始终无法充分发挥，力图改变宋王朝积贫积弱面貌的远大政治抱负始终无法实现，所以借秋夜读书的时机，创造了秋声这种肃杀的艺术氛围抒写胸中的郁结。持有这种看法的人甚多。且不说这里的评说受老庄哲学的影响，欧阳修写《秋声赋》的原因，实不尽然。

---

① 《回车驾言迈》。

② 《驱车上东门》。

“庆历新政”是宋仁宗庆历三年（1043）的事，那一年九月参知政事范仲淹上书，要求在官吏任用、田地农桑、武备徭役等多方面实行改革。37岁的欧阳修参与其中，支持范仲淹，并写了《朋党论》，对攻击改革者为“朋党”的人进行反击。这场改革只进行了一年多，庆历五年（1045）正月，范仲淹的参知政事一职被罢免，欧阳修被贬为滁州太守。此后欧阳修还做过扬州太守，并在皇祐元年（1049）回到京城，重新担任龙图阁学士，后来在地方官和京官任上交错任职。写《秋声赋》的这一年二月，他时任开封府尹，当时开封大雪，立春之后的寒冷让薪炭及食物的价格上涨，百姓难以承受，一些人因冻饿、失业死去，一派凄惨景象。欧阳修悯民之苦，上《乞罢上元放灯札子》，请求宋仁宗在朝野俱重的上元节不要放灯或说不要闹花灯，得到批准。又曾弹劾殿中丞龙昌期，说他以异端害道，不宜褒奖，获得批准。这一年，礼官要求改革宗室旧制，欧阳修附和，未得批准。尽管如此，也很难说他写《秋声赋》，是要抒发多年来的“胸中郁结”。

这一年，欧阳修担任御试进士详定官，以《尧舜性仁赋》为题，榜上有名的有章惇。而这个章惇与苏轼同出于欧阳修门下，后来却成为早他两年中进士的苏轼的政治对手，对苏轼的流贬毫不留情。不过，后来章惇被贬惠州，苏轼倒是以故人视人，毫无芥蒂。这一年，状元是刘煇，刘煇本名刘几，沈括在《梦溪笔谈》里记载，刘几好奇险怪异之文，带动了文坛一时的风气，为欧阳修深恶痛绝。几年后，刘几更名刘煇，并改变文风，在应试的《尧舜性仁赋》中写道“故得静而延年，独高五帝之寿；动而有勇，形为四罪之诛”，为欧阳修激赏，录为第一。后知刘煇本是刘几，欧阳修惊讶，却仍改刘煇赋中的“内积安行之德”为“内蕴安行之德”，以成就刘煇之名。而在嘉祐二年（1057），51岁的欧阳修权知礼部贡举，主持了苏轼、苏辙等人的进士考试，以《刑赏忠厚之至论》为题，阅苏轼之作大为兴奋，甚至说自己当避开一条路让苏轼出人头地。

后来，欧阳修的儿子欧阳发曾在《先公事迹》里叙说父亲的生平，提到“嘉祐二年，先公知贡举，时学者为文以新奇相尚，文体大坏。僻涩如‘狼子豹孙，林林逐逐’之语，怪诞如‘周公伻图，禹操畚锸，傅说负版筑，来筑太平之基’之说。公深革其弊，一时以怪僻知名在高等者，黜落几尽。二苏出于西川，人无知者，一旦拔在高等。榜出，士人纷然，惊怒怨谤。其后稍稍信服。而五六年间，文格遂变而复古，公之力也。”欧阳修通过科举反对奇险怪涩之文，倡导韩愈古文的平易，大获成功，也确立了他当时在文坛的地位。从这些来看，也很难说当年的欧阳修人生失意。

值得注意的是，这一年欧阳修的身体不好，自言“鬓须皓然，两目昏暗”，“又风气攻注，左臂疼痛，举动艰难。一身四肢，不病者有几”，希望能够从开封去洪州任职，“以养理衰残”[①]。虽然没有如愿，但朝廷免去了他开封府尹的职务，改任给事中等职，减轻了他的工作压力和事务。欧阳修十分高兴，在给友人吴正肃的信中说：“某病中闻得解府事，如释笼缚，交朋闻之，应亦为愚喜也。”[②] 因为患病，他对世事很淡泊，推荐吕公著任给事中，取代自己，是连给事中也不想做的。并在《病告中怀子华原父》诗里写道：“狂来有意与春争，老去心情渐不能。世味惟存诗淡泊，生涯半为病侵陵。花明晓日繁如锦，酒拨浮醅绿似渑。自是少年豪横过，而今痴钝若寒蝇。”这诗隐写了他早年的宦海搏击，所谓的少年豪横、有意争春，如今病了、老了、痴钝了，对于仕途也淡泊了。

---

① 欧阳修：《乞洪州第四札子》。

② 欧阳修：《与吴正肃公长文十三通》其六。

这其中有他在《秋声赋》中说的忧思劳形，但病老之叹也是真的。

欧阳修在写《秋声赋》之前，对友人赵叔平说："今夏暑毒非常岁之比，壮者皆苦不堪，况早衰多病者可知。自盛暑中忽得喘疾，在告数十日。近方入趋，而疾又作，动辄伏枕，情绪无悰。"[①]还对友人王仲议说："某昨在府，几案之劳，气血极滞，左臂疼痛，强不能举。罢居城南，粗得安养。迄今病目尚未复差。"[②]病痛中的欧阳修饱受折磨，甚至在与刘敞唱和的《病暑赋》中说自己"惟衰病之不堪兮，譬燎枯而灼焦"，人生过于艰难，有点活不下去了。况且，这一年，欧阳修为多年前36岁便病逝的同年好友陈动之写了《同年秘书丞陈动之挽词二首》；而好友胡瑗也在这年去世，享年67岁，后来欧阳修为他写了《胡先生墓表》。这都是令人伤感的事。再来看欧阳修在《秋声赋》里写下的："奈何以非金石之质，欲与草木而争荣？"这正是深切的生命之痛。他在挽陈动之的诗里说"自古圣贤谁不死"，死亡的阴影也笼罩着病魔缠身的他。他劝人"何恨乎秋声"，不是说秋声所代表的自然会让人从生到死，而是说人自身的"戕贼"更加厉害。这"戕贼"的内涵是复杂的，总归为对世道的不淡泊，对生命少了足够的认知。所以他现在说自己有了淡泊，知道生命的归宿而不再想宦海争锋。因此，他的《秋声赋》与其说是悲秋，不如说是人生的清凉剂，告诫人莫以非金石之质，与草木争荣。

《秋声赋》作为宋代文赋的代表作，用了南朝骈赋、唐代律赋的笔法，其抒情重于叙事，也是东汉张衡《归田赋》开创的传统。但欧阳修的自由表达，与他所好古文有相通之处。人们记得

---

① 欧阳修：《与赵康靖公叔平九通》其四。

② 欧阳修：《与王懿敏公仲仪十七通》其六。

它，有文体变异的因素，更多的还是因为它表现的生命情怀。只是赋的最后写道："童子莫对，垂头而睡。但闻四壁虫声唧唧，如助予之叹息。"这虽是说"童子莫对"，唯有虫声相应，但给人"众人皆醉而我独醒"的强烈感受，有谁能懂欧阳修呢？

【原文】

秋声赋

欧阳子方夜读书，闻有声自西南来者，悚然而听之。曰："异哉！"初淅沥以萧飒，忽奔腾而砰湃，如波涛夜惊，风雨骤至。其触于物也，鏦鏦铮铮，金铁皆鸣；又如赴敌之兵，衔枚疾走，不闻号令，但闻人马之行声。予谓童子："此何声也？汝出视之。"童子曰："星月皎洁，明河在天，四无人声，声在树间。"

予曰："噫嘻，悲哉！此秋声也。胡为而来哉？盖夫秋之为状也，其色惨淡，烟霏云敛；其容清明，天高日晶；其气栗冽，砭人肌骨；其意萧条，山川寂寥。故其为声也，凄凄切切，呼号愤发。丰草绿缛而争茂，佳木葱茏而可悦；草拂之而色变，木遭之而叶脱。其所以摧败零落者，乃其一气之余烈。夫秋，刑官也，于时为阴；又兵象也，于行用金。是谓天地之义气，常以肃杀而为心。天之于物，春生秋实，故其在乐也，商声主西方之音，夷则为七月之律。商，伤也，物既老而悲伤；夷，戮也，物过盛而当杀。"

"嗟乎！草木无情，有时飘零。人为动物，惟物之灵。百忧感其心，万事劳其形，有动于中，必摇其精。而况思其力之所不及，忧其智之所不能，宜其渥然丹者为槁木，黟然黑者为星星。奈何以非金石之质，欲与草木而争荣？念谁为之戕贼，亦何恨乎秋声！"

童子莫对，垂头而睡。但闻四壁虫声唧唧，如助予之叹息。

第四章

苏轼的散文世界

【苏轼小传】

苏轼（1037—1101），字子瞻，一字和仲，号东坡居士，眉州眉山（今四川眉山）人。少因父苏洵宦游四方，受母亲程夫人教诲，“闻古今成败，辄能语其要”[①]，且慨然有报国之志。年二十，博通经史，能诗善文。尤好《庄子》，深感甚得于心。至和元年（1054），娶王弗为妻。

嘉祐元年（1056），与弟苏辙随父苏洵出川赴京应礼部秋试，嘉祐二年（1057）兄弟二人同榜并中，名震京师。时为文坛领袖的主考官欧阳修大喜，称当避路让苏轼出人头地。同年，母程夫人病逝，回蜀奔丧。嘉祐六年（1061）应中制科考试，入三等，始入仕途。初任河南福昌（今河南宜阳）主簿、大理评事、签书凤翔府判官等职。治平二年（1065），王弗卒。次年，父苏洵病逝于京城，扶丧归蜀。熙宁元年（1068），娶王弗堂妹王闰之为妻。

熙宁二年（1069），王安石力主变法，苏轼持不同意见，请求神宗皇帝“结人心、厚风俗、存纪纲”[②]，静以待物而不求治太急，并以诗讽新法。为避祸，自求离京外任，先后通判杭州，知密州、徐州、湖州等地。熙宁七年（1074）在杭州收侍女王朝云，后纳为侍妾。元丰二年（1079），在湖州太守任上遭“乌台诗案”，

---

① 苏辙:《亡兄子瞻端明墓志铭》。

② 脱脱等:《宋史 · 苏轼传》。

入御史狱。神宗怜之，免其死罪，贬为黄州团练副使。时年44岁。

苏轼在黄州，因筑室于黄州东坡，故自号“东坡居士”。五年后，宋神宗言苏轼“人才实难，不忍终弃”，移知汝州。元丰八年（1085）回京，任起居舍人、翰林学士、知制诰、知礼部贡举等职。后知杭州，又返京为吏部尚书、翰林学士承旨。不久再求外任，以龙图阁学士知颍州。召还，任端明殿学士、翰林侍读学士、礼部尚书等职。元祐八年（1093），王闰之卒。哲宗绍圣元年（1094），在从定州赴任英州（今广东英德）知州途中责授宁远军节度副使，着惠州安置。

到惠州后，苏轼在白鹤山建新居，欲在此安度晚年。绍圣三年（1096），王朝云卒。绍圣四年（1097）被贬海南昌化军，任琼州别驾。居儋唯小儿苏过陪侍，好陶渊明、柳宗元诗，且遍和陶诗，常化悲戚孤苦为乐观旷达。安于儋州而自感“我本海南民，寄生西蜀州”[①]。并有“九死南荒吾不恨，兹游奇绝冠平生”[②]的诗句。

徽宗登基大赦天下，诏令苏轼北归，元符三年（1100）六月二十日离开海南，初移廉州（今广西合浦）、永州安置，后因病

---

① 苏轼:《别海南黎民表》。

② 苏轼:《六月二十日夜渡海》。

重在朝奉郎、提举成都玉局观任上自请致仕。徽宗建中靖国元年（1101）七月，北归途中病逝于常州，享年66岁。追谥文忠。生前，嘱弟苏辙为之作墓志铭，葬嵩山之下。后葬于河南郏县的小峨眉山。

有《苏轼文集》《苏轼诗集》《东坡乐府》传世。

一、超然物外则无往而不乐

——《超然台记》解读

宋神宗熙宁七年（1074），38 岁的苏轼任杭州通判期满，改任密州知州，掌管密州军事。应该说，密州的环境比不上杭州，但正是这一改变，却使密州成了苏轼文学创作上的福地。在这里，他创作了不少的诗、词、文，脍炙人口者以词居多，如《江城子·乙卯正月二十日夜记梦》中以“十年生死两茫茫”悼念死去的妻子王弗，那“不思量，自难忘”的表白，让人刻骨铭心；《江城子·密州出猎》中的“老夫聊发少年狂”是他“自是一家”之词，“无柳七郎风味”[①]，向来被视为苏轼豪放词的代表作；而熙宁九年（1076）即丙辰中秋，他在“欢饮达旦，大醉”之后写的《水调歌头·明月几时有》，被后人评说“中秋词，自东坡《水调歌头》一出，余词尽废”[②]。这些优美的词表现出来的苏轼的情感与襟怀，都让人感佩不已。而这一时期，苏轼最具影响力的散文名篇是他到密州一年以后写下的《超然台记》，文章叙说自己现实的生活状态和对人生的深刻感悟，被后人誉为千古奇文。

《超然台记》因超然台而起，所谓的超然台原本是苏轼在密

---

① 苏轼:《与鲜于子骏三首》其二。

② 胡仔:《苕溪渔隐词话》。

州所居园圃北面的一座旧台，苏轼于熙宁八年（1075）八月“稍葺而新之”，并嘱远在济南府的弟弟苏辙给台命名。苏辙在《超然台赋》的叙中提到此事：

> 子瞻……乃因其城上之废台而增葺之。日与其僚览其山川而乐之，以告辙曰：“此将何以名之？”辙曰：“今夫山居者知山，林居者知林，耕者知原，渔者知泽，安于其所而已。其乐不相及也，而台则尽之。天下之士，奔走于是非之场，浮沉于荣辱之海，嚣然尽力而忘反，亦莫自知也。而达者哀之，二者非以其超然不累于物故邪？老子曰：‘虽有荣观，燕处超然。’尝试以‘超然’命之，可乎？”

他这番话是就苏轼天天与同僚登台享眺望山川之乐而言，有两层意思。一是从人们日常的生活习性即居山者、居林者、耕者和渔者各乐其乐出发，说登台而乐者可以兼有众乐，这当然是很难得的。二是苏辙从现实社会生活状态想到人生，对于天下士人较胜于是非荣辱之场不以为然，批评他们不知自拔，故有通达者为之悲哀。苏辙说较胜者与通达者都累于物而不超然，他希望苏轼能够超然，故取老子的“虽有荣观，燕处超然”的“超然”，将苏轼重修之台命名为“超然台”。

“虽有荣观，燕处超然”见于《道德经》第二十六章，说的是：“重为轻根，静为躁君。是以君子终日行不离辎重，虽有荣观，燕处超然。奈何万乘之主，而以身轻天下？轻则失根，躁则失君。”老子在这里提到重与轻、静与躁之间的关系，讲的是治国处世的道理。治国，应当慎重，不能以自我轻率的行为治理天下；处世，则宜保持内心的平静，即使有荣华富贵，也当不为所动，泰然处之。后者从理论上说容易，践行起来并不容易。

苏轼很喜欢苏辙的命名，他不但自己写了《超然台记》，还令苏辙、张耒、李邦直、文与可等人都写了《超然台赋》。张耒在《超然台赋》自注中说：“苏子瞻守密，作台于囿，名以超然，命诸公赋之，予在东海，子瞻令贡父来命。”不仅如此，苏轼还为苏辙、李邦直、文与可的赋写了跋文，如苏辙《超然台赋》的跋文在《苏轼文集》中称“书子由超然台赋后”，三者的提法相同。大家都写得相当认真，苏轼也很称道。如苏轼说苏辙：“子由之文，词理精确，有不及吾；而体气高妙，吾所不及。虽各欲以此自勉，而天资所短，终莫能脱。至于此文，则精确、高妙，殆两得之，尤为可贵也。”[①] 他对苏辙的《超然台赋》极力褒扬，说他与苏辙为文本各有优长，而这篇《超然台赋》，除了一仍体现苏辙原本的“体气高妙”外，还兼有他所长的“词理精确”，这当然是题外话。

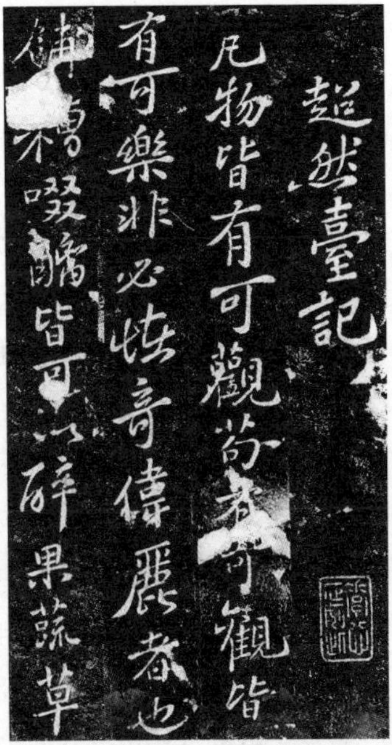

《超然台记》碑刻拓片

“虽有荣观，燕处超然”是人生难得的境界，其实真正的“燕处超然”还有另外一面，这就是面对的并不是荣华富贵而是艰难困顿，在这样的时候也能够“燕处超然”。孔子曾说弟子颜回：“一

① 苏轼：《书子由超然台赋后》。

箪食，一瓢饮，在陋巷，人不堪其忧，回也不改其乐。”[①] 面临艰难困顿时的“燕处超然”大概就是颜回式的安贫乐道。苏轼在《超然台记》的开篇说：“凡物皆有可观。苟有可观，皆有可乐，非必怪奇玮丽者也。铺糟啜醨皆可以醉，果蔬草木皆可以饱。推此类也，吾安往而不乐？”这是总领全文的一句话，这句话看似平常，其实有很不平常的意味。固然凡物都有可以观赏的地方，但人们的观赏习惯或说心理，常在于“怪奇玮丽”即怪异、奇特、珍贵、美丽之处。如稍长于苏轼的王安石在《游褒禅山记》里感叹“世之奇伟、瑰怪、非常之观，常在于险远”，说这当是有志而有力的观赏者的追求，可为一证。而苏轼所说并不排斥“怪奇玮丽者”可观，表明的是非“怪奇玮丽者”亦可观，相应地，美酒可醉，但一般的淡酒也可以醉，果蔬草木可饱，不一定需要“温淳甘脆，脭醲肥厚”[②] 的食物。这是从物自身及人的需求来看的。他同时表明自我乐物、乐醉、乐饱的生活态度，不计较物是什么，酒食是什么，平常者、粗劣者均可，这全然取决于自我的心态。

人或说苏轼是不可救药的乐天派，所谓乐天，其实是乐于自然。他说出“凡物皆有可观。苟有可观，皆有可乐，非必怪奇玮丽者也”，其实是和他境遇的改变大有关系。他在《超然台记》里自述了此前在杭州和现在居密州的生活，不妨看他自己说的：

> 余自钱塘移守胶西，释舟楫之安，而服车马之劳；去雕墙之美，而庇采椽之居；背湖山之观，而行桑麻之野。始至之日，岁比不登，盗贼满野，狱讼充斥而斋厨索然，日食杞菊。

---

① 《论语·雍也》。

② 枚乘：《七发》。

苏轼在杭州和密州的生活太不一样，他作了一番比较：在杭州时，他有舟楫之安，雕墙之美，湖山之观；到了密州，则服车马之劳，庇采椽之居，行桑麻之野，居然连吃的东西都没有，不得不天天吃杞菊。因以杞菊为粮，他写下了《后杞菊赋》，在叙里这样说："天随生自言常食杞菊。及夏五月，枝叶老硬，气味苦涩，犹食不已。因作赋以自广。始余尝疑之，以为士不遇，穷约可也，至于饥饿嚼啮草木，则过矣。而余仕宦十有九年，家日益贫，衣食之奉，殆不如昔者。及移守胶西，意且一饱，而斋厨索然，不堪其忧。日与通守刘君廷式，循古城废圃，求杞菊食之，扪腹而笑。然后知天随生之言，可信不谬。""天随生"即晚唐文人陆龟蒙的别号，陆龟蒙常苦于饥饿，曾采杞菊为食，并写了《杞菊赋》。显然，苏轼在密州的生活远不及在杭州的舒适，他在杭州时的安逸，可从一首小诗中看出来，这就是《饮湖上初晴后雨》："水光潋滟晴方好，山色空蒙雨亦奇。欲把西湖比西子，淡妆浓抹总相宜。"杭州西湖的美真让他很陶醉，他乐于过这种生活而形诸于诗，哪是密州可比的？况且密州"岁比不登，盗贼满野，狱讼充斥"，年成不好且社会很不安宁。

苏轼不做杭州通判，本可以不到社会环境、生活条件这么恶劣的密州的。他之所以求任密州，和弟弟苏辙当时在齐州（今山东济南）有关。他在给朋友杨济甫的信中说过这件事："官满本欲还乡，又为舍弟在京东，不忍连年与之远别，已乞得密州。风土事体皆佳，又得与齐州相近，可以时得沿牒相见，私愿甚便之。"[①]苏轼与苏辙感情至深，这不仅是"嗟予寡兄弟，四海一子由"[②]，

① 苏轼:《与杨济甫十首》其七。

② 苏轼:《送李公择》。

在当时，他的双亲已经逝去，与他相伴、命运也相似的是弟弟苏辙。想到苏辙，他选择了去密州任职。起初他对密州认识不足，以为“风土事体皆佳”，不过在密州遭遇艰难并没有使苏轼不快乐。有人认为他不会快乐，即“人固疑余之不乐也。处之期年，而貌加丰，发之白者，日以反黑。余既乐其风俗之淳，而其吏民亦安予之拙也”。这实在是有些奇怪的事，在密州这样困苦的环境里，以杞菊为食的苏轼怎么会容貌更加丰满，花白的头发渐渐在变黑呢？这关键仍在苏轼的心态，物皆有可观，皆有可乐，那么淡酒杞菊也是可以为乐的，何况这里民情风俗的淳厚足以让他为乐呢？而他又说密州的吏民乐于他的“拙”即笨拙无能，这与陶渊明说自己“守拙归园田”[①]有类似的意味，并不是真正的笨拙无能，而说的是自己不合流俗的执拗以及人生失意之感。

随之他说自己在密州的生活，一方面是“治其园圃，洁其庭宇，伐安丘、高密之木以修补破败，为苟完之计”；另一方面是修葺园北的旧台，以作朋友相聚之用。这都是生活的常态，而苏轼所欲表达的是台成之后的生活享受。他描述了这种享受的状态：

> 时相与登览，放意肆志焉。南望马耳、常山，出没隐见，若近若远，庶几有隐君子乎？而其东则庐山，秦人卢敖之所从遁也。西望穆陵，隐然如城郭，师尚父、齐桓公之遗烈，犹有存者。北俯潍水，慨然太息，思淮阴之功，而吊其不终。

这一段铺叙登高怀古，触景生情，依南、东、西、北的地理方位展开。其间寓有秦之卢敖、周之尚父太公望、齐之桓公以及

① 陶渊明：《归园田居》其一。

汉之淮阴侯韩信的故事，除了误导秦始皇寻求不死之药以成仙的方士卢敖之外，其他都是历史上卓有功勋的人物。苏轼没有具体言说他们的功勋，却伤悼淮阴侯韩信不得善终。韩信曾佐汉高祖刘邦击败西楚霸王项羽夺得天下，刘邦也认为自己之所以能建立西汉王朝，将兵多多益善的韩信功不可没。不过韩信最后因谋反罪遭到诛杀，苏轼哀叹他不得善终，可见还是希望能功成而全身的。这段铺叙仿佛让人沉浸在苏轼对功业的向往中，而他在密州也的确向往过建立功业，故有《江城子·密州出猎》里吟咏的“酒酣胸胆尚开张，鬓微霜，又何妨！持节云中，何日遣冯唐？会挽雕弓如满月，西北望，射天狼”。他这里用了西汉文帝曾派冯唐去云中赦免云中太守魏尚的故事，又借“西北望，射天狼”表示希望赴边塞为朝廷效力。但他随即跳开，不言功业，而说自己与友人的登台之乐：“台高而安，深而明，夏凉而冬温。雨雪之朝，风月之夕，余未尝不在，客未尝不从。撷园蔬，取池鱼，酿秫酒，瀹脱粟而食之，曰：乐哉游乎！”这与他刚说过的“放意肆志”即乐所欲乐相照应，说明他不崇尚仕途功业，而是率性地与自然风物相娱，在田园里自食其力也自得其乐，以致情不自禁地感喟“乐哉游乎”。

苏轼的这种人生精神贯穿了他的一生，他后来被贬黄州时，也说黄州之苦，告诉秦观只能痛自节俭，把微薄的俸禄分成三十份，每天用一份，不得超支，如当日所用有节余，则留存以待宾客。但他在诗里却说黄州“长江绕郭知鱼美，好竹连山觉笋香”[①]；被贬到惠州，他说“但以瘴疠之地，魑魅为邻。衰疾交攻，无复首丘

① 苏轼：《初到黄州》。

之望；精诚未泯，空余结草之忠”[①]，他在随后的惠州生活中，深感“人间何者非梦幻，南来万里真良图”[②]；被贬海南儋州他也觉得很苦，说道“臣孤老无托，瘴疠交攻，子孙恸哭于江边，已为死别；魑魅逢迎于海外，宁许生还”[③]，但他最后却说“我本海南民，寄生西蜀州”[④]，“九死南荒吾不恨，兹游奇绝冠平生”[⑤]。苏轼所到之处的艰苦生活却让他过得有滋有味，果真是“吾安往而不乐”。

话说回来，苏轼在《超然台记》中，更多表现的是他在密州时的心态，他在这样淡然地叙说中透出自我的思想情趣，于是有了全文最重要的一段表达：

> 夫所为求福而辞祸者，以福可喜而祸可悲也。人之所欲无穷，而物之可以足吾欲者有尽。美恶之辨战乎中，而去取之择交乎前，则可乐者常少，而可悲者常多。是谓求祸而辞福。夫求祸而辞福，岂人之情也哉？物有以盖之矣。彼游于物之内，而不游于物之外。

这段话关乎人“求福辞祸”的常情，古往今来，莫不如此。祸福相倚，没有人不是力图避祸而求福的。然而，现实状态是人的欲望总是超过事物所能够提供的，二者之间存在着难以调和的矛盾。于是人们不得不面临着“美恶之辨”“去取之择”，美与不美、

---

① 苏轼:《到惠州谢表》。

② 苏轼:《四月十一日初食荔支》。

③ 苏轼:《到昌化军谢表》。

④ 苏轼:《别海南黎民表》。

⑤ 苏轼:《六月二十日夜渡海》。

取与不取的纠结，这一纠结必然导致福少祸多，或者说乐少悲多，那么人们过分地追求欲望的满足，不是在求福辞祸，而是在求祸辞福，这不是人们所企冀的。苏轼的这番议论，既富人生哲理，又含现实意义，人们在福与祸的十字路口，当何去何从？他说物盖人情，驱使人求福辞祸，人为名利所困，趋名逐利，以致身陷其中，求乐而获悲。苏轼称之为“彼游于物之内，而不游于物之外”。这一说法是全文的主旨，同时让人明白苏轼《超然台记》所谓的“超然”思想源于庄子。

好以寓言传播理念的庄子，虚构过子桑户、孟子反和子琴张三人相忘生死的故事；同时又虚构了目睹他们行为的孔子弟子子贡向老师孔子报告，说孟子反和子琴张面对子桑户之死，居然鼓盆而歌。孔子说道：“彼，游方之外者也；而丘，游方之内者也。外内不相及，而丘使汝往吊之，丘则陋矣。”[①] 方外、方内，文意上是方域之外和方域之内，本质上则是物外与物内。求于物外，安于自然不知生死，何知名利祸福？求于物内，则讲礼义、讲祸福，重名利也重生死。这是两种截然不同的生活，问题是怎么选择。游于物外，故能知足而避祸，这与老子知足常足、知足常乐的观念相吻合，也是庄子全身避祸的理论法宝。近人林纾曾说苏轼的《超然台记》：“通篇把定‘游于物外’四字，则知天下足欲之难；知足之难，则随遇皆知足。然既能知足，不惟在胶西乐，即在儋耳亦乐。此所以名超然。超然者，超乎物外也。”[②] 信然。

话说到这里，《超然台记》意蕴可谓已尽，苏轼忽地生出下面一番话来：“物非有大小也，自其内而观之，未有不高且大者也。

① 《庄子・大宗师》。

② 林纾：《古文辞类纂选本》。

彼挟其高大以临我，则我常眩乱反复，如隙中之观斗，又乌知胜负之所在。是以美恶横生，而忧乐出焉。可不大哀乎！”所谓“物非有大小”也源自庄子的物无大小说：“因其所大而大之，则万物莫不大；因其所小而小之，则万物莫不小。”[①]在这一理论之下，天地可为稊米，毫末可为丘山；泰山为小而毫末为大，殇子为寿而彭祖为夭。不过，苏轼在这里并不是讲庄子的相对论，而是说从物内观物，因人之所欲，所求之物自然高大，这样一来，导致人们因欲壑难填而心迷目眩，不辨美丑，人生的忧愁与快乐也就交织在一起，这当然是特别可悲的事情。苏轼的这一思想，可用他《后杞菊赋》里“先生”说的一段话来解释：“人生一世，如屈伸肘。何者为贫？何者为富？何者为美？何者为陋？或糠覈而瓠肥，或粱肉而墨瘦。何侯方丈，庾郎三九，较丰约于梦寐，卒同归于一朽。吾方以杞为粮，以菊为糗。春食苗，夏食叶，秋食花实而冬食根，庶几乎西河、南阳之寿。”他这里用了西汉陈平食糠覈而肥、三国曹植食粱肉而瘦、西晋何曾食前方丈尽奢华、南齐庾杲之清贫食韭的故事，进而说食杞菊能像《神仙传》里活了二百多岁的西河少女和《抱朴子》里活了一百多岁的南阳人那样长寿，又有什么不满足的呢？

也许正因为有这样的情怀，他在熙宁九年（1076）登超然台，见满目春色，欣然而有喜色，赋《望江南》词一首：“春未老，风细柳斜斜。试上超然台上看，半壕春水一城花。烟雨暗千家。寒食后，酒醒却咨嗟。休对故人思故国，且将新火试新茶。诗酒趁年华。”虽其中言及故国之思，但全然没有愁绪，说出“新火试新茶”“诗酒趁年华”这样的话来，皆是乐意。而在超然台上，

① 《庄子・秋水》。

他对弟弟苏辙的思念，也无柔肠寸断之悲，而是“但愿人长久，千里共婵娟”的旷达与洒脱，为常人所不能及。

《超然台记》的最后说：“方是时，余弟子由适在济南，闻而赋之，且名其台曰‘超然’，以见余之无所往而不乐者，盖游于物之外也。”这既照应开头的“吾安往而不乐”，又照应全文“游于物外”的主旨，从而凸显出他的人生情趣与向往。而这同时把苏辙在《超然台赋》中说苏轼的“所往而乐”朝前推进了一步，只是游于物外，确为人生难得的境界，是许多人都达不到的。就连苏轼，也难得完全超脱。他是性情中人，也是社会中人，关心所至，自然有不能释怀之事。如他在《密州通判厅题名记》里说：“余性不慎语言，与人无亲疏，辄输写腑脏，有所不尽，如茹物不下，必吐出乃已。”这哪里是超然者所为呢？其后，他因以诗讥讽王安石变法，遭“乌台诗案”之祸，一度沦为阶下囚，并开启了他后半生以“贬谪”为主的生活，实在是因其身心俱在物内而不在物外、说超然却无法超然所致。

【原文】

超然台记

凡物皆有可观。苟有可观，皆有可乐，非必怪奇玮丽者也。餔糟啜醨皆可以醉，果蔬草木皆可以饱。推此类也，吾安往而不乐？

夫所为求福而辞祸者，以福可喜而祸可悲也。人之所欲无穷，而物之可以足吾欲者有尽。美恶之辨战乎中，而去取之择交乎前，则可乐者常少，而可悲者常多。是谓求祸而辞福。夫求祸而辞福，岂人之情也哉？物有以盖之矣。彼游于物之内，而不游于物之外。物非有大小也，自其内而观之，未有不高且大者也。彼挟其高大以临我，则我常眩乱反复，如隙中之观斗，又乌知胜负之所在。是以美恶横生，而忧乐出焉。可不大哀乎！

余自钱塘移守胶西，释舟楫之安，而服车马之劳；去雕墙之美，而庇采椽之居；背湖山之观，而行桑麻之野。始至之日，岁比不登，盗贼满野，狱讼充斥，而斋厨索然，日食杞菊。人固疑余之不乐也。处之期年，而貌加丰，发之白者，日以反黑。余既乐其风俗之淳，而其吏民亦安予之拙也。于是治其园圃，洁其庭宇，伐安丘、高密之木以修补破败，为苟完之计。

而园之北，因城以为台者旧矣，稍葺而新之。时相与登览，放意肆志焉。南望马耳、常山，出没隐见，若近若远，庶几有隐君子乎？而其东则庐山，秦人卢敖之所从遁也。西望穆陵，隐然如城郭，师尚父、齐桓公之遗烈，犹有存者。北俯潍水，慨然太息，思淮阴之功，而吊其不终。台高而安，深而明，夏凉而冬温。雨雪之朝，风月之夕，余未尝不在，客未尝不从。撷园蔬，取池鱼，酿秫酒，瀹脱粟而食之，曰：乐哉游乎！

方是时，余弟子由适在济南，闻而赋之，且名其台曰“超然”，以见余之无所往而不乐者，盖游于物之外也。

二、君子寓意于物而不留意于物

——《宝绘堂记》解读

宋神宗熙宁十年（1077），42岁的苏轼从密州太守移知河中府（今山西永济），一路先到青州，再到济南、郓州，快到京城时，弟弟苏辙出京迎接他。走到陈桥驿时，苏轼得知改任徐州太守，且有旨不得进京，便一时借住在京郊的范镇东园。

三月一日，友人王诜约他在四照亭宴饮。王诜字晋卿，太原人，其祖父王全斌曾在北宋初年任安国军节度、忠武军节度、西川行营前军都部署等职，率兵伐蜀功成而失于对军士的约束，被贬崇义军节度观察留后数年，后在武宁军节度任上病逝。《宋史·王全斌传》后附有寥寥数语的王诜传记，交代王全斌之子是王缄，"缄子诜，字晋卿，能诗善画，尚蜀国长公主，官至留后"。元丰二年（1079），苏轼写过一首《作书寄王晋卿忽忆前年寒食北城之游走笔为此》诗，南宋施元之父子为之作注，说到了王晋卿"晋卿慕东坡，相与游从。尝为作《宝绘堂记》"。苏轼在诗中写道"别来春物已再菲"，暗示这诗是在四照亭宴饮两年后写下的。诗中说："北城寒食烟火微，落花胡蝶作团飞。王孙出游乐忘归，门前骢马紫金鞿。吹笙帐底烟霏霏，行人举头谁敢睎。"正是对当年相聚情形的艺术再现。

那年王晋卿带侍女同席，漂亮的侍女找苏轼讨曲子，苏轼很有兴致地填了《殢人娇》和《洞仙歌》各一首相赠。其《殢人娇》

前还有小序“王都尉席上赠侍人”。这两首词和他在密州填的《江城子·密州出猎》《水调歌头·明月几时有》的豪放、洒脱大不一样，走的是柳永词的柔婉路数。如《殢人娇》：“满院桃花，尽是刘郎未见。于中更，一枝纤软。仙家日月，笑人间春晚。浓睡起、惊飞乱红千片。密意难传，羞容易变。平白地，为伊肠断。问君终日，怎安排心眼。须信道，司空自来见惯。”这些词虽是为王晋卿的侍女而作，但也可以感受他和王晋卿之间的交游与情感。之后，就有了七月二十二日苏轼为王晋卿写的《宝绘堂记》，并因王晋卿娶了蜀国长公主为妻，称之为“驸马都尉”。

苏轼这篇文章开头不说王晋卿宝绘堂事，而说做人的一般道理，很有警示的意味：

> 君子可以寓意于物，而不可以留意于物。寓意于物，虽微物足以为乐，虽尤物不足以为病。留意于物，虽微物足以为病，虽尤物不足以为乐。

他这里说的两种情形即“寓意于物”与“留意于物”，自古及今，二者都是人们生活中常有的事。前者说的是借物达意或寓意于物，这不是说文人笔下寓言、比喻等之类的表现，而是生活中的寓意于物，爱情的信物、个人的趣味等都能够导致寓意于物的现象；后者说的“留意于物”是对物的溺爱，并因溺爱可能舍弃其他的东西甚至人生的志向，玩物丧志大概可说是“留意于物”的必然结果。苏轼把二者区分开来，说人生待物，应有的态度是“寓意于物”而不是“留意于物”。每个人不是在追求快乐吗？如果你以“寓意于物”为基本立场，那么即使是微小的物品也能够引发人内心的愉悦，遇上特异的物品也不会因为喜爱而引来灾祸。

“留意于物”就不一样了，无论是微物还是尤物，给人带来的都不是快乐而是灾祸。

说到“尤物”是有出处的。春秋鲁昭公二十八年，晋叔向想娶申公巫臣的女儿为妻。他的母亲说“甚美必有甚恶”，巫臣的妻子杀了三个丈夫、一个国君、一个儿子，使陈国因她而亡，能不引为戒吗？并以传说中有仍氏漂亮的女儿为例，说美色有害。还补充了一句：“夫有尤物，足以移人，苟非德义，则必有祸。”[①]这话有些道理。不过，“苟非德义”，无论是尤物还是非尤物，都会引来祸或说有害的。苏轼暗用这个故事，主要还是说德义的尺度和欲望的把控。

苏轼“寓意于物”与“留意于物”的思想是全文的基本观点，人们对物各有所好是性情的必然，但性情是需要节制的。“寓意于物”就是性情节制而不放任所致，而“留意于物”则是放任了自己的性情，弄得难以收拾。他在这里引用了老子的“五色令人目盲，五音令人耳聋，五味令人口爽，驰骋畋猎令人心发狂”[②]，说明外物对人的巨大诱惑与危害。老子说这话的前与后，都有无数的人为五色、五音、五味以及驰骋田猎所动而不能自拔，以致目盲、耳聋、口爽和心发狂。事物的两面性犹若双刃剑，物极必反。苏轼的思想和老子不一样，老子看到五色、五音、五味及驰骋田猎的危害，竭力主张绝对地抛弃它们，回复到原始的时代。所以他会提出别用日常用品，别用舟船车辆，别用铠甲兵器，回到结绳而治的时代，让老百姓“甘其食，美其服，安其居，乐其俗，邻国相望，鸡犬

① 《左传·昭公二十八年》。

② 《道德经》第十二章。

之声相闻，民至老死不相往来”[①]。这种小社会理念后来被庄子发展了，庄子甚至说出：“擢乱六律，铄绝竽瑟，塞瞽旷之耳，而天下始人含其聪矣；灭文章，散五采，胶离朱之目，而天下始人含其明矣。”[②] 传说，瞽旷是世上耳力最好的人，离朱是世上眼力最好的人，按他的说法，耳聪不需要用耳朵，目明不需要用眼睛。如是的说法是他们从自己自然无为的哲学观和社会观生发出来的，在想象中含有一点生活的辩证法。所以，他们笔下的圣人“为腹不为目”，只求虚心、实腹、弱志、强骨就够了；而社会应是人与物和谐相处的至德之世，保持着生活的原生态，没有边际。

苏轼不这样理解，他说“圣人未尝废此四者，亦聊以寓意焉耳”。这“圣人”说的是孔子，苏轼还写过一篇《论孔子》，也称孔子为圣人。司马迁《史记・老子列传》里记载，孔子曾拜老子为师，向老子请教“礼”的问题，但他后来没有步老子的后尘，而成为儒家学派的创始人，在思想观念和处世原则上与老子背道而驰。《论语》记载孔子在齐国欣赏《韶》乐，三月竟不知肉味，实在是痴迷得厉害；又说他曾到武城，听到弦歌之声，开玩笑说“割鸡焉用牛刀”。孔子是主张礼乐教化的人，老子要舍弃的却是他要推行的，但他是“寓意于物”者，与“留意于物”者截然不同。苏轼转而讲了三个故事：

一是三国时蜀主刘备的故事。刘备，字玄德，蜀汉先主。罗贯中《三国演义》第二十一回说曹操青梅煮酒，和刘备纵论天下英雄，刘备虚与周旋。曹操认为刘备提到的袁术、袁绍、刘表都算不得英雄，不合他心目中的标准。所谓“英雄者，胸怀大志，

① 《道德经》第八十章。

② 《庄子・胠箧》。

腹有良谋，有包藏宇宙之机，吞吐天地之志者也”。曹操说能当此名的当今天下唯有他和刘备，把在曹操虎穴暂栖身的刘备手上拿的筷子都吓掉了。这是小说家言。裴松之为《三国志》作注，在《诸葛亮传》注里引了《魏略》的记载，说刘备屯驻樊城时，曹操方定河北，气势正盛，诸葛亮去见刘备，刘备性好编织牛马的毛，刚好有人送牦牛尾巴给他，刘备随手就编织起来。诸葛亮见状进言：“将军的远大志向难道是编织牛尾吗？”刘备随即羞愧地把牦牛尾巴扔在一边，自解说：“我编织牛尾，只是一时为了忘忧。”后来就有了“结髦忘忧”这一成语。

二是西晋嵇康的故事。嵇康，字叔夜，西晋名士，俗称的“竹林七贤”之一。他家贫，以打铁为生，而打铁又是他人生的寄托。他当时不与司马氏合作，得罪了司马昭手下的红人钟会。钟会是著名书法家钟繇的小儿子，曾为司马氏出谋划策，人称西晋“张良”。钟会曾去拜访嵇康，嵇康正在大树下打铁，另一位“竹林七贤”中人向秀为他拉风箱。钟会去了，坐在一边，嵇康不停地挥着铁锤，旁若无人，过了一个时辰都没理睬他。钟会无奈，只好起身离去。钟会离开时，嵇康问他：“何所闻而来？何所见而去？”钟会回答说：“闻所闻而来，见所见而去。”[①] 嵇康打铁，体现了他的傲世及不合作，后钟会以嵇康“上不臣天子，下不事王侯；轻时傲世，不为物用；无益于今，有败于俗”[②] 的罪名请诛嵇康，嵇康被杀。

三是东晋阮孚的故事。阮孚，字遥集，西晋“竹林七贤”之一阮咸之子。《晋书·阮孚传》记载，他在晋元帝时任过安东参军、丞相从事中郎、长史等职，终日酣饮，晋元帝曾说他掌管军

① 刘义庆：《世说新语·简傲》。

② 张隐：《文士传》。

务，应当节饮才是。阮孚说：“陛下不以臣不才，委之以戎旅之重。臣僶勉从事，不敢有言者，窃以今王莅镇，威风赫然，皇泽遐被，贼寇敛迹，氛昆既澄，日月自朗，臣亦何可爵火不息？正应端拱啸咏，以乐当年耳。”就这个阮孚后来又做了黄门侍郎、散骑常侍，并在晋明帝时官至吏部尚书。他爱好木屐，自行制作，常以蜡涂木屐上，并自叹“未知一生当着几量屐”，意为人生短暂。

苏轼讲这三个故事，说刘备、嵇康和阮孚所好，都不是美妙的音乐、漂亮的姑娘、浓香的气味，但他们终身喜爱而不厌倦，足见人之爱物是性情所致。这是生活的常态，关键在于爱物是“寓意于物”还是“留意于物”，爱物是不是会改变人的性情。随后，他话题一转，说“凡物之可喜，足以悦人而不足以移人者，莫若书与画。然至其留意而不释，则其祸有不可胜言者”。苏轼写这篇文章之际，正处在他遭遇“乌台诗案”将被贬黄州的前夜，那时他不知道主张变法的新党人士正盘算要惩治他，所以心态平和。苏轼善书法，他两年后在黄州自书的《赤壁赋》《寒食诗二首》都成为后世难得的墨宝。苏帖《寒食诗二首》人称“寒食帖”，甚至被誉为天下第三行书，居晋王羲之《兰亭序》、唐颜真卿《祭侄文》之后。他又在北宋书坛上与黄庭坚、米芾、蔡襄齐名，人称北宋四大书法家，说明他在书法上有相当高的造诣。苏轼也爱

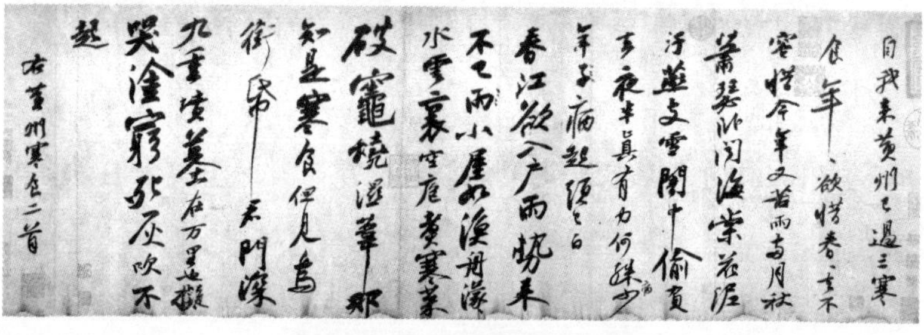

北宋·苏轼行书《寒食帖》

画，他早年曾向表兄、画家文与可学习画山水图，懂得成竹在胸方可作画的道理。苏门弟子黄庭坚有一首《题东坡竹石》诗说："怪石岑崟当路，幽篁深不见天。此路若逢醉客，应在万仞峰前。"说苏轼的竹石图画得高耸怪异，且竹深而密集，醉客走到画前，画中的竹石仿佛真在眼前。尽管他没有为画作评判，但已可以让人想到画的精美了。所以能写会画的苏轼对书画的感言，是深得其中三昧的。他这话一则说书画悦人而不足以移人，二则说留意不释则会有灾祸降临。后者固然不是对人性情的改变，但有可能是对人生行为和命运的改变。接着，苏轼又讲了四个故事：

一是钟繇吐血掘墓的故事。钟繇是三国时的书法名家，为曹魏所用，先后侍奉过汉献帝、魏文帝、魏明帝，曹魏立国时曾官至相国。相传他向同僚韦诞借蔡邕的笔法书，韦诞不借，气得钟繇吐血，是曹操用灵丹救了他的性命。韦诞死后，以笔法书陪葬，钟繇不惜令人挖开他的坟墓，终于得到了此书。

二是南朝宋孝武帝刘骏忌妒王僧虔擅书法的故事。《南齐书·王僧虔传》说：宋孝武帝想独占擅书法的名声，忌妒王僧虔的字写得太好，以致王僧虔不敢显露自己的书法才能，常用拙笔即秃笔书写，所以能为宋孝武帝所容。宋亡入齐，王僧虔曾和齐高帝萧道成论书法，萧道成曾问他："你我书法，谁是第一？"王僧虔说："我是第一，陛下也是第一。"意思是在臣我是第一，在君您是第一。萧道成笑着说："你真是会为自己盘算。"这当然是后话。不过，王僧虔并没有因为书法好而遭不测。

三是桓玄用快船装书画的故事。晋桓玄喜欢书画，当时兵连祸接，他常常用快船装着自己喜爱的书画以及服饰玩物随行。有人劝他不要如此，他说书画、服饰和玩物这些东西，最适合放在身边赏玩，如果战事紧急，情况危险，用快船容易把它们马上运走。大家听了，都不禁笑了。后桓玄因为兵乱被杀。

四是王涯复壁的故事。王涯是中唐太原人，翰林学士，做过右拾遗、兵部侍郎、检校礼部尚书、剑南东川节度使、吏部尚书等官。唐穆宗时，曾上疏论天下军事。唐文宗时官至宰相，后因甘露之变被腰斩。王涯好古能文，家藏书数万卷，“前代法书名画，人所保惜者，以厚货致之；不受货者，即以官爵致之。厚为垣窍，而藏之复壁。至是，人破其垣取之，或剔取函奁金宝之饰与其玉轴而弃之”①。

就这四个故事，苏轼下了一个结论：“皆以儿戏害其国，凶此身。此留意之祸也。”他的话说得很重，事实却并非都是如此，这一点倒是值得注意。苏轼 21 岁参加科考时，应试文章是《刑赏忠厚之至论》，他在解读《传》语“赏疑从与，所以广恩也；罚疑从去，所以慎刑也”时，说道：“当尧之时，皋陶为士。将杀人，皋陶曰‘杀之’三，尧曰‘宥之’三。故天下畏皋陶执法之坚，而乐尧用刑之宽。”相传皋陶是尧的旧臣，后在舜的手下做司法官，正天下善恶。但这话并没有依据。主考官欧阳修和梅尧臣不知出处在哪，梅尧臣曾问过苏轼，苏轼说：“想当然耳，何必须要有出处？”②后来博学的欧阳修也问过一次，苏轼说见于《三国志·孔融传》注。有心的欧阳修真的去查找，书上没有。再问，苏轼说是自己推想的，因为“曹操灭袁绍，以袁熙妻赐其子丕。孔融曰：‘昔武王伐纣，以妲己赐周公。’操惊问何经见，融曰：‘以今日之事观之，意其如此。’尧、皋陶之事，某亦意其如此”③。

---

① 刘昫等：《旧唐书·王涯传》。

② 叶梦得：《石林燕语》卷八。

③ 杨万里：《诚斋诗话》。

这些故事都有传说的色彩，可以看出苏轼有以自己的推断来作结论的特点。他如是纵观历史，无非是要说明人不可“留意于物”，一旦“留意于物”，一定是害人害己。

苏轼说了这么多，然后由远及近，即从历史回到现实，从他人走向自身。他说：

> 始吾少时，尝好此二者，家之所有，惟恐其失之，人之所有，惟恐其不吾予也。既而自笑曰：吾薄富贵而厚于书，轻死生而重于画，岂不颠倒错缪失其本心也哉？自是不复好。见可喜者虽时复蓄之，然为人取去，亦不复惜也。譬之烟云之过眼，百鸟之感耳，岂不欣然接之，然去而不复念也。于是乎二物者常为吾乐而不能为吾病。

苏轼这一段对心路历程的表白，既有人之常性，又有超越常性的地方。他身为一介文人，好书画是天性。起初的己有恐失，人有欲得，与凡人并无二致。他走过的科考、入仕道路，无论显出他多少才华，仍然只是一条凡人之路。但他后来反省：“吾薄富贵而厚于书，轻死生而重于画，岂不颠倒错缪失其本心也哉？”倒是在自我的感悟中获得了新生。

苏轼兼有儒、佛、道思想。就济世言，他受儒家思想影响很深，所以他会参与社会变革，并因自己保守的政治立场身陷囹圄，在“乌台诗案”后开启了自己被贬谪的生涯。但在个人日常生活中，他受庄子思想影响很深，被贬黄州后，又深受陶渊明的影响，有《江城子》词“梦中了了醉中醒，只渊明，是前身”的说法。苏辙说：“公之于文，得之于天。少与辙皆师先君，初好贾谊、陆贽书，论古今治乱，不为空言；既而读《庄子》，喟然叹息曰：‘吾昔有见于中，口未能言，今见《庄子》，得吾心矣。'" [1] 所以他不太看重富贵，得官不喜，失官不忧。他在这里自笑薄富贵、轻死生而重书画，实在是本末倒置了。从此他改变了对所钟爱的书画的态度，得之固喜，失之不忧。就像烟云从眼前飘过、百鸟的鸣叫声传到耳朵里，自己欣赏过了也就罢了，不再挂念。这带给他最大的好处是寓意于书画而不留意于书画，他可以尽情享受书画之乐，而没有因酷爱书画造成灾祸。

于是，苏轼说到了王晋卿。应该说，这篇文章的重心是王晋卿和他的宝绘堂，但苏轼以较多的笔墨写过往已有的"寓意于物"和"留意于物"的教训，延及自我从历史教训中悟出的道理以及采取的相应做法。这与王晋卿的宝绘堂看似没有关系，实则大有关系。因为宝绘堂是书画堂，有王晋卿所爱和珍藏的书画。苏轼说："王君晋卿虽在戚里，而其被服礼义，学问诗书，常与寒士角。平居攘去膏粱，屏远声色，而从事于书画，作宝绘堂于私第之东，以蓄其所有，而求文以为记。"他赞赏王晋卿的为人，说他虽为皇亲贵戚，所守的是礼义，所好的是学问，可享受音乐美色却主动摒弃音乐美色，与地位低下的贫寒之士平等相处。但他对书画有特殊的嗜好，所以建了宝绘堂收藏自己所有的书画。不过，他就王晋卿所好说，"恐其不幸而类吾少时之所好，故以是告之，庶几全其乐而远其病也"。他担心王晋卿走了自己年少时"留意于物"的道路，说这些话深富告诫之意，希望王晋卿只"寄意于物"而不"留意于物"，那么就可尽享得物之乐而不至于因溺物而遭祸了。

这篇文章有很强的思想逻辑，从古人到自我再到王晋卿，层层推演，自然得出人之于物当寓意而非留意的结论，于书画也是

---

① 苏辙：《亡兄子瞻端明墓志铭》。

如此。而在重“寓意于物”的时候，他又以“留意于物”作陪衬，以显“寓意于物”的意义所在。苏轼长于说理，他对王晋卿的告诫用了曲笔，在历史和自我的评说中，即使浸渍着告诫之意，却也说得婉转动人，叙事说理，均不针对王晋卿。直到最后点题，方让人觉得上述处处都在说王晋卿，了无痕迹中满是款款深情。后来，苏轼在元祐元年（1086）写过一篇《题王晋卿诗后》，感叹王晋卿受他牵累被贬武当，时饥寒穷困而能超然有世外之乐，不失为人之正而诗词益工，依然是一片深情。

【原文】

宝绘堂记

君子可以寓意于物，而不可以留意于物。寓意于物，虽微物足以为乐，虽尤物不足以为病。留意于物，虽微物足以为病，虽尤物不足以为乐。老子曰：“五色令人目盲，五音令人耳聋，五味令人口爽，驰骋田猎令人心发狂。”然圣人未尝废此四者，亦聊以寓意焉耳。刘备之雄才也，而好结髦。嵇康之达也，而好锻炼。阮孚之放也，而好蜡屐。此岂有声色臭味也哉，而乐之终身不厌。

凡物之可喜，足以悦人而不足以移人者，莫若书与画。然至其留意而不释，则其祸有不可胜言者。钟繇至以此呕血发冢，宋孝武、王僧虔至以此相忌，桓玄之走舸，王涯之复壁，皆以儿戏害其国，凶此身。此留意之祸也。

始吾少时，尝好此二者，家之所有，惟恐其失之，人之所有，惟恐其不吾予也。既而自笑曰：吾薄富贵而厚于书，轻死生而重于画，岂不颠倒错缪失其本心也哉？自是不复好。见可喜者虽时复蓄之，然为人取去，亦不复惜也。譬之烟云之过眼，百鸟之感耳，岂不欣然接之，然去而不复念也。于是乎二物者常为吾乐而不能为吾病。

驸马都尉王君晋卿虽在戚里，而其被服礼义，学问诗书，常与寒士角。平居攘去膏粱，屏远声色，而从事于书画，作宝绘堂于私第之东，以蓄其所有，而求文以为记。恐其不幸而类吾少时之所好，故以是告之，庶几全其乐而远其病也。

熙宁十年七月二十二日记。

三、初为欧阳修赏识的科考之文

——《刑赏忠厚之至论》解读

宋仁宗嘉祐二年（1057），跟随父亲苏洵从四川眉山走出来的苏轼，在京城参加了科举考试，一同参加考试的还有他弟弟苏辙及曾巩，三人都在后人所称道的北宋散文六大家和唐宋散文八大家之列。而那一年科场的主考官是欧阳修，考官有欧阳修的好友梅尧臣等人。苏轼师事欧阳修正缘于此。

这一年的考题“刑赏忠厚之至论”，说起来可以追溯到《尚书·大禹谟》。在这篇文章中，传说中的舜帝和大臣皋陶有一番对话。舜帝说用刑是期待有一天没有刑罚，皋陶提出了一个赏与罚的重要准则：“罪疑惟轻，功疑惟重。”后来，唐代的经学家孔安国为它作注，说“刑疑附轻，赏疑从重，忠厚之至”，表明他很推崇这一原则。所谓的“刑赏忠厚之至论”就是从这儿来的。这一年，苏轼21岁，弟弟苏辙19岁。

皋陶像

年轻苏轼的不凡最早为蜀州（今四川崇州）太守张方平所知，张方平一见前来拜访的苏轼父子就称之为“国士”即是明证。但真正让苏轼崭露头角的是应进士第的《刑赏忠厚之至论》，或作《省试刑赏忠厚之至论》。苏轼的这篇应试之文得到欧阳修、梅尧臣的高度赞赏，而他们最初并不知道作者是苏轼。苏辙在受哥哥苏轼之命为他写的《仁兄子瞻端明墓志铭》中提到这件事：

> 嘉祐二年，欧阳文忠公考试礼部进士，疾时文之诡异，思有以救之。梅圣俞时与其事，得公《论刑赏》，以示文忠。文忠惊喜，以为异人，欲以冠多士。疑曾子固所为（子固，文忠门下士也），乃置公第二。

欧阳文忠即欧阳修，“文忠”是他死后的谥号，圣俞是梅尧臣的字，子固是曾巩的字。这话褒奖苏轼，人不以为过。其中透露出好韩愈古文的欧阳修和诡异时文“太学体”之间的冲突。苏轼早年的生活与欧阳修没有交集，理应受欧阳修文风影响的可能性不大，他的文风之所以与欧阳修的古文风气相吻合，得力于习《孟子》的笔法。曾在北宋做过翰林学士、吏部尚书的叶梦得在《石林燕语》就说：

> 苏子瞻自在场屋，笔力豪骋，不能屈折于作赋。省试时，欧阳文忠公锐意欲革文弊，初未之识。梅圣俞作考官，得其《刑赏忠厚之至论》，以为似《孟子》。

《孟子》之文平易而畅快淋漓，苏轼早年是草野之民，不可能去作馆阁的“太学体”之文，而受孟子之文的影响是很自然的事。不过，苏轼说自己受了欧阳修影响。他在应试之后对梅尧臣说，自己七八岁时开始读书，就知道天下有欧阳修，知道他继承的是孟子、韩愈的古文传统，“读其文词，想见其为人”[1]。当然，欧阳修对他的赏识，蕴含了对文体、文风革新的追求。苏辙说，苏轼在录取时受了一点委屈，本可名列第一的，因为欧阳修怀疑是自己弟子曾巩写的，为了避嫌，让这篇文章名列第二，谁知放榜后此文作者不是曾巩而是他并不知名的眉山苏轼。这实为欧阳修的憾事。

苏轼榜上有名，内心是很自得的。他在《上梅直讲书》中说欧阳修、梅尧臣亲自考他，梅尧臣认为他的文章有孟子之风，欧阳修认为他能够不为世俗之文。而他自己想到十多年闻欧阳修之名而不得见，居然“一朝为知己”，说道：“人不可以苟富贵，亦不可以徒贫贱，有大贤焉为其徒，则亦足恃矣。”很高兴能够就此居于欧阳修门下，何况“苟其侥一时之幸，从车骑数十人，使闾巷小民聚观而赞叹之，亦何以易此乐也”。这种自得之乐倒让人想起中唐的孟郊在金榜题名后写下《登科后》吟出“春风得意马蹄疾，一日看尽长安花”，似乎人生快意莫过于此了。

《刑赏忠厚之至论》是典型的命题作文，题意取之经传，顺其意而作文则是作文者自家的本事。苏轼论“刑赏忠厚”，下笔叙史而说仁爱。所谓见于虞、夏、商、周之书的尧、舜、禹、汤、文、武、成、康之际的“爱民”与“忧民”，都本于仁爱，清人二吴很称道这个开头，说这“正是忠厚处，一篇主意，在此一句”[2]。也是，刑赏忠厚还是不忠厚，取决于施刑赏者用心仁爱还是不仁爱。以此为基点，苏轼没有泛泛而论，而是紧扣赏与罚或者说是赏与刑，来说对于赏刑的基本立场。按理，很难用一句话

---

① 苏轼:《上梅直讲书》。

② 吴楚材、吴调侯:《古文观止》。

来概括尧、舜、禹、汤等人的处理方法，但苏轼以自己不无想象的推断下了结论，说他们："有一善，从而赏之，又从而咏歌嗟叹之，所以乐其始而勉其终。有一不善，从而罚之，又从而哀矜惩创之，所以弃其旧而开其新。"这话很有意味。

赏善之后的"咏歌嗟叹"，追求乐始而勉终的社会效果，正是向善且普遍地劝善，希望行善者继续努力，号召他人见善思齐，这是人们乐见或说期盼的事。而刑罚之后的"哀矜惩创"，又是在寄予同情中希望被刑罚者能够警醒，不再重犯过错，真正能够弃旧开新，重新做人。他人也能够见不善而内自省，仍然是要人做一个善人。虽说苏轼此后人生坎坷，仕途波折，但他对人生始终充满善意。他在叩击科举之门的时候，纵观史书，从先圣前贤或赞许或批评的喟叹声中，感受到的是"欢休惨戚"，快乐与忧伤同在。苏轼说这种情形在周成王、周康王之后变了，成、康之后，周道衰微，尽管如此，仍然是"祥刑"即用刑详审谨慎，刑罚是不随便用的。只是说和以前满是仁爱的前辈略有不同，但仍然能够"忧而不伤，威而不怒，慈爱而能断，恻然有哀怜无辜之心，故孔子犹有取焉"。苏轼对其中的慈爱与哀怜是赞同的，因为刑赏的忠厚在，他还说孔子的仁爱忠厚之道就是从这里延伸过来的。孔子没有直接说过"忠厚"，但有另一个很重要的词——"忠恕"。一次，孔子对弟子曾参说："吾道一以贯之。"曾参说："是。"后来有其他弟子问曾参，老师说的"吾道一以贯之"是什么意思？曾参说："夫子之道，忠恕而已矣。"[①]"忠恕"与"忠厚"之道有别，但"恕"包容有为人宽厚之义。

苏轼这一段纵论历史上赏与刑的话是全文的基础，但他在论

---

① 《论语·里仁》。

述刑赏忠厚的时候，虽说以经传之言为依据，但取证时实在有点率性而行。他解读《传》语“赏疑从与，所以广恩也；罚疑从去，所以慎刑也”时，说：“当尧之时，皋陶为士。将杀人，皋陶曰‘杀之’三，尧曰‘宥之’三。故天下畏皋陶执法之坚，而乐尧用刑之宽。”皋陶是尧的旧臣，后在舜的手下做司法官，正天下善恶。苏轼侃侃而谈，把欧阳修和梅尧臣都弄蒙了。上面提及的叶梦得《石林燕语》还说苏轼的这篇应试之文：

> 然中引皋陶曰“杀之”三，尧曰“宥之”三，事不见所据，亟以示文忠，大喜。往取其赋，则已为他考官所落矣，即擢第二。及放榜，圣俞终以前所引为疑，遂以问之。子瞻徐曰：“想当然耳，何必须要有出处？”圣俞大骇，然人已无不服其雄俊。

这番话有两点值得注意。一是当时苏轼之文“已为他考官所落矣”，表明当时的考官里有不同的看法，梅尧臣赏识，欧阳修亦赏识，只代表了一派的立场。幸运的是欧阳修为主考官，不然的话，苏轼很有可能名落孙山。二是苏轼文中说的“皋陶曰‘杀之’三，尧曰‘宥之’三”，依据是什么？梅尧臣和欧阳修都是当时的博学之士，梅尧臣不知道，问苏轼，苏轼居然说“想当然耳，何必须要有出处？”这足以让梅尧臣惊讶不已。

这一疑惑，欧阳修也不能释怀，南宋杨万里在《诚斋诗话》里记载：苏轼考上进士之后，登门去感谢欧阳修，欧阳修也问他“皋陶曰‘杀之’三，尧曰‘宥之’三”见于何书。苏轼说，见于《三国志·孔融传》注。等苏轼离开后欧阳修去查阅，却不见记载。改日欧阳修再问苏轼。苏轼说：“曹操灭袁绍，以袁熙妻赐其子丕。孔融曰：‘昔武王伐纣，以妲己赐周公。’操惊问何经见，融曰：‘以今日之事观之，意其如此。’尧、皋陶之事，某亦意其如此。”欧阳修也惊讶不已，并感叹道：“此人可谓善读书，善用书，他日文章，必独步天下。”

这些话很有传奇的色彩，话虽这么说，但不实的依据很影响说理的力度，好在“赏疑从与，所以广恩也；罚疑从去，所以慎刑也”的道理甚明，人们在享受阅读快感时少有深究。

苏轼又举了四岳和鲧的例子，他的话说得不是太透，司马迁在《五帝本纪》中有记载，尧之时天下洪水泛滥，四岳推举鲧治水，尧说鲧不可用，因为鲧“方命圮族”即抗命灭族。后来四岳坚持自己的意见，尧同意试用。结果鲧治洪水失败，后被杀死于羽山的脚下。苏轼说人们高兴尧用刑之宽，而尧又愿意用有毛病的鲧治水，都是“忠厚”之意，以见广恩慎刑。

苏轼的话没说完，他又引用了《尚书·大禹谟》的“罪疑惟轻，功疑惟重。与其杀不辜，宁失不经”来表明自己的刑赏忠厚观。这里的“宁失不经”之“经”指通常的法则、法度，也就是说，为了刑赏的审慎，罪有疑的从轻，功有疑的从重，对于把握不准的赏与刑，宁可不遵循通常的法度，也要从宽处置，这当然是刑赏忠厚的体现。吴楚材、吴调侯就说：“罪可疑者，则从轻以罚之；功可疑者，则从重以赏之。法可以杀可以无杀者，与其杀之而害彼之生，宁姑生之而自受失刑之责。”

苏轼从这里申发开去，以忠厚为基点提出一个原则：“可以赏，可以无赏，赏之过乎仁；可以罚，可以无罚，罚之过乎义。过乎仁，不失为君子；过乎义，则流而入于忍人。故仁可过也，义不可过也。”显然，他是主张在可赏可不赏时，赏；在可罚可不罚之时，不罚。本来，过赏与过罚都不好，过赏容易导致滥赏，过罚容易导致谬罚，以致坏了法度。苏轼是儒者，和主张严刑峻法的韩非大不相同。韩非说："明主之治国也，明赏则民劝功，严刑则民亲法。劝功则公事不犯，亲法则奸无所萌。"[①] 在他那里，制订法令与执行法令都没有松动的余地。苏轼则用仁、义来权衡，刑罚固然不能够超越法度，赏赐就可以超越法度吗？不过，苏轼是希望做君子的人，过赏，依旧是君子；过罚，则是狠毒残忍的人。人怎么能够狠毒残忍呢？

进而苏轼说："古者赏不以爵禄，刑不以刀锯。"赏赐以爵禄，是赏赐的极点；刑罚以刀锯，是刑罚的极致。古代不这样做，有不这样做的道理。道理在于"赏之以爵禄，是赏之道行于爵禄之所加，而不行于爵禄之所不加也；刑之以刀锯，是刑之威施于刀锯之所及，而不施于刀锯之所不及也。"他所提出的是随后的"胜赏"与"胜刑"的问题，既然爵禄不能胜赏即奖赏不完，刀锯不能胜刑即处罚不完，那么前者的奖赏和鼓励作用有限，后者的处罚和惩戒作用有限，怎么办呢？苏轼指出一条道路："疑则举而归之于仁，以君子长者之道待天下，使天下相率而归于君子长者之道。"这条道路被他称为君子长者之道，其内核是仁爱，那么刑赏忠厚之至就是以仁爱治天下。

这就照应了文章的开头，文章开头称道尧、舜、禹、汤、文、武、成、康之道，批评成、康之后周道的衰微，落实到他自己论述的刑赏忠厚之至上，可以感受到他的复古倾向。他言及孔子，说孔子对成、康之后的仁爱有所取，难免让人想到孔子说的"克己复礼为仁，一日克己复礼，天下归仁焉"[②]。这时候的苏轼还没有进入仕途，其奉行儒家思想就已露端倪。他后来还写过一篇《儒

---

① 《韩非子·心度》。

② 《论语·颜渊》。

者可与守成论》，观点源自西汉叔孙通说的“儒者难以进取，可与守成”，这在司马迁《史记·叔孙通列传》中有记载。苏轼在文章中说：“夫武夫谋臣，譬之药石，可以伐病，而不可以养生。儒者譬之五谷，可以养生，而不可以伐病。宋襄公争诸侯，不禽二毛，不鼓不成列，以败于泓，身夷而国蹙。此以五谷伐病者也。秦始皇焚诗书，杀豪杰，东城临洮，北筑辽水，民不得休息，传之二世，宗庙芜灭。此以药石养生者也。善夫贾生之论曰：‘仁义不施，而攻守之势异也。’”这里的武夫谋臣和儒者之喻都很有意味，在苏轼看来，前者能治病而不能养生，后者能养生而不能治病。这只是比喻，用于国家，可以说前者能够打天下，而后者能够守天下。他举了春秋时宋襄公和秦王朝秦始皇的例子。宋襄公用仁爱行攻伐，在泓水之战中，本可取胜的他却被楚军打得大败。而秦始皇用攻天下之术守天下，最终导致了秦王朝二世而终。后来，西汉文帝时的贾谊写了《过秦论》上、中、下三篇，其上篇批评秦始皇在攻天下变成守天下之后，该施行仁义而不施行仁义，结果迅速有了秦王朝灭亡的悲剧。

嘉祐二年（1057），宋仁宗执政已经35年，距离他走下历史舞台只剩6年，北宋开始走下坡路了。不知道这年科考命题让士子谈刑赏忠厚之至有怎样的用心，对于苏轼来说则是一种偶然。这一偶然让苏轼有自我思想的表白机会，让人们看到了他在政治上的基本取向。后来他在宋神宗熙宁四年（1071）上万言书苦心劝告宋神宗“结人心、厚风俗、存纪纲”[①]，反对王安石急促变法，也是因为他的仁爱之心。这影响了他一生的命运，好在他能够随遇而安，因苦作乐。

---

① 苏轼:《上神宗皇帝书》。

苏轼在文章的最后引了《诗经》里的两句诗："君子如祉，乱庶遄已。君子如怒，乱庶遄沮。"说的是君子如果高兴，能迅速平息混乱；君子如果愤怒，能迅速阻止混乱。这两句诗好像跟苏轼谈的刑赏忠厚没有什么关系，但苏轼从中看到的是君子凭什么可以止乱，并不是有什么特异的方法，而是察人喜怒而怀有仁爱之心。他又说"《春秋》之义，立法贵严，而责人贵宽"。关键是"因其褒贬之义以制赏罚，亦忠厚之至也"。文章至此就戛然而止了。因对人的褒贬来制订赏罚的规则或法令，这就是忠厚的最高境界啊！苏轼是这样认为的，但话说到这里，想想苏轼的命运，读者也许会陷于沉思。

《刑赏忠厚之至论》的思想逻辑环环相扣，苏轼站在历史的基点上说着历史，却又像是借历史说着现实。欧阳修和梅尧臣都盛赞其文的精妙，为他文章的神思妙想、充沛气势和畅达语言所感动，而没有对苏轼的仁爱思想加以评说，殊不知这一思想成为苏轼日后言行的圭臬，深刻地影响了他的一生。

【原文】

刑赏忠厚之至论

尧、舜、禹、汤、文、武、成、康之际，何其爱民之深，忧民之切，而待天下以君子长者之道也。有一善，从而赏之，又从而咏歌嗟叹之，所以乐其始而勉其终。有一不善，从而罚之，又从而哀矜惩创之，所以弃其旧而开其新。故其吁俞之声，欢休惨戚，见于虞、夏、商、周之书。成、康既没，穆王立，而周道始衰，然犹命其臣吕侯，而告之以祥刑。其言忧而不伤，威而不怒，慈爱而能断，恻然有哀怜无辜之心，故孔子犹有取焉。

《传》曰："赏疑从与，所以广恩也；罚疑从去，所以慎刑也。"当尧之时，皋陶为士。将杀人，皋陶曰"杀之"三，尧曰"宥之"三。故天下畏皋陶执法之坚，而乐尧用刑之宽。四岳曰"鲧可用"，尧曰"不可，鲧方命圮族"，既而曰"试之"。何尧之不听皋陶之杀人，而从四岳之用鲧也？然则圣人之意，盖亦可见矣

《书》曰："罪疑惟轻，功疑惟重。与其杀不辜，宁失不经。"呜呼！尽之矣。可以赏，可以无赏，赏之过乎仁；可以罚，可以无罚，罚之过乎义。过乎仁，不失为君子；过乎义，则流而入于忍人。故仁可过也，义不可过也。

古者赏不以爵禄，刑不以刀锯。赏之以爵禄，是赏之道行于爵禄之所加，而不行于爵禄之所不加也；刑之以刀锯，是刑之威施于刀锯之所及，而不施于刀锯之所不及也。先王知天下之善不胜赏，而爵禄不足以劝也；知天下之恶不胜刑，而刀锯不足以裁也。是故疑则举而归之于仁，以君子长者之道待天下，使天下相率而归于君子长者之道。故曰：忠厚之至也。

《诗》曰："君子如祉，乱庶遄已。君子如怒，乱庶遄沮。"夫君子之已乱，岂有异术哉？时其喜怒，而无失乎仁而已矣。《春秋》之义，立法贵严，而责人贵宽。因其褒贬之义以制赏罚，亦忠厚之至也。

四、圯上老人之举的独有见地

——《留侯论》解读

宋仁宗嘉祐二年（1057），走出四川眉山的苏轼和弟弟苏辙赴京应试，居然同时中了进士，这让他们的父亲苏洵兴奋不已。苏洵在前一年路过成都时，曾上书益州（今四川成都）知州张方平，说自己懒钝，荒废于世倒也罢了，实在不忍心让两个儿子的才华被埋没，请张方平引荐。而两个儿子终不负他的苦心，均金榜题名。相传得知消息的苏洵忍不住吟道："莫道登科易，老夫如登天；莫道登科难，小儿如拾芥。"人生颇有失意之感的苏洵，因为两个儿子的杰出表现实在是有点喜形于色了。

然而，当时兴高采烈的不仅有苏洵，还有苏氏兄弟的主考官欧阳修。那时，欧阳修以翰林学士的身份知贡举，他素好韩愈古文，对当时流行的新奇险怪的"太学体"之文深恶痛绝，苏氏兄弟恰好在这时候出现了。欧阳修在《与焦殿丞千之》一信中，情难自禁地说："苏氏昆仲，连名并中，自前未有，盛事，盛事！"那时，苏轼给同为考官的梅尧臣写了一封答谢信，信中说："夫惟简且约，故天下之士皆敦朴而忠厚；详且难，故天下之士虚浮而矫激……轼长于草野，不学时文，词语甚朴，无所藻饰。意者执事欲抑浮剽之文，故宁取此以矫其弊。人之幸遇，乃有如此。"[①] 本

① 苏轼:《谢梅龙图书》。

来对苏轼应试之文《刑赏忠厚之至论》大为赞赏的欧阳修，读到苏轼这封信后，对梅尧臣说："读轼书，不觉汗出，快哉，快哉！老夫当避路，放他出一头地也。"[①] 欧阳修还给仁宗皇帝上了《举苏轼应制科状》，说苏轼"学问通博，资识明敏，文采烂然，论议蜂出，其行业修饬，名声甚远"，特举荐苏轼应试"材识兼茂明于体用科"。

这一时期的苏轼意气风发，他写了一批纵论古今政治和人物的文章，彰显自己深沉的社会之思和政治谋略，如《儒者可与守成论》《物不可以苟合论》《礼义信足以成德论》《宋襄公论》《秦始皇帝论》《魏武帝论》等，其中就有《留侯论》。

留侯即西汉高祖刘邦的谋臣张良，字子房，其先祖是战国时韩国人，祖父和父亲曾为韩臣。韩为秦灭，张良收买刺客以铁锤在博浪沙狙击东游的秦始皇，误中秦始皇侍从的车子，秦始皇因之大怒，大肆搜捕刺客，张良隐居下邳。陈胜、吴广起兵大泽乡，天下反秦，张良投奔刘邦，为刘邦出谋划策，在刘项之争中功勋卓著。刘邦登基称帝后，让他自择齐地三万户作为封邑，张良说："始臣起下邳，与上会留，此天以臣授陛下。陛下用臣计，幸而时中，臣愿封留足矣，不敢当三万

张良像

① 欧阳修：《与梅圣俞四十六通》其三十。

户。”[1] 于是，刘邦封张良为留侯。此后，张良除因吕后强邀佐其阻止刘邦易太子之外，不问世事，简朴度日，得以善终。

留侯张良一生在刘邦左右，数历重大事件，如咸阳之破、鸿门之宴、荥阳之围、太子之争等，可评说的事甚多，苏轼的《留侯论》却只从司马迁的《史记·留侯世家》中拎出一件小事，纵论历史成败。这件小事说的是张良隐居下邳时，有一天在“圯上”即桥上漫步，一位穿着粗布衣服的老人走到张良面前，故意将自己的鞋子掉到桥下，喝令张良把他的鞋子拾上来，又令张良给他穿上，然后扬长而去，让强忍怒火的张良惊愕不已。不料老人走了一里左右又折回来，对张良说“孺子可教”，令张良五天后天刚亮时在这儿相见。张良前两次迟到，老人均责令他过五天再来，最后，老人交给他一部《太公兵法》，并说：“读此则为王者师矣。后十年兴。十三年孺子见我济北，谷城山下黄石即我矣。”[2] 张良熟读《太公兵法》，后来果然成为汉高祖刘邦的军师。

苏轼的《留侯论》就是论说这件事。他撇开司马迁在《留侯世家》里感慨圯上老人见张良之事太奇怪不谈，也不提司马迁说张良后来随高祖刘邦到济北，果然见到了谷城山下的黄石（圯上老人因此也被人称为“黄石公”）之事，还批评了世人以圯上老人为鬼物的荒谬。在他看来，圯上老人理应是秦始皇时代的隐士，因为“观其所以微见其意者，皆圣贤相与警戒之义”。这正是苏轼与世俗之见根本不同的地方，让这事回归于人，褪去了神秘的色彩。苏轼之见更不同于世俗的是，世俗莫不认为留侯张良能够运策于帷幄之内，决胜于千里之外，得力于《太公兵法》，这也

---

① 司马迁：《史记·留侯世家》。

② 司马迁：《史记·留侯世家》。

是有先例的。战国时，洛阳人苏秦游说秦惠王连横以斗诸侯不成，回家揣摩《太公兵法》，继而主张合纵抗秦，一时间天下皆决于苏秦之策。而苏轼说圯上老人“其意不在书”，老人送书给张良其意当在书，否则怎会说“读此则为王者师”？但苏轼说“不在”，他从中看到的是张良“忍”与“不忍”。这一“独见”很受后人称道，清人二吴评说：“人皆以受书为奇事，此文得意在‘且其意不在书’，一句撇开，拿定‘忍’字发议。滔滔如长江大河，而浑浩流转，变化曲折之妙，则纯以神行乎其间。”[①]

《留侯论》开篇说：“古之所谓豪杰之士者，必有过人之节。人情有所不能忍者，匹夫见辱，拔剑而起，挺身而斗，此不足为勇也。天下有大勇者，卒然临之而不惊，无故加之而不怒，此其所挟持者甚大，而其志甚远也。”这是苏轼立论的基础。他在这里说到两种人，一是有过人之节的豪杰，这种人能“忍”，猝然临之、无故加之，可以泰然处之，不为所动；另一种人是常见的匹夫，这种人不能“忍”，猝然临之、无故加之，则会拔剑而起，挺身而斗。二者不同的表现在苏轼看来，取决于彼此的志向，志大者能忍，志小者不能忍。他正是以此来考量张良行事的。

远观西汉以前的历史，苏轼引了春秋时期两则能“忍”的例证。一则是鲁宣公十二年（前597），楚庄王伐郑，郑襄公知道力不敌楚，光着上身，牵着羊在大路上迎接楚庄王，表示将率子民唯命是听，楚庄王说：“其君能下人，必能信用其民矣。”郑襄公能忍，避免了亡国之灾，且与楚签订了和约。二则是吴王夫差灭越，越王勾践降身事吴，男人为吴之臣仆，女人为吴之妾婢，卧薪尝胆，最终灭吴。所以，在苏轼心目中，“忍”何尝不是一种

---

① 吴楚材、吴调侯：《古文观止》。

政治方略呢？胸怀大志者能忍，是因为政治上的需求。

苏轼看张良，将他与伊尹、太公相比。伊尹名挚，商汤的重臣，佐汤伐夏桀，灭夏而建立商王朝；太公即太公望吕尚，周武王师，佐周武王伐商纣王，灭商而建立周王朝。苏轼觉得张良应该是伊尹、太公的同道，怎么可以将自己归于荆轲、聂政之流呢？荆轲是战国时卫国人，好读书击剑，受雇于燕太子丹赴秦庭刺杀秦王嬴政，易水之别，“风萧萧兮易水寒，壮士一去兮不复还”，何其悲壮！图穷而匕首见，荆轲终为秦王所杀。聂政，韩国轵（今河南济源轵城镇）人，本避仇而居齐以屠宰为业，有感韩国严仲子的知遇之恩，为严仲子刺杀了韩相侠累，后惨烈自杀。韩为秦所灭时，张良年少，他原本想做的正是荆轲、聂政这样的人，所以倾尽家财谋求刺客，得一大力士用重达120斤的铁锤狙击秦始皇。苏轼说，那时候的张良不过是一介匹夫，在一个很不恰当的时候，贸然行事，殊不知，“当韩之亡，秦之方盛也，以刀锯鼎镬待天下之士，其平居无罪夷灭者，不可胜数。虽有贲、育，无所复施。夫持法太急者，其锋不可犯，而其势未可乘。子房不忍忿忿之心，以匹夫之力而逞于一击之间。当此之时，子房之不死者，其间不能容发，盖亦已危矣”。他这里提到的“贲、育”即古代著名的勇士孟贲和夏育，想表达的是即使你张良有孟贲、夏育那样的力量，都不足以刺杀秦始皇，何况你张良并不具有这样的能力呢？张良刺杀不成，侥幸逃生。

苏轼的话说得很实在，他据此推测圯上老人不赞同张良轻身犯险的刺客行径，老人所做的正是要让张良从不能“忍”变为能“忍”，或说让张良完成从匹夫到豪杰的转化。其前提则是老人认为张良有盖世之才，所以老人“倨傲鲜腆而深折之”，既令张良下桥取鞋，为他穿鞋；又一责张良迟到，令五天后再来，二责张良迟到，复令五天后再来。所以，苏轼说："夫老人者，以为子房才有余，而忧其度量之不足，故深折其少年刚锐之气，使之忍小忿而就大谋。"话虽如是说，但刺杀秦始皇失败与圯上老人的傲慢都深折张良的刚锐之气，二者之间无论是对象、环境、条件都有太大的差异，可比性甚小。不过，苏轼强调的是猝然临之、无故加之，圯上老人与张良素昧平生，又是偶遇于草野之间，却让张良蒙受了这样的羞辱。

张良经圯上老人的用心调教，从不能忍到能忍，方能辅佐刘邦打天下。苏轼说："观夫高祖之所以胜，而项籍之所以败者，在能忍与不能忍之间而已矣。"这胜败之理却不像刘邦自我的认知。《史记·高祖本纪》记载：汉高祖五年（前 202）五月，刘邦在洛阳南宫大宴群臣，令麾下列侯诸将各陈己见，据实报告他得天下和项羽失天下的原因。他的部将高起、王陵说：陛下傲慢而好羞辱人，项羽则仁而爱人。陛下能得天下主要是攻城略地之后能够与天下同利，而项羽则嫉贤妒能，战胜不封功，得地不分利，所以失了天下。刘邦说，你们只知其一，不知其二。"夫运筹策帷帐之中，决胜于千里之外，吾不如子房。镇国家，抚百姓，给馈饟，不绝粮道，吾不如萧何。连百万之军，战必胜，攻必取，吾不如韩信。此三者，皆人杰也，吾能用之，此吾所以取天下也。项羽有一范增而不能用，此其所以为我擒也。"刘邦的肺腑之言也符合他得天下的实际，他本为泗水亭长，不长于文韬武略，全赖张良、萧何、韩信等人筹谋献策或攻城野战。苏轼并非不知道刘邦的历史，他著有《汉高帝论》《论项羽范增》，足见他对楚汉相争的熟知。但他没有顾及刘邦的自我看法，仍在能忍与不能忍上做文章。

他说："项籍唯不能忍，是以百战百胜而轻用其锋；高祖忍之，养其全锋而待其弊，此子房教之也。当淮阴破齐而欲自王，高祖发怒，见于词色。由此观之，犹有刚强不忍之气，非子房其谁全之？”他这话未尝没有道理，《史记·项羽本纪》记载：“楚汉久相持未决，丁壮苦军旅，老弱罢转漕。项王谓汉王曰：‘天下匈匈数岁者，徒以吾两人耳，愿与汉王挑战决雌雄，毋徒苦天下之民父子为也。’汉王笑谢曰：‘吾宁斗智，不能斗力。’项王令壮士出挑战。汉有善骑射者楼烦，楚挑战三合，楼烦辄射杀之。项王大怒，乃自被甲持戟挑战。”这说的是两桩事，前者是项羽不能“忍”而寻战，后者是项羽不能“忍”而挑战。他的不能“忍”有恃军力强盛的因素，不欲待刘邦羽翼丰满，也是一种战略，显露出他好战威猛的性格和急于求成的心态。同时，刘邦的“宁斗智，不能斗力”则是有意回避项羽的武力锋芒，真的是在“养其全锋而待其弊”。苏轼说刘邦有“刚强不忍之气”也不错，他一生动怒并不少见，苏轼提到的淮阴侯韩信破齐时刘邦发怒，是因为刘邦当时在荥阳为项羽所困，情势危急，盼望韩信率兵解围。而韩信平定了齐地，派使者送信给刘邦，说齐人伪诈多变，不好管理，请求封他为“假齐王”即代理齐王。刘邦看完信，怒骂：“吾困于此，旦暮望若来佐我，乃欲自立为王！”这时，张良、陈平悄声劝刘邦息怒，说此时形势不利，怎么阻止得了韩信称王，不如立他为齐王，以免生变。刘邦顿时醒悟，改口骂道：“大丈夫定诸侯，即为真王耳，何以假为？”[1] 派张良去封韩信为齐王。

的确，张良帮助了刘邦，刘邦攻破咸阳以后，欲尽享秦宫室之帷帐、狗马、重宝，张良劝刘邦采纳樊哙的意见，不图安乐，还军霸上，并约法三章；郦食其劝刘邦称霸而立六国之后，张良

---

① 司马迁：《史记·淮阴侯列传》。

劝刘邦放弃，说一旦立六国之后，天下游士各归其主，谁来帮助你取天下呢？刘邦从之。诸如此类，都存在忍的元素，果真是“非子房其谁全之”。但从根本上说，苏轼所论留侯之不能忍与能忍，主要还是政治上的谋划。所谓豪杰之士猝然临之而不惊，无故加之而不怒，当为放眼长远而忍一时之忿。张良不能忍受秦灭韩而雇刺客，忍受圯上老人的羞辱而用十年时间研读《太公兵法》，未必不是因前者的挫败方有后者的潜心专一。只是说苏轼有意在“忍”字上做文章，无形中夸大了忍的作用，其实忍是与长远的谋划紧密相连的，没有后者，所谓的“忍”可能是单纯的懦弱退让，一无所成。同时，苏轼虽是借此谈论政治方略，但其中也蕴含了深厚的人生哲理，社会生活纷繁复杂，凡事逞一时之气，终难有大的成就，甚至可能危及自己。这倒是人人应该警惕的。

话说回来，《留侯论》写得很有气势。苏轼曾说：“吾文如万斛泉源，不择地皆可出，在平地滔滔汩汩，虽一日千里无难。及其与山石曲折，随物赋形，而不可知也。所可知者，常行于所当行，常止于不可不止，如是而已矣。”[①] 这是为文的最佳境界，思如泉涌而又不受外界影响，准确表达或描摹以呈现出自然而然的状态，这在他的《凌虚台记》《前赤壁赋》《潮州韩文公庙碑》等文中有很完美的表现。他论留侯张良重说理，以“忍”贯通全篇，神沛气足，同样是行于所当行，止于不可不止。人或说他受孟子散文的影响，重文章的气势和逻辑的推演。但孟子的逻辑常是自设前提，其推导事理的过程往往是假设的。苏轼则是纵论历史事件和人物，所重的是以史为据，使其所论沉稳而坚实，其所说之理，常能出人意表，是他思想深刻、不囿俗见的表现。有趣的是，

① 苏轼:《自评文》。

他在这篇力透纸背的文章最后，以“太史公疑子房以为魁梧奇伟，而其状貌乃如妇人女子，不称其志气。呜呼！此其所以为子房欤”作结，这虽然用了司马迁对张良的评说，但此前读者在《留侯论》里更多感受到的是张良的英武，却不料有这样一个温柔的收束。司马迁的感慨意在人不可貌相，错想了张良的模样。苏轼反其意说正当如此，张良才不同凡俗。如此，也让苏轼《留侯论》跌宕起伏，张弛有致而余味盎然，再次不同一般。

【原文】

留侯论

古之所谓豪杰之士者，必有过人之节。人情有所不能忍者，匹夫见辱，拔剑而起，挺身而斗，此不足为勇也。天下有大勇者，卒然临之而不惊，无故加之而不怒，此其所挟持者甚大，而其志甚远也。

夫子房受书于圯上之老人也，其事甚怪。然亦安知其非秦之世有隐君子者出而试之？观其所以微见其意者，皆圣贤相与警戒之义；而世不察，以为鬼物，亦已过矣。且其意不在书。

当韩之亡，秦之方盛也，以刀锯鼎镬待天下之士，其平居无罪夷灭者，不可胜数。虽有贲、育，无所复施。夫持法太急者，其锋不可犯，而其势未可乘。子房不忍忿忿之心，以匹夫之力而逞于一击之间。当此之时，子房之不死者，其间不能容发，盖亦已危矣。千金之子，不死于盗贼，何者？其身之可爱，而盗贼之不足以死也。子房以盖世之才，不为伊尹、太公之谋，而特出于荆轲、聂政之计，以侥幸于不死，此圯上老人所为深惜者也。是故倨傲鲜腆而深折之。彼其能有所忍也，然后可以就大事，故曰：

"孺子可教也。"

楚庄王伐郑，郑伯肉袒牵羊以逆。庄王曰："其君能下人，必能信用其民矣。"遂舍之。勾践之困于会稽，而归臣妾于吴者，三年而不倦。且夫有报人之志，而不能下人者，是匹夫之刚也。夫老人者，以为子房才有余，而忧其度量之不足，故深折其少年刚锐之气，使之忍小忿而就大谋。何则？非有平生之素，卒然相遇于草野之间，而命以仆妾之役，油然而不怪者，此固秦皇之所不能惊，而项籍之所不能怒也。

观夫高祖之所以胜，而项籍之所以败者，在能忍与不能忍之间而已矣。项籍唯不能忍，是以百战百胜而轻用其锋；高祖忍之，养其全锋而待其弊，此子房教之也。当淮阴破齐而欲自王，高祖发怒，见于词色。由此观之，犹有刚强不忍之气，非子房其谁全之？

太史公疑子房以为魁梧奇伟，而其状貌乃如妇人女子，不称其志气。呜呼！此其所以为子房欤！

五、贾谊命运悲剧的新诠释

——《贾谊论》解读

贾谊像

欧阳修写过一篇《贾谊不至公卿论》，是针对班固在《汉书·贾谊传》中说的“谊亦天年早终，虽不至公卿，未为不遇”发论。他认为贾谊之才与所论之事，可任公卿，之所以官不至公卿，甚至被流贬而死，主要是汉文帝做皇帝的时间太短，而那些出身于战场或商贩的宿臣老将不明大体，以致贾谊遭贬，实在令人叹息。他说班固应当批评汉文帝疏远了贤臣，痛惜贾谊不为朝廷所用才是。说他“天年早终”，可他年纪轻轻就夭折了，哪里能说是“天年”呢？欧阳修是为贾谊鸣不平，在他看来贾谊实为不遇，如果他人生有幸，得遇明主，那他的功绩可与伊尹、管仲相比，而汉文帝也可与周成王、周康王比肩了。

司马迁《史记·贾生列传》中记载：贾谊，河南洛阳人，18岁时因为能诵诗、善写文章而在郡中闻名。后得善治地方的河南守吴廷尉荐举，汉文帝召贾谊为博士，并有了下面的故事：

> 是时贾生年二十余，最为少。每诏令议下，诸老先生不能言，贾生尽为之对，人人各如其意所欲出。诸生于是乃以为能，不及也。孝文帝说之，超迁，一岁中至太中大夫。贾生以为汉兴至孝文二十余年，天下和洽，而固当改正朔，易服色，法制度，定官名，兴礼乐，乃悉草具其事仪法，色尚黄，数用五，为官名，悉更秦之法。孝文帝初即位，谦让未遑也。诸律令所更定，及列侯悉就国，其说皆自贾生发之。于是天子议以为贾生任公卿之位。绛、灌、东阳侯、冯敬之属尽害之，乃短贾生曰："洛阳之人，年少初学，专欲擅权，纷乱诸事。"于是天子后亦疏之，不用其议，乃以贾生为长沙王太傅。

这是关于贾谊得意与失意最集中的记述。贾谊做了长沙王太傅之后，上任途中曾在湖南汨罗凭吊屈原而作了《吊屈原赋》，后在长沙有感地势低下潮湿，觉得自己待在这里是活不长的，又写了《鹏鸟赋》抒怀，感慨人生，学庄子超然看轻生死，但骨子里还是入世心重。一年后汉文帝召他进京，他以为会得到重用，不意汉文帝向他询问鬼神之事，随后令他担任自己的小儿子梁怀王的太傅。后来，梁怀王不幸骑马时摔死了，贾谊自感失职，忧郁而终，享年33岁。

司马迁对贾谊的遭遇充满了同情，他把贾谊和战国晚年楚国投水而死的三闾大夫屈原放在一起，作《屈原贾生列传》。并说："余读《离骚》《天问》《招魂》《哀郢》，悲其志。适长沙，观屈原所自沉渊，未尝不垂涕，想见其为人。及见贾生吊之，又怪屈原以彼其材，游诸侯，何国不容，而自令若是。读《鹏鸟赋》，同死生，轻去就，又爽然自失矣。"这番对屈原和贾谊两人的评价，重心在屈原，但延及贾谊，让人感受贾谊对屈原的态度，从而想到他类似屈原的遭遇。至于贾谊《鹏鸟赋》表现出"同死生，轻去就"的庄子式人生态度，司马迁说他读后若有所失，也许是对自己遭遇"李陵之祸"的人生悲剧有所反思。这且不论，只说东汉班固的《汉书·贾谊传》袭用了《史记·贾生列传》的内容，并略有增补，但他对贾谊的看法，显然不像司马迁那样充满了同情。

苏轼24岁时写过策论50篇，其中有《贾谊论》，就贾谊的人生不幸发表自己的看法。欧阳修认为贾谊不得志是因为不被汉文帝所用，而苏轼的看法完全不同，他认为贾谊的不幸，关键还是自己的问题。苏轼在《贾谊论》开篇就说：

> 非才之难，所以自用者实难。惜乎贾生王者之佐，而不能自用其才也。夫君子之所取者远，则必有所待；所就者大，则必有所忍。古之贤人，皆有可致之才，而卒不能行其万一者，未必皆其时君之罪，或者其自取也。

这话有点新奇，他说一个人有才能不难，难的是怎样用自己的才能。苏轼写这篇文章的时候，刚取进士不久。而他本来是有大才的人，连欧阳修读了他的文章都表示要避开一条路让他出人头地。所以他不把一个人具备才能视为难事，提出"自用者实难"，直指贾谊不能自用其才。那时他当然没有想到自己终身也不得意，多在被流贬中度过，还有"问汝平生功业，黄州惠州儋州"[①] 的愤叹。这是后话。

---

① 苏轼：《自题金山画像》。

他在这里提出一个基本观点："夫君子之所取者远，则必有所待；所就者大，则必有所忍。"说到底，有志的君子当有耐心，能够在忍耐中等待施展才能的机会到来。这让人想到他的《留侯论》。他在《留侯论》中说留侯张良在秦灭六国、统一天下以后，为韩刺杀秦始皇只是匹夫之勇，后在下邳得圯上老人的指教有了忍性，且教刘邦在与项羽争斗中以"忍"取天下。并说："古之所谓豪杰之士者，必有过人之节。人情有所不能忍者，匹夫见辱，拔剑而起，挺身而斗，此不足为勇也。天下有大勇者，卒然临之而不惊，无故加之而不怒，此其所挟持者甚大，而其志甚远也。"与这里的"取远就大"说相吻合。他从这里推论开去，说不光是贾谊，古代很多能够抵达青云即有才能建功立业的人，最终才能得不到万分之一的施展，未必都是当时君王的罪过，也许是自己造成的。

苏轼善为奇论，他提出一个很有意思的观点："若贾生者，非汉文之不能用生，生之不能用汉文也。"也就是说，汉文帝还是用他的，是他不能用汉文帝。这话是怎么说的呢？苏轼说："愚观贾生之论，如其所言，虽三代何以远过？得君如汉文，犹且以不用死。然则是天下无尧舜，终不可有所为耶？"贾谊著《新书》，其中最有代表性的政论散文是《过秦论》《治安策》《论积贮疏》。《过秦论》被公认为古代美文，以秦说汉，劝汉文帝发政施仁以长享天下。不过最全面阐述他政治理念的是《治安策》，又名《陈政事疏》，班固说："天下初定，制度疏阔。诸侯王僭拟，地过古制，淮南、济北王皆为逆诛。谊数上疏陈政事，多所欲匡建。"[①] 他对诸侯割据与匈奴入侵有很深的忧虑，具体说就是"可为痛哭者一，

① 班固：《汉书·贾谊传》。

可为流涕者二，可为长太息者六”，希望能够得到及时解决。苏轼说，单看贾谊的言论，可以和夏、商、周三代的贤臣相比。但另一方面，汉文帝刘恒也不是平庸的皇帝。他以农为本，亲率农耕；节俭朴素、废肉刑而行孝悌，且和亲以安匈奴，仁厚为天下称道。在这样的帝王手下为臣，居然是才能得不到施展忧郁而死，那是不是天下的君王非要是尧、舜，你贾谊才能有作为，这是什么道理呢？

苏轼接着又讲故事了，这是孔子和孟子的故事。他说孔子：“仲尼圣人，历试于天下，苟非大无道之国，皆欲勉强扶持，庶几一日得行其道。将之荆，先之以子夏，申之以冉有。君子之欲得其君，如此其勤也。”仲尼圣人说的是孔子，孔子原本在鲁国干得不错，辅佐鲁定公时摄行相事。鲁定公十四年（前 496），56 岁的孔子因鲁定公上了齐景公的当沉溺于女色，愤而离开鲁国游说诸侯，直到 70 岁才回到鲁国读书、写作、教书。他游说过卫、陈、曹、宋、郑、蔡、楚等国，很想扶助这些诸侯国的国君。在卫国时，因卫灵公老迈而懈怠国家管理，不用孔子治国，孔子还感叹地说：“苟有用我者，期月而已可也，三年有成。”[①] 而楚昭王请他去楚国时，遭陈、蔡两国的大夫阻挠，苏轼说他先后派子夏、冉有（《孔子世家》说是子贡）去联系，孔子到楚国后，楚昭王以书社地七百里封孔子。楚令尹子西劝楚昭王不要用孔子，因为孔子的弟子比你昭王手下的大臣强呀！“夫文王在丰，武王在镐，百里之君卒王天下。今孔丘得据土壤，贤弟子为佐，非楚之福也。”[②] 孔子最终不得其用。这当然是另外的话。

---

① 《论语·子路》。

② 司马迁：《史记·孔子世家》。

苏轼再说孟子。所谓“孟子去齐，三宿而后出昼”的事，见于《孟子·公孙丑下》，孟子离开齐国时，在昼邑住了三晚才走。尹士不高兴，说孟先生的动作怎么这样迟缓呢？孟子说：“我住三天才走，心里还感到走得太快，因为齐王有可能改变主张召我回去。”就此苏轼感慨地说了一句：“君子之不忍弃其君，如此其厚也。”随之苏轼讲了公孙丑问孟子“夫子何为不豫”的故事。苏轼的原文是：“公孙丑问曰：‘夫子何为不豫？’孟子曰：‘方今天下，舍我其谁哉？而吾何为不豫？’”据《孟子·公孙丑下》所载，问孟子的不是公孙丑，而是弟子充虞。它是这样写的：孟子不为齐用，离开齐国的时候，充虞问他为什么不高兴，先生不是说过“君子不怨天，不尤人”吗？孟子回答说：“彼一时，此一时也。五百年必有王者兴，其间必有名世者。由周而来，七百有余岁矣。以其数，则过矣；以其时考之，则可矣。夫天未欲平治天下也，如欲平治天下也，当今之世，舍我其谁也？吾何为不豫哉？”苏轼高度凝练地引了孟子的话，同样地发了一句感慨：“君子之爱其身，如此其至也。”

苏轼讲这些故事是有用心的，他是要说明孔子、孟子虽然不为世用，但他们在尽力求为世用，只是那时的世道真不能有所作为了，因此自己也没有什么遗憾。言外之意是贾谊没能如此，所以他才得出了“若贾生者，非汉文之不能用生，生之不能用汉文”的奇论。

回到贾谊所处的时代，苏轼说贾谊面对的是汉高祖刘邦的旧臣绛侯周勃和灌婴，他们曾随刘邦反秦抗楚，出生入死而定天下，刘邦死后，忠于刘氏，有力地捍卫了刘氏皇权，诛灭吕太后的兄弟，并立当时的代王刘恒为皇帝，即史称的汉文帝。苏轼说得很生动，以“绛侯亲握天子玺，而授之文帝，灌婴连兵数十万，以决刘、吕之雌雄，又皆高帝之旧将”隐隐地告诉人们，他们之间君臣相得的缘分，胜过了父子骨肉手足之情，哪里是贾谊这洛阳少年所能敌的？同时，“欲使其一朝之间，尽弃其旧而谋其新，亦已难矣”。他说得委婉，《尚书·盘庚上》有说法，用人惟旧，用器惟新，这是人的心理常态。汉文帝又怎么可能弃旧谋新呢？尽管贾谊很为他赏识，他也绕不过高祖的旧将老臣。

苏轼为贾谊谋划，认为贾谊最有必要的是“上得其君，下得其大臣”。具体的路径是“如绛、灌之属，优游浸渍而深交之，使天子不疑，大臣不忌”。这话实在是有道理，贾谊才大，但毕竟是年纪很轻的新人，有必要处理好君臣之间的关系，或者像苏轼说的，在慢慢交往中建立感情，让天子没有疑心，大臣不再忌妒，那就能在朝廷中游刃有余了，“举天下而唯吾之所欲为，不过十年，可以得志”。可惜贾谊并不懂这一点，求治之心太急，欲成就而不能成就。

在这里，苏轼说贾谊两方面都不会处。一则是得意的时候不会处，“安有立谈之间，而遽为人‘痛哭’哉”！这说的是贾谊上《治安策》。在《治安策》里，贾谊哭诸侯势大，哭匈奴势强，哭文帝号为天子却像戎人诸侯一样。不说匈奴，诸侯是文帝的兄弟，又有旧臣辅佐，不是贾谊能够动摇的。二则是失意的时候不会处，贾谊被贬长沙，赴任途中经过汨罗，想到屈原在这里投水而死，写下了有名的《吊屈原赋》。苏轼说贾谊“为赋以吊屈原，纡郁愤闷，趯然有远举之志。其后卒以自伤哭泣，至于夭绝。是亦不善处穷者也”。在《吊屈原赋》中，贾谊伤悼屈原逢时不祥，朝廷贤愚倒置以致他不得其用；感叹既然世无知己，抑郁难语，不如远走高飞，择木而栖，择君而事。所以苏轼说他“趯然有远举之志”。其后贾谊自伤哭泣直至死去，与他自感身为梁怀王太傅失职有关，很难用不善处穷来解释。苏轼就此来做文章，在对贾谊的批评中透出他认为要善于处穷的人生理念。写这篇文章时，苏轼正春风得意，但他后来因与王安石“熙宁变法”意见相左，一再遭流贬，且越贬越远。从黄州到惠州，从惠州到儋州，但他并没有纯粹走儒者穷则独善其身的道路，而是以随缘委命的旷达洒脱，把生活同样过得有滋有味。甚至在孤悬海南儋州时都能说出“我本海南民，寄生西蜀州”这样的话来。

看到了贾谊这样的命运，苏轼忍不住又说：“夫谋之一不见用，安知终不复用也？不知默默以待其变，而自残至此。呜呼！贾生志大而量小，才有余而识不足也。”苏轼的话说得轻松，他这时年轻，贾谊死时只有 33 岁，也很年轻。似乎不得意的岁月是可以熬过去的。李白在诗里吟咏“天生我材必有用”①，又说“长风破浪会有时，直挂云帆济沧海”②。他在这里表达的人生理想是在政治上有所作为，尽管他曾供奉翰林，但终究没有熬到实现理想的那一天；苏轼自己也没有熬到，58 岁被贬惠州时，就不太想自己的政治前途了，更不用说接着被贬儋州。可见他说贾谊不该谋略一不见用就忧伤至死，应当静待其变，静待起用，甚至评价贾谊志大量小、才多寡识，也只能说这是他涉世不深时的书生之见。

苏轼对贾谊批评甚多，他在熙宁二年（1069）王安石主张变法时给宋神宗上书，表达自己对变法的意见，其中也说到了贾谊：

---

① 李白：《将进酒》。

② 李白：《行路难三首》其一。

世常谓汉文不用贾生，以为深恨。臣尝推究其旨，窃谓不然。贾生固天下之奇才，所言亦一时之良策，然请为属国欲以系单于，则是处士之大言，少年之锐气。昔高祖以三十万众困于平城，当时将相群臣，岂无贾生之比，三表五饵，人知其疏，而欲以困中行说，尤不可信矣。兵，凶器也，而易言之，正如赵括之轻秦，李信之易楚，若文帝亟用其说，则天下殆将不安。使贾生尝历艰难，亦必自悔其说，施之晚岁，其术必精。不幸丧亡，非意所及。不然，文帝岂弃材之主，绛、灌岂蔽贤之士。[①]

这番话中的“三表五饵”是贾谊提出的防御匈奴之策，三表指仁、义、信，五饵说赏赐盛服车辆、盛食珍味、音乐美女、殿堂府库奴婢及热情亲近。早于苏轼，班固在《汉书·贾谊传》的赞语中就说“其术固以疏矣”，即不合实用。苏轼也持这种观点，说贾谊的谋略，不过是处士大话、少年意气，当不得真。如果真要用他的谋略，天下将会更加不安宁。而贾谊在尝尽艰难以后，会为自己说过的话后悔。同时苏轼为汉文帝、绛侯周勃和灌婴辩护，认为贾谊遭流贬他们并没有责任。这虽然可以自为一说，但与历史事实有些相悖，这在上文中已经提到了。

苏轼接着说：“古之人有高世之才，必有遗俗之累。是故非聪明睿智不惑之主，则不能全其用。古今称苻坚得王猛于草茅之中，一朝尽斥去其旧臣，而与之谋。彼其匹夫略有天下之半，其以此哉！”本来一直在批评贾谊的苏轼，忽然对汉文帝也有批评之意了。他这话说得别有意味，贾谊何尝不是有高世之才，他对汉文

① 苏轼:《上神宗皇帝书》。

帝的“痛哭”何尝不是“遗俗之累”，不合时俗？既然只有“聪明睿智不惑之主”能全其用，那汉文帝岂不是“聪明睿智不惑之主”？这里说到了前秦苻坚和王猛的故事，苻坚得王猛，一见如故，称帝后曾一年五次提拔王猛，让他权倾一时，左右内外，那年王猛才36岁。当时同样有人谗毁王猛，尚书仇腾就是其中之一。苻坚大怒，把仇腾贬为甘松护军，从此没有人再敢议论。而王猛主政公平，废冗官，拔贤才，劝农桑，一时间兵强国富，势力几乎占了天下一半。苻坚将王猛比作周文王时的姜太公。王猛在51岁时病死。相形之下，汉文帝用贾谊终究达不到这样的程度，略略有些遗憾。

最后，苏轼说“愚深悲贾生之志，故备论之”。他总结道，汉文帝如果对贾谊这样的臣子多一些了解，也许孤傲刚直的贾谊不至于忧伤而死；而贾谊的言论也该谨慎些才是，正是因为谨慎不够才导致了这样的结果。苏轼还是很同情贾谊的。

纵观苏轼的人生经历来看他早年写的这篇文章，他善于选择一个全新的角度发论，逆世俗而行。世人都同情贾谊，他也同情。世人的同情都顺应司马迁的思路，重在贾谊的人生不遇；班固则说贾谊虽位不至公卿，但并非不遇；而苏轼更说出“非汉文之不能用生，生之不能用汉文也”这样的话来，让人惊诧不已。其中原因在他看来是贾谊“志大而量小，才有余而识不足”，也是道人所未曾道。在叙事中，苏轼善于表达自己的所思所想，并把事与议有机地结合起来，层层推进，不乏逻辑的力量和语言的气势。不过，他在经历了被流贬的岁月之后，回头来读这篇《贾谊论》，也许会觉得这毕竟是少时所作，没有经过人世沧桑后的老练。

【原文】

贾谊论

非才之难，所以自用者实难。惜乎贾生王者之佐，而不能自用其才也。夫君子之所取者远，则必有所待；所就者大，则必有所忍。古之贤人，皆有可致之才，而卒不能行其万一者，未必皆其时君之罪，或者其自取也。

愚观贾生之论，如其所言，虽三代何以远过？得君如汉文，犹且以不用死。然则是天下无尧舜，终不可有所为耶？仲尼圣人，历试于天下，苟非大无道之国，皆欲勉强扶持，庶几一日得行其道。将之荆，先之以子夏，申之以冉有。君子之欲得其君，如此其勤也。孟子去齐，三宿而后出昼，犹曰："王其庶几召我。"君子之不忍弃其君，如此其厚也。公孙丑问曰："夫子何为不豫？"孟子曰："方今天下，舍我其谁哉？而吾何为不豫？"君子之爱其身，如此其至也。夫如此而不用，然后知天下果不足与有为，而可以无憾矣。若贾生者，非汉文之不能用生，生之不能用汉文也。

夫绛侯亲握天子玺，而授之文帝，灌婴连兵数十万，以决刘、吕之雌雄，又皆高帝之旧将。此其君臣相得之分，岂特父子骨肉手足哉？贾生洛阳之少年，欲使其一朝之间，尽弃其旧而谋其新，亦已难矣。为贾生者，上得其君，下得其大臣，如绛、灌之属，优游浸渍而深交之，使天子不疑，大臣不忌，然后举天下而唯吾之所欲为，不过十年，可以得志。安有立谈之间，而遽为人"痛哭"哉！观其过湘，为赋以吊屈原，纡郁愤闷，趯然有远举之志。其后卒以自伤哭泣，至于夭绝。是亦不善处穷者也。夫谋之一不见用，安知终不复用也？不知默默以待其变，而自残至此。呜呼！贾生志大而量小，才有余而识不足也。

古之人有高世之才，必有遗俗之累。是故非聪明睿智不惑之主，则不能全其用。古今称苻坚得王猛于草茅之中，一朝尽斥去其旧臣，而与之谋。彼其匹夫略有天下之半，其以此哉！

愚深悲贾生之志，故备论之。亦使人君得如贾生之臣，则知其有狷介之操，一不见用，则忧伤病沮，不能复振。而为贾生者，亦慎其所发哉！

六、面临安危逸劳的社会忧思

——《教战守策》解读

宋仁宗嘉祐二年（1057），苏轼与弟弟苏辙参加科考，一举二人同中，名震京师。后因母亲程氏病故，回川居丧守孝。嘉祐四年（1059）重返京城，两年后参加朝廷策试而写了一组策论，其中有策问26篇、杂策5篇、策略5篇、策别17篇、策断3篇，另有御试对策2篇。这组策论，较全面地反映了苏轼对国家问题的思考，虽说那时候他还只有25岁，但在纵论古今中表现出对天下的忧思已经很深，而这组策论中最为人称道的是策别“安万民”其五的《教战守》，一般称《教战守策》。

策，是古代的一种专门的应用文体，或用于君王对臣下的命令，如策命；或用于君王对臣下的封赏，如策封；或用于臣下对君王策问的应答，如对策；或用于臣下陈述政见、谋略，如策略。苏轼作《教战守策》，与他的其他策略、策别一道，构成他完整的政治方略论，如策略四说“治天下譬如治水”；策略五说天子治天下“莫若深结天下之心”；策别“课百官”的“厉法禁”，强调有善则赏，有罪则罚，且是“不终朝而赏随之”“不终朝而罚随之”等等。可以据此推想如他执政，将会有怎样的举措和社会局面，可惜他终生与流贬相伴，无缘实现政治抱负。

《教战守策》也是社会政治论，开篇说“生民之患”，语重心长：“夫当今生民之患，果安在哉？在于知安而不知危，能逸而不能劳。此其患不见于今，将见于他日。今不为之计，其后将有所不可救者。”这里的“安危”说，让人想到西汉贾谊的《治安策》。贾谊在《治安策》里，为他所处的西汉文帝时期的天下情势痛哭流涕、喟然长叹，只因为当时有人进言，说“天下已安已治”，让他焦心。他说哪里是这样，“曰安且治者，非愚则谀，皆非事实知治乱之体者也”。他用一个比方将这说得很紧急，说是那认为天下已安已治者，是抱火置于积薪之下而人卧寝其上，不过是火还没烧到他而已，安治不过是假象。而“逸劳”说则让人想到欧阳修曾说过的后唐庄宗之死，可归结为“忧劳可以兴国，逸豫可以亡身”[①]，以致好逸豫的唐庄宗为伶人所困，身死国灭，成为天下人的笑柄。苏轼在这里以天下安危入题，并且说他言及的国家之危，虽尚不见于今，而必将见于后。一旦见于后，也就无可救药了。他害怕那一天会到来。

苏轼的理论依据是什么呢？他首先审视历史，说是先王之时，即使天下太平也不敢忘战而去兵。这“先王”当指宋太祖赵匡胤，苏轼说他“知兵之不可去也，是故天下虽平，不敢忘战”，这与他因“陈桥兵变”为诸将簇拥做了皇帝有关，他不敢掉以轻心。加上他改国号为“宋”以后，小国南唐、吴越、南汉、后蜀、北汉都还存在，用兵也是常事。所以他利用秋冬农闲操练百姓，使他们熟悉行军打仗之法，坐立进退之方，在军队行阵的钟鼓旌旗之间安然处之，遇斩刈杀伐而不畏惧，这样一旦有盗贼之乱或说外敌入侵，百姓就可处变不惊、从容应对了。苏轼希望如此。但赵匡胤晚年忧虑黄袍加身之事在他人身上重现，于是召见部属，演了一曲“杯酒释兵权”，让禁军大将石守信等人主动放弃兵权，

---

① 欧阳修:《五代史伶官传序》。

使北宋形成了弃武尚文的文官政治、重学问和好赏玩的文化风尚以及“市田宅以遗子孙，歌儿舞女以终天年”的社会风气。赵匡胤在位日浅，这一风气的最终形成在宋太宗赵光义以后的北宋岁月。宋太宗赵光义在做诸侯时就好学能文，其子孙相继，人臣仿效，文士辈出。

从赵光义太平兴国元年（976）即位到苏轼嘉祐六年（1061）写作这篇策论，前后相隔近 90 年，而这 90 年，正是北宋走向繁盛的关键时期。经济的繁荣和朝野的安乐都到了极致。于是有了苏轼这里说的情形：“及至后世，用迂儒之议，以去兵为王者之盛节，天下既定，则卷甲而藏之。数十年之后，甲兵顿弊，而人民日以安于佚乐，卒有盗贼之警，则相与恐惧讹言，不战而走。”他这里用了“迂儒之议”，有点为赵匡胤掩饰的意味，去兵卷甲则是朝野的共同走向。而当时，西夏和契丹的侵扰是常事，百姓畏惧，这对于大宋王朝实在是很严峻的问题。

苏轼中年遭“乌台诗案”被贬黄州，后来又被流贬惠州、儋州。在这样的流贬生活中，也有失落和悲愁，但更多的是洒脱与旷达。他以陶渊明为楷模，随缘委命，随遇而安。但他早年很有政治抱负，希望改造社会，改造社会政治；同时怀有很深的外患之忧，37 岁在密州做太守时，还借《江城子・密州出猎》的“会挽雕弓如满月，西北望，射天狼”表达建功边塞的愿望，这是后话。而这时，他从大宋的繁华表象下看到社会的危机，表现出很高的政治远见。

然后，苏轼说到了“安史之乱”。唐王朝在极盛的开元、天宝年间，天下太平。那时，“惟其民安于太平之乐，酣豢于游戏酒食之间，其刚心勇气，销耗钝眊，痿蹶而不复振”。何止是百姓呢？中唐白居易作《长恨歌》，诉说唐玄宗和杨贵妃的爱情悲

元·钱选《杨贵妃上马图》局部

剧。这场旷世恋情是以欢乐开头的，杨贵妃得了唐玄宗的专宠，一时间“后宫佳丽三千人，三千宠爱在一身”。杨家兄弟一人得道，鸡犬升天。唐玄宗呢？或是“春宵苦短日高起，从此君王不早朝”，或是“骊宫高处入青云，仙乐风飘处处闻。缓歌慢舞凝丝竹，尽日君王看不足”。岂不是沉溺于太平，悠游于酒食歌舞之间？何尝还有刚心勇气？何尝不是贪恋享乐而痿蹶不振？正是在这种情况下，一直乖乖听命于朝廷、又做着河东节度使的安禄山反了，叛军直逼长安。当时何止是“四方之民，兽奔鸟窜，乞为囚虏之不暇”，整个唐王室仓皇逃出长安，唐玄宗在马嵬坡被迫让杨贵妃自杀，自己退位，儿子李亨即位为帝，直到“安史之乱”平息后才回到长安，做了无权无势的太上皇，大唐王朝的盛世也一去不复返了。苏轼讲述这样一个不算很遥远的历史故事，是看到了一个兴盛王朝怎样因为贪恋太平之乐，最后走向了衰微。他说这些话的时候，正值宋仁宗时代，也是大宋王朝最兴盛的时候，词人柳永在《望海潮·东南形胜》中描述的杭州生活，是那个时代安乐富足、悠闲享乐的缩影。同时的翰林学士聂冠卿（988—

1042）填了一首《多丽》，说的也是当时的社会生活。词写道：

> 想人生，美景良辰堪惜。问其间、赏心乐事，就中难是并得。况东城，凤台沙苑，泛晴波、浅照金碧。露洗华桐，烟霏丝柳，绿阴摇曳，荡春一色。画堂迥，玉簪琼佩，高会尽词客。清欢久，重然绛蜡，别就瑶席。
>
> 有翩若轻鸿体态，暮为行雨标格。逞朱唇，缓歌妖丽，似听流莺乱花隔。慢舞萦回，娇鬟低弹，腰肢纤细困无力。忍分散，彩云归后，何处更寻觅。休辞醉，明月好花，莫谩轻掷。

这首词作于1041年或1042年，宋仁宗执政已近20年。首句“想人生，美景良辰堪惜”是全词的基调，眼前的东城美景是那“露洗华桐，烟霏丝柳，绿阴摇曳，荡春一色”的自然景观，让人心旌摇荡。而欣赏着酒席上体态轻盈的歌姬舞女，“逞朱唇，缓歌妖丽，似听流莺乱花隔。慢舞萦回，娇鬟低弹”，且歌且舞，正是生活的享受。所以词人说“休辞醉，明月好花，莫谩轻掷”，要珍惜光阴，珍惜美景，说的依然是太平之乐，心下是很安逸、很自得的。但苏轼不能平静，随后以养生打了一个比方：

> 盖尝试论之：天下之势，譬如一身。王公贵人所以养其身者，岂不至哉？而其平居常苦于多疾。至于农夫小民，终岁劳苦，而未尝告疾。此其故何也？夫风雨、霜露、寒暑之变，此疾之所由生也。农夫小民，盛夏力作，而穷冬暴露，其筋骸之所冲犯，肌肤之所浸渍，轻霜露而狎风雨，是故寒暑不能为之毒。今王公贵人处于重屋之下，出则乘舆，风则

> 袭裘，雨则御盖。凡所以虑患之具，莫不备至。畏之太甚，而养之太过，小不如意，则寒暑入之矣。是故善养身者，使之能逸而能劳；步趋动作，使其四体狃于寒暑之变；然后可以刚健强力，涉险而不伤。

这个比方把天下之势比拟为人的养生。他以农夫小民为参照来说王公贵人的养生。王公贵人养生周到，但平日多病；农夫小民终年劳苦，没有听说他们患病。这是为什么呢？苏轼认为疾病的产生是由于天地间风雨、霜露、寒暑的变化，农夫小民不生病，是因为他们盛夏、寒冬都在外劳作，筋骨、肌肤能抗御炎热和冷冻的侵扰、浸渍，霜露风雨都不在话下。既然寒暑伤害不了他们，自然也就没有疾病产生。王公贵人不一样，他们生活在高楼里，出门坐车，风寒穿皮袄，遇雨有遮盖，凡是能够想到预防灾患和疾病的器物，没有不悉心准备的。过分的防护，反而导致“小不如意，则寒暑入之矣”。所以，他从这些人生观察中得出一个结论：“善养身者，使之能逸而能劳；步趋动作，使其四体狃于寒暑之变；然后可以刚健强力，涉险而不伤。”苏轼这些话说得很明白，既然寒暑是生病之源，人就需要经历寒暑的变化，而不是贪图安逸，逃避寒暑。这样才可以长保身体的刚健有力，有寒暑的侵扰也不会产生疾病了。

以此为铺垫，苏轼说到社会问题。因为社会太平的时间长了，导致“天下之人，骄惰脆弱”。他又打了一个比方，说这些人像女人和小孩子，不出房门时骄横怠惰；一听说有打仗的事，则缩着脖子，两腿发抖；一听说盗贼之事，就把耳朵蒙上，不愿意听，也害怕听到。士大夫也不愿意听到用兵打仗的事，一听说就认为是生事扰民，“此不亦畏之太甚而养之太过欤”？苏轼说这些话，是对社会现实有太多的忧虑。他并非不喜欢太平，而是看到当时太平背后的国家情势。他在《策别》“安万民”六策里，除了教守战，还有敦教化、劝亲睦、均户口、较赋税和去奸民，都在说百姓的教育和管理，可谓是强民之术。但唯“教守战”的强民，需要考虑面对外族侵扰，这是与其他五个方面很不相同的。他的理论前提是“天下固有意外之患也”，这是社会发展的基本规律，问题是有没有适应这一规律的思想和物质准备。苏轼说的“意外之患”，具体而言是辽和西夏的问题。北宋王朝和辽经过几十年战争之后，订了“澶渊之盟”，从此相对和平。而北宋对西夏一直采取怀柔政策，封官赏赐，宋太宗时，赐白金千两、帛千匹；宋真宗时，赐银万两，帛万匹，钱三万贯，茶二万斤。此类事源源不绝，所以才会有苏轼在文章中说的“今国家所以奉西北之虏者，岁以百万计”，这当然是很现实的问题。

因为大宋对西夏有岁奉，双方的矛盾被掩盖了，所以表面和平，四方无事。但被掩盖的矛盾终究还在，而且这种矛盾决定了“奉之者有限，而求之者无厌”，最终的解决办法只可能是兵戎相见。这一点为历史无数次证实。苏轼的父亲苏洵有一篇《六国论》，说的也是这一问题。他先说“六国破灭，非兵不利，战不善，弊在赂秦”。然后说：秦之欲得无厌，而六国赂之有限，六国“今日割五城，明日割十城，然后得一夕安寝。起视四境，而秦兵又至矣”。问题严重的是：“诸侯之地有限，暴秦之欲无厌，奉之弥繁，侵之愈急。故不战而强弱胜负已判矣。至于颠覆，理固宜然。”苏洵借六国灭亡事说北宋，希望大宋不要蹈了六国的覆辙。苏轼的思想和父亲苏洵的一致，但他比父亲说得更直率，大宋实在是不能做“抱薪救火”的事，“抱薪救火”岂不是自取灭亡吗？只看灭亡在什么时候。

苏轼虽然只是一介文士，但说起话来英雄气概十足。他说："战者，必然之势也。不先于我，则先于彼；不出于西，则出于北。所不可知者，有迟速远近，而要以不能免也。"这话很客观。是呀，如果双方发生战争，自然不是宋先发动就是西夏先发动，不是发生在西方就是发生在北方。不能预知的是战争发生得早还是晚，发生在远方还是发生在近处，总之战争是不能避免的。苏轼说在这种情况下，如果不可避免要使用军队，这军队不能慢慢培养，百姓也不能处在安乐无事中，以免他们一旦出现在战场上就会死亡。鉴于此，他下了一个结论："天下之民，知安而不知危，能逸而不能劳，此臣所谓大患也。"他的忧思就是如此深重。

苏轼这篇文章和父亲苏洵的《六国论》还是有根本的不同，苏洵局限在对北宋朝廷的批评，虽说批评很尖锐，甚至暗示大宋不及六国，但在根本上是趋同的，即赂奉的结果只可能是自取灭亡。苏洵的话到这儿就打住了，而苏轼还在说，落实到"教战守"上，他有建设性的意见。他说了教三种人：一是士大夫，教之以"尊尚武勇，讲习兵法"；二是为官的庶人，教之以"行阵之节"；三是负责捕捉盗贼的服役百姓，教之以"击刺之术"。按照他这样全民皆兵的教授方法，一旦有战事，指挥员和战斗员就都有了。不仅如此，苏轼还主张在每年年底，把这些人集中在郡府里，依古代的都试即定期演练之法，让接受过军事训练的人一起比试，分胜负，行赏罚。时间长了，就完全按军法行事，那么这些经过训练的士大夫和百姓就能够在战场上冲锋陷阵了。

在这里，苏轼还多说了一句："议者必以为无故而动民，又悚以军法，则民将不安，而臣以为此所以安民也。"他认为会有人觉得没有战争而这样训练士大夫和百姓，是扰乱他们的生活，人们会失去安宁。这就回到了文章的开头，人们知安而不知危，能逸而不能劳，哪里知道危险就在身后呢？苏轼看得很长远，遗憾的是能有他这样长远目光的人很少。最后苏轼说：

> 天下果未能去兵，则其一旦将以不教之民而驱之战。夫无故而动民，虽有小恐，然孰与夫一旦之危哉？今天下屯聚之兵，骄豪而多怨，陵压百姓而邀其上者，何故？此其心以为天下之知战者，惟我而已。如使平民皆习于兵，彼知有所敌，则固已破其奸谋，而折其骄气。利害之际，岂不亦甚明欤？

他的意思是，如果天下要发生战争，毫无防备的话，必然会驱使没有经过训练的百姓投身战争，他这里提到“以不教之民而驱之战”的问题，孔子曾说：“以不教民战，是谓弃之。”[①] 这是说派没有经过军事训练的百姓去打仗，无异于驱民去送死，这很不应该。如果将“以不教之民而驱之战”与“无故而动民”相较，无疑后者的遭怨比前者的送死好了许多。同时，苏轼说了另一层意思，因为天下的军队少，当兵的人自以为只有他们懂得军事，因此骄横而多怨恨，欺压百姓而要挟上司。如果百姓都知道行军用兵之道，那情况就完全不一样了。现在当兵的知道有了对手，就没有奸谋，少了骄气。那么，教民守战的利害关系难道还不清楚吗？话说到这里，苏轼借阐述教民守战的主张，对时弊进行了尖锐批评，强调军队不宜太少，将士不宜骄横多怨，否则怎么应对突然入侵的外敌呢？

苏轼没有办法左右社会情势，他提出这一政治方略是在宋仁宗时代，那是北宋最好的时代。相传苏轼科考后，宋仁宗曾因苏

① 《论语·子路》。

氏兄弟及第而感慨朝廷得了两位宰相，意为苏氏兄弟有宰相之才。谁知苏轼命运不济，因遭遇党争和流贬，政治远见和才干无用武之地。但他的社会忧虑很有道理，北宋重文轻武，朝野陶醉在社会太平中，没在居安思危中再图富强，而是逐渐走向了衰弱。1127 年，“靖康之难”发生，宋徽宗、宋钦宗做了金人的俘虏，北宋就此灭亡了，距离苏轼 1101 年北归后病逝于常州，只过了短短的 26 年。如果苏轼教战守等相关策略被采纳，那北宋会是怎样的情形？苏轼在文中的立论切中北宋社会面临的问题，层层推论中的直接陈说和取喻为证环环相扣，在忧国中透出很强的力量。可叹的是，苏轼的这番忠心报国的言论终究沦为空谈。“今不为之计，其后将有所不可救者”，果然。

【原文】

教战守策

夫当今生民之患，果安在哉？在于知安而不知危，能逸而不能劳。此其患不见于今，将见于他日。今不为之计，其后将有所不可救者。

昔者先王知兵之不可去也，是故天下虽平，不敢忘战。秋冬之隙，致民田猎以讲武，教之以进退坐作之方，使其耳目习于钟鼓旌旗之间而不乱，使其心志安于斩刈杀伐之际而不慑。是以虽有盗贼之变，而民不至于惊溃。及至后世，用迂儒之议，以去兵为王者之盛节，天下既定，则卷甲而藏之。数十年之后，甲兵顿弊，而人民日以安于佚乐，卒有盗贼之警，则相与恐惧讹言，不战而走。开元、天宝之际，天下岂不大治？惟其民安于太平之乐，酣豢于游戏酒食之间，其刚心勇气，销耗钝眊，痿蹶而不复振。

是以区区之禄山一出而乘之，四方之民，兽奔鸟窜，乞为囚虏之不暇，天下分裂，而唐室因以微矣。

盖尝试论之：天下之势，譬如一身。王公贵人所以养其身者，岂不至哉？而其平居常苦于多疾。至于农夫小民，终岁劳苦，而未尝告疾。此其故何也？夫风雨、霜露、寒暑之变，此疾之所由生也。农夫小民，盛夏力作，而穷冬暴露，其筋骸之所冲犯，肌肤之所浸渍，轻霜露而狎风雨，是故寒暑不能为之毒。今王公贵人处于重屋之下，出则乘舆，风则袭裘，雨则御盖。凡所以虑患之具，莫不备至。畏之太甚，而养之太过，小不如意，则寒暑入之矣。是故善养身者，使之能逸而能劳；步趋动作，使其四体狃于寒暑之变；然后可以刚健强力，涉险而不伤。

夫民亦然。今者治平之日久，天下之人，骄惰脆弱，如妇人孺子，不出于闺门。论战斗之事，则缩颈而股栗；闻盗贼之名，则掩耳而不愿听。而士大夫亦未尝言兵，以为生事扰民，渐不可长。此不亦畏之太甚，而养之太过欤？且夫天下固有意外之患也。愚者见四方之无事，则以为变故无自而有，此亦不然矣。今国家所以奉西北之虏者，岁以百万计。奉之者有限，而求之者无厌，此其势必至于战。战者，必然之势也。不先于我，则先于彼；不出于西，则出于北。所不可知者，有迟速远近，而要以不能免也。天下苟不免于用兵，而用之不以渐，使民于安乐无事之中，一旦出身而蹈死地，则其为患必有所不测。故曰：天下之民，知安而不知危，能逸而不能劳，此臣所谓大患也。

臣欲使士大夫尊尚武勇，讲习兵法；庶人之在官者，教以行阵之节；役民之司盗者，授以击刺之术。每岁终则聚之郡府，如古都试之法，有胜负，有赏罚。而行之既久，则又以军法从事。然议者必以为无故而动民，又悚以军法，则民将不安，而臣以为此所以安民也。天下果未能去兵，则其一旦将以不教之民而驱之战。夫无故而动民，虽有小恐，然孰与夫一旦之危哉？今天下屯聚之兵，骄豪而多怨，陵压百姓而邀其上者，何故？此其心以为天下之知战者，惟我而已。如使平民皆习于兵，彼知有所敌，则固已破其奸谋，而折其骄气。利害之际，岂不亦甚明欤？

七、评说韩愈，祭奠远逝的灵魂

——《潮州韩文公庙碑》解读

韩愈死后，有一些评说及祭奠他的诗文问世，以寄托哀思。如唐代与韩愈同时代的皇甫湜的《韩文公墓志铭》《韩文公神道碑》，李翱的《祭吏部韩侍郎文》，刘禹锡的《祭韩吏部文》，张籍《祭退之》等。但最具影响力的祭悼文却是北宋苏轼的《潮州韩文公庙碑》，又称《韩文公庙碑》。

韩愈身为中唐文坛领袖，继承儒学道统，古文和诗歌创作都别开生面。北宋最尊奉韩愈及其古道、古文的是欧阳修，他写过一篇《记旧本韩文后》，表达了对韩愈的敬佩和自我坚持古道的立场，对韩愈之学的弘扬有较大的影响。不意在这方面影响更大的还是苏轼的《潮州韩文公庙碑》。

在苏轼的年代，文学浸渍着学问，尤其是在诗歌创作上，有以学问为诗的说法，最为典型的是苏门弟子黄庭坚及其“江西诗派”。黄庭坚在诗歌创作上主张“点铁成金”“夺胎换骨”，简言之是对前人诗文典故的化用，以求产生更为精妙的诗歌。而学识渊博的苏轼也是善于以学问为诗的人，并引学问入词，引学问入文。

苏轼曾评价友人谢民师的诗赋杂文，说它们“大略如行云流水，初无定质，但常行于所当行，常止于所不可不止，文理自然，姿态横生”[①]。他的这番评价，既包含对谢民师文章笔法及行文风格的认可，也表达了欣赏其创作的那种状态。实际上他自己也是如此。他对自己的文章作过评说，说是“吾文如万斛泉源，不择地皆可出。在平地滔滔汩汩，虽一日千里无难。及其与山石曲折，随物赋形而不可知也。所可知者，常行于所当行，常止于不可不止，如是而已矣。其他虽吾亦不能知也”[②]。这种文思泉涌而又能顺应自然的写作状态，他不仅即兴为文时是如此，而且以学问为文时也是如此。苏轼的《潮州韩文公庙碑》就是在以学问为文时，行所当行，止所不可不止。其学问的深厚，并没有影响那“行云流水”般的文字表达。

韩愈像

韩愈生于768年，死于824年，比生于1037年的苏轼早213年。上面提到的祭奠韩愈的诗文，都是在韩愈死后所为，而苏轼的这篇庙碑文，却写在二百多年后的元祐七年（1092），当时苏轼知扬州。扬州与潮州相距甚远，苏轼并没去过潮州，之所以写这篇庙碑文，是应潮州太守王涤所请，苏轼在《与潮守王朝请涤二首》中记叙过这件事。当时，王涤新修了潮州的韩公庙，派人送

① 苏轼:《与谢民师推官书》。
② 苏轼:《自评文》。

信和韩公庙图给苏轼。当时苏轼在颍州，受命知扬州，有感王涤厚意，应允为之，但一时间“迫行冗甚，未暇成之”，待到扬州后着手。他完稿后把文章寄给王涤，并在给蔡朝奉、吴子野的信中提到过这件事。

先此，苏轼写过一篇《韩愈论》，对韩愈颇有批评，说他对圣人之道好其名而不能乐其实，他的论述尊崇孔子、孟子，批判杨朱、墨翟和佛学、道教，看起来好像高明而严厉，但是“其论至于理而不精，支离荡佚，往往自叛其说而不知”。就此而论，他和尊崇韩愈的欧阳修大不一样。但在这之后写的《潮州韩文公庙碑》中，他对韩愈有高度的评价，其文、其道、其忠、其勇都在颂扬之列，又对韩愈的命运与才能相悖寄寓了深切的同情。

《潮州韩文公庙碑》的起笔极富气势，一声断喝：“匹夫而为百世师，一言而为天下法。是皆有以参天地之化，关盛衰之运，其生也有自来，其逝也有所为。”这话让人为之震撼且对韩愈心怀无比崇敬之情。战国时，孟子说过“圣人，百世之师”的话，后来《礼记·中庸》从当下的社会现实来说“君子之道”当立于天地之间而无疑，因此“君子动而世为天下道，行而世为天下法，言而世为天下则”，这自然是做人的高标准，不是一般人可以达到的。而苏轼的“百世师”“天下法”与之一脉相承。苏轼对此有自己深刻的认知，说“匹夫”能如是，是因为其言行关乎天地的自然变化和社会的兴盛衰亡。于是这种人肩负了先天的以及历史的使命，其生也不凡，求作为而生；其死也不凡，死后亦有作为，或说死而不朽。

苏轼没有点明自己说的是谁，而是转变话题，给人们讲历史，讲述了申伯、吕侯、傅说的故事。申伯、吕侯是山岳所生，《诗经·大雅·崧高》的首章即讲甫与申为山岳所生的故事，说是“维岳降神，生甫及申”。而傅说是商高宗武丁的国相，屈原《离骚》里说“说操筑于傅岩兮，武丁用而不疑”，他说傅说早先只是一个普通的建筑工，武丁遇上他之后，感到他有治国之才而把他拔举为国相。这里，苏轼用了《庄子·大宗师》里玄想的傅说辅佐武丁而有天下，傅说本人则是“乘东维，骑箕尾，而比于列星”。苏轼讲这三个人的故事，并强调“古今所传，不可诬也”，只是照应刚说过的“匹夫”为百世师、天下法是有天地的造化，尽管他说的是虚构的故事。有意思的是，苏轼随之引了孟子的名言：“我善养吾浩然之气。”[①] 孟子的弟子公孙丑问他擅长什么时，孟子说了两条，一是“知言”即善于理解别人说的话，二是“善养吾浩然之气”。这“浩然之气”非同一般，它“至大至刚，以直养而无害，则塞于天地之间。其为气也，配义与道；无是，馁也。是集义所生者，非义袭而取之也”。孟子至大至刚的“浩然之气”，与道义相融合，因而产生无比巨大的人格力量。

苏轼很赞赏这“浩然之气”，他说“浩然之气”既在寻常事物中，又在天地之间，有点像庄子说“道”的无所不在了。这“浩然之气”有无比巨大的人格力量，为表明这力量，苏轼选择了“卒然遇之”的时刻，看遭遇者的表现，于是有了下面五个排比句：“王公失其贵，晋、楚失其富，良、平失其智，贲、育失其勇，仪、秦失其辩。”这是怎样的情形呢？尊贵的王公大人不再尊贵，富不可及的晋、楚不再富有，以谋略助刘邦取了天下的张良、陈平不再有智谋，著名的勇士孟贲、夏育不再勇猛，长于辩说的纵横家苏秦、张仪居然张口结舌了。苏轼的极度夸张是在彰显“浩然

① 《孟子·公孙丑上》。

之气”的力量，说在“浩然之气”面前，富贵、智谋、勇猛、论辩都苍白无力。这“浩然之气”之所以会有这么大的力量，苏轼说它主要是“必有不依形而立，不恃力而行，不待生而存，不随死而亡者矣”。如是再铺排，不单是表明如是不死的“浩然之气”，超越了依人而存在的富贵、智谋、勇猛、论辩，而且让人看到了苏文如潮的奔涌之势，使观者在急促的变化中目不暇接却又让人警醒和深思。随后他放缓语气，说出拥有此“浩然之气”将会是这样的情形：“在天为星辰，在地为河岳，幽则为鬼神，而明则复为人。”并轻轻地收束道：“此理之常，无足怪者。”苏轼说得轻巧，但在这一番演绎中，他开始说的是“为百世师”“为天下法”的“匹夫”，而到最后说的“明则复为人”即在阳间为人，则是因气息而生之人了，二者有很大的差异。

苏轼也长于论辩，在论辩中以学问为文在这里有很突出的表现，一语带过中往往有丰富的内涵。这不，他接着说：“自东汉以来，道丧文弊，异端并起，历唐贞观、开元之盛，辅以房、杜、姚、宋而不能救。”从东汉末期到韩愈出现的中唐，中经两晋、南北朝、隋和初唐、盛唐，历时近六百年，“道丧文弊，异端并起”是怎样的情形呢？这让人想起韩愈的《原道》。韩愈在《原道》中很痛心地说，周道衰微及孔子死后，秦王朝焚书，黄老之说兴于西汉，佛教兴于晋、魏、梁、隋。儒学的道德仁义呢？“其言道德仁义者，不入于杨，则归于墨；不入于老，则归于佛。入于彼，必出于此。入者主之，出者奴之；入者附之，出者污之。噫！后之人其欲闻仁义道德之说，孰从而听之？”甚至老子、佛教之徒都说“孔子，吾师之弟子也”，弄得孔子之徒都看不起自己了。所以韩愈不禁又一次感叹：“噫！后之人虽欲闻仁义道德之说，其孰从而求之？”韩愈的话还没说完，他的《原道》是探究

“道”的源头，这番评说，可视为对“道丧文弊，异端并起”的诠释。不过，韩愈说汉以后的“汉”是西汉，不及苏轼说的东汉准确。因为西汉“黄老之学”的兴起主要在汉文帝、汉景帝时代，并形成了重在百姓“休养生息”的“文景之治”。当西汉进入汉武帝时代，伴随着国家兴盛，董仲舒倡导“罢黜百家，独尊儒术”，儒学从此成为经学，直到东汉末年朝政在宦官、外戚两大政治集团的斗争中陷于混乱，儒学衰败，道教兴起，佛教东渐，儒学不再独尊，自然儒学的传播也成了很大的问题。韩愈梳理过儒学之道的传播，说是“尧以是传之舜，舜以是传之禹，禹以是传之汤，汤以是传之文、武、周公，文、武、周公传之孔子，孔子传之孟轲，轲之死，不得其传焉。荀与扬也，择焉而不精，语焉而不详”。这让韩愈对异端即道、佛有深切的痛恨，甚至说出“不塞不流，不止不行。人其人，火其书，庐其居”的话来，要让道、佛之徒都还俗，把道经、佛经烧了，把道观、寺庙改造成民房。然后“明先王之道以道之，鳏寡孤独废疾者有养也”。正因为“道丧文弊，异端并起”，以致师道也不传了，所以他愤然写了《师说》，抗颜而为人师。

这还只是说“道丧”，那“文弊”呢？韩愈崇尚三代两汉之文，在《答李翊书》中说“非三代两汉之书不敢观，非圣人之志不敢存”。而在东汉后，文风渐变，散体文慢慢地衍生出骈体文，讲究声律、对仗、用典、缛丽。西晋时陆机作《文赋》说文章写作的技巧，是骈体文成熟的重要标志。其后有了南朝骈文的鼎盛，庾信、徐陵成为代表性人物。骈文之盛延至隋和盛唐，而这一时期三代两汉的古文则是衰落的，“文弊”之说正在于此。而文与道又紧相联系，文以载道，道丧自然文弊。苏轼说唐时，列举了两个重要的时期，即唐太宗的贞观时期和唐玄宗的开元时期，又提到房玄龄、杜如晦、姚崇、宋璟等朝廷重臣，说那时房、杜等人极力挽救“道丧文弊”的局面，唐太宗贞观时期的开国之盛、唐玄宗开元时期的继统之盛，都为后人津津乐道。这里提到的房玄龄和杜如晦，都曾助唐太宗得天下，并因善于谋划，而有“房谋杜断”之说，后均官至宰相。姚崇和宋璟则助唐玄宗走向开元盛世，亦官至宰相。因房、杜、姚、宋的功绩，后人称他们为唐代四大贤相。苏轼说，尽管如此，他们还是没能在贞观之治或开元之治时改变“道丧文弊，异端并起”的局面。

直到这时，苏轼才说到韩文公韩愈，让人们明白他前面说的常理与过往的“道丧文弊”史都是铺垫，他起势之高，铺垫之厚，只为托起韩愈，似乎历史把拯救“道丧文弊”的使命交付给了韩愈。于是，有了苏轼在《潮州韩文公庙碑》里对韩愈最深刻、最具广泛影响力的评说：

> 独韩文公起布衣，谈笑而麾之，天下靡然从公，复归于正，盖三百年于此矣。文起八代之衰，而道济天下之溺；忠犯人主之怒，而勇夺三军之帅。岂非参天地，关盛衰，浩然而独存者乎？

苏轼说：“韩文公起布衣，谈笑而麾之，天下靡然从公，复归于正，盖三百年于此矣。”这话正是对开篇“匹夫而为百世师，一言而为天下法”的照应。开篇看似没说韩愈，这一句话却告诉人们，开篇就在说韩愈。韩愈正是起于布衣的一介匹夫，他少年丧母，继而父亲与世长辞，于是依傍兄嫂，不幸 12 岁时哥哥韩会又死了，是嫂子郑氏把他拉扯大的。他曾上书给虞部崔元翰说自己“今所病者，在于穷约，无僦屋赁仆之资，无缊袍粝食之给，驱马出门，不知所之”[①]，又向友人崔立之诉说自己“年二十时，苦家贫，衣食不足，谋于所亲”[②]。这样艰苦的生活使他在中进士后迟迟未能得官时难以忍耐，一再上书宰相求官，说你们能够救我于水深火热之中，怎么不施以援手，阁下能够称得上仁人吗？正是这样一位早年生活贫寒的匹夫，有一天举起“古文”的旗帜，这古文是以古道为本而兼古文辞的。韩愈自己这样说：“愈之为古文，岂独取其句读不类于今者邪？思古人而不得见，学古道则欲兼通其辞。通其辞者，本志乎古道者也。”[③]一时间天下靡然相从，有一帮人都热衷于古文，后世的研究者称之为“古文运动”。北宋欧阳修在《新唐书·文艺传》里说过韩愈倡古文，柳宗元、李翱、皇甫湜等人唱和，如此上接汉、周，使“唐之文完然为一王法”。到苏轼时，他说“三百年于此”，其实只有270年左右。而苏轼说韩愈“文起八代之衰，而道济天下之溺”，正是因为他兴古文，改变了八代即东汉、魏、晋、宋、齐、梁、陈、隋的文风，使儒学道统到他这儿得到承续，儒学之道得以复兴。

不仅如此，苏轼还说韩愈“忠犯人主之怒，而勇夺三军之帅”。前者说的是韩愈两次遭贬。韩愈本来得官不易，但他得官之后还是因忠诚冒犯了人主。一是贞元十九年（803）他任监察御史时，上了《御史台上论天旱人饥状》，说百姓因干旱“弃子逐妻”“坼屋伐树”“寒馁道途，毙踣沟壑”。韩愈此举本希望为民减轻赋税，结果反而因冒犯权贵被贬广东阳山。二是元和十四年（819），唐宪宗奉佛，他上了《论佛骨表》，奉劝唐宪宗不要把佛骨（舍利

① 韩愈:《上考功崔虞部书》。

② 韩愈:《答崔立之书》。

③ 韩愈:《题欧阳生哀辞后》。

子）迎到宫中供奉。他说如此供奉，“伤风败俗，传笑四方”，想长寿反而短命，弄得唐宪宗大怒，险些要了他的性命，最后把他贬到广东潮州。尽管如此，他的忠心并没改变。“而勇夺三军之帅”说的是唐穆宗长庆二年（822），韩愈奉命去镇州（治所在今河北正定）宣抚王廷凑兵乱，李翱在《故正议大夫行尚书吏部侍郎上柱国赐紫金鱼袋赠礼部尚书韩公行状》里提到这件事。当时成德节度使田弘正被杀，深冀节度使牛元翼被围攻，王廷凑势头正盛。大家都感到十分危险，宰相元稹上书说“韩愈可惜”，唐穆宗也很后悔，担心韩愈遭遇不测。而当时韩愈已经成行，并说“安有受君命，而滞留自顾”，驱马疾驰至叛军军营。面对剑拔弩张、怒目相对的叛军将士，韩愈慷慨陈辞，晓以利害，最终使王廷凑率军放下武器，归顺朝廷。韩愈过人的勇气和胆略可嘉，从而赢得了“勇夺三军之帅”的美誉。苏轼这些话极富气势，虽然得力于铺排的表现形式，但关键还是这些话本身的力量，并为韩愈竖起一座为人敬佩的丰碑。苏轼借此证实：“岂非参天地，关盛衰，浩然而独存者乎？”实在让人感动。而文章这一部分与前文的照应，丝丝入扣，本不以人物形象见长的论说，却凸显出韩愈的伟岸形象。长于滔滔雄辩的苏轼又说道：

盖尝论天人之辨，以谓人无所不至，惟天不容伪。智可以欺王公，不可以欺豚鱼；力可以得天下，不可以得匹夫匹妇之心。故公之精诚，能开衡山之云，而不能回宪宗之惑；能驯鳄鱼之暴，而不能弭皇甫镈、李逢吉之谤；能信于南海之民，庙食百世，而不能使其身一日安于朝廷之上。盖公之所能者，天也；其所不能者，人也。

他把话题宕开，从论韩愈跳到说生活的常理。他说的“天人之辨”自先秦以来就生活化了，无论是天人相分还是天人相合，最终都没有离开天人感应。所谓的“天不容伪”正是天人感应理念下的推断。苏轼这话说得很重，在他看来天与人的差异，在于天的真诚，既不作伪，也不容伪；人则是“无所不至”，真诚者有之，虚伪者也有之。他说人的智慧可以欺骗王公大人，但欺骗不了小猪小鱼。这用的是《易经·中孚》的典故。典故说的是占卦得小猪小鱼就吉利，就是因为真诚。苏轼又说，用武力可以得天下，但得不了普通百姓的心，他是主张“深结天下之心”[①]的人。

再说，人的智慧和力量都是有限的，这也是常理。苏轼以此为理论前提，进而说韩愈也是如此。韩愈为君为民一片精诚，对这精诚苏轼说了三点：

一是“能开衡山之云，而不能回宪宗之惑”。韩愈的《谒衡岳庙遂宿岳寺题门楼》诗里有：“我来正逢秋雨节，阴气晦昧无清风。潜心默祷若有应，岂非正直能感通。须臾静扫众峰出，仰见突兀撑青空。”“能开衡山之云”正是从这化用而来的。而“不能回宪宗之惑”是说，唐宪宗奉佛未变，但韩愈的命运变了，他自己有诗说，“一封朝奏九重天”，“欲为圣明除弊事”，结果是“夕贬潮州路八千”[②]。

二是“能驯鳄鱼之暴，而不能弭皇甫镈、李逢吉之谤”。这说的是韩愈做潮州刺史时，当地人为鳄鱼所祸，韩愈作《祭鳄鱼文》，以刺史的身份驱赶鳄鱼，并说如鳄鱼冥顽不灵，“则选材技吏民，操强弓毒矢”以尽杀之。苏轼说他能够为民驱害，但他不

---

① 苏轼：《策略五》。

② 韩愈：《左迁至蓝关示侄孙湘》。

能制止皇甫镈、李逢吉的毁谤。皇甫镈、李逢吉都曾在唐穆宗朝做过宰相。当唐宪宗想赦免被贬潮州的韩愈时，素恶韩愈耿直无忌的皇甫镈怕他重得任用，进言道："愈终太狂疏，且可量移。"[①]这使韩愈没有直接回到长安，而是任内移置，改任袁州刺史。李逢吉则借韩愈和李绅不和，把韩愈从京兆尹兼御史大夫降职为兵部侍郎。

三是"能信于南海之民，庙食百世，而不能使其身一日安于朝廷之上"。韩愈本可以在朝廷做一个本分的官吏，以俸禄养家糊口，但他性情的率真、好冲口直言与为君为民的忠诚融合在一起，使他有想法就要表达，从不畏惧权贵，也不怕得罪唐宪宗，导致他宦海浮沉，命途多舛。苏轼说，韩愈能顺应天时，不能顺应人事，这不能顺应的人事，是他对自己尊奉的儒学之道的坚执，对个人主张的坚执。所不能的人事在他身上常常体现为对人事的违迕，包括他为唐宪宗写的《论佛骨表》，为李贺写的《讳辩》，为李蟠写的《师说》，这些都表现出他在公开与世俗抗争，而不顾及自己的孤立无援。就此而论，苏轼是有慧眼的。

作为庙碑，与其他碑铭相类似，多"论列德善功烈"[②]，其体当以记叙为主，或记碑主之事，或记立碑之事，先行以事告人，辅以评说。苏轼在这篇文章里以论立篇，先述后论，述中有论，将韩愈功业前置，让人读之而生景仰之情，然后才说潮州为韩愈建庙立碑事。

说建庙立碑，苏轼是从潮州人拜师向学说起的。"始，潮人未知学"，是潮州偏远，开化迟缓所致。引导潮人向学，功在韩

① 刘昫等:《旧唐书·韩愈传》。

② 吴纳:《文章辨体序说》。

愈。韩愈曾让秀才赵德为潮人之师。他曾说，对潮州百姓的教育应以“德礼”为先，然后才是“刑政”。兴德礼不能不办学校，于是他推荐赵德，说道：“赵德秀才，沉雅专静，颇通经，有文章，能知先王之道，论说且排异端而宗孔氏，可以为师矣。”[①] 赵德教化潮人，功业不菲，“自是潮之士，皆笃于文行，延及齐民，至于今，号称易治”。这所谓“易治”是教化熏染的结果，读书人受影响，普通百姓也受影响。为此，苏轼感慨道：孔子说的话对啊，“君子学道则爱人，小人学道则易使”[②]。孔子到武城去，听到弦歌声，开玩笑地说“割鸡焉用牛刀”，他的学生子游说了孔子曾经说的这句话，得到孔子的肯定。随后，韩愈被贬到了潮州，苏轼在这里没有说他是怎样为潮人之师，只说韩愈死后，潮人对他的祭祷：“饮食必祭，水旱疾疫，凡有求必祷焉。”以及宋哲宗元祐五年（1090），朝散郎王涤做潮州太守时，“凡所以养士治民者，一以公为师”。这自然是韩愈治潮的影响所及。只因当初韩愈庙在潮州刺史的公堂后，百姓祭祷不便，王涤便顺从民意，在距离潮州城七里的南郊，用一年时间建了新的韩愈庙。

景仰韩愈者乐于建韩愈庙，对于韩愈，有的潮州人有不同的看法，说是“公去国万里，而谪于潮，不能一岁而归。没而有知，其不眷恋于潮也，审矣”。韩愈是元和十四年（819）正月二十五到潮州的，这年七月十三日得到赦免，十月改授袁州刺史，在潮州仅有半年。韩愈到潮州后，按旧例上书唐宪宗，写了《潮州刺史谢上表》，在这封上表里北望乞怜，说自己所在的潮州，地极

---

① 韩愈：《潮州请置乡校牒》。

② 《论语·阳货》。

偏远，飓风鳄鱼、毒雾瘴氛为害，患祸莫测。而且“臣少多病，年才五十，发白齿落，理不久长。加以罪犯至重，所处又极远恶，忧惶惭悸，死亡无日。单立一身，朝无亲党，居蛮夷之地，与魑魅为群，苟非陛下哀而念之，谁肯为臣言者”？他说自己疾病与忧惶并存，离死亡不远，可怜兮兮的；并表示，何不让自己回京，用学问文章为唐宪宗歌颂功德呢？的确，韩愈是很想早日离开潮州北归，但他在潮州还是竭力奉献，所以得潮州人感念不已。因为他在潮州毕竟时间很短，难怪有潮州人说他有生之时不眷念潮州，他死之后如果有知也不会眷念潮州。苏轼对潮州人的这种看法持有不同的意见，他说：

> 不然！公之神在天下者，如水之在地中，无所往而不在也。而潮人独信之深，思之至，焄蒿凄怆，若或见之。譬如凿井得泉，而曰水专在是，岂理也哉？

这话说得很艺术，又很果决，是呀，韩愈死了，但他的灵魂是在人间的。苏轼打了个比方，说韩愈的灵魂在人间就像水在地下一样，水无所往而不在，韩愈的灵魂也是无所往而不在的。当然，苏轼的“韩公之神”说，并非真是韩愈死后有灵魂，而是说韩愈的思想、精神广泛传播，没有禁区。苏轼的话还没说完，再就潮人说，他远在杭州，从潮人建韩庙感受到了他们对韩愈的崇敬和怀念。不是吗？潮人信韩思韩，以致“焄蒿凄怆，若或见之”。“焄蒿凄怆”出自《礼记·祭义》的“焄蒿凄怆，此百物之精也，神之著也”。苏轼这里说潮人以最精美的物品祭祀韩愈，仿佛见到了韩愈一样。这“若或见之”意出《论语·八佾》的“祭如在，祭神如神在”，以见人对神的真诚和情感的亲近。而有这种情怀的当然不光是潮人，既然“公之神在天下者，如水之在地中，无所往而不在”，也就有非潮人的崇敬和怀念，这也是真的。苏轼的老师欧阳修就说：“韩氏之文，没而不见者二百年，而后大施于今。此又非特好恶之所上下，盖其久而愈明，不可磨灭，虽蔽于暂，而终耀于无穷者，其道当然也。”[①] 仅此就可见一斑。所以，他以“凿井得泉，而曰水专在是”责问，说韩愈并非专属于潮人。深情的苏轼在这篇庙碑记后还用古风体写了一首诗祭祀韩愈，他说是便于潮人祭祀时歌唱，却也是他心底的歌。

这首诗俨然把死后的韩愈神化了，类似于白居易《长恨歌》对死后杨玉环的神化，却用的是屈原《离骚》的笔法。他想象韩愈骑着龙飞翔在太空，拨开云彩飞越银河，穿着那云彩织成的绣衣锦裳，来到人间，帮助先帝打扫浊世秕糠，并以诗追逐李白、杜甫，让韩门弟子张籍、皇甫湜望尘莫及；上书批评佛教流落南海，在九嶷山凭吊舜的二妃娥皇和女英，火神祝融为先驱，北海神惧怕而躲藏，管束凶狠的蛟龙鳄鱼，像驱赶顺服的羊群。苏轼极力夸耀韩愈超人的本领，甚至说上天没有他这样的人才，让巫阳下凡请他上天。韩愈要离开人间了，百姓以鸡骨占卜，并献上牦牛、美酒、荔枝、香蕉等祭奠韩愈，而成了仙人的韩愈飘然而去。苏轼吟唱道“公不少留我涕滂，翩然被发下大荒”，这是代潮人言，也是表达他的怀念。虽然苏轼在这里没有说尽韩愈的一生，但在想象中着力彰显了他的不凡。神化的韩愈成了并没有飘逝的影子，长留在后人的心中。祭祀的颂扬风韵与华彩，也在这儿得到了显现，与前面的碑文相得益彰，为前人祭祀韩愈之文所远不能及。

---

① 欧阳修：《记旧本韩文后》。

《潮州韩文公庙碑》的构思和行文风格在苏轼文章中别具一格，其为庙碑有祭奠意义，却少有祭奠的悲切，只到文尾才以诗流露了不能挽留韩愈灵魂升天的感伤。在颂扬与怀念中，他言说常理与韩愈个体特殊性的对应，正在于韩愈的超常；而颂扬之后再说潮人建庙的怀念，又让这怀念有了根基，建庙有了理由。他以学问为文，本易坠入滞重，却无滞重之色而有灵动之姿。且以排比句式一再评说，造就了为文的气势，以助长对韩愈浩然之气的表达。苏轼注意到碑文的祭祀性，以古风感伤抒怀收束，让人想到他晚年被贬儋州时说过的“吾平生遭口语无数，盖生时与韩退之相似”[①]。他对韩愈的同情理解至深，其实是因其早年的性格与韩愈相似，他代潮州人为韩愈远逝的灵魂掬一把泪水，而这泪水也在他心底流淌。

【原文】

潮州韩文公庙碑

匹夫而为百世师，一言而为天下法。是皆有以参天地之化，关盛衰之运，其生也有自来，其逝也有所为。故申、吕自岳降，傅说为列星，古今所传，不可诬也。孟子曰：“我善养吾浩然之气。”是气也，寓于寻常之中，而塞乎天地之间。卒然遇之，则王公失其贵，晋、楚失其富，良、平失其智，贲、育失其勇，仪、秦失其辩。是孰使之然哉？其必有不依形而立，不恃力而行，不待生而存，不随死而亡者矣。故在天为星辰，在地为河岳，幽则为鬼神，而明则复为人。此理之常，无足怪者。

---

① 苏轼：《书谤》。

自东汉以来，道丧文弊，异端并起，历唐贞观、开元之盛，辅以房、杜、姚、宋而不能救。独韩文公起布衣，谈笑而麾之，天下靡然从公，复归于正，盖三百年于此矣。文起八代之衰，而道济天下之溺；忠犯人主之怒，而勇夺三军之帅。岂非参天地，关盛衰，浩然而独存者乎？

盖尝论天人之辨，以谓人无所不至，惟天不容伪。智可以欺王公，不可以欺豚鱼；力可以得天下，不可以得匹夫匹妇之心。故公之精诚，能开衡山之云，而不能回宪宗之惑；能驯鳄鱼之暴，而不能弭皇甫镈、李逢吉之谤；能信于南海之民，庙食百世，而不能使其身一日安于朝廷之上。盖公之所能者，天也；其所不能者，人也。

始，潮人未知学，公命进士赵德为之师。自是潮之士，皆笃于文行，延及齐民，至于今，号称易治。信乎孔子之言："君子学道则爱人，小人学道则易使也。"潮人之事公也，饮食必祭，水旱疾疫，凡有求必祷焉。而庙在刺史公堂之后，民以出入为艰。前太守欲请诸朝作新庙，不果。元祐五年，朝散郎王君涤来守是邦，凡所以养士治民者，一以公为师。民既悦服，则出令曰："愿新公庙者，听！"民欢趋之，卜地于州城之南七里，期年而庙成。

或曰："公去国万里，而谪于潮，不能一岁而归。没而有知，其不眷恋于潮也，审矣。"轼曰："不然！公之神在天下者，如水之在地中，无所往而不在也。而潮人独信之深，思之至，焄蒿凄怆，若或见之。譬如凿井得泉，而曰水专在是，岂理也哉？"元丰元年，诏封公昌黎伯，故榜曰"昌黎伯韩文公之庙"。潮人请书其事于石，因作诗以遗之，使歌以祀公。其辞曰：

公昔骑龙白云乡，手抉云汉分天章，天孙为织云锦裳。飘然乘风来帝旁，下与浊世扫秕糠。西游咸池略扶桑，草木衣被昭回光。追逐李杜参翱翔，汗流籍湜走且僵，灭没倒影不可望。作书诋佛讥君王，要观南海窥衡湘，历舜九嶷吊英皇。祝融先驱海若藏，约束蛟鳄如驱羊。钧天无人帝悲伤，讴吟下招遣巫阳。犦牲鸡卜羞我觞，於粲荔丹与蕉黄。公不少留我涕滂，翩然被发下大荒。

八、穷途末路的哀苦诉说

——《到昌化军谢表》解读

苏轼被贬为琼州别驾，移昌化军也就是现在的海南儋州安置，是他人生最后一次遭贬，时为北宋哲宗绍圣四年（1097）。四月十七日苏轼接到诏命，十九日启程离开惠州，七月二日抵达昌化军。这段行程，是苏轼在《到昌化军谢表》开篇就告诉我们的。他那时向哲宗皇帝报告，表示自己接到诏命之后，遵命而行，动作迅速。这一段叙说还很平和，但随后苏轼就很不平和了。他说：“并鬼门而东骛，浮瘴海以南迁。生无还期，死有余责。”意思是自己要去的地方就是鬼门关，渡过满是瘴气的琼州海峡而赴海南。此行将一去不返，但即使死去，罪责也是难免的。

苏轼一生职务多变，游走在京城和地方，或做京官，或做地方官，而在他做地方官的生涯中，有三次最为他自己和人们记取，这就是被贬黄州、惠州和儋州。他晚年也曾自嘲：“问汝平生功业，黄州惠州儋州。”[①] 他被贬，每到一地都会依循旧例给皇帝写谢表，表示到任和感激，也免不了在谢表中发一点牢骚。宋神宗元丰三年（1080）写的《到黄州谢表》、宋哲宗绍圣元年（1094）写的《到惠州谢表》都是如此，这些谢表诉说了他的不满和哀苦，其中最为典型的是《湖州谢上表》里的一番言辞。

---

① 苏轼：《自题金山画像》。

宋神宗元丰二年（1079），苏轼从徐州移知湖州而写了《湖州谢上表》。他在这封谢表中先把自己贬损一通。他说："我天性顽劣，名声微小，议论空疏，学术浅薄；凡人都有长处，而我一点长处都没有，先帝失错给我恩德，陛下误听了我的言论，让我做湖州太守，我因才能有限，有过无功；而陛下'天覆群生，海涵万族。用人不求其备，嘉善而矜不能'，弘德恩广。"这些看起来好像是官样文字，但当时正值王安石变法。时间往前推到宋神宗熙宁二年（1069），时为参知政事的王安石施行变法，主张变风俗、立法度。而苏轼在熙宁四年（1071）写下了近万言的《上神宗皇帝书》，希望神宗皇帝"结人心、厚风俗、存纪纲"，并婉转批评宋神宗"求治太速，进人太锐，听言太广"，与王安石的变法主张背道而驰。随后苏轼离开京城，通判杭州，并在元丰二年到湖州做了知州。

王安石像

苏轼在《湖州谢上表》中对神宗皇帝说，陛下"知其愚不适时，难以追陪新进；察其老不生事，或能牧养小民。而臣顷在钱塘，乐其风土。鱼鸟之性，既自得于江湖；吴越之人，亦安臣之教令"。这让难以追陪的"新进"大为不满，一时纷纷进言，猛烈抨击苏轼。

监察御史舒亶向宋神宗上书说："我最近看到了湖州苏轼的谢上表，表中讥讽时事，迎合流俗，百姓争相传诵。但‘忠义之士，无不愤惋’。陛下自从变法以来，有不同意见的人本就不少，但也不过是搅乱事实，造谣诽谤，以撼动变法的根基，希望变法不成功。而包藏祸心，埋怨陛下，恶言相向，无人臣操守的人，没有谁比得上苏轼。”他说自己可不是信口雌黄，是有证据的。舒亶说的证据是苏轼写的诗。他对宋神宗说：陛下发青苗钱帮助贫苦的农民，苏轼说发青苗钱没用，这些农民的孩子进城把钱都花掉了，“赢得儿童语音好，一年强半在城中”[①]；陛下申明法令，考察郡吏，苏轼说“读书万卷不读律，致君尧舜知无术”[②]；陛下兴修水利，苏轼说“东海若知明主意，应教斥卤变桑田”[③]；陛下实行官盐法，苏轼说“岂是闻韶解忘味，迩来三月食无盐”[④]。苏轼这些诗应心随口而出，都是对朝廷新政的批评。结果在元丰二年（1079）七月，还在湖州任上的苏轼被台吏皇甫遵拘捕，押赴京城的乌台即御史台监狱，这就是著名的“乌台诗案”。随后苏轼有幸免于一死，被贬黄州。

苏轼在《到黄州谢表》里一再感谢皇恩，说自己“用意过当，日趋于迷”，在茫然如醉的梦中，不知道说了些什么。陛下多次赦免他，但为众人不容，本当处以死罪，所幸陛下“德刑并用，善恶兼容”，免了他的死罪。苏轼说，他想到“父母能生育之，而不能出之于死中。伏惟此恩，何以为报”？只觉以后应当粗茶淡饭，闭门思过，让他人以自己为戒。同时他说，在这圣明的世道，自己不愿自杀，如果余生能够在战场上为国捐躯，在所

---

① 苏轼：《山村五绝》其四。

② 苏轼：《戏子由》。

③ 苏轼：《八月十五日看潮五绝》其四。

④ 苏轼：《山村五绝》其三。

不辞。苏轼虽为贬谪之人，还是希望能以身报国的。被贬黄州时苏轼还算年轻，到被贬惠州时他已垂垂老矣。他在《到惠州谢表》中诉说衷肠，仍然是狠狠地自我数落，甚至说出“擢发莫数其罪”这样的话来。那时，他虽然心怀悲戚，但流露出的是愿意“洗心自新”，在绝望中似乎又透出期盼。所以，他说自己“衰疾交攻，无复首丘之望；精诚未泯，空余结草之忠”。相较而言，在类似的感谢皇恩的奏章中，写得最为哀苦的是给哲宗皇帝的《到昌化军谢表》。

这也难怪，苏轼 62 岁被贬海南昌化军，人生暮年，前途难测，当他说出自己“生无还期”的时候，内心真的很痛。本来他在宋哲宗绍圣元年（1094）59 岁被贬惠州时，心情就很不好，觉得惠州是瘴疠之地，又与魑魅为邻，环境恶劣，日子实在难过。但在惠州待的时间长了，竟喜欢上了惠州，写信给弟弟子由说，惠州的街市虽然萧条，但每天杀一只羊，买脊骨来熟煮，煮熟后骨间的微肉沾酒烤着吃，实在是快乐的事。惠州盛产荔枝，苏轼刚到惠州时，有诗描写荔枝：“海山仙人绛罗襦，红纱中单白玉肤。不须更待妃子笑，风骨自是倾城姝。”[①] 后来更在《食荔枝》诗里写下了“日啖荔枝三百颗，不辞长作岭南人”的名句，这也是他真性情的流露。绍圣三年（1096），苏轼在白鹤山选址建房，第二年新房建成以后，长子苏迈携妻儿来惠州团聚，他很高兴，曾说：“长子迈，与余别三年矣，挈携诸孙，万里远至，老朽忧患之余，不能无欣然。”[②] 颇有在惠州安度晚年之意。但苏轼没有想到，已经 62 岁的他仍未摆脱党争之祸，竟又被贬到海南儋州。

---

① 苏轼:《四月十一日初食荔支》。

② 苏轼:《和陶时运四首并引》。

海南与大陆之间横着宽阔的琼州海峡，对海南只有耳闻的苏轼当时并不了解海南，也不了解海南的昌化军——儋州。他在《到昌化军谢表》中说：“伏念臣顷缘际会，偶窃宠荣。曾无毫发之能，而有丘山之罪。宜三黜而未已，跨万里以独来。”这里说的“顷缘际会，偶窃宠荣”，应该是说他在哲宗时期官至翰林学士、礼部贡举、龙图阁学士、兵部尚书、礼部尚书等职，的确是他进入仕途后最辉煌的时期。他说自己无毫发之能，是自我贬损的极致，不像唐代韩愈，被贬潮州之后，彰扬自己有杰出的文学才能。只说自己的罪重。这其实是苏轼的“历史问题”，是他旧时反对王安石熙宁变法的延续，苏轼始终未能摆脱这一罪责，故有被贬儋州之事发生。他称之为“丘山之罪”，让人感到真有这样沉重。不停地被贬，所谓“宜三黜而未已”的“三黜”用了春秋时鲁国柳下惠的典故。《论语·微子》记载：“柳下惠为士师，三黜。人曰：‘子未可以去乎？’曰：‘直道而事人，焉往而不三黜？枉道而事人，何必去父母之邦？’”这个典故说的是柳下惠担任法官，多次遭贬。有人问他，你难道不可以离开鲁国、另谋生路吗？柳下惠说，自己奉行正道直行，到哪里去做官不会多次被撤职呢？如果不正道直行，又为什么要离开祖国呢？苏轼用这个典故，内蕴了自己也是因坚守正道直行而遭贬的，难免心里不平。

苏轼从惠州到儋州，主要为琼州海峡所隔，距离不算太远，他说自己“跨万里以独来”虽然言有夸张，但内心还是觉得近在咫尺的海南，仿佛远在天边。这一点苏轼在渡琼州海峡前就有表现，那时他在给朋友林济甫的信中说：“今日到海岸，地名递角场，明日顺风即过琼矣。回望乡国，真在天末。”[①] 又在给弟弟子由的

---

① 苏轼：《与林济甫二首》其一。

诗中说:“他年谁作舆地志,海南万里真吾乡。”[①] 这还是他说得较为豁达、平和的话。回到《到昌化军谢表》上来,他感恩和谢罪的话还有“恩重命轻,咎深责浅”,这沉重的谢罪之辞,难掩他愤慨命运迭遭坎坷的沉痛心情。

苏轼曾在《到惠州谢表》中说自己“迹其狂妄,久合诛夷”,早就该被处以死罪了,但陛下的德行如同唐尧之德炫目,如同商汤之德宽厚,如同太阳月亮的光辉普照大地,泽润万物,即使是蠕动的小虫,也能够感受到。所以自己能够有一条活路,“俾就穷途,以安余命”。这些话是他身为罪臣上书谢恩不得不说的,他何尝真的认为自己罪孽深重呢?

苏轼在给友人林济甫的另一封信中还说过另一句话:“某兄弟不善处世,并遭远窜,坟墓单外,念之感涕。”[②] 这里最值得注意的是“不善处世”。苏轼离开京城去杭州的时候,旧友张方平曾写了《送苏学士钱塘监郡》诗为他送行,诗中说:“趣时贵近君独远,此情于世何所希。车马尘中久已倦,湖山胜处即为归。洞庭霜天柑橘熟,松江秋水鲈鱼肥。地邻沧海莫东望,且作阮公离是非。”他劝苏轼学习西晋张翰,多好自然风光和美味佳肴;还要学习魏晋时口不臧否人物的阮籍,远离是非。但苏轼哪里做得到?他被关在乌台监狱之后,弟弟苏辙上书神宗皇帝,说苏轼居家并无大过,就是“赋性愚直,好谈古今得失”,“遇物托兴,作为歌诗”[③],全然是祸从口出。苏轼自己是知道的,也曾自我反省,说

① 苏轼:《吾谪海南子由雷州被命即行了不相知至梧乃闻其尚在藤也旦夕当追及作此诗示之》。

② 苏轼:《与林济甫二首》其二。

③ 苏辙:《为兄轼下狱上书》。

“平生文字为吾累”。但他从御史台监狱出来，要去黄州当团练副使时，仍然是“试拈诗笔已如神”[①]。难怪坊间流传他“不合时宜”的故事。

据说，有一天苏轼漫步时摸着自己的肚皮笑问身边侍女：“你们说我肚皮里是什么？”一位侍女说：“学士学问高，一肚皮学问。”苏轼摇了摇头。另一位侍女说：“学士见识多，一肚皮见识。”苏轼又摇了摇头。最后侍妾王朝云说：“你呀，一肚皮的不合时宜。”苏轼听了，哈哈大笑。这则故事不知是真是假，人们多作笑谈，但“不合时宜”四个字对于苏轼来说，是恰当的评价。他的“不善处世”，正是常常不合时宜所致。

在《到昌化军谢表》里，苏轼说得最真切的是下面的这番话：

> 而臣孤老无托，瘴疠交攻。子孙恸哭于江边，已为死别；魑魅逢迎于海外，宁许生还。念报德之何时，悼此心之永已。

这时，苏轼身边只有人称“小坡”的小儿苏过，其他儿孙都留在了惠州。他渡海前，被贬雷州的苏辙为他送行，已到惠州的儿孙在海边痛哭流涕，生离犹同死别。而苏轼说“已为死别”，是深深感到彼此没有重逢的机会，认为此行自己会命丧海南。他想生还就能够生还吗？“瘴疠交攻”下，他的身体承受得了吗？“魑魅逢迎于海外，宁许生还”吗？这些都是很悲痛的话，但其中透出他希望生还，希望再回故土与儿孙团聚，安度晚年。所以他对哲宗皇帝说，自己什么时候能够报答陛下的恩德呢？换句话

---

① 苏轼：《十二月二十八日蒙恩责授检校水部员外郎黄州团练副使复用前韵二首》其一。

说，就是自己何时可以回京城为陛下效力呢？他渴望北归，但话说得委婉。

在这一点上，苏轼不同于唐代的韩愈，韩愈当年因为反对唐宪宗把佛骨舍利迎到宫中供奉而写了《论佛骨表》，因此被贬到广东潮州。他到潮州后写了《潮州刺史谢上表》，希望有一天能够重回京城，在谢表里韩愈说："臣受性愚陋，人事多所不通，惟酷好学问文章，未尝一日暂废，实为时辈所见推许。臣于当时之文，亦未有过人者。至于论述陛下功德，与《诗》《书》相表里；作为歌诗，荐之郊庙；纪泰山之封，镂白玉之牒；铺张对天之闳休，扬厉无前之伟迹；编之乎《诗》《书》之策而无愧，措之乎天地之间而无亏，虽使古人复生，臣亦未肯多让！"他表白甚至是在夸耀自己的才能，企求在"隶御之间，穷思毕精，以赎罪过"。与他相比，同样一向率真、直言的苏轼，这时含蓄了许多。

之所以会如此，与苏轼到儋州后的生活艰难分不开。他曾在《和陶连雨独饮二首》的引言中说道："吾谪海南，尽卖酒器以供衣食。独有一荷叶杯，工制美妙，留以自娱。"当时，身为琼州别驾、平生好酒的他居然沦落到"尽卖酒器"以谋生的境地，生活也太窘迫了。苏轼在儋州曾给朋友程儒秀才写过一封信，信中说自己在儋州"食无肉，病无药，居无室，出无友，冬无炭，夏无寒泉，然亦未易悉数，大率皆无耳。惟有一幸，无甚瘴也"①。苏轼一连用了八个"无"，说儋州除了比惠州瘴气少一点之外，其他的七个"无"都涉及基本的生活条件。而且他还特别加了一句"未易悉数，大率皆无"。那么，《到昌化军谢表》也就自然成了托老无依的诉说，让人觉得他深陷穷途末路，朝难虑昔。

---

① 苏轼：《与程秀才三首》其一。

苏轼是古文家，他为欧阳修赏识，正是因为他那挥洒自如、行所欲行的古文风格。但《到昌化军谢表》用的是骈体，也可称作四六文。欧阳修曾反对锦心绣口、用典炫博的四六文，他在《苏氏四六》一文中对苏轼的四六文略有评说："往时作四六者，多用古人语，及广引故事，以炫博学，而不思述事不畅。近时文章变体，如苏氏父子以四六叙述，委曲精尽，不减古人。自学者变格为文，迨今三十年，始得斯人，不惟迟久而后获，实恐此后未有能继者尔。自古异人间出，前后参差不相待，余老矣，乃及见之，岂不为幸哉！"苏轼的《到昌化军谢表》相对于他的古文来说，也算是写得华美的，但并无炫博之气，言短情长，果真是"委曲精尽"，读来朗朗上口，别有一番滋味。欧阳修读来，颇感安慰。

苏轼如此诉说自己被贬昌化的哀苦，他最终却深爱儋州，深爱海南。元符三年（1100）宋哲宗死，宋徽宗即位而大赦天下，苏轼受命北归时与海南黎民告别，在《别海南黎民表》诗里吟出"我本海南民，寄生西蜀州。忽然跨海去，譬如事远游"，他似乎家乡就在海南而不是四川眉山，现在要离开海南，不过是一时的远足而已。他又在《六月二十日夜渡海》诗里写道："参横斗转欲三更，苦雨终风也解晴。云散月明谁点缀，天容海色本澄清。空余鲁叟乘桴意，粗识轩辕奏乐声。九死南荒吾不恨，兹游奇绝冠平生。"当初他想象到海南将先做棺、后做墓，这时候终于能够北归了，"苦雨终风"成为过去，眼前已是"云散月明"，不再有孔子"道不行乘桴浮于海"① 的退隐江湖之意，而略略明白了轩辕黄帝奏乐咸池的顺应自然。所以一点都不奇怪，他最后说出的是

① 《论语·公冶长》。

“九死南荒吾不恨，兹游奇绝冠平生”，以表达对海南充满了无限的温情与眷念。

【原文】

到昌化军谢表

今年四月十七日，奉被告命，责授臣琼州别驾昌化军安置，臣寻于当月十九日起离惠州，至七月二日已至昌化军讫者。并鬼门而东骛，浮瘴海以南迁。生无还期，死有余责。伏念臣顷缘际会，偶窃宠荣。曾无毫发之能，而有丘山之罪。宜三黜而未已，跨万里以独来。恩重命轻，咎深责浅。此盖伏遇皇帝陛下，尧文炳焕，汤德宽仁。赫日月之照临，廓天地之覆育。譬之蠕动，稍赐矜怜；俾就穷途，以安余命。而臣孤老无托，瘴疠交攻。子孙恸哭于江边，已为死别；魑魅逢迎于海外，宁许生还。念报德之何时，悼此心之永已。俯伏流涕，不知所云。臣无任。

九、流贬海南儋州的“得失”之问

——《书上元夜游》解读

苏轼写了许多“记”文，如《喜雨亭记》《超然台记》《放鹤亭记》《石钟山记》《记承天寺夜游》等都享有盛名，他流寓儋州时，也写过“记”文，只是不太为人关注。这就是他在己卯年即元符二年（1099）的上元夜，随当地几位老书生游儋州集市之后，写下的一篇随笔式的游记小文，题为《书上元夜游》。

> 己卯上元，予在儋州，有老书生数人来过，曰：“良月嘉夜，先生能一出乎？”予欣然从之。步城西，入僧舍，历小巷，民夷杂糅，屠沽纷然，归舍已三鼓矣。舍中掩关熟睡，已再鼾矣。放杖而笑，孰为得失？过问先生何笑，盖自笑也。然亦笑韩退之钓鱼无得，更欲远去。不知走海者未必得大鱼也。

这篇小文先叙事，再因事有思，发点出自本心的议论，表现自己的趣味和思想所在。有意思的是，这样的游记小文他被流贬黄州和惠州的时候都写过，不过是笔法稍有不同。如黄州时的《记承天寺夜游》，惠州时的《记游松风亭》。三者中，唯《记承天寺夜游》负有盛名。我曾经在《中国古代散文史撰述研究》（中国社会科学出版社 2012 年版）一书中，对现行的 16 部《中国散文史》《中国古代散文史》《中国古代散文发展史》等进行调查，其中有“古代散文史引用的主要作品调查”。统计苏轼的作品，发现“各史对苏轼作品的引用最多的是《记承天寺夜游》，10 次；其次是《前赤壁赋》，7 次；随后有《文与可画筼筜谷偃竹记》《方山子传》，各 4 次；《石钟山记》《超然台记》，各 3 次”。这真是一种很有意思的现象。不妨把《记承天寺夜游》引在这里：

> 元丰六年十月十二日，夜，解衣欲睡，月色入户，欣然起行。念无与乐者，遂至承天寺，寻张怀民。怀民亦未寝，相与步于中庭。庭下如积水空明，水中藻荇交横，盖竹柏影也。何夜无月？何处无竹柏？但少闲人如吾两人者耳。

这是为什么呢？我在《中国古代散文史撰述研究》里引用了四部散文史作者的评说。一是刘振东说，苏轼“贬谪中自我排遣的特殊的心境”，“清冷的月光和清冷的心境交融在一起，充满诗情画意”①。二是漆绪邦说：“此文几笔写出一个澄净空明的境界，如诗如画，‘何夜无月，何处无竹柏，但少闲人如吾两人者耳’数语，起着三毛传神的作用。而笔墨之精，也令人叹为观止。苏轼的散文艺术，此时确已到炉火纯青的地步了。”②。三是张梦新说它的“情语、景语，如乳水交融”③。四是郭预衡说它“写得自由、随便”，“为此月夜之游，等于苦中作乐”④。

---

① 刘振东：《中国古代散文发展史》，中州古籍出版社，1991，第 429 页。

② 漆绪邦：《中国散文通史》，吉林教育出版社，1994，第 1004 页。

③ 张梦新：《中国散文发展史》，杭州大学出版社，1996，第 337 页。

④ 郭预衡：《中国散文史》，上海古籍出版社，1993，第 519 页。

元丰五年（1082），是苏轼被贬黄州的第三年，他在黄州治东坡、筑雪堂，为我们写下了《定风波·莫听穿林打叶声》《浣溪沙·游蕲水清泉寺》《念奴娇·赤壁怀古》《前赤壁赋》《后赤壁赋》等名篇，并檃栝陶渊明的《归去来兮辞》为词《哨遍·为米折腰》。虽说在《念奴娇·赤壁怀古》中流露了“人生如梦，一尊还酹江月”的情绪，但这一年他似乎心情大好，不仅有“一蓑烟雨任平生……回首向来萧瑟处，归去，也无风雨也无晴”这样的襟怀，而且有“惟江上之清风，与山间之明月，耳得之而为声，目遇之而成色；取之无禁，用之不竭。是造物者之无尽藏也，而吾与子之所共适”的快意生活。这种情绪延续到元丰六年（1083），难怪《记承天寺夜游》显得特别的恬静，人们说它的美，在情与景的融合，或者说情语也是景语、景语也是情语，苏轼把自己融入自然风物中了，依旧是“吾与子之所共适”。只说这“子”，在《记承天寺夜游》中是友人张怀民，在《前赤壁赋》里有人说是杨世昌，却难以确认。

同为“夜游”记，《书上元夜游》显然与《记承天寺夜游》的风格不同，它重叙事、说理，于景只提了“良月嘉夜”一句，让人想象儋州的这一夜景色是何等的美妙。而这上元即正月十五，在北宋是重要的节日。《宋史·礼志》有这样的记载：

> 自唐以后，常于正月望夜，开坊市门然灯。宋因之，上元前后各一日，城中张灯，大内正门结彩为山楼影灯，起露台，教坊陈百戏。天子先幸寺观行香，遂御楼，或御东华门及东西角楼，饮从臣。四夷蕃客各依本国歌舞列于楼下。东华、左右掖门、东西角楼、城门大道、大宫观寺院，悉起山棚，张乐陈灯，皇城雉堞亦遍设之。其夕，开旧城门达旦，纵士

民观。

遵循传统的习俗，北宋的历任皇帝都要在京城的宣德楼上观灯。宣德楼前搭起巨大的灯山，艺人们别有匠心地用彩色装饰文殊骑着狮子、普贤骑着白象的塑像，让五条溪水从他们的手指上流下，形成一道道逼真的瀑布。又在左右两旁的门上以草扎成两龙相戏，上面用青幕遮盖，同时在草上密置灯烛数万盏，望之蜿蜒，如双龙飞走。而宣德楼上垂挂着黄色的丝带，正中用黄色的绸缎扎一彩棚，御座两旁站立大臣、宫妃；楼下禁卫身着锦袍，幞头上插着御赐的花朵，排列两旁。为方便百姓观灯，开封府还专门在楼下搭了一座露台，一时间歌舞百戏尽展其能，万姓山呼，君臣同乐。

苏轼在儋州三年，过了三个上元节。宋哲宗元符元年（1098），农历戊寅年，这一年的上元夜，昌化军使张中邀请苏过赴宴。苏轼在儋州家中，看着窗外挺拔的椰树，听着远远传来的一阵阵风声，诗情奔涌，写了《上元夜过赴儋守召独坐有感》。第二年的上元节，游过儋州的上元夜之后，写了《书上元夜游》。第三年的上元节，用《上元夜过赴儋守召独坐有感》的旧韵，写下《追和戊寅岁上元》。他因上元节而有所思所想，形于诗文，成为他儋州生活的重要记忆。

《上元夜过赴儋守召独坐有感》的“儋守”是军使或称儋州太守张中。张中是河南开封人，进士及第后曾担任过初等职官。他在儋州时，派士兵修葺了伦江驿租给无栖居之所的苏轼居住，后因苏轼受到牵连。张中被贬为雷州监司离开海南之际，苏轼还以和陶诗的形式，写了三首为他送行。其一中说“恐无再见日，笑谈来生因”；其二又说“梦中与汝别，作诗记忘遗”，流露了对张中的不舍和深情。这首《上元夜过赴儋守召独坐有感》首联和颔联说张中邀请伴侍他的小儿子苏过饮酒，他劝苏过去，不要顾及他独自在家。他在家还可以“静看月窗盘蜥蜴，卧闻风幔落伊威”。海南地气潮湿，蜥蜴盘窗、伊威轻鸣是常有的现象，与它们相处，也是生活的乐事，因此内心很平静。在这里，需要交代一下苏过。苏过（1072—1123），字叔党，是苏轼的第三个儿子，由苏轼的第二位妻子王闰之生于杭州。他随侍苏轼的时间最长，在文学上受苏轼的影响也最深，人称“小坡”。《宋史》没有为他两个哥哥苏迈和苏迨立传，却在苏轼传后附了苏过传，给了他非常的殊荣。苏轼被流贬海南儋州时，唯有 26 岁的苏过随行。在这首诗里，苏轼在平静时，恍恍惚惚想到了往事，于是说：“灯花结尽吾犹梦，香篆消时汝欲归。搔首凄凉十年事，传柑归遗满朝衣。”

苏轼所说的“梦”，是指元祐八年（1093）正月十五，那时候他在京城陪着哲宗皇帝过上元节，曾写过一组《上元侍饮楼上三首呈同列》的绝句，其三说：“老病行穿万马群，九衢人散月纷纷。归来一盏残灯在，犹有传柑遗细君。”对此苏轼有说明：“侍饮楼上，则贵戚争以黄柑遗近臣，谓之传柑。”而细君是指他第二个妻子王闰之。这两个上元节相距只有 5 年，而他却说“搔首凄凉十年事”，这是指元祐三年（1088）他又陷于党争之中，乞任外郡，先到杭州等地，再被贬惠州、海南，真的是十年凄凉。

元符三年，农历庚辰年的上元节，他写了《追和戊寅岁上元》。这首诗是他自我唱和之作，仍用《上元夜过赴儋守召独坐有感》的旧韵，诗前自跋道：

戊寅上元在儋耳，过子夜出，余独守舍，作《违字韵》诗。

今庚辰上元，已再期矣。家在惠州白鹤峰下。过子不眷妇子从余来此。其妇亦笃孝，怅然感之，故和前篇，有“石建”“姜庞”之句。又复悼怀同安君，末章故复有“牛衣”之句，悲君亡而喜予存也。书以示过，看余面，勿复感怀。

显然，这首诗比《上元夜过赴儋守召独坐有感》更有意味，诗以“春鸿社燕巧相违”喻苏过与妻子的分离，以西汉孝子石建暗说苏过之孝，以东汉孝妇姜庞说苏过妻的思念。同时想到自己当年与苏过的母亲同安君王闰之的甘苦与共，以西汉王章的故事，吟出“合浦卖珠无复有，当年笑我泣牛衣”的诗句。

话说回来，元符二年（1099）上元节的晚上，苏轼应几位老书生相邀，逛儋州城。进寺庙、穿小巷，看到汉人和黎族百姓和谐相处，卖肉的，买酒的，嘈杂熙攘，热闹非凡。那时候的儋州集市，应该是很热闹的，他还在教诲江阴人葛延之怎样写文章的时候，以儋州集市打比方，说写文章的关键是要以“意”统摄，就像在儋州集市上买东西，需要用“钱”一样。这天苏轼逛完回到家里，已是三更天了，这番夜游实在是弄得很晚了。儿子苏过虚掩着门睡着了，他“放杖而笑”的笑声，笑醒了苏过，也笑出了“孰为得失”之问。这“孰为得失”问的是他被贬海南儋州，是得还是失？

苏轼接到被贬儋州的诏书和初到儋州之时，对海南的感觉非常不好。他曾在给朋友王敏仲的信中说：“某垂老投荒，无复生还之望。昨与长子迈决，已处置后事矣。今到海南，首当作棺，次便作墓，乃留手疏与诸子，死则葬于海外。”[①] 这固然是他对自我

① 苏轼：《与王敏仲十八首》其十六。

人生的安排，而这一安排源自于他对海南的最初印象。

他在琼州登上海南岛，再从琼州到儋州，给宋哲宗报告业已到达时说："臣孤老无托，瘴疠交攻。子孙恸哭于江边，已为死别；魑魅逢迎于海外，宁许生还。念报德之何时，悼此心之永已。俯伏流涕，不知所云。"[①]后来又住在桄榔庵，说此庵"海氛瘴雾，吞吐吸呼；蝮蛇魑魅，出怒入娱"[②]。又在给朋友张逢的信中说自己"久逃空谷，日就灰槁而已"[③]。但后来呢？他奉诏北归前夕，写的《别海南黎民表》最具代表性："我本海南民，寄生西蜀州。忽然跨海去，譬如事远游。平生生死梦，三者无劣优。知君不再见，欲去且少留。"诗的首句"我本海南民"一作"我本儋耳人"。他起初说自己会死在海南，故表示要做棺修墓，那是因对海南无知而本能生出恐惧，不愿做一个海南人。而这时候，本是眉州眉山人的他，居然说自己不是四川人，而是海南人。现在要离开海南，不过是出门远足，观光、游学，有一天他还会回来。但在这里，他忽然说"平生生死梦，三者无劣优"，生犹死、死犹生，生生死死，又都像一场梦。苏轼曾在定州写过一首《被命南迁途中寄定武同僚》，诗里写道："人事千头及万头，得时何喜失时忧。只知紫绶三公贵，不觉黄粱一梦游。"归结为人生如梦，得无须喜，失无须忧，以致生、死、梦被视为一体了，这又是受了庄子生死齐同的影响。尽管如此，他毕竟表白了"我本海南民"，对海南的由衷之爱都在其间了。于是，苏轼被流贬儋州看似是人生之失，却已演化为人生之得了。

---

① 苏轼：《到昌化军谢表》。

② 苏轼：《桄榔庵铭》。

③ 苏轼：《与张逢六首》其三。

苏轼之所以会如此，一方面与他在儋州因生活环境的改变而改变了自己有关。他当年在密州的时候，曾说过一句深有意味的话："余性不慎语言，与人无亲疏，輙输写腑脏，有所不尽，如茹物不下，必吐出乃已。而人或记疏以为怨咎，以此尤不可与深中而多数者处。"[①] 他这时候因不赞同王安石变法而离开了京城，但在自我的反思中一则说了自己的率性直言，二则是直言之后居然被有的人当作了批评、攻击他的武器，因此他感慨不能和心深而多术的人相处。而他到儋州之后，还说过"轼平生以文字言语见知于世，亦以此取疾于人，得失相补，不如不作之安也"[②]。他在海南所处者多是当地百姓，少与旧友有来往，这固然有害怕连累旧友的担忧，但也是对自我的保护。尽管他在儋州多有诗文，但他的诗多是叙说日常琐碎的生活，而文除通信和一般的随笔之外，则多涉历史，与社会现实保持着一定的距离。这另一方面与苏轼自我心境的调适有关。他在元符元年九月十二日，与客人饮酒略有醉意之后，信笔写了自己当时的想法：

> 吾始至南海，环视天水无际，凄然伤之，曰："何时得出此岛耶？"已而思之，天地在积水中，九州在大瀛海中，中国在少海中，有生孰不在岛者？覆盆水于地，芥浮于水，蚁附于芥，茫然不知所济。少焉水涸，蚁即径去，见其类，出涕曰："几不复与子相见，岂知俯仰之间，有方轨八达之路乎？"念此可以一笑。[③]

---

① 苏轼:《密州通判厅题名记》。

② 苏轼:《答刘沔都曹书》。

③ 苏轼:《试笔自书》。

苏轼初到海南，看到四周全是海水，内心惶然，问自己什么时候可以离开这座海岛。在此之前，还有《行琼儋间肩舆坐睡梦中得句云千山动鳞甲万谷酣笙钟觉而遇清风急雨戏作此数句》诗，诗中说："登高望中原，但见积水空。此生当安归？四顾真途穷。"与这里说的"天水无际"相类。那时他觉得无路可走，可现在他想到战国时齐国邹衍的天地观："中国名曰赤县神州。赤县神州内自有九州，禹之序九州是也，不得为州数。中国外如赤县神州者九，乃所谓九州也。于是有裨海环之，人民禽兽莫能相通者，如一区中者，乃为一州。如此者九，乃有大瀛海环其外，天地之际焉。"[①]邹衍对天地的认识并不清晰，泛言神州之内有九州，中国之外有九州，以见天下之大。苏轼说神州内的九州即"禹之序九州"，这见于《尚书·禹贡》，把号称赤县神州的中国分为冀、兖、青、徐、扬、荆、豫、梁、雍九州。邹衍说，所有的州都在海水的包围之中。苏轼说，是呀，有谁不是生活在海水包围的岛上呢？那么，生活在海南岛与生活在大陆不是一样的吗？"此心安处是吾乡"[②]，念及此，苏轼的确是心安了。

在这里，苏轼还发展了《庄子·逍遥游》中"覆杯水于坳堂之上，则芥为之舟"的比喻，用覆水蚁芥开了一个玩笑：蚂蚁在小草上，小草浮在地面上的一汪水中，蚂蚁会茫然不知从哪儿上岸。一会儿水干了，蚂蚁上岸，见到朋友，流着眼泪说："差一点不能和你相见了，没有想到眨眼工夫就有四通八达的道路。"这个玩笑有点嘲讽的味道，为水所困的蚂蚁最终有四通八达的道路，人生何处没有四通八达的道路呢？原以为是人生绝境的海南，此

---

① 司马迁：《史记·孟子列传》。

② 苏轼：《定风波·南海归赠王定国侍人寓娘》。

时不再是人生绝境了，他豁然开朗，放松身心，开启了自我快乐生活之门，也让他在儋州的第二个上元节过得和第一个上元节很不一样。

在《书上元夜游》里，苏轼说小儿苏过问他“何笑”，苏轼说是“自笑”，这样简洁含混的表达让人很难明白他笑的是什么。也许是想到朝廷把他贬到儋州，让他备尝生活的艰辛，而他到儋州后的确是有过缺食少医以及内心恐惧的痛苦，但现在呢？他却享受着安逸的生活，尽管远离了家乡和京城。苏轼以“放杖而笑”表现出的人生达观，让人想起他在惠州时写下的《记游松风亭》。这篇游记同样短而有趣：

> 余尝寓居惠州嘉祐寺，纵步松风亭下，足力疲乏，思欲就林止息。仰望亭宇，尚在木末，意谓如何得到。良久忽曰：“此间有甚么歇不得处？”由是心若挂钩之鱼，忽得解脱。若人悟此，虽两阵相接，鼓声如雷霆，进则死敌，退则死法，当恁么时，也不妨熟歇。

清·余集《苏文忠公笠屐图》

他想游松风亭，还只走到山半腰，脚无力了，不想走了，本打算在松风亭歇息，目的未达。在继续爬山还是就此而止的犹疑中，苏轼忽然想，什么地方不能歇息呢？在松风亭里是歇息，在松风亭下也是歇息。于是，他顿时就解脱了，甚至说出“虽两阵相接，鼓声如雷霆，进则死敌，退则死法，当恁么时，也不妨熟歇”，让人赞叹不已。而这都不过是随缘委命，一切顺应自然。

苏轼的“笑”还在继续，他说自己“亦笑韩退之钓鱼无得，更欲远去。不知走海者未必得大鱼也”。韩愈写过一首《赠侯喜》的诗，在诗中叙说和侯喜一道钓鱼的事，说是“晡时坚坐到黄昏，手倦目劳方一起”，好不容易有所得，所得却是一寸长的小鱼。于是韩愈说自我的人生也是这样，“半世遑遑就举选，一名始得红颜衰”，生活也就没有什么趣味。“人间事势岂不见，徒自辛苦终何为。便当提携妻与子，南入箕颍无还时。”并劝侯喜钓鱼就应该远去，大鱼怎么会在潮湿低凹的地方呢？《庄子·外物》有任公子垂钓的寓言，庄子借任公子在东海垂钓，说在小河沟里是钓不到大鱼的。韩愈所说也在常理中。只是这“箕颍”是河南登封东南的箕山和颍水，相传是唐尧时隐士许由隐居的地方。显而易见，韩愈是劝同乡侯喜不要入仕，最好还是过隐居生活。但苏轼说，你韩愈以为远去就可以钓到大鱼，其实不然。再说，远也是钓鱼，近也是钓鱼，是很无所谓的事情。其中的含义是隐于箕山颍水是隐，隐于朝市也是隐。何况，自西汉东方朔以来，就有“大隐隐于朝，小隐隐于野”的说法。而苏轼这种无所谓的态度和他在《记游松风亭》中说“此间有甚么歇不得处”的情怀相一致。

这一年上元节过后，立春时苏轼填了一首《减字木兰花·己卯儋耳春词》，词写道：

> 春牛春杖，无限春风来海上。便丐春工，染得桃花似肉红。

春幡春胜，一阵春风吹酒醒。不似天涯，卷起杨花似雪花。

他在词中一连用了七个“春”字，无限的春风，多情的春工即春神染红桃花，春耕春种，立春之际的儋州是这样充满了浓浓的春意。苏轼依旧心情很好，分明是天涯的儋州，这时他说“不似天涯”，因为儋州的杨花飞舞起来像北方的雪花飞舞。他这样自然地把儋州和北方连接在一起，是心底思乡之情的含蓄显现。这里说到杨花，他曾写过一首《水龙吟·次韵章质夫杨花词》，以拟人的手法，把那欲坠落的杨花写成恋郎的娇羞美女，最后说“春色三分，二分尘土，一分流水。细看来，不是杨花，点点是离人泪”，满是悲情。不像这里“卷起杨花似雪花”，全是乐意。这时的苏轼难以掩饰逢春的无比愉悦，哪里像一个身处天涯的贬官？不说酒让他醉，春也让他有醉意了，而他已经是64岁的老人。

苏轼在《书上元夜游》里“放杖而笑”，问“孰为得失”，那么生活在这样的快乐中，是“失”还是“得”呢？遗憾的是，苏轼奉诏北归，途染沉疴，最后于宋徽宗建中靖国元年（1101）七月二十八日死在了江苏常州，距离他元符三年（1100）六月二十日离开海南只有一年多。如果苏轼不离开海南，他依然会在海南百姓中时时“放杖而笑”，还会有儋州所写的《被酒独行遍至子云威徽先觉四黎之舍三首》那样“总角黎家三四童，口吹葱叶送迎翁。莫作天涯万里意，溪边自有舞雩风”的生活。尽管身在儋州，却仿佛像春秋时孔子所希求的晚春“浴乎沂，风乎舞雩，咏而归”[①]。自由自得之下，哪有贬官流寓的悲愁。人生的“得”与

① 《论语·先进》。

“失”总在纠结之中，唐代韩愈曾说被贬柳州而死在柳州的柳宗元：“子厚斥不久，穷不极，虽有出于人，其文学辞章，必不能自力，以致必传于后如今，无疑也。虽使子厚得所愿，为将相于一时，以彼易此，孰得孰失，必有能辨之者。”[①]这话是说为将相于一时倒不如为文学辞章流传永久，失于将相而得于文学辞章，得人生更大的意义。我们固然可以此来看苏轼，但流寓儋州安享余生与北归丧命，二者是“得”还是“失”呢？当然，苏轼没有想到，北归竟使他快速到达了人生的终点。

【原文】

书上元夜游

己卯上元，予在儋州，有老书生数人来过，曰：“良月嘉夜，先生能一出乎？”予欣然从之。步城西，入僧舍，历小巷，民夷杂糅，屠沽纷然，归舍已三鼓矣。舍中掩关熟睡，已再鼾矣。放杖而笑，孰为得失？过问先生何笑，盖自笑也。然亦笑韩退之钓鱼无得，更欲远去。不知走海者未必得大鱼也。

---

① 韩愈：《柳子厚墓志铭》。

十、共享那不尽的江上清风、山间明月

——《前赤壁赋》解读

北宋神宗时期，苏轼不赞同王安石的“熙宁变法”而求外放，离开京城以避事端。但他这个有话藏不住的人，因不赞同产生的牢骚是要发的，诗歌创作里有，给宋神宗上书里也有。元丰二年（1079）四月，他赴湖州就任，依惯例写了《湖州谢上表》，忍不住对神宗皇帝说，陛下“知其愚不适时，难以追陪新进；察其老不生事，或能牧养小民”。这“新进”是指随王安石“熙宁变法”的新锐改革者。苏轼保守，与这些人激进的改革主张不合，故说：“我不合时宜，不能陪他们同行，但陛下知道我不会惹事，还有能力管理地方百姓，所以派我到湖州做太守。”没想到他这封谢上表很快就传开了，监察御史舒亶说苏轼包藏祸心，反对新法，并在苏轼诗歌里找到一些“讥谤”新政的证据，于是苏轼被拘捕，关押在乌台即御史台监狱，史称“乌台诗案”。御史中丞李定等人力主要治苏轼的罪，所幸有张方平等人极力营救，弟弟苏辙也上疏请求用自身的官职赎哥哥苏轼的罪。神宗免了苏轼的死罪，但活罪难逃，他被贬为检校水部员外郎，充黄州团练副使，着黄州安置，不得签署公事。此后，苏轼在黄州算是清闲地生活了四年半，只能也只需顾及自己的生活。

苏轼被贬黄州，从此开启了他以黄州为始，以儋州为终的流贬生活。他晚年北归，途经镇江金山寺，在李龙眠为他画的肖像前题了一首小诗，自言平生功业是“黄州惠州儋州”。这样走过一生，实在是他随父苏洵出川到京城开封、21岁与弟弟苏辙同时金榜题名时无法想到的。苏轼初被贬时44岁，正值盛年，对人生林林总总的思考以及诗词文的创作，都相当活跃。他抵黄州后写过一首《初到黄州》的小诗，说是“自笑平生为口忙，老来事业转荒唐”，看似轻松的笔调里，蕴含了深沉的人生不当如是而如是的痛苦。正是这种痛苦，让苏轼思想多有纠结，并借诗词文展现出来，让人看到了他多重的心理世界。他时而说自己孤独但傲慢，犹若“拣尽寒枝不肯栖”[①]的孤鸿；时而说“我”好像是东晋的陶渊明，“梦中了了醉中醒。只渊明，是前生”[②]；时而很颓唐，说人生何需空忙，“百年里，浑教是醉，三万六千场”[③]；时而又很洒脱旷达，不复有“乌台诗案”的阴影，在“回首向来萧瑟处，归去，也无风雨也无晴”[④]中透出自信与豪情；时而想到功名未立，又很感伤地吟唱着“人生如梦，一尊还酹江月”[⑤]。这让

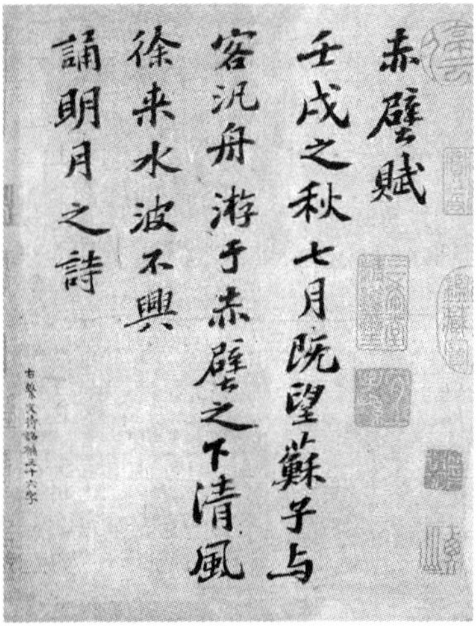

北宋·苏轼行书《赤壁赋》局部

① 苏轼:《卜算子·黄州定慧院寓居作》。
② 苏轼:《江城子·梦中了了醉中醒》。
③ 苏轼:《满庭芳·蜗角虚名》。
④ 苏轼:《定风波·莫听穿林打叶声》。
⑤ 苏轼:《念奴娇·赤壁怀古》。

读者感慨、怜惜不已。

苏轼在黄州写了两篇赤壁赋，前者名《赤壁赋》，人们习惯称之为《前赤壁赋》，后者名《后赤壁赋》。而这“赤壁”本不是三国时魏之曹操与东吴周瑜即周公瑾进行“赤壁大战”的赤壁，苏轼心知，在黄州曾给友人范子丰写过一封信，信中说：

> 黄州少西山麓，斗入江中，石室如丹。《传》云“曹公败所”所谓赤壁者。或曰：非也。时曹公败归华容路，路多泥泞，使老弱先行，践之而过，曰：“刘备智过人而见事迟，华容夹道皆葭苇，使纵火，则吾无遗类矣。”今赤壁少西对岸，即华容镇，庶几是也。然岳州复有华容县，竟不知孰是？今日李委秀才来相别，因以小舟载酒饮赤壁下。李善吹笛，酒酣作数弄，风起水涌，大鱼皆出。山上有栖鹘，亦惊起。坐念孟德、公瑾，如昨日耳。[①]

所以，他在《念奴娇·赤壁怀古》里说“故垒西边，人道是，三国周郎赤壁”。这“人道是”与他《记赤壁》一文中说的“黄州守居之数百步为赤壁，或言即周瑜破曹公处，不知果是否”一样透着玄机，果然真赤壁不在黄州，而在湖北蒲圻即今之赤壁市。

这里要说的是《前赤壁赋》，从中人们可以看到另一番模样的苏轼。不过，这信里说李委秀才与他“以小舟载酒饮赤壁下”，但李委秀才并不是《前赤壁赋》里的“客”。因为苏轼还有一首《李委吹笛并引》的诗，诗的小引里说：

---

① 苏轼：《与范子丰八首》其七。

> 元丰五年十二月十九日，东坡生日也。置酒赤壁矶下，踞高峰，俯鹊巢。酒酣，笛声起于江上。客有郭、石二生，颇知音，谓坡曰："笛声有新意，非俗工也。"使人问之，则进士李委，闻坡生日，作新曲曰《鹤南飞》以献。

这"十二月十九日"晚于《前赤壁赋》的创作时间。且赋中说吹洞箫，而李委秀才吹笛。有人说，这"客"当是会吹箫的绵州武都山道士杨世昌，苏轼曾在《蜜酒歌》里咏过"西蜀道士杨世昌"，他被贬黄州时，杨世昌曾来看望过他，不过那时间、情景与《后赤壁赋》的叙说描写更相合。但《后赤壁赋》的写作与《前赤壁赋》相距三个月，尽管后人多认为是杨世昌和苏轼作前后赤壁游，但《前赤壁赋》的"客"究竟是谁仍有疑问，不能确断。

《前赤壁赋》写于元丰五年（1082）七月十六日，民间说"十五的月亮十六圆"，这一夜果然秋月皎洁，苏轼与"客"同游赤壁之下，并将所见的那幕江夜景象用诗一般的语言呈现在人们面前：

> 清风徐来，水波不兴。举酒属客，诵明月之诗，歌窈窕之章。少焉，月出于东山之上，徘徊于斗牛之间。白露横江，水光接天。纵一苇之所如，凌万顷之茫然。浩浩乎如凭虚御风，而不知其所止；飘飘乎如遗世独立，羽化而登仙。

这"清风徐来，水波不兴"用笔舒缓，蕴有苏轼月夜游赤壁的闲逸和惬意，其静美截然不同于也是在他笔下出现的赤壁之下"大江东去，浪淘尽，千古风流人物"的豪放。景色宜人自然使游人有饮酒与诵诗的兴致。所谓"明月之诗"当是下文的"月明星稀，乌鹊南飞"，出自曹操的《短歌行》。而"窈窕之章"历来就有两解，但都和《诗经》有关。一说出自《周南·关雎》的“关关雎鸠，在河之洲。窈窕淑女，君子好逑”；一说出自《陈风·月出》的“月出皎兮，佼人僚兮。舒窈纠兮，劳心悄兮”。后者之“月”与此时的秋月相应，“窈窕”和“窈纠”的读音、意思相近，都表达了对美女的爱慕和思念。相较而言，“窈窕之章”更可能出自《关雎》，“窈窕”和“窈纠”音近义近终究只是相近，苏轼当时的心情轻快，远没有“月出皎兮，佼人僚兮。舒窈纠兮，劳心悄兮”那样揪心沉重。

金·武元直《赤壁图》局部

在这酒兴益酣、诗意渐浓之际，天上的月儿升得更高了，停留在空中用皎洁的光芒轻抚着江水。江水之上雾气弥漫，把水天熏染得不知哪儿是水色，哪儿是月光。正是在这天水一色的朦胧中，东去的滚滚长江才会呈现出“万顷之茫然”的奇特景观，才会让苏轼感到和“客”驾的一叶小舟就像一片苇叶在江上漂荡，才会使他在纵舟漂荡时，那风吹舟行于江上，好像是风吹舟游于空中。于是，他的思绪也随之飘得更远，渐渐地离开人间，仿佛身长双翼，飞向天空或说天宫，脱凡成仙了。

南宋俞文豹在《吹剑三录》中说：“碑记文字铺叙易，形容难，犹之传神，面目易模写，容止气象难描模。”他特别提到苏轼《前赤壁赋》的“清风徐来，水波不兴”“白露横江，水光接天”。苏轼如是的叙说，勾勒出赤壁长江的“容止气象”，这并不清晰的描摹，彰显的是江天一色的浩瀚和苍茫。在如此博大的气象中，方见他与“客”的一叶小舟之小以及在江水之上的漂浮莫定，难免使人有飘然若仙之感。苏轼在这种意境中，让自己情怀的表达走向了极致。凡夫俗子有什么生活境界能高于江天一色，让人“飘飘乎如遗世独立，羽化而登仙”呢？

正是在如此情境中，苏轼与“客”“饮酒乐甚，扣舷而歌”成为自然。苏轼吟唱的“桂棹兮兰桨，击空明兮溯流光；渺渺兮予怀，望美人兮天一方”，化用于屈原《九歌》中的《湘君》《湘夫人》及《少司命》。少司命相传是主管人间生育儿女的神，屈原把这首祭歌演化成了一首缠绵的情诗，表现出对少司命的炽热爱慕。苏轼借这些历史传说或说文学想象的情景，再现自己与“客”泛舟江上的美妙享受，也让人感受到他对爱的追寻。有意思的是，他开篇对“窈窕淑女”的憧憬，当身处长江之上，那遗世独立、羽化登仙的感觉渐逝的时候，却演化成了人世间思而不得的惆怅。这“望美人兮天一方”脱胎于《诗经·秦风·蒹葭》的“所谓伊人，在水一方”，而在屈原的文中，其《离骚》三求“佚女”的政治追寻彰显出以“美人”喻君王之义，以致人们对《九歌》里“美人”的理解，也有类似的趋向，明说思美人，暗地里却是思君，蕴含了自我人生的不得意。被贬黄州的苏轼，似乎也像屈原一样，借此表达自己命运坎坷。

的确，苏轼像屈原一样怀有忠君报国之情，不意有这样的贬谪遭遇。这时，善吹洞箫之“客”倚歌和之，“其声呜呜然，如怨如慕，如泣如诉，余音袅袅，不绝如缕”。“客”的箫声，在苏轼的描摹之下，让人感受到类似于《九歌》“渺渺兮予怀，望美人兮天一方”的惆怅情感，不过这“如怨如慕，如泣如诉”对他来说仿佛就是怨慕泣诉。苏轼说这箫声太动人，居然使深渊里潜藏的蛟龙翩然起舞，孤舟里独处的女人泪水潸然。这也是很有意味的比拟，蛟为蛟龙，《易经》乾卦里有“潜龙勿用”之说，那这翩然起舞的蛟龙是苏轼自喻、欲求为世所用吗？孤舟里独处的女人落泪又是说什么呢？屈原在《离骚》里曾自喻为美人，而且也是独处的美人，如“众女嫉余之蛾眉兮，谣诼谓余以善淫”，“民生各有所乐兮，余独好修以为常”。这让人想到苏轼的比拟也许又一次暗有寓意，极可能是想告诉人们，他也希望宋神宗知道他的孤独，知道他想为君王所用。这种情绪的表达使苏轼的游赤壁之乐，忽地有了“愀然”之态，难言的悲愁堵在胸口，全文也在开篇大起之后，产生大落。但这只是过渡，在歌声相答之后，文章进入了苏轼与“客”的言辞互答，也就是辞赋中常有的主客问答，以之构成全文的主体。其实，“客”之声也来自苏轼心底，“客”说的话其实是苏轼的“代客言”，这是汉代辞赋中常见的表达形式。这时“客”说：

> “月明星稀，乌鹊南飞”，此非曹孟德之诗乎？西望夏口，东望武昌，山川相缪，郁乎苍苍，此非孟德之困于周郎者乎？方其破荆州，下江陵，顺流而东也，舳舻千里，旌旗蔽空，酾酒临江，横槊赋诗，固一世之雄也，而今安在哉？

这一段“客”的叙说，是因眼前的赤壁之景以及上文诵及的

“月明星稀，乌鹊南飞”而发的思古幽情。“客”这里说的曹操赤壁之战事，苏轼在《念奴娇·赤壁怀古》词里也说过，但表现得大不相同。一是状景不同，词里写赤壁之景为“乱石穿空，惊涛拍岸，卷起千堆雪”，而赋中写赤壁“山川相缪，郁乎苍苍”，词中是江景，赋中是山景。二是叙事不同，词里写赤壁之事，“遥想公瑾当年，小乔初嫁了，雄姿英发。羽扇纶巾，谈笑间，强虏灰飞烟灭”，说的是周公瑾英雄一世，灭曹只在谈笑间；而赋中的“方其破荆州，下江陵，顺流而东也，舳舻千里，旌旗蔽空，酾酒临江，横槊赋诗，固一世之雄也”，说的是曹操英雄一世，似乎灭东吴也只在弹指一挥间。二者之间的差异，虽说有不同文体的因素，但根本还是因为苏轼的取材不同。“客”因“月明星稀，乌鹊南飞”自然说到曹操。汉献帝建安十三年（208），曹操南下进攻东吴，战前给东吴的孙权写信说：“近者奉辞伐罪，旄麾南指，刘琮束手。今治水军八十万众，方与将军会猎于吴。”[①] 一时间东吴的群臣惊恐失色，投降声一片。孙权的重要谋臣鲁肃劝孙权联合蜀汉的刘备，并以周瑜为都督抗曹，周瑜破曹信心满满，更激发了孙权的斗志，誓言与曹操势不两立。两军对垒，周瑜见曹操舰船首尾相接，用部将黄盖诈降，火烧曹营，曹操惨败，从华容道仓皇而逃。文中不说曹操的赤壁惨败，而说他率八十万大军南下的威猛气势，那临江把酒、横槊赋诗之举，倒也真能显出英雄本色。可结论是曾为一世之雄的曹操“而今安在”？这就回到了《念奴娇》词“江山如画，一时多少豪杰”以及“大江东去，浪淘尽，千古风流人物”的语境中。“客”继续说：

---

① 陈寿：《三国志·吴主传》，裴松之注引《江表传》。

况吾与子渔樵于江渚之上，侣鱼虾而友麋鹿，驾一叶之扁舟，举匏樽以相属。寄蜉蝣于天地，渺沧海之一粟。哀吾生之须臾，羡长江之无穷。挟飞仙以遨游，抱明月而长终。知不可乎骤得，托遗响于悲风。

就写作技法来看，这是怀古思今的基本套路。在对历史的沉思中，找到古今相通的人生哲理。经过八百多年，曾经出现在赤壁之战中的英雄曹操、周瑜、诸葛亮等人也如逝水，被浪淘尽了。在有过战火硝烟、无数死伤的万里长江之上，这时候只有“客”和苏轼悠然地驾着一条小船，“侣鱼虾而友麋鹿”。这一句看似平淡，却透出他们超脱了红尘宦海，享受着自由自然的生活。这种生活在庄子的“至德之世”里就有影子，庄子曾说他理想的至德之世，“山无蹊隧，泽无舟梁，万物群生，连属其乡；禽兽成群，草木遂长。是故禽兽可系羁而游，鸟鹊之巢可攀援而窥”[①]。不过，“客”与苏轼“侣鱼虾而友麋鹿”的生活只是短暂的一刻，他们很快就陷于人生的哲思中。一则人的生命短暂，在天地之间犹如朝生暮死的蜉蝣；二则人的生命渺小，在沧海里犹如一粟。在这样的比照之下，感悟到人生命之须臾，自我哀悯之情也随之涌上心头。于是，羡慕长江的无穷以及欲与飞仙同游、抱明月长终都是“客”本能的追求。“客”也知道这是玄想，只能以“如怨如慕，如泣如诉”的箫声来表达内心一时的凄苦。

“客”的这番生命谈，引发苏轼阐发对生命的理解。苏轼说：

客亦知夫水与月乎？逝者如斯，而未尝往也；盈虚者如

---

① 《庄子·马蹄》。

彼，而卒莫消长也。盖将自其变者而观之，则天地曾不能以一瞬；自其不变者而观之，则物与我皆无尽也，而又何羡乎！

他的水月盈虚说，让人想起《庄子·秋水》里北海若对河伯说的话："天下之水，莫大于海，万川归之，不知何时止而不盈；尾闾泄之，不知何时已而不虚。春秋不变，水旱不知。"这"尾闾"是传说中的地名，北海若的意思是天下的水数海最大，万川归海没有停歇，但海水并没有满；海水从尾闾外泄，没有停歇，海水也没有减少；不论春秋，不论水旱，海水总是一样的。从这里来看苏轼的水月盈虚说，显然受了庄子的影响。不仅如此，他的万物变与不变说，也和庄子的齐物思想有关联。《庄子·齐物论》说："天下莫大于秋豪之末，而大山为小；莫寿于殇子，而彭祖为夭。天地与我并生，而万物与我为一。"庄子的意思是事物是相对存在的，要说大，野兽秋天毫毛的末端最大，泰山最小；寿命最长的是一生下来就死去的婴儿，寿命最短的是相传活了八百年的彭祖。因为天地之间还有比秋毫之末更小的，有比彭祖寿命更长的。但天地万物与"我"都有自然的规则，在自然这一点上，彼此一样。苏轼说的水月变与不变也是相对的。说变，天地万物时刻都在变；说不变，天地万物和我都没有穷尽。"客"不必"羡长江之无穷"，也不必"挟飞仙以遨游，抱明月而长终"。随后，苏轼说了本文中最富意味的一段话：

且夫天地之间，物各有主，苟非吾之所有，虽一毫而莫取。惟江上之清风，与山间之明月，耳得之而为声，目遇之而成色，取之无禁，用之不竭。是造物者之无尽藏也，而吾与子之所共适。

在这里，苏轼说万物各有主宰，物与物之间是有界限的，这一界限客观规定了物的独立性而不可跨越。他说“苟非吾之所有，虽一毫而莫取”，却又说可取的是“江上之清风，与山间之明月”。这意味着他把世间之物分成了两类，一类是自然的清风、明月，另一类是非自然的世间之物。那非自然的世间之物是什么呢？苏轼在黄州填了一首《满庭芳·蜗角虚名》，词的上阕说“蜗角虚名，蝇头微利，算来着甚干忙。事皆前定，谁弱又谁强”。他说“苟非吾之所有，虽一毫而莫取”，莫取的就是世间“蜗角虚名，蝇头微利”。“事皆前定”，“莫取”的自足同时意味着认命以及对名利的漠视。理想的是有江上清风和山间明月与他相伴，两耳可尽闻清风，两眼可尽观明月，他特别对“客”说这清风明月是我们没有穷尽的宝藏，此时此刻，“取之无禁，用之不竭”，我们共同享有，因之也有无比的人生快意。于是，小舟上出现了苏轼与“客”欢乐的场景：“客喜而笑，洗盏更酌。肴核既尽，杯盘狼藉。相与枕藉乎舟中，不知东方之既白。”

这篇文章虽然多引用古诗并进述历史的故事，但因与赤壁及江上夜景切合，叙事说理都自然而无滞重之感。苏轼从游赤壁之乐写起，最后落脚点还是游赤壁之乐。当然，前游之乐不同于后游之乐。可以说，前游之乐是赤壁的美妙夜色引起的，因景象的美妙而产生了人生更美好的想象，尽管它是虚幻的；而后游之乐，则是因在历史的回顾与沉思中人生俨然受到洗礼。后游之乐与自然相融为一，而前游之乐沉溺于自然时，人与自然还有分野。苏轼的人生境界，在后游之乐的平淡祥和中也得到了升华。再说这里诗化的语言和人生的哲理相融，形式之美与理性的光辉相交织，让人因其所叙悲愁而悲愁，所状快乐而快乐。这时候“代客言”的苏轼，在精神上全然走出了被流贬的不平和忧郁，人生似乎有了新的理想。

此后，苏轼游赤壁之乐的欢快情绪还在延续，这年八月十五，他填了一首《念奴娇·中秋》，词写道：

> 凭高眺远，见长空万里，云无留迹。桂魄飞来光射处，冷浸一天秋碧。玉宇琼楼，乘鸾来去，人在清凉国。江山如画，望中烟树历历。
>
> 我醉拍手狂歌，举杯邀月，对影成三客。起舞徘徊风露下，今夕不知何夕？便欲乘风，翻然归去，何用骑鹏翼。水晶宫里，一声吹断横笛。

秋月皎洁，江山如画，万里长空之下的苏轼，举杯邀月，欲乘风归去，让人多少有些现实与非现实的遐想。而到十月十六日，苏轼与客携酒再游赤壁，写了《前赤壁赋》的姊妹篇《后赤壁赋》。此时赤壁的“江流有声，断岸千尺。山高月小，水落石出”，和三个月前所见的赤壁景象迥异。苏轼抚景追昔，很感慨地说“曾日月之几何，而江山不可复识矣”，尽管岁月流逝、江山易貌，但不妨碍他仍有赤壁之游的快乐。

【原文】

前赤壁赋

壬戌之秋，七月既望，苏子与客泛舟，游于赤壁之下。清风徐来，水波不兴。举酒属客，诵明月之诗，歌窈窕之章。少焉，月出于东山之上，徘徊于斗牛之间。白露横江，水光接天。纵一苇之所如，凌万顷之茫然。浩浩乎如凭虚御风，而不知其所止；

飘飘乎如遗世独立，羽化而登仙。

于是饮酒乐甚，扣舷而歌之。歌曰：“桂棹兮兰桨，击空明兮溯流光；渺渺兮予怀，望美人兮天一方。”客有吹洞箫者，倚歌而和之。其声呜呜然，如怨如慕，如泣如诉，余音袅袅，不绝如缕。舞幽壑之潜蛟，泣孤舟之嫠妇。

苏子愀然，正襟危坐，而问客曰：“何为其然也？”客曰：“‘月明星稀，乌鹊南飞’，此非曹孟德之诗乎？西望夏口，东望武昌，山川相缪，郁乎苍苍，此非孟德之困于周郎者乎？方其破荆州，下江陵，顺流而东也，舳舻千里，旌旗蔽空，酾酒临江，横槊赋诗，固一世之雄也，而今安在哉？况吾与子渔樵于江渚之上，侣鱼虾而友麋鹿，驾一叶之扁舟，举匏樽以相属。寄蜉蝣于天地，渺沧海之一粟。哀吾生之须臾，羡长江之无穷。挟飞仙以遨游，抱明月而长终。知不可乎骤得，托遗响于悲风。”

苏子曰：“客亦知夫水与月乎？逝者如斯，而未尝往也；盈虚者如彼，而卒莫消长也。盖将自其变者而观之，则天地曾不能以一瞬；自其不变者而观之，则物与我皆无尽也，而又何羡乎！且夫天地之间，物各有主，苟非吾之所有，虽一毫而莫取。惟江上之清风，与山间之明月，耳得之而为声，目遇之而成色，取之无禁，用之不竭。是造物者之无尽藏也，而吾与子之所共适。”

客喜而笑，洗盏更酌。肴核既尽，杯盘狼藉。相与枕藉乎舟中，不知东方之既白。

主要参考文献

《全上古三代秦汉三国六朝文》，严可均校辑，中华书局 1958 年版。

《全唐文》，董诰等编，中华书局 1983 年版。

《全宋文》，曾枣庄、刘琳主编，上海辞书出版社、安徽教育出版社 2006 年版。

《旧唐书》，刘昫等撰，中华书局 1975 年版。

《新唐书》，欧阳修等撰，中华书局 1975 年版。

《宋史》，脱脱等撰，中华书局 1985 年版。

《历代文话》，王水照编，复旦大学出版社 2007 年版。

《韩愈全集校注》，屈守元、常思春主编，四川大学出版社 1996 年版。

《柳宗元全集》，曹明纲标点，上海古籍出版社 1997 年版。

《柳宗元集》，中华书局 1979 年版。

《柳宗元诗笺释》，王国安笺释，上海古籍出版社 1993 年版。

《欧阳修全集》，李逸安点校，中华书局 2001 年版。

《欧阳修诗文集校笺》，洪本健校笺，上海古籍出版社 2009 年版。

《苏轼文集》，孔凡礼点校，中华书局 1986 年版。

《苏轼诗集》，孔凡礼点校，中华书局 1982 年版。

《东坡乐府编年笺注》，石声淮、唐玲玲笺注，华中师范大学出版社 1990 年版。

《苏轼词编年校注》，邹同庆、王宗堂著，中华书局 2002 年版。

《三苏全书》，曾枣庄、舒大刚主编，语文出版社 2001 年版。

《韩愈资料汇编》，吴文治编，中华书局 1983 年版。

《柳宗元资料汇编》，吴文治编，中华书局 1964 年版。

《欧阳修资料汇编》，洪本健编，中华书局 1995 年版。

《苏轼资料汇编》，四川大学中文系唐宋文学研究室编，中华书局 1994 年版。

《宋文六大家活动编年》，洪本健编著，华东师范大学出版社 1993 年版。

《韩愈年谱》，吕大防等撰，徐敏霞校辑，中华书局 1991 年版。

《柳宗元年谱》，施子愉著，湖北人民出版社 1958 年版。

《欧阳修纪年录》，刘德清著，上海古籍出版社 2006 年版。

《苏轼年谱》，孔凡礼撰，中华书局 1998 年版。

《唐宋八大家文钞校注集评》，高海夫主编，三秦出版社 1998 年版。

《唐宋八大家汇评》，吴小林编，齐鲁书社 1991 年版。

《唐宋文举要》，高步瀛选注，中华书局 1963 年版。

《天下才子必读书》，金圣叹选评，朱一清、程自信校注，安徽文艺出版社 1991 年版。

《古文观止》，吴楚材、吴调侯选，中华书局 1959 年版。

《唐宋八大家文说》，陈祥耀著，福建教育出版社 1995 年版。

后　记

本书的写作和《文史知识》的刘淑丽兄有些关系。2013年10月，我们在北京召开的古代散文研讨会上相遇，她希望我能够写一点古代散文赏析的文章，做点传统文化的普及工作。承她厚意，我回海南后写了苏轼《留侯论》《超然台记》的赏析文字，在2014年《文史知识》上分两期刊出。此后我忙于其他事务，没有继续撰写。直到2016年9月，在桂林的古代散文研讨会上再遇淑丽，她问我为什么没有写了，希望我能再写一点，这激励了我提笔继续往下写。

这一写便不可收，通过写作这些文字，发现一些原以为弄清楚了的问题并不清楚，深感古代散文的细读很有必要。正因为细读，深得这些文章之味，也是难得的乐趣。其中，整体阅读、关联分析是我采用的基本方法，希望从一篇文章看到其表面意思、内涵及与作者人生境遇、思想情怀的关联。我努力这样做，希望所写的这些解读文字与其他赏析文字有点不同的面貌，能帮助读者更好地理解这些散文名篇。

我起初是想以这些文字策应自己2010年由天津教育出版社出版的《唐宋散文创作风貌与批评》，也以“唐宋散文八大家”之文为解读对象。但2017年底，海南出版社的刘逸先生找到我，请我写一本关于“韩柳欧苏人生格局”的书，尽管这本书的写作当时还只是一个意向，倒促使我改变了最初的想法，干脆将“唐宋散文八大家”散文名篇解读缩小为“韩柳欧苏”散文名篇解读。其中一些篇什，除在《文史知识》发表外，还承李相东兄的美意，在《古典文学知识》发表过。

这样说来，本书的写作从2013年底至2018年6月，前后四年有余，时间跨度有点长。这四年中，我完成海南师范大学文学院中国语言文学一级学科的博士点建设退休后，主要在海南科技职业学院从事教学和行政管理，并负责该校升格为本科院校的工作。繁忙的工作有辛劳也有愉悦，好在同仁同舟共济，相互帮扶，使这些工作进展顺利，尤其是海南科技职业学院最为重要的升本工作在2018年1月底通过了教育部专家组进校评估。2018年8月，升本后的海南科技职业学院拟更名为海口科技学院，后暂定名为海南科技职业学院（本科），最后定名为海南科技职业大学，这实在是令人高兴的事。

我没有等待学校升本、更名文件下达，就于2018年2月10日主动辞去在海南科技职业学院担任的副校长及相关的一切职务，回到海南师范大学，回到自己的书房和案头。好在我在海南科技职业学院工作期间，无论事务怎样庞杂、琐碎，案头研究一直没有停止：2015年至2017年间，我先后出版了个人专著《宋代四大词人群落及词风演化》《我本海南人，兹游冠平生——流寓儋州的苏东坡》《中国传统文化演讲三题》，为海南出版社的“琼崖文库”编选出版了《琼崖历代诗词选》。前三本书都获省级奖励。其中，2016年12月《宋代四大词人群落及词风演化》获海南省第九次社会科学优秀成果专著一等奖，2018年1月《中国传统文化演讲三题》获海南省第四届出版物政府奖一等奖、后又获海南省第十次社会科学优秀成果编著三等奖，《我本海南人，兹游冠平生——流寓儋州的苏东坡》获海南省第四届出版物政府奖三等奖，这对身为学人的我多少是一点安慰。

时光过得太快，鬓发斑白不期而至，所幸这本很想完成的小书在工作的间歇中断断续续地进行着。我在辞去海科院的工作后，长住武汉桂子山，却因博士生课程、苏轼研讨会、系列丛书海南历史文化名人的审稿工作，多次往返于海口与武汉之间，但对此书的写作一仍坚持不懈。不觉一晃又过了三四个月，现在总算是完成了。全书共选韩柳欧苏文36篇，其中韩愈12篇、柳宗元7篇、欧阳修7篇、苏轼10篇，收录了不同的文体，展现其不同的风貌，以助读者进行不同的认知。

这本书有我对韩柳欧苏散文名篇的新理解，为读者阅读的便利，参照《文史知识》和《古典文学知识》的做法，在每篇解读文字后附有原文。我自己很喜欢这些优美的散文，几十年来它们与我相伴，让我的人生多了一些快慰。我很希望它们能够得到读者的喜欢，希望它们相伴读者的人生而行，让读者也多几分人生的愉悦。

阮忠

2018年12月15日

图书在版编目（CIP）数据

美文不厌读千回 ： 韩柳欧苏的散文世界 / 阮忠著
. -- 海口 ： 海南出版社，2020.11
ISBN 978-7-5443-9146-7

Ⅰ. ①美… Ⅱ. ①阮… Ⅲ. ①古典散文－鉴赏－中国
－唐宋时期 Ⅳ. ①I207.62

中国版本图书馆CIP数据核字(2020)第003382号

美文不厌读千回——韩柳欧苏的散文世界
MEIWEN BU YAN DU QIAN HUI——HAN LIU OU SU DE SANWEN SHIJIE

著　　者　阮　忠
策划编辑　刘　逸
责任编辑　鄢　蕾　熊　果
封面设计　黎花莉
责任印制　杨　程
印刷装订　三河市祥达印刷包装有限公司
读者服务　武　铠　郄亚楠
出版发行　海南出版社
地　　址　海口市金盘开发区建设三横路 2 号
邮　　编　570216
电　　话　0898-66830929　010-87336670
网　　址　http://www.hncbs.cn
经　　销　全国新华书店经销
版　　次　2020 年 11 月第 1 版
印　　次　2020 年 11 月第 1 次印刷
开　　本　880mm × 1230mm　1/32
印　　张　14.5
字　　数　336 千
书　　号　ISBN 978-7-5443-9146-7
定　　价　68.00 元

ISBN 978-7-5443-9146-7